kremayr
scheriau

GERTRAUD KLEMM

HIPPOCAMPUS

ROMAN

KREMAYR & SCHERIAU

I saw it written and I saw it say
Pink moon is on its way
And none of you stand so tall
Pink Moon gonna get you all

Nick Drake

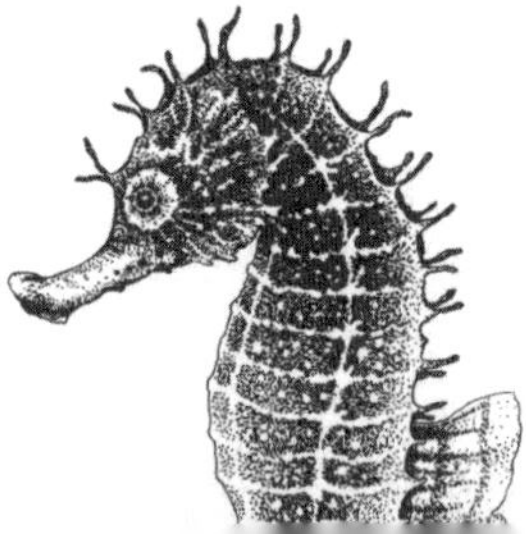

1.
Adrian

Wien, Anfang August

Adrian weiß, wie man ein gutes Frühstück zubereitet, eines, das auch gegessen wird. Vorsichtig schließt er die Flügeltür zum Schlafzimmer. Körperliches Engagement kommt gut an: Orangen pressen, Saft kalt stellen, Obst und Gemüse schälen, schneiden und schön auf einem Teller anrichten. Schuhe anziehen und zum Bäcker gehen. Frauen mögen Dienstleistungen. Da manifestiert sich die Zuneigung, da wird sie greifbar.

Er überlegt, das Fahrrad zu nehmen, geht dann aber lieber zu Fuß. So oft ist er frühmorgens nicht unterwegs. Auf der Straße ist es noch ruhig. Die Luft vom Regen der Nacht nassfrisch. Endlich, nach diesen heißen Tagen. Keine Autos, die Fluchten der Straßenbahnschienen verlieren sich perspektivisch ungestört gegen Osten. Fast ärgerlich, dass er nicht nackt gehen kann an so einem Tag. Er fühlt sich wie auf einer leeren Bühne, die frisch aufgewischt ist, aber niemand sieht ihm zu, wie er sein Leben spielt.

Heute spielt er das Stück: Der siegreiche Eroberer macht Frühstück. Denn heute hat er etwas zu feiern. Zu Hause schläft Katalyn in seinem Bett. Gestern Nacht hat er sie, nach so vielen Monaten, zu sich ins Bett geholt *und* endlich mit ihr geschlafen.

Adrian genießt die Stille, aber eigentlich sehnt er sich nach Städten, an denen es am Sonntag nicht ruhig sein muss. Städte, die nicht jedes Wochenende ins wohlverdiente Koma fallen, weil Gott, an den niemand mehr so richtig glaubt, an diesem einen Tag zu ruhen befiehlt. Wo Sonntagsmärkte aufgestellt werden und wo Schönwetter, Wochenende und Urlaub keine Lebensziele sind. Wo nicht immer der Sonntag angebetet wird, das Nicht-Arbeiten und der Sonnenschein. Irgendwie hat das Unglück der Österreicher mit dem Sonntag zu tun. Mit diesem Nine-to-five, Montag bis Freitag, und mit diesen gesetzlichen Feier- und Urlaubstagen. Von einem Feiertag wird zum nächsten gejammert, im Winter zum Frühling hingejammert, im Frühling wird der Sonnenschein herbeigesehnt, und wenn es mal im Mai heiß ist, jammern alle wegen des Klimawandels. Die Menschen vor den Fernsehern und Radios haben immer den Freitag im Blick, damit endlich Samstag und Sonntag folgen. So will er niemals werden. So wird er niemals werden. So kann er niemals werden, weil seine Arbeit keine Wochenenden und kein Schlechtwetter kennt, nur gute oder schlechte Auftragslage und Fristen. Er stellt sich beim Bäcker in die Reihe, vor ihm wird Dinkelkuchen gekauft, dann Vollkornwecken, hefefreies Brot. Er nimmt sich vor, niemals auf einen Nahrungsallergietrend aufzuspringen, wie um das zu besiegeln, kauft er zwei fettig glänzende Krapfen, Laugengebäck und drei Semmeln, alles aus Weißmehl. Und dann gibt er der Verkäuferin zwei Cent Trinkgeld, wobei er sich gleich blöd vorkommt.

Als er aus der Bäckerei tritt, scheint die Luft ein paar Grad heißer geworden zu sein. Morgen Früh muss er nach Vorarlberg. Er muss den ersten Zug nehmen, im Auto ist kein Platz für ihn. Dort sitzen schon die Tiertrainer und ihr kleiner dressierter Zoo in Transportboxen: ein Biber, eine Ratte, zwei Füchse, ein paar dressierte Krähen und Raubvögel. Oder sonst irgendetwas, damit sie auch gutes Material zusammenbringen, falls Flora und Fauna des »Naturjuwels Bodensee« sich rar machen. Naturfilmen ist die Königsdisziplin, nichts ist so anfällig für Totalversagen wie diese wilden Tiere, die sich nie ans Drehbuch halten. Deswegen muss der Regisseur immer eine Geschichte im Ärmel haben, die auch mit vierbeinigen Schauspielern, die mit Brekkies, Wurst und Hundefutter in Stellung gebracht werden, erzählt werden kann.

Und obwohl er das alles weiß und jetzt schon seit zwei Jahren dabei ist, deprimiert ihn immer mehr, wie viel Illusion erzeugt werden muss, um die Zuschauer für eine Naturdokumentation bei Laune zu halten. Vogelkinder mussten ihre Mütter verlieren, Löwenmütter ihren Kindern beim Gefressenwerden zusehen, die Elemente mussten rebellieren und der Lebenskampf toben. Erst wenn Natur mit Storytelling und Mitleidhaschen gespickt wird, ist sie so richtig essfertig für den Durchschnittstrottel vor dem Bildschirm.

Aber noch ist Sonntag und noch liegt Katalyn in seinem Bett. Adrian wird zuerst ein Frühstück für sie beide machen, und es wird sich lohnen. Katalyn ist keine, die anorektisch an einem bisschen Obst und Gemüse herumschnäbelt. So viel Erfahrung hat er mit Frauen: Salat und Obst gehen fast immer. Weißmehl und Zucker wird schon schwieriger. Und mit Frittiertem, allem voran frittiertem Schweinefleisch, kann man diese Frauengeneration garantiert verjagen. Ätherische Speisen, so nennt Adrian all die Salate und Smoothies, die er schon in Frauen verschwinden gesehen hat, und die er nie mit Sättigung in Verbindung bringen würde, es sei denn, man isst den ganzen Tag davon, wie ein Rind.

Katalyn mag am liebsten dick gebutterte Semmeln mit Auflage und Kakao. Sie mag Leberkäse, Käsekrainer, Pizza. Gegessen haben sie schon oft miteinander, meist nachts zwischen zwei Clubbesuchen. Aber Frühstück hatte er erst einmal für sie machen dürfen. Und auch nur, weil Katalyn plötzlich Fieber bekommen hatte. Sie waren unterwegs gewesen, erst in einem Club und dann an einem Würstelstand und dann in einer Bar, als sie plötzlich über Kopfschmerzen klagte. Er bot an, sie nach Hause zu begleiten, und auf dem Weg in den 17. Bezirk kamen sie durch den 15. und er hat sich ein Herz gefasst und vorgeschlagen, dass sie noch ein Bier bei ihm trinken könnten. War es nur Faulheit oder doch das Fieber, das sie mitkommen und sich in seinem Bett zusammenrollen ließ? Aber der Schlaf kam schnell und mit feinem Schnarchen, das ihn eigenartigerweise in den Schlaf wiegte und nicht störte, genauso wenig wie ihre ausladende Körperhaltung. Katalyn hatte sich nur die Jeans ausgezogen, sie lag auf dem Bauch, das linke Bein war gerade aus dem Bett herausgestanden, auf der Hinterseite der Oberschenkel ein paar vereinzelte, lange, krause Haare. In der Früh war sie wieder gesund gewesen und Adrian hatte Hoffnung geschöpft, eine Zuneigung hätte sich über Nacht aufgebaut. Aber sie räkelte sich nur wohlig, setzte sich mit nackten Beinen an den gemachten Tisch und verschlang eine Honigsemmel, eine Salamisemmel und ein weich gekochtes Ei, kommentarlos, als wäre Adrians Küchentisch ein Frühstücksbuffet. Und dann ging sie, ohne Danke zu sagen und ohne ihren Teller zum Waschbecken zu tragen. Nur einen trockenen Wangenkuss hatte sie ihm gegeben.

Diesmal würde er sie vielleicht überreden, noch den Vormittag, vielleicht auch den Nachmittag miteinander zu verbringen. Jetzt, nach dem wirklich passablen

Sex, wie zumindest er fand. Mit den Rädern in die Lobau fahren, Nacktbaden und danach einen Steckerlfisch essen. Einen Sonntag, von dem er ein bisschen würde zehren können. Etwas, an dem er sich festhalten könnte, wenn er morgen im Zug saß und den Leuten beim Jausen zusehen und beim Telefonieren zuhören musste. Den Geschäftsmännern in ihren Anzügen vor ihren Laptops. Oder, schlimmer noch, den Pensionistenehepaaren.

Wenn Ehepaare miteinander altern, wachsen die Frauen über sich hinaus und über ihre Zuständigkeiten. Dann wachsen sie um die Männer herum und ersticken sie mit ihrer Fürsorglichkeit, damit sie im Alter noch jemanden haben, den sie dank günstiger Seniorentickets durch die Welt schleifen können. Frauen schicken ihre Männer zur Arbeit, zum Arzt, sie untersagen ihnen das Rauchen, sie ernähren sie mit Gemüse und Getreide und rationieren den Alkohol. Zur Belohnung für die Beschneidungen ihrer Bedürfnisse können jene Männer ein paar Jahre älter werden als die ohne Partnerin. Er sieht das bei seinen Eltern und bei den Eltern seiner Freunde und auch bei Fremden. Überall schwingt die Kontrolle der Ehefrauen mit. Diese paar Jahre zusätzliche Lebenserwartung bezahlen die Ehemänner mit Bemuttertwerden und Quasikastration. Sie müssen sich sagen lassen, wie und wo sie ihre Schuhe hinstellen, ihr Sakko aufhängen, wie oft sie Blutdruck messen müssen, und im Zug müssen sie sich Jausenbrote in Alufolie aushändigen lassen und halbe

Äpfel, aus denen die Frauen vorsorglich das Kerngehäuse mit dem kleinen Taschenmesser, das sie ja immer dabeihaben, herausschneiden und mit einem Stück Küchenrolle auffangen. Nie im Leben möchte Adrian so enden wie diese pensionierten Ehepaare, nie möchte er solche kleinen Reisen machen, die immer mit einer Mahlzeit eröffnet werden. Nie möchte er alle paar Stunden essen müssen. Diese regelmäßigen Mahlzeiten sind der Anfang vom Ende. Bevor der Bauch leer wird und eine Hungerkatastrophe eintritt, bevor das Bausparkonto leer wird, immer muss oben nachgestopft werden. Das wird ihm alles nicht passieren, denn in seinem Leben ist das Essen Nebensache. Außer man holt Frühstück für Katalyn.

Das Ungute am Leben ist das Altern, denkt er, als er das Haustor aufsperrt, und das hat schon etwas mit den Frauen zu tun. Mit ihnen kommen die Kinder ins Spiel, und mit den Kindern kommt das ganze Uhrwerk ins Laufen, regelmäßiges Einkommen, regelmäßiges Essen, alles miteinander. Und wenn die Kinder aus dem Haus sind, wird man die Regeln nicht mehr los und das Maß auch nicht, man ist aneinandergekettet und es gibt kein Entrinnen. Das kann er bei den wenigen Freunden beobachten, die schon Kinder haben. Und bei seinen Eltern. Wie sie morgens schon voreinander davonlaufen, ein Ausweichen, das über den ganzen Tag hinweg famos choreografiert wird. Vater treibt es in die Werkstatt, auf den Tennisplatz, in die Stadt, und Mutter in den Garten, zum Einkaufen, auf den Friedhof, in die Kirche. Wie oft seine Eltern das Wort *Besorgungen* verwenden! Da ist die Sorge ja schon gut ins Wort und in den Tag gepackt und irgendwelche unnötigen Einkäufe noch dazu. Weil sie sich nicht trennen können und wollen, bauen sie die Trennung in ihre alltäglichen Wege ein. Dieses Trennen, das sich nach so vielen gemeinsamen Jahrzehnten so mühelos ergibt wie das Auseinanderweichen von Öl und Wasser. Lieber gleich allein bleiben. Oder so ein bisschen on-off-lieben wie mit Katalyn.

Während er zügig die vier Stockwerke hinaufgeht, fragt er sich, wie das gehen kann: *Zukunft* mit Frau und Kindern, aber trotzdem seine Würde bewahren. Wie kastrierte Rüden, die nicht mehr raufen und aufreiten, dafür aber umso mehr fressen wollen, so kommen ihm die meisten Jungväter vor. Ihre schnell wachsenden Bäuche sind zu groß für das coole T-Shirt vom Vorjahr, aber der Stoff *dehnt sich ja eh*. Manche haben schon eine Glatze und eine kleine gerötete Speckrolle im Genick, und sie halten sich verzweifelt an Fußball, Grillzange und Bier fest, der heiligen Dreifaltigkeit des Durchschnitts.

Adrian kann sich nicht vorstellen, jemals dick oder glatzig oder specknackig zu werden, dazu haben seine männlichen Vorfahren auch als alte Männer zu viele Haare behalten. Aber er kann sich vorstellen, wie all die Pflichten das freie Leben beschneiden, ja zerhacken in Arbeits- und Urlaubszeiten, Monatsfristen, Lebensereignisse, Acht-Stunden-Arbeitstage, monatliche Kreditraten, Kindergeburtstage, Weihnachten, Ostern … und einmal im Monat die aus dem Leim gegangene Frau besteigen. Da ist aber auch dieses Bild einer ungeschminkt schön aussehenden Frau, sie trägt ein rosiges Kleinkind durch einen Loft mit alten Fabrikfenstern und setzt es auf den warmen Holzfußboden ab. Jetzt fällt ihm auf, wie harmonisch ausgeleuchtet und inszeniert dieses Bild ist, dass es wohl aus einer Werbung stammen muss. Mit seinem Alltag und seinem Verdienst braucht er gar nicht darüber nachdenken. Und doch. Im Gegensatz zu Milan oder Paul will er es sich vorstellen können.

Als er die Wohnungstür aufsperrt, überlegt er, ob Katalyn noch schläft. Ob er sich nochmal zu ihr ins Bett legen soll oder nicht. Während er seinen kurzen Flur entlanggeht, fragt er sich, ob Katalyn sich vielleicht davor gerne die Zähne putzen wollen würde. Und als er die Semmeln und Krapfen auf dem Küchentisch ablegt, denkt er, dass sie sicher nicht so eine Sauberfrau ist, was ihm nur recht ist. Er fasst Mut und öffnet leise die Flügeltür zum Schlafzimmer, nur um das Bett leer vorzufinden. Ist sie auf dem Klo? Er horcht in die Stille des Sonntagmorgens hinein. Es dauert ein paar Sekunden, bis er realisiert, dass Katalyn weg ist. Einfach so. Mit hängenden Schultern steht er im Türrahmen. Er sieht noch einmal nach, ja, ihre Schuhe sind auch weg, dafür hat sie ihren Abdruck in seinem ungemachten Bett hinterlassen. Er setzt sich auf die Bettkante und weiß nicht, ob er wütend sein soll oder traurig, also wird er geil. Und wenn er an gestern Nacht denkt, noch geiler. Aber zum Masturbieren ist er zu wütend, und wenn er ehrlich ist, zu enttäuscht. Da fällt ihm Milan ein. Und er hat schon das Handy in der Hand, und als Milan rangeht, ist Adrian so erleichtert, dass es ihm fast schon unheimlich ist.

2.
Elvira

Hintermoos, Anfang August

Als Elvira, steif vom Schlaf, auf dem Weg zum Klo durch das Zwergenhaus schlurft, fällt ihr Blick durch das kleine gelbe Glasfenster der Eingangstür über den Zaun auf die Straße. Der Müll wird scheinbar heute abgeholt, denn vor jeder Haustür steht eine schwarze Mülltonne. Auf dem Land muss man ja seinen eigenen Dreck spazieren führen. Sie geht gehorsam in den Garten, rollt die Tonne aus ihrem Eck hinaus, über den Gartenweg, vor das Haus. Die Tonne fühlt sich sehr leicht an. Elvira widersteht der Versuchung, den Deckel zu öffnen und Helenes allerletzten Müll anzusehen. Stattdessen wirft sie einen Blick die Straße hinunter. Wie Wächter stehen die schwarzen eckigen Behälter ausnahmslos vor jedem Haus, dort, wo früher vielleicht die Milchkannen gestanden haben. Auf der anderen Straßenseite wurde ein Windelsack an die Mülltonne gelehnt. Ein großer, transparenter Sack, prall mit routiniert gefalteten, blauen und weißen Riesenwindeln gefüllt. Etwas weiter die Straße hinunter steht noch so ein Sack.

Sie geht schnell wieder ins Haus. In der Großstadt wird so eine Ungeheuerlichkeit diskret entsorgt. Nicht hier. Wie ein museales Freiluft-Altersheim ist dieses Dorf. Der Tod springt einem an jedem Eck in den Nacken. Leere Häuser, Todesanzeigen beim kleinen Supermarkt, Windelsäcke vor der Tür. Und Menschen unter sechzig hat sie hier so gut wie gar nicht gesehen, die rumänische Pflegerin und das eine oder andere Enkelkind mal ausgenommen. Vielleicht würde ich das auch machen, wenn ich Kinder hätte, denkt sie. Die Fürsorgearbeit für die Kinder der Kinder übernehmen. Vielleicht wäre sie auch eine dieser braven Omis, ohne die nichts geht. Die einspringen, wenn die Tochter krank ist oder auf Urlaub oder arbeiten oder geschieden. Die im Kinderdienst ist, wenn nicht gerade Altenpflegedienst ansteht. Gestern hat sie hier ein Kind gesehen, das einbeinig dastand und sich, während eine Mittsechzigerin vor ihm hockte und wohl ein Steinchen aus dem kleinen Schuh ausbeutelte, an den Haaren der Frau festhielt. Es sah ganz beiläufig den Vögeln beim Vorbeifliegen zu und verkrallte sich in einer großmütterlichen Haarsträhne. Man konnte sehen, wie die Frau litt und nichts sagte. Wie sie ihr ganzes Leben schon nichts sagte. Elvira biss sich tapfer auf die Zunge, um nicht über den Zaun hinweg die Großmutter anzupöbeln und das Kind gleich dazu.

Sie geht wieder ins Haus, wieder am Spiegel vorbei. Die Jahre haben grobe Hände gehabt. Der Tränensack unter dem rechten Auge ist groß wie eine Dörrzwetschke, nur feister. Elvira berührt die Schwellung, es ist eine nachgiebiges, trauriges Stück Fleisch. Wieso heißt es Tränensack, wenn es vom vielen Weinen nicht kleiner wird? Oder ist es nur der linke Tränensack, der leergeweint ist, und jetzt kommt der rechte dran? In Helenes Haus hängen zu viele Spiegel. Die Spiegel verfolgen Elvira, das Haus ist zu klein, als dass man ihnen ausweichen könnte.

Sie geht barfuß in den Garten, durch das taunasse Gras, es ist noch angenehm kühl, sie pflückt ein paar Melissenblätter, die sie in die Tasse mit heißem Wasser wirft, und setzt sich auf das schiefe Holzbänkchen an der Hausmauer in die Morgensonne. Sie sollte ihre Dehnungsübungen machen. Sie schließt die Augen. Nur das Geräusch einer fliegenden Hummel, das in den Ohren kitzelt. Daran könnte sie sich gewöhnen. Auch daran, dass es hier nie so richtig heiß wird im Gegensatz zur Stadt. Nicht gewöhnen kann sie sich an die Stille der Nacht, nicht an das Vogelgezeter in den frühen Morgenstunden, nicht an das Knarzen des Bodens, nicht an die kleine gelbe Laus, die jetzt in ihrem Tee aufsteigt. Sie inspiziert ihre Fußsohlen, die fast schwarzen Ballen und Fersen. Für so eine Art Dreck braucht man eine Hornhautfeile. Gibt es so etwas beim Supermarkt in Hintermoos?

Sie steht auf, streckt sich im Gehen, bleibt vor dem Gemüsebeet stehen und sieht ratlos auf die ausgewachsenen Pflanzen, riesige Stauden, von denen sie keine Ahnung hat. Auf die Löcher in den Blättern, die mehr werden, auf die gelben Blätter selbst. Sie hat nicht die geringste Ahnung, was zu tun ist. Gießen, ja.

Aber wann? Täglich? Morgens oder abends? Und wie viel? Ernten? Was ist das hier, Kohlrabi? Kraut? Wann ist das reif, wann wird es bitter, holzig, ungenießbar? Sollen doch die Schnecken kommen und sich bedienen. Verdammt, Neni, ich habe nicht darum gebeten, deinen blöden Garten zu pflegen! Jetzt muss sie gleich wieder weinen. Sie wischt sich die Tränen aus den Augen. Es wäre schön, glauben zu können. Daran, dass Neni ihr zusehen kann. Etwas zuflüstern kann über die Barriere hinweg. Trost – oder zumindest Gartenexpertise. Elvira hat am ersten Tag ein bisschen Unkraut gezupft und gegossen. Gebückte Gartenarbeit, mit viel Heulen dazwischen. Erde an den Händen. Wie sie trocknet und sich die Haut spannt, die dreckigen Fingernägel. Nach einer Woche hat sie schon genug von Helenes Tod.

Nächste Woche wird diese Kulturredakteurin zu ihr kommen. Sie wollen einen Kurzbeitrag machen, mehr als ein Nachruf: ein Feature. Die Vorbereitung auf das bisschen Unsterblichkeit, das Helene scheinbar zusteht. Jetzt ist Helenes Tod noch frisch, jetzt kann man ihm noch Aufmerksamkeit abtrotzen. Vor einer Woche ist Rainers Anruf gekommen. Gleich nach der Todesnachricht die verzweifelte Bitte. Du hast sie doch am besten gekannt!, hatte er ins Telefon gejammert. Und er hätte ja keine Ahnung, was da beruflich und was privat und was in Helenes Sinne! Bitte! Neunundzwanzig Jahre verheiratet, zwei gemeinsame Kinder und keinen Tau, denkt sich Elvira.

Sie hatte sich am Anfang gesträubt, aber Rainer war hartnäckig geblieben. Er war es auch, der sie hierhergebracht hat, mit dem Auto. Der sie hereingelassen und mit hilfloser Geste auf den Schreibtisch gezeigt hat.

Siehst du dieses Chaos?, hat er gesagt. Ich kann das nicht machen. Schon gar nicht im Hinblick auf das Buch.

Was für ein Buch, hat Elvira verwundert gefragt, Helene hat doch nicht mehr geschrieben! Anscheinend doch, hat Rainer zerknirscht gesagt. Es geht ja auch um den Nachlass. Du kannst so lange hier wohnen, wie du willst.

Na, herzlichen Dank. Ob das Erbe die Triebfeder seiner Sorge ist? Ob er sich etwas erhofft? Ob er weiß, wie dauerpleite Helene war? Oder will er seine Mitschuld nachträglich herausradieren aus den Briefen, den E-Mails, den Fotos?

Das letzte Mal hat sie Helene im Herbst gesehen. Es war in Wien gewesen. Elvira erinnert sich an wenig. Nur daran, froh gewesen zu sein, als sie ihre Freundin wieder zur Tür geleiten konnte. Sie erinnert sich an Helenes verbitterte Tiraden. An ihr Trinken, schon am Nachmittag, an diese Nase, die wie nachträglich an das Gesicht angewachsen aussah wie ein Baumschwamm. Ich hab uns einen Prosecco mitgebracht!, hat sie gesagt. Wenn sie von einem neuen Buch geredet hätte, könnte sich Elvira daran erinnern. Ein neues Buch war undenkbar, seit Jahren schon.

Mit dem Laptop hat sie begonnen. Es war komisch, ihn einzuschalten, das Passwort einzutippen, das auf einem gelben Post-it am Bildschirmrand klebte: *seepferde*. Vor zwei Wochen saß Helene noch hier, an diesem Tisch, die Fingerkuppen über die staubige Tastatur schwebend, ihr zerknautschtes Gesicht spiegelte sich im fleckigen Bildschirm. Vielleicht fiel ihr Blick nachdenklich aus diesem undichten Fenster, vielleicht ist die Fliege auf dem Fensterbrett, die jetzt im Tod die Beinchen so artig gefaltet hält, noch gegen die Scheibe geflogen, wieder und wieder. Vielleicht hat die Fliege dabei zugesehen, wie Helene zusammengebrochen ist. Wie sie vielleicht mit dem Tod gerungen hat. Das Blut, das sie auf die Waschbetonplatten erbrochen hat, wurde von jemandem weggespült, wenn auch nicht ordentlich. Elvira musste sehr genau mit dem Schlauch auf die Ritzen zwischen den kleinen Steinchen zielen, bis alles sauber war. Sie hat dann den Laptop bald wieder ausgeschaltet.

Seit fünf Tagen ist sie nun da, schläft in Helenes Bett, trinkt aus Helenes Tasse, raucht ihr Zigarettendepot leer. War das Haus immer schon so feucht und dunkel? Nur die Veranda und der Schreibtisch, der vor dem Fenster zur Veranda platziert ist, wirken bewohnt. Eine Wolldecke in Griffweite, ein voller Aschenbecher, zwei leere Kaffeetassen. Am liebsten würde Elvira auf der Veranda schlafen. Sie meidet die anderen Räume. Den größten Bogen macht sie um die Abstellkammer, in der sich Kisten mit Leergut stapeln. Nur am ersten Tag ging sie hinein und sah auf die Etiketten: Weiß- und Rotwein, Cognac, Sekt. Helene hat sich nicht mit Fusel zu Tode gesoffen, sondern hat einen gepflegten Alkoholismus betrieben. Sie hat mit Weißweinspritzern die Stimmung gehoben, mit Rotwein sanft den Schlaf angesteuert, mit Sekt andere zum Mittrinken geködert, mit Cognac die Verzweiflung in den Schlaf geschaukelt. Mehr wollte Elvira gar nicht wissen. Aber natürlich fand sie die kleinen Schnapsfläschchen, mit denen man sich schnell über eine blöde Situation retten kann: in einer Jackentasche, in der Handtasche, im Küchenschrank. Und Mariendistelpräparate *zur Stärkung der Leber* in der Küche. Getrunken hat sie schon immer, aber wann war aus dem Trinken Saufen geworden? Elvira stellt sich den Alkohol als Vehikel vor, mit dem Helene durch den Tag steuerte, mit dem sie untertags in eine arbeitsfähige Stimmung abheben und abends wieder im wohligen Gefühl des Zuhauseseins landen konnte. Dazwischen musste sie nur um die Hindernisse herumlenken: um Gespräche, Gedanken, Fristen, Rechnungen. Oder Einsamkeiten. Mit Vehikeln passieren eben Unfälle, mit Autos Blechschäden, mit Alkohol Leberschäden, Gefäßschäden, Ösophagusvarizen. Man hätte etwas tun sollen. Warum ist ihr das nicht aufgefallen? Oder Rainer? Oder den Kindern? Und selbst wenn? Was dann? Entzug wider Willen? Lächerlich. Anrufen? Lächerlich. Sich in den Weg stellen? Beharrlich bleiben? So nahe waren sie sich nicht gewesen. Und auch niemand anderer. Elvira hatte die Tür zur Alkoholkammer wieder zugezogen und Helenes geliebte silberne Birkenstock davor gestellt, wie zwei Wachposten. Beim Sterben hat sie die nicht getragen. Sie ist in den stickigen grünen Gartenschuhen aus Plastik gestorben, auf dem Weg zum Gemüsebeet. Ausgerechnet der Obersenatsrat hat sie entdeckt, als er unterwegs zu seinem Hochstand war. Aus seiner erhöhten Sitzposition in seinem Mercedes Geländewagen hatte er einen guten Blick über den Zaun, auf die umgekippte Helene. Er war es, der den Notarzt rief, und nach einer Ewigkeit waren zwei Samariter gekommen, die bei der Wiederbelebung eine Menge Blut aus Helene heraus-, aber das Leben nicht mehr in sie hineinpumpen konnten.

Jetzt muss Helene unter die Erde. Nicht in einen Ofen und dann in eine Urne und dann unter die Erde, wie sie es sicher lieber gehabt hätte. Wieso hat sie nicht beim Notar hinterlassen, ob sie begraben oder verbrannt werden will? Wieso hat sie nicht hinterlassen, was Nachlass ist und was nicht? Was privat und was dienstlich? Elvira weiß immer noch nicht, ob sie es tatsächlich schaffen wird, dem Begräbnis fernzubleiben. Ob sie es schaffen wird, hinzugehen. Beides scheint undenkbar. Wenigstens wird kein Geistlicher dabei sein. Das hat Rainer versprochen. Sicher hat er stattdessen einen Grabredner besorgt, irgend so einen Berufsquatscher. Elvira atmet tief ein. Sie muss in kleinen Schritten auf Helenes Tod zugehen.

Sie macht Kaffee in der Espressokanne, geht zum Briefkasten, freut sich über die Zeitung in der Post. Helenes Abo muss gekündigt werden, denkt sie, als sie zurück zum Haus geht. Wann wird Rainer das machen, oder werden das die Söhne tun? Sie sind die Erben. Sie müssen jetzt die Zeitung bezahlen.

Wie viel bringt so ein Nachlass? Sie setzt sich mit der Zeitung auf das Bänkchen auf die Veranda. Das würde sie jetzt zu Hause auch machen. Im Café Zeitungen lesen, eine nach der anderen. Danach den grauen Peter im Krankenhaus besuchen, danach über den Markt schlendern. Sie vermisst Wien. Eine tote Fliege liegt auf dem kleinen Klapptisch, der nie von Helene eingeklappt wurde. Sie wischt die Fliege in die Handfläche und geht den Steinplattenweg entlang der Hausmauer ums Eck zur Gartenhütte, wo sich eine fette Kreuzspinne ein Netz gebaut hat, und wirft die tote Fliege hinein.

Es war dieses Dorf, das Helene zuerst um den Verstand und dann zum Saufen gebracht hat. Diese Gegend. In der Stadt wäre das nicht passiert. Sie lässt sich wieder auf das Bänkchen fallen. Ein Flugzeug ist abgestürzt, eine neue islamische Terrormiliz verbreitet in Nordafrika Angst und Schrecken, ein US-Republikaner verteidigt nach einem Massaker mit vierundzwanzig toten Jugendlichen den Waffenbesitz. Manchmal hat sie das Gefühl, in einer Zeitschleife gefangen zu sein. Wenn man sich zurücklehnt und sich die Welt ansieht, kann man dem Unglück beim Zirkulieren zusehen. Sie blickt auf die Rotweinränder, die nicht abgewischt wurden.

Man könnte als Grabbeigabe eine Stelle aus dem »Rauhreif« lesen, damals noch mit stummem H. Man wird das nicht. Man wird sich hüten. Das Buch ist ja auch nicht wirklich revolutionär. In dem Buch leidet eine Frau in ihrem bürgerlichen Gefängnis vor sich hin, während um sie herum die kulturelle Revolution der 68er-Bewegung in einem Meer aus Blumenkränzen, Drogen und sexuellem Freigeist wogt. In dem Buch geht es darum, dass die größte Freiheit nichts hilft, wenn sie nicht für alle gilt. Wenn der Schlüssel zur Freiheit zu groß für das kleine Schloss ist, das ein kleiner Geist geschmiedet hat. Wenn der Kopf in einem engen moralischen Verlies sitzt, ist auch die dazugehörige Muschi nicht befreit, egal wie lüstern, nackig und bekifft man durch die Freiheit taumelt. Nein, »Rauhreif« gibt für ein Begräbnis nicht wirklich viel her. Auch wenn es *der große Erfolg* war. Man wird den üblichen faden Sermon über die Trauergemeinde kippen, mit ein paar Glitzersteinchen darin: *erfolgreich, unvergesslich, eine Stimme der Generation, liebevolle Mutter,* irgendetwas in der Art. Man wird Helene wieder nicht zu Wort kommen lassen, man wird der Toten noch das Maul verbieten. Es wird diese Art Abschied werden, die Elvira sich zu nehmen weigert, derentwegen sie nicht mehr auf Begräbnisse geht. Sie wird die *Grabrede für mich selbst* lesen müssen, es hilft nichts, ein Dokument, das ihr beim ersten Blick auf Helenes Desktop aufgefallen ist.

Zuerst wird sie noch Milch und Brot holen. Sonst wird sie nichts kaufen. Sondern endlich den Kohlrabi ernten und ihn in Butter braten und ein Glas Rotwein auf Helene trinken. Dann noch eines. Es wird vielleicht einfacher, die Grabrede beschwipst, oder noch besser, besoffen zu lesen, so besoffen, wie sie vielleicht auch geschrieben wurde. Und wenn sie sich direkt vor dem Begräbnis noch einmal betrinkt, dann kann sie den Text vielleicht lallend vortragen. Das wäre witzig. Pietätlos. Idiotisch. Hätte Helene es so gewollt? Sie müsste sie zuerst lesen. Die *Grabrede für mich selbst* ist sicher wehleidig und Wehleidigkeit ist unverzeihlich. Gerade posthum.

Sie geht die Straße entlang. Früher waren da sicher keine Ligusterhecken und keine Thujenmauern. Keine Ruhestandshäuschen für die betuchten Pensionisten. Keine Gärten, die tagfüllende Gartendressur in gebeugter Haltung nach sich zogen. Keine Alten, die man wickelte, fütterte und medizinisch versorgte. Keine VW Polos, die die Straße verstellten. Keine Mähroboter, die die Wiesen gehorsam surrend abweideten. Früher wurde hier Holzwirtschaft betrieben, Milchvieh gehalten, die Wiener Wasserleitung gebaut, die Ziegenherde durchs Dorf getrieben. Heute werden Greise durch die gute, frische Luft geschoben. Helene hat die Alten beobachtet.

Beobachten war ihre Spezialität. Vielleicht hätte sie ein Theaterstück darüber schreiben müssen. Über die alte Frau, die man morgens und mittags guttural durch die Mauern bis in Helenes Garten schreien hört, dass man zusammenzuckt. Und den Einbeinigen mit dem debilen, festgefrorenen Grinser. Zweimal täglich kreuzen sich wohl die Wege der Greise bei der kleinen Bank unter dem Haselstrauch, weil die Pflegerinnen sich dort verabreden. Weil sie sich in ihrer Muttersprache austauschen wollen, wie sich Mütter mit Kinderwägen in ihrer Pflegerinnensprache austauschen wollen. Elvira hat in den letzten Tagen schon ein paar dieser Rollstuhlbegegnungen unweit von Helenes Häuschen beobachten können. Es sind launige Treffen, kurze Dialoge auf zwei Ebenen: greise Gesten und schwerhöriges Krächzen auf der Rollstuhlebene, Lachen und Flüstern auf der Schieberinnenebene. Elvira stellt sich vor, dass in diesen Momenten kein Platz ist für die schweren Themen, wie Krankheiten, die nicht mehr geheilt werden, Schmerzen, die nicht mehr weggehen. Helene hätte die Dialoge aufgefettet, sie hätte die Alten aufeinander losgehen lassen, wie sie die Mütter in den Szenen ihres Theaterstücks »Zahnkampf« aufeinander losgehen ließ. Mütter, die vorsorglich ihre Babys abschnallten und sie mit ihrer kleinen Rassel auf eine Decke legten, bevor sie mit den Kinderwägen aufeinander eindroschen. Helene hätte vielleicht wieder Requisiten durch den Bühnenraum fliegen lassen. Rollatoren, Krücken und volle Erwachsenenwindeln. Zugegeben, es wäre ein mühsames Theaterstück geworden, dem Publikum würde es bestimmt einen deprimierenden Kulturabend bescheren. Vielleicht wäre auch wieder jemand verletzt worden.

Sie und Helene haben sich noch im Herbst darüber unterhalten, warum der Einbeinige das Sterben heiter nimmt und die Schreierin so schwer. Dem Einbeinigen wird das Lachen schon noch vergehen. Oder doch nicht? So wie beim Gebären sind die Männer vielleicht auch beim Sterben in der Zuschauerposition, vielleicht geht sie das Gehen des Lebens genauso wenig an wie das Kommen. Bis sie mitbekommen, dass sie auch vom Tod betroffen sind, ist es schon zu spät und sie haben es hinter sich.

Helenes Trauerfeier wird von Rainer ausgerichtet, in Kaiserbad. Steht alles auf der Parte. Im selben alten Bürgerhaus, in dem die beiden ihre Söhne aufgezogen haben, bis Helene ihren *Erkenntnissturz* gehabt hat. Die Erkenntnis kam mit der Erbschaft der Tante, dem Häuschen in Hintermoos. Die Erbschaft markierte den Endpunkt einer Entwicklung, die sich im Verdeckten vollzogen hatte. Eine Art Metamorphose innerhalb der Mutti-Puppe. Das Mutti-Puppenstadium war damit vorbei, die Schriftstellerin durfte jetzt schlüpfen, nicht nur so halbherzig, wie es die Dreiundzwanzigjährige versucht hatte. Sondern richtig. Mit derselben fokussierten Besessenheit, mit der Genies seit Jahrhunderten arbeiten – ohne die geringste Ablenkung. Wenn sie wieder ernsthaft schreiben wollte, musste sie sich zurückziehen. Durfte sie. Das Haus stand leer und wartete auf sie. Vorerst auf Zeit, ließ sie Rainer wissen, aber an Rainer dachte sie als Letzten. *Nichts ist mehr ohne dich, so wie es war, doch du lebst weiter in unseren Herzen.* Wer hat diesen Spruch auf der Parte ausgesucht? Rainer, der erst so entsetzt und dann so froh war, dass seine in vielerlei Hinsicht nicht mehr funktionierende Ehefrau sich ohne große Kollateralschäden vom gemeinsamen Leben abgekoppelt hatte. *An den Wochenenden komme ich wieder heim, oder du kommst zu mir.* Rainer trieb zwei Jahre durch Kaiserbad wie ein fetter, vom Haken gefallener Köder durch einen Fischteich, bis Therese ihn aufspürte und zuschnappte. Die Scheidung war reine Formsache. Helene hatte ihr Häuschen, ihre kleine Pension, ihre Freiheit. Rainer hatte wieder eine Frau an seiner Seite, eine neue Verwalterin für sein Haus, seine Freizeit, seine Blutwerte.

Helene gab es zwar erst Jahrzehnte später zu, aber mit der Ehe und der Schwangerschaft war sie in eine Falle getappt. Sie hatte Depressionen nach der Geburt des ersten Kindes und mit dem zweiten Kind begann der Alkoholmissbrauch. Das Haus sei ein Gefängnis, sagte sie, der Ort eine Strafkolonie, überall nur Vorstadtfrauen mit perfekten Frisuren und bourgeoisen Lebensprinzipien. Aber in die WG zurückzuziehen, wäre nicht infrage gekommen. Nicht mit den Kindern. Wir hätten sie zurückgenommen, denkt

Elvira, auch mit Kindern. Stattdessen hat sie sich ihr Gefängnis so schön eingerichtet und dekoriert, bis es wie ein Zuhause aussah. Helene hat Zwischenwände niederreißen lassen, damit Räume zu Hallen verschmelzen konnten, in denen der Kinderlärm mit seinen spitzen Synkopen auch in die letzten Winkel des Hauses vordringen konnte. Therese hat angeblich die Wände wieder eingezogen, obwohl keine Kinder mehr gekommen sind. Jetzt ist die Stille in viele Kammern unterteilt. Diesen Grind, den die erste Ehe mit sich bringt. Eine Patina aus angeschmierten Wänden, Unterhaltszahlungen, abgeschleckten Glasscheiben und einer Vergangenheit, die nicht nachgeholt werden kann. Alles kein Problem für Therese. Sie hat die Spuren ihrer Vorgängerin übermalen lassen.

Elvira wird nach dem Begräbnis in dem sauber geleckten Haus herumstehen und alle beobachten in ihren schwarzen Sommerroben, wie sie gedankenverloren über ihre Sektflöten streichen und sich nebenbei austauschen über die wunderbare Helene, die sich tief ins Höllental zurückgezogen hatte, um all das nicht mehr hören zu müssen. Über die wunderbaren Bücher und Theaterstücke von Helene, die niemand von ihnen gelesen oder gesehen hat, weil ihre Werke das Gift der alternden Krawallemanze ausdünsten. Vielleicht werden sogar Literaturkritiker da sein, oder irgendwelche Kulturfuzzis, die so ein Begräbnis als Netzwerktreffen nutzen.

Man müsste diese Windelsäcke, die immer am ersten Montag im Monat vor den Haustüren stehen, sammeln und sie der Gesellschaft zu Füßen legen wie eine kostbare Ikone der Wahrheit. Unter die Nase reiben. Diese Windelsäcke als Mahnmale, dass es uns alle treffen kann und wird. Das Altern vielleicht, der Tod sicher. Man müsste die Windelsäcke als Readymades betrachten, man dürfte sie nicht so ungenutzt verschwinden lassen, wie das in den großen Städten geschieht, so wie man auch diese Alten nicht so verschwinden lassen dürfte. Das Altern und Sterben müsste viel mehr im Weg herumstehen. Man müsste die Alten mit ihren Rollatoren Gehsteige blockieren lassen, sie in den feinen Restaurants füttern, man müsste sie in die Vorstandsetagen schieben und mit ihnen Aufzüge von Finanz- und Versicherungstürmen verstopfen. Alle müssten viel öfter an ihren eigenen Tod erinnert werden. Dann würde es weniger Größenwahn geben. Man müsste so etwas wie Windelsäcke auf Plätzen anhäufen, vor das Parlament karren, vor Schulen und Universitäten. Aber die Erinnerungskultur ist zu sehr auf Ästhetik fixiert: Kirchen-, Politik- und Kulturmänner, Heilige, Kriegshelden, nackte Weiber als Allegorien auf Stelen. Niemand will an den Tod erinnert werden.

Die Windelsäcke haben Elvira jetzt den Tag vermiest.

3.
Adrian

Wien, Anfang August

Milan steht leicht zurückgelehnt da, die schwarzen Locken künstlerisch gesträubt und den Adamsapfel auf seine Bewunderer gerichtet. Für ihn läuft es gut, vier rote Punkte sind schon auf seinen Kisten, die er *Arbeiten* nennt. Milan hat einen bulgarischen Vater, der sich, wenn man genau hinhört, in Milans Konsonanten mischt. Gerade das macht ihn ganz und gar zum Wiener, mehr als es Adrian mit seiner kleinen niederösterreichischen Klangfarbe je werden könnte. So jemand wie Milan braucht gar keinen Akzent, um sich in Szene zu setzen. Da steht er, das Hemd weiter offen als nötig, überschäumende Männlichkeit, wäre da nicht im Nest seiner protzig zur Schau gestellten Brusthaare dieses unsägliche kleine Holzkreuz, das bei jedem anderen lächerlich wirken würde. Milan behauptet, an Jesus zu glauben, schlimmer noch, das Kreuz sei ein Köder, um die guten Menschen anzuziehen. Adrian glaubt ihm kein Wort. Milan inszeniert sich als raffinierte Gesamtkomposition, in der das Kreuz dieselbe Rolle spielt wie eine Prise Salz in einem süßen Gericht, also jene Art Widerspruch, den die Menschen – oder sagen wir es doch gleich –, die Frauen so interessant finden.

Ob es diese Kleinigkeiten sind, die Milan so attraktiv machen? Wie immer wird er umrudelt. Von Frauen, von Käufern und auch von Leuten, die sich einfach so neben charismatische Typen stellen. Nicht, dass Adrian neidisch wäre. Er ist ja selbst so ein Kommunikationsparasit. Er stellt sich gerne neben Leute, die viel und interessant reden, so wie er sich gerne neben die Eingangstüren von Bäckereien stellt, aus denen es gut herausriecht.

Irgendetwas hat ihn in Vorarlberg in die Waden gebissen, er muss sich beherrschen, sich nicht ständig zu kratzen. Rechts hat er vier Dippel, links fünf und drei - er hat sich schon blutig gekratzt. Das viele Gerede, das hier in die Luft geworfen wird, ist ihm zu beliebig. Oder zu anstrengend. Eine junge blonde Frau mit steingrauen Augen und Lederhut hat Position bezogen und beginnt ihre Milan-Anhimmelung mit bemühtem Interesse, verschränkten Armen und einer leichten Schieflage des Kopfes. Sie nickt und lächelt und nickt und spielt mit einer Haarsträhne. Er kennt diese Gesten nur aus der Entfernung. Das Galerielicht fängt sich in ihrem Haarglanz und Adrian möchte mit so einer richtig grandiosen Liebhabergeste in ihre blonden Locken greifen. Aber er ist nicht gebaut für grandiose Liebhabergesten. Erstens müssen die von oben nach unten erfolgen - und dafür ist er zu klein. Zweitens hat er dafür nicht den richtigen Beruf. Wenn er beim Spielfilm gelandet wäre, oder wenn er Regisseur wäre, oder ein richtiger Kameramann, wäre es vielleicht etwas anderes. Aber Adrian ist kein Darsteller. Er ist für das gebaut, was nach dem Posen kommt. Für Semmelholen und Kaffeekochen und Obstteller anrichten, denkt er verzagt. Für den schön inszenierten Frühstückstisch, vor dem er dann allein sitzt.

Die Luft atmet sich, als wäre sie schon durch ein paar Lungen zirkuliert. Adrian ekelt sich davor, sie einzuatmen, ihm ekelt vor dem warmen Weißwein, vor den feucht aneinanderklebenden Lachsbrötchen mit der gelben Mayonnaiseschnecke darauf, vor der aufgedonnerten Schachtel neben dem Minister und vor dem Spaniel, der den Raum diagonal durchtrabt und den Gästen sein fettiges Fell präsentiert. So eine kleine pelzige Hure auf vier Beinen. Wie er sich an die Waden der alten Damen drückt und Berührungen einfordert. Der weiß schon, wer in die Knie gehen wird, um ihn zu streicheln. Vor Milan ekelt ihm auch ein bisschen, wie er jetzt durch die Blonde mit dem Hut hindurchsieht. Andere würden vielleicht denken, das wäre Kalkül. Aber das ist es bei ihm nicht. Seit er das kleine Atelier in einem ungarischen Nest hat, ist Milan abgedriftet. Vielleicht sind es aber auch nur die Drogen. Milan baut in seinem ungarischen Garten Gras an, verborgen zwischen den mächtigen Brennnesselstauden und dem Komposthaufen, und das, was er nicht verkauft, raucht er selbst. Er experimentiert auch mit halluzinogenen Pilzen und Stechapfeltees, was man seinen Bildern zunehmend ansieht. Die gebeugten Figuren, die er früher gemalt hat, wurden immer mehr an den Rand gedrängt, immer häufiger malte Milan ein Loch in die Mitte seiner Bilder, immer größer und saugender wurde das Loch, und dann malte er Figuren in die Löcher, das sah aus wie etwas, das Adrian für sich insgeheim als *James-Bond-Wirbel* interpretiert. Irgendwann verließ er die zweite Dimension als *Konsequenz der Brisanz.* Seitdem baut er Kisten mit Löchern und ohne Löcher und rätselhafte Türmchen aus Hausrat daneben auf. Die *James-Bond-Wirbel* sind geblieben, sie tauchen als kleine Symbole überall auf, als eine Art Markenzeichen. Adrian traut sich nicht zu fragen, was er daran verstehen sollte. Milan würde ihn doch ohnehin nur mit unverständlichem Schwachsinn abfüttern, wie schon so oft. Adrian interessiert sich eigentlich gar nicht für Kunst, weder für Milans noch für irgendeine andere. Er ist nur aus Freundschaft zu Milan da.

Einmal hat er Milan in Ungarn besucht, eher aus Langeweile als aus Interesse. Er hat die Hände in den Hosentaschen vergraben und genickt, als Milan ihn durch das Atelier geführt und ein paar *Arbeiten* aus den Fächern und Depots gezogen hat, um ihm zu zeigen, *worum es ihm momentan geht.* Adrian sah hin und bemühte sich: rätselhafte Kisten, Spiralen mit trotzig vom Betrachter abgewandten James-Bond-Typen, alles in Schattenfarben. Adrian nickte, denn mit Nicken kann man nie viel falsch machen. Später haben sie den alten Ofen angeheizt, ein paar Bier getrunken, alte ungarische Jazzplatten gehört, die Milan im Keller des Ateliers gefunden hatte, und ein bisschen Gras geraucht. Milan hat ins Feuer gestarrt, die Augen zu Schlitzen verengt, die Zigarette im Mundwinkel, und gesagt:

Das Dorf hat knapp zweihundert Einwohner und ich habe mit fast allen geschlafen. Er stellt sich Milan vor, wie der von den alten, zahnlückigen Bauern, die Adrian über die Straße schlurfen sah, zum Beischlaf animiert wird. Er stellt sich runzlige Geschlechtsteile in einem Nest aus gelblichweißen Schamhaaren vor und verschwitzte, pannonische Hausfrauen in Haushaltskitteln aus Kunststoff. Und er ärgert sich über die Dreistigkeit Milans, der überaus heterosexuell und wählerisch ist, so etwas zu behaupten.

Jetzt gerade steht ein untersetzter Mann, den er als Zahnarzt und Milans Sammler in Erinnerung hat, neben Milan und ereifert sich über einen Vergleich mit einem koreanischen Künstler.

Na, wie hieß der doch gleich? Der Verdauungskünstler, der den Denker von Rodin auf rosa Klopapier nachgebaut hat und unten in der Kiste den nackten Hintern in das Loch ... Sie wissen schon! Es liegt mir auf der Zunge!

Milan versteinert. Cody Choi, sagt er frostig. Der Zahnarzt fuchtelt begeistert mit den Händen. Genau! Dieser Cody Choi hat doch genauso wie Sie ... und weiter geht es, bla, bla, bla. Milan ist sichtlich nicht begeistert, mit dem Verdauungskünstler verglichen zu werden. Aber der Zahnarzt zahlt seine Miete und seine Betriebskosten und jenen Teil seines Drogenverbrauchs, der nicht in seinem Garten wächst, und so jemandem widerspricht man besser nicht.

Adrian hat genug gehört. Es gibt nur ein einziges Klo und das ist besetzt. Ohne lange nachzudenken, geht er auf die Straße, überlegt, wohin er pinkeln könnte, ohne Aufsehen zu erregen. Hunde dürfen das, Kinder dürfen das, nur erwachsene Menschen nicht, auch nicht, wenn nur ein Klo da ist für achtzig Leute, die einen Gespritzten nach dem anderen trinken. Er mag das nicht, das öffentliche Markieren an Bäumen, Laternenmasten oder Zaunpfosten, und er kann es auch nicht leiden, wenn Frauen ihre Kinder am Straßenrand entleeren, er hasst es, wenn Menschen neben ihm ausspucken, ja, er will überhaupt nicht mit den Ausscheidungen von Fremden belangt werden. Auf der anderen Straßenseite ist ein Gemeindebau mit Bäumen und Sträuchern schütter bewachsen, der Boden von den Kinderfüßen und Hundepfoten plattgetrampelt. Aus den Fenstern kommen Küchengeräusche, Fernsehgeräusche. Die Mitte des Hofes ziert eine stinkende Müllinsel, in deren Schutz gibt er sich Mühe, auf einen dreckigen Lumpen zwischen den Containern zu zielen. Als er fertig ist und abschüttelt, legt er den Kopf in den Nacken. Fast alle Fenster sind beleuchtet, dabei ist es noch nicht einmal Nacht. Die Menschen machen Licht, bevor es dunkel ist, sie heizen, bevor es kalt wird, sie sterben, bevor sie leben.

Vor Katalyn war Marion gewesen, vor Marion war Elke gewesen und dazwischen hat sich immer wieder etwas ergeben. In seiner Schulzeit war er ein paar Mal verliebt, während er auf der Akademie war, hatte er keine Zeit für aufwändige Beziehungspflege. Überhaupt, der Aufwand. Er war den Mädchen nachgelaufen und hatte sich bemüht, aber sobald sich die kleinste sexuelle Ausbeute einstellte, musste er irgendwie dafür bezahlen: Mit Marion durfte er sich in Gesprächen und Trostspenden durch ihre selbstmitleidigen Krisen arbeiten. Elke begleitete er bei ihrer Magersucht und stand ihr als Hand- und Fußwärmer zu Diensten. Bei beiden Frauen wurde er ausgetauscht, gegen einen, der weder größer noch älter oder sonstwie begehrenswerter als er selbst schien. Aber das ist besser geworden. Er hat viel Zeit damit verbracht, Frauen verstehen zu wollen und trösten zu müssen, aber ihm kommt es vor, als wären die Frauen heute nicht mehr so zerbrechlich wie früher. Von der spinnenbeinigen Elke, deren Mund so verrucht nach Rauch und Minze schmeckte, träumt er noch manchmal. In diesen Träumen treibt sie ihn mit anklagendem Blick vor sich her, durch die unendliche Zimmerflucht ihrer Altbauwohnung, durch eine Flügeltür nach der anderen, während er verzweifelt rätselt, wie es nur dazu hat kommen können, dass er sich tatsächlich wieder mit ihr eingelassen hat.

Diese Kluft zwischen ihm und den Frauen ist kleiner geworden, von alleine. Frauen sind selbstbewusster, lustiger, aber auch oberflächlicher geworden. Manchmal, wenn er auf einer Party steht und ein Mädchen kennenlernt, hat er das Gefühl, am Filmset zu stehen und das Drehbuch schon zu kennen. Irgendwann hat man alles schon mindestens einmal gehört und gesehen.

Er geht wieder zurück, quert aber nicht die Straße, ein Widerstand lässt ihn abrupt auf dem Gehsteig stehen bleiben. Der hell erleuchtete Kubus der Galerie mit den immer noch herumstehenden Gästen: Das erinnert ihn an eine Videowall, auf der ein Promo-Spot in Endlosschleife läuft, oder an ein Aquarium im Haus des Meeres, in dem die Besucher im Dunkeln umhergehen und die Fische unausweichlich in Licht getaucht werden. Das wird heute nichts mehr, denkt er, ab jetzt dreht sich alles im Kreis und zieht nach unten, dieser Abend, dieses Wochenende. Corioliskraft, denkt Adrian. Diese Woche seines Lebens ist vorbei, nächste Woche geht es weiter, zuerst mit dem Bodensee-Dreh, dann mit einem Job, den er reinbekommen hat, er springt für einen Kollegen ein. Ein Nachruf, ein Interview mit einer alten Frau, über eine tote Schriftstellerin, irgendwo bei der Rax. Er beschließt, zu Fuß nach Hause zu gehen, durch die menschenleere Stadt. Lieber will er fernsehen, in seiner kleinen, aber eigenen Wohnung, in der er von niemandem gestört wird. Zum »Tatort« seine Wäsche, die schon seit fast zwei Wochen auf dem Wäscheständer hängt und im Gang im Weg steht, herunternehmen, glattstreichen und zusammenlegen. Unter der mauen Abendstimmung regt sich wieder Zorn auf Katalyn. Er sieht auf sein Handy, nichts. Ob er sie anrufen soll? Oder doch lieber eine WhatsApp-Nachricht?

Seine Stimmung ist ihre Schuld, denkt er und geht schneller. Ein Typ mit Hipsterbart und Hipsterbrille kommt ihm entgegen, und er ballt seine Wut auf Katalyn, die wenigstes eine Nachricht hätte schreiben können. Sie weiß doch, wie schwer es für ihn ist, oder? Sein Zorn umgibt ihn wie eine Rauchwolke, in die der Hipster jetzt eintaucht und im letzten Moment eine elegante Ausweichbewegung macht. Diesen kleinen Sieg zumindest, denkt Adrian, kannst du mit in die nächste Woche nehmen.

4.
Elvira

Hintermoos, Anfang August

Zeit für Kaffee und Zigarette. Sie streckt sich, die Hände ins Kreuz gelegt. Es knackst wie Holz im Ofen. Nenis Tasse mit den vielen kleinen blauen Pferden darauf hat eine verdiente Kräuterteepatina, die sie nicht auswaschen wird. Gehört die auch in den Nachlass? Wenn die Redakteurin kommt, darf sie nicht vergessen, ihr eine von den sauberen Tassen anzubieten. Je älter man wird, desto unmerklicher wird die Trennlinie zwischen Uneitelkeit und Ungepflegtheit. Nur, weil sie sich nicht als ungustiös empfindet, muss das ja eine Dreißigjährige nicht auch so sehen. Elvira findet sich ausreichend gepflegt. Sie findet sich ja auch ganz brauchbar gealtert. Aber Altern ist ja völlig aus der Mode gekommen. Altern muss man heimlich, hinter verschlossenen Türen und unter straffer Haut. Vor allem die Frauen müssen das Altern um jeden Preis verhindern. Aber auch den Männern machen sie schön langsam Druck. Altern ist diesen Generationen nach uns nicht zumutbar, denkt sie. Früher mussten sich alte Menschen gar nicht pflegen. Gepflegtheit unterliegt ja auch einer Mode, die mit der Zeit geht. Früher durfte man im Alter verlottern und vertrocknen. Als Kind hatte ihr vor vielen Alten geekelt, vor deren gelben Zähnen und vor den strähnigen Haaren, ihrer speckigen, mit Flecken übersäten Kleidung. Vor den Muttermalen, die so krebsig aussahen. Jetzt ist sie selbst bald sechzig, und auf den Händen und im Gesicht hat sie auch schon ein paar Flecken. Wie riecht sie? Sie hebt den Arm. Nach nichts, findet sie. Wie die jungen Frauen heute wohl riechen? Mit jungen Menschen hat sie nichts mehr zu tun. Riechen die nach Naturkosmetik, und gibt es wieder Achselhaare? Wachsen dieser Generation überhaupt noch Achselhaare?

Elvira kippt den letzten Schluck Tee in die Wiese, geht ins Haus, setzt sich an den Schreibtisch und versucht dort weiterzumachen, wo sie gestern Abend abgebrochen hat. Dass Helene offensichtlich noch immer nicht genug hatte vom Literaturbetrieb, das hat Elvira immer noch nicht verdaut. Noch ein Buch schreiben. Noch einmal der Canossagang zum Verlag, Streiterei mit den Lektoren um jedes Wort, mit den Grafikern um das richtige Cover, noch einmal die Mühsal der Lesereisen, das Erdulden der Kritik, das bisschen Bestätigung, das man aus dem Gros der Kränkungen und Häme herauskletzeln muss. Meine Güte, Neni, du hattest doch schon genug! Du hattest doch schon ausgeschrieben!

Obwohl sie doch mit der kleinen Pension auskommen hätte können, hier, am Arsch der Welt, wo man eh kein Geld ausgeben kann. Helenes Schreiben: Ein Trieb, der vielleicht eine Zeit lang schlief, aber nie abstarb. Elvira kennt so etwas gar nicht. Sie hatte keine Visionen und Triebe, sie hat einfach immer das Leben gelebt, das ihr gerade zwischen die Finger kam, so lange, bis es ihr entglitt und etwas anderes kam. Den politischen Aktivismus, den Elvira mitgemacht hat, hat sie in Wien zurückgelassen, als sie mit dem Haizirkus auf Tour gegangen ist: ein paar Farbbeutel, Transparente, Basteleien, Parolen. 1976, das ist zweiundvierzig Jahre her. Damals haben sie sich kennengelernt, zwei gemeinsame, frauenbewegte Jahre. Frauenbewegt, so sagten sie damals. Das Wort gibt es gar nicht mehr, die Bewegung auch nicht. Alle haben schon alles, und sogar den Frauen hängt der Feminismus zum Hals raus.

Dilettantischer Kulturvandalismus, hat die Zeitung geschrieben. Subversiver Aktionismus, so haben sie in der WG dazu gesagt. Nach ein paar Bier nahm man es dann mit der Natur des Ismus nicht mehr so genau. Auf den subversiven Aktivismus! Auf den vandalistischen Konstruktivismus! Auf den feministischen Destruktivismus! Prost!

Es waren Entgegnungen, die man als 68er der Gesellschaft schuldete. Die Gesellschaft bettelte darum, angespuckt und verhöhnt zu werden. Es war das Dagegen-Sein, das wichtig war, auf das man süchtig werden konnte, nach der langen Zeit des Mitlaufens, des Nichtstuns und Nichtssagens. Das, was sie und die Frauen von der Theobaldgassen-WG in den Siebzigern gemacht haben, ist eine revolutionäre Speckschwarte gewesen, von der zumindest Elvira lange hat zehren können. Genauso wie seit fünfundzwanzig Jahren von der Zufallserbschaft. Sie war in mehrerlei Hinsicht chronisch genügsam geworden. Eine Hungerkünstlerin, die nicht viel braucht, um satt zu sein.

Elvira überfliegt Helenes Posteingang: viel Hin und Her wegen dieses überraschenden Buches, das im Oktober erscheint. »Drohnenkönig« heißt es, 125 Seiten, ein gelb-schwarzes Wimmelbild auf dem Cover, das in den Augen schmerzt. Hatte Helene noch frische Ideen? Oder war es ein wiederaufgewärmtes Projekt? Das, was in der Vorschau steht, kommt Elvira nicht bekannt vor.

In dieser trickreichen Umkehrung der Machtverhältnisse zeigt uns Helene Schulze, wo der Hund begraben ist: nicht nur in den Parlamenten und Vorstandsetagen, sondern auch in unseren Worten, Betten und unter unseren Küchentischen. Mit »Drohnenkönig« knüpft Helene Schulze an ihre wortgewaltige Tradition an und überrascht uns gleichzeitig mit einer weiteren Facette ihrer vielfältigen Begabung: der Satire.

Diese Unart der Verlage, in ihren Vorschauen jedes noch so banale Buch zu einem Meisterwerk aufzublasen. »Anknüpfen« war ein ziemlich dreister Begriff für ein Veröffentlichungsmuster zwischen fünf und zehn Jahren. Da wäre das Wort »überbrücken« wohl eher angebracht gewesen. Und statt »wortgewaltig« hätten sie einfach »meistgehasst« schreiben können. Nein, denkt sie, ich verstehe das alles nicht. Warum wolltest du dir das antun, Neni?

Vielleicht ist Helenes Buch aber auch nur ein weiterer Fluchtversuch aus der Altersarmut gewesen. Der ehrenwerte Eminenz Verlag dürfte Potenzial gewittert haben.

Im Posteingang ist Helene noch am Leben, da trudelt ein Newsletter nach dem anderen für sie ein. So geht es sicher auch mit der Briefpost, mit den Abbuchungen, mit den Zeitungsabos. Der lange administrative Arm des Lebens. Und die großen Dinge? Was passiert mit dem Haus? Werden sie es verkaufen? Als Wochenendhäuschen nutzen? Sie beutelt den Gedanken ab. Sie soll nur sichten. *Was da beruflich und was privat ist.* Zwei Wochen hat sie dafür, eine ist schon vorbei.

Elvira reist in der Zeit zurück, in Helenes Alltag vor zwei Wochen, vor drei Wochen. Sie hat wild hin- und hergemailt. Es geht um Pressetexte, um Lesetermine, Förderungen, um steuerliche Absetzbarkeit. Elvira wird schwindelig. Zwei große deutsche Literaturhäuser haben Lesungen vereinbart, in Wien wäre eine Präsentation im ehrwürdigen Hoftheater vorgesehen gewesen. Im Hoftheater! Ist das Buch tatsächlich so markttauglich? Und es geht um den Abgabetermin für ein Theaterstück. Wo ist dieses Stück? Ist es fertig? Hat sie es überhaupt schon begonnen? Können Theaterstücke unvollendet aufgeführt werden? Wer könnte es fertigschreiben? Wird ein Buch auch veröffentlicht, wenn die Autorin kurz vorher stirbt? Wer liest dann vor? Wer beantwortet die Interviewfragen? Elvira bekommt Kopfweh.

Dann die Dokumente! Überhaupt keine Ordnung, alle auf dem Desktop gespeichert. Die Konzentration auf die Arbeit vertreibt das Heulen. Was für ein riesengroßer Sauhaufen, Neni! Schäm dich! Das Dokument sticht ihr wieder ins Auge. *Grabrede für mich selbst.* Elvira rauft sich die Haare und stößt einen jammernden Klagelaut aus. Die hat sie ja auch noch nicht gelesen. Was für eine Zumutung!

Zuerst das Papier, beruhigt sie sich. Das Digitale kann warten. Eines nach dem anderen. Das Papier aufteilen in drei große Kisten, die sie im Schuppen gefunden hat und beschriftet: PRIVAT, NACHLASS, WEISS NICHT. Sie reißt eine der schiefen, klemmenden Schreibtischladen nach der anderen auf. Schuhkartons, Mappen, Rechnungen, alte Fotoapparate. In der untersten Lade stapelweise A5-Hefte mit Jahreszahlen versehen. Elvira öffnet das oberste und blättert mit Unbehagen darin. Das waren eindeutig Helenes Tagebücher. Ihre kugelrunde Schrift, immer mit Datum. Ihr säuberliches Schriftbild, das manchmal ausufert, wackelig und windschief wird. Schreiben macht durstig, hat Helene immer gesagt.

Die Redakteurin hat am Telefon diesen unterwürfigen Ton in der Stimme gehabt, an den sie sich gewöhnen könnte. Helene hätte das gefallen. Sie hatte immer schon einen hohen Bedarf, was Anerkennung betraf. Sie gab auch mehr aus als die Honorare einbrachten. Sie kaufte teure Kaschmirjacken und aß Zwieback. Unter dem Bettzeug aus Seide lag die versiffte, uralte Matratze der Tante, von der sie das Haus geerbt hatte. So stabil und vernünftig sie als Anwaltsgattin und Familienmutter war – als alleinstehende Künstlerin benahm sie sich so, als hätte sie nie einen vierköpfigen Haushalt organisiert. Als hätte sie ihre Vernunft bei Rainer zurückgelassen, als sie sich von der Familie ab- und der Literatur zuwandte. Sie hatte vielleicht gehofft, der Erfolg würde wiederkommen.

In der untersten Lade stößt Elvira auf einen Stapel Manuskripte. »Totentanz.« »Eins, zwei, drei.« Keine Spur vom »Rauhreif«-Skript. Das wäre wahrscheinlich am ehesten etwas wert. »Rauhreif« war das einzige Buch, mit dem sie wirklich viel Geld verdient hatte – und Anerkennung. Auf jede lobende Äußerung kamen allerdings doppelt so viele abwertende. Die österreichischen Kritiker hassten das Buch, aber den Deutschen gefiel es. Und den Lesern, vor allem den Leserinnen, war das Gegeifer, das mit unvorteilhaften Doppelkinn-Fotos aufgefettet war, egal: Sie kauften das Buch trotzdem. Aber eben nur dieses Buch. Das Nachfolgebuch schon nicht mehr.

Elvira blättert durch die Manuskripte, sieht sich die Jahreszahlen an. Unfertiges, altes Zeug. Geht niemanden etwas an. Sie wirft es in die Kiste PRIVAT.

»Rauhreif« ist ein Schrei gewesen, für den ich Jahrzehnte hatte Luft holen müssen, hat sie einmal gesagt. So ein Schrei klingt auch Jahrzehnte nach. Diesen Satz haben sie in den Nachrufen natürlich zitiert. Meist als Überschrift, verstümmelt wie im Kulturjournal: Der jahrzehntelange Schrei ist verstummt. Helenes Satz ging aber noch weiter. Wie viele solcher Schreie gehen sich in einem Leben aus? Aber das wollte schon niemand mehr hören, und das hat auch niemand zitiert. »Helene Schulze gehörte unwidersprochen zum Kanon der späten feministischen Avantgarde« war auch so ein Satz, der überall in den Nachrufen stand. Kanon, Avantgarde. Das klang nach einem kuscheligen Chor, dem das österreichische Feuilleton und der Markt andächtig gelauscht und danach applaudiert hätten. Das Gegenteil war der Fall. Feministische Avantgarde, das bedeutete Gehasstwerden. Vom Feuilleton. Vom Steuerzahler. Von den Kollegen. Es bedeutete Gegenwind und Einsamkeit.

Die Nachrufe aber zitierten immer nur die rosige Seite: diesen klugen Satz, die Verkaufszahlen von »Rauhreif«, die Anzahl der Übersetzungen. Die Ecksteine, an denen der Erfolg gemessen wird. Davon, *unwidersprochen zum Kanon der späten feministischen Avantgarde zu gehören,* kann man aber nicht leben. Preise wären zum Leben gut gewesen, aber Preise bekam so jemand wie Helene nicht. Sie bekam Drohpost in vordigitalen Zeiten, noch zum Angreifen auf Papier: *Wir wissen, wo du wohnst.* Wie schnell all das verpufft ist! Nicht einmal die Abneigung gegen sie hatte Bestand. Helene Schulze ist noch zu Lebzeiten eine von diesen Toten geworden, mit denen sich die jungen Germanisten beschäftigen sollen, aber nicht müssen.

Elvira legt die Hefte in die WEISS-NICHT-Kiste, steht auf und macht die Schreibtischlade zu. Sie wünscht sich natürlich, dass Helenes Roman erfolgreich wird, sie wünscht sich, dass ihr Nachlass mit Samthandschuhen geordnet, katalogisiert wird. Und sie stellt sich vor, dass irgendeine Aussage von Helene, ein unveröffentlichter Text oder ein Gedicht, im Feuilleton einen Moment der Empörung auslösen würde, jemanden vor den Kopf stößt. Wenn Helene quasi aus dem Grab herausspucken könnte. Und alle sehen dabei zu! Das wäre doch eine Abschiedsgeste, die Neni gefallen könnte! Aber nicht vergessen werden, wäre das höchste Gut. Doch ziemlich unwahrscheinlich.

Mit »Rauhreif« kam der große Erfolg nämlich *zu früh.* Helenes Erfolg war außerdem *zu groß* für eine dreiundzwanzigjährige Frau. Vor allem 1977. Heute ist das etwas anderes. Heute ist der Literaturbetrieb ein Kindergarten für Schwererziehbare: Jeder darf alles.

Für Neni geht es jetzt um die Wurst: um die verhinderte Ausscheidung aus dem Erinnerungskörper der Gesellschaft. Nachruf, Nachlass, Nationalbibliothek. Aber vielleicht auch nur eine Nebelgranate, wer weiß das schon. Es wäre schön, wenn der Nachlass gekauft würde. Noch besser wäre gewesen, sie hätte ihren Vorlass verkaufen können. Dann hätte sie finanziell ein bisschen Luft gehabt. Aber darum hätte sie sich schon zu Lebzeiten kümmern müssen. Also vernetzen, besser noch: verhabern. Elvira blickt auf die drei Kisten, die sie in der Raummitte platziert hat. In der Kiste NACHLASS liegen ein paar Kalender, Ansichtskarten, unleserliche Notizbücher. In der Kiste PRIVAT liegt ein bisschen Nippes, ein paar Briefe, die alten Manuskripte, darunter zwei unfertige, erotische, und die Post von den Kindern. Die Kiste WEISS NICHT ist bis jetzt am vollsten.

Helene sah sich gerne als eine, die sich durch die taube Hornhaut der Gesellschaft durchgenagt hat. Sie schrieb über die unaufgearbeitete Nazizeit, über Politskandale, über Frauenrechte. Aber die Gesellschaft steht heute auf ganz anderen Füßen. Flüchtlingsströme, Sexroboter, Erdnussallergie, #Metoo-Skandale. So etwas wollen die Leute jetzt lesen. Nicht Romane über Geschlechterpolitik, Klassenkampf, Ungerechtigkeit, Sexismus ganz ohne Hashtag. Helene kreiste ihr Leben lang um den immerselben, alten, thematischen Misthaufen, der unbeeindruckt vor sich hinrottet, egal, ob irgendwer dagegen anschrieb – oder nicht. Je älter sie wurde, desto mehr bestürzte sie, wie sinnlos es war, darüber zu schreiben. Zombiethemen!, rief sie aus. Elvira hat versucht, sie zu beruhigen.

Wer hat schon jemals mit Kunst die Welt verändert? Die Nachwuchsschriftsteller, die jetzt jung und hipp sind, haben das schon kapiert, hat Helene gesagt.

Die wollen nur mehr Geld verdienen und sich nicht mit so etwas Abgelutschtem wie Lohnscheren aufhalten.

Mach das doch auch, rief Elvira. Aber Helene wollte davon nichts wissen.

Ich bin ein Aasfresser, sagte sie, aus mir machst du keinen Jäger mehr. Ich schreibe über das, was die Jungen übrig lassen. Ich nage an den Kadavern herum, die ihnen zu flachsig und stinkig sind. Irgendjemand muss sich doch um das Aas kümmern.

Das klang witziger, als sie es meinte.

Literatur ist unwichtig geworden, hat sie gesagt, Theater ist obsolet, und Essays braucht man auch keine mehr schreiben, erstens zahlen die Zeitungen einen Nasenrammel dafür, zweitens lesen doch nur mehr vertrocknete Intellektuelle und Sozialromantiker Essays. Alle anderen lesen nur mehr 280-Zeichen-Tweets.

Dann lass es doch, hatte Elvira vorgeschlagen. Leb in den Tag hinein. Du kriegst Unterhalt! Du hast zu essen und ein bisschen viel zu trinken. Du hast einen Wald vor der Tür. Geh spazieren! Steig auf einen der Berge, die dich umgeben! Komm raus aus deinem feuchten, selbstmitleidigen Tal!

Helene zog es vor zu hadern und zu saufen. Und weiter zu schimpfen.

Wir sind die letzte Generation, die sich noch Zeit zum Zweifeln nimmt. Wir, sagte sie und hob die Arme, wir Vertrocknete. Alte. Intellektuelle. Wir werden aussterben!

Wann ist Helene so bitter geworden? Vielleicht hat es mit den ersten Verrissen des zweiten Buches begonnen. Des dritten. Oder damit, dass die »verlorene Tochter« das blöde Report-Interview gegeben hatte, das Helene so wehgetan hatte. Nachdem sie Rainer verlassen hat und nach Hintermoos gezogen ist, hat sie noch ihre Freiheit gefeiert, Freunde, Kolleginnen zu Gartenpartys eingeladen. Sie hat Fleisch gegrillt, Wein aus Doppelliterflaschen in Pappbecher und Gurkengläser eingeschenkt und mit dem feuchten Holz hinter ihrem Schuppen mehr Rauch als Feuer gemacht. Mit der Zeit ist die Euphorie über die Freiheit brüchig geworden. Wegen des knapper werdenden Geldes vielleicht. Wegen der Streitereien mit den Dorfbewohnern, die durch sie hindurchsahen und nur mit ihr sprachen, um ihr wegen des Gartens oder irgendwelcher starrsinnigen Regeln Anweisungen zu geben. Oder weil sich immer weniger Besuch im feuchten Nebental einfand. Gleich nach dem Auszug aus Kaiserbad ließ sie der Verlag endgültig fallen, weil das Manuskript missfiel. Es hinterließe einen unbefriedigt, stand in der Absage. Elvira erinnert sich daran, wie Helene sich wahnsinnig über die Wortwahl aufgeregt hat. Noch dazu wurde das Buch bei einem anderen Verlag ein Flop. Sie hat nur noch über den Kulturbetrieb geschimpft, den Freunden die Abende vergällt mit ihren wütenden Anklagen, ihren Monologen. Sie hatte sich in eine Einbahnstraße hineingeschrieben. Wenn man durchs Schreiben in dieser Welt etwas bewegen will, dann geht das vielleicht mit Werbetexten oder Dialogen in Computerspielen, da muss Elvira ihr posthum recht geben. Aber so viel Selbstmitleid wäre nicht nötig gewesen. Und auch nicht diese Missgunst und Verachtung, die sie dem literarischen Nachwuchs entgegenbrachte. Da schwang das kokette Ungerechtigkeitsempfinden mit, früher geboren geworden zu sein als die, die jetzt jung sein konnten. Mussten. Elvira erinnert sich.

Neni, ich frag dich, wer will bitte jetzt gerade jung sein?

5.
Adrian
Hintermoos, Mitte August

Klein ist das Haus, hässlich die Fassade mit hellgrünem Eternit gedeckt, ein Vorbau steht unvermutet in den Garten hinein. Cordula, die Redakteurin von *Literatur pur*, hat ihn während der Fahrt zugetextet. Er ist müde, aber wenn sich so eine Gelegenheit in seinen leeren Terminkalender hineinschreibt, dann denkt er nicht lange nach. Er kann das Geld gebrauchen. Er kann immer Geld gebrauchen.

Die Fahrt geht erst Richtung Süden, auf der Autobahn mit nicht mehr als hundertzehn Stundenkilometern, dann zweigt eine Straße in ein Tal ab, da fährt man entlang, an toten Fabriken vorbei, an sterbenden Kurorten, und rechts und links türmen sich Rax und Schneeberg auf und rücken zusammen. Je weiter man in das Tal hineinfährt, umso enger wird es. Cordula schaltet viel zu spät hoch in den Zweiten, wenn Steigungen kommen. Der Kameramann, den Adrian von einer früheren Produktion kennt, ist zuerst auf der Rückbank gesessen, mit leise drohendem Ton telefonierend, dann hat er sein Gespräch beendet und die Kamera aus dem Fenster gehalten, in den Himmel, in die Baumkronen, in den

Fluss, in den Seitenspiegel und in den Rückspiegel. So etwas kann man immer brauchen. Wenn es um Kunst oder Nachrufe geht, sind Zurückschauen und fließendes Wasser eine ganz willkommene Metapher. Neben der Straße gurgelt ein Fluss dahin, der der Luft die letzte Wärme entzieht. Adrian hätte sich wärmer anziehen sollen. Aber damit nicht genug, sie zweigen auch von diesem Tal ab, in das Nebental vom Tal, wo alles noch enger und klammer wird. Wer hier freiwillig lebt, dem ist wirklich nicht mehr zu helfen.

Cordula sieht aus, wie man sich eine feministische Germanistin vorstellt, ihr Bauch ist zu speckig, ihre Hose zu bequem, ihre Haare zu plattgedrückt und farblos, ihr Auftreten zu burschikos, zu ungeschminkt. Gesamteindruck: ziemlich lesbisch. Aber Adrian hat ihr lange genug zugehört, um zu wissen, dass sie nicht ernsthaft bösartig ist. Keines von diesen kastrierenden Exemplaren. Diese Elvira Katzenschlager, die sie interviewen sollen, war eine Freundin (oder *die* Freundin) von der toten Emanze, und die tote Emanze ist die bekannte Schriftstellerin Helene Schulze gewesen, von der er allerdings noch nie gehört hat. Nun ist die tote Emanze für einen Buchpreis nominiert, seit gestern.

Helene Schulze ist die erste Tote überhaupt auf einer Longlist, eine Sensation in der Branche. Stell dir vor! Cordula ist ganz aus dem Häuschen, fast unter Schnappatmung.

Wenn es das Buch auf die Shortlist schafft oder den Buchpreis kriegt!

Im vorigen Jahrhundert hat die tote Emanze ein Buch geschrieben, das heißt »Rauhreif«, damals noch mit h, hat Cordula doziert und ihn aus dem Augenwinkel angesehen, um zu überprüfen, ob er schon davon gehört hat.

Noch nie davon gehört, sagt Adrian.

Cordula erklärt ungefragt vom Aufbruch, von Wellen des Feminismus, von der ersten Autorin, die *ganz ohne Larmoyanz* und *gnadenlos ehrlich* das Übel der bürgerlichen Eheidylle literarisiert habe. Unbehaglichkeit macht sich im Wagen breit.

Was ist dann mit ihr passiert?, fragt er, um die eingefrorene Stimmung ein bisschen aufzulockern.

Sie hat geheiratet, sagt Cordula frostig, Kinder gekriegt. Ein paar Theaterstücke, noch drei Romane, aber an den Erfolg konnte sie nicht anknüpfen.

Aha, sagt Adrian. Und woran ist sie gestorben?

Cordula zuckt mit den Schultern.

Alkohol, wird gemunkelt.

Zu Tode gesoffen, diagnostiziert Adrian. Nicht sehr originell.

Aber nicht, ohne vorher noch ein neues Buch geschrieben zu haben, ereifert sie sich. »Der Drohnenkönig«, das geschlechtermäßig alles umgedreht hat.

Das bedeutet was?, fragt Adrian.

Cordula gestikuliert dramatisch mit der Rechten. Die Frauen darin sind mächtig, die Männer unterdrückt und erniedrigt, sie leiden unter ihrem Haarausfall, drehen sich die Brusthaare mit Lockenwicklern ein und beweinen ihr Defizit, nicht gebären zu können.

Cordulas adipöse Bäckchen werden ein bisschen rosa.

Ich finde allein schon den Buchtitel genial!

Adrian findet ihn lächerlich, der Kameramann telefoniert schon wieder. Es klingt, als würde er mit seiner Freundin Schluss machen. Drohnen, das weiß Adrian von einer Doku, bei der er gedreht hat, werden vom Bienenvolk ziemlich schlecht behandelt. Erst werden sie von den Weibern zum Befruchten degradiert, dabei bleibt der Penis in der Bienenkönigin stecken und dann sterben sie. Oder man lässt sie nicht mehr in den Stock und sie müssen verhungern. Träum weiter, denkt er.

Ziemlich unrealistisch, entfährt es ihm, was ist mit der körperlichen Unterlegenheit?

Cordulas Antwort fällt schmallippig aus.

In manchen Kulturen wird die Gebärfähigkeit als körperliche Überlegenheit gedeutet. Und der Rest, ja, der ist Kulturgeschichte.

Danach ist es eisig im Auto, aber das passt zu dem klammen Tal, bis an dessen Ende sie tatsächlich gefahren sind, übertourig und mit fast absaufendem Motor bis nach Hintermoos – und da ist wirklich Schluss: Talschluss. Da in diesem hässlichen Haus sollen sie das Interview drehen. Das soll dann mit dem Archivmaterial vom ORF und vom Eminenz Verlag zusammengeschnitten werden für einen

Nachruf in der kommenden *Literatur-pur*-Ausgabe, der jetzt wegen der Nominierung detaillierter ausfallen wird.

Sie steigen aus, Adrian nimmt die Kameratasche aus dem Kofferraum und als er wieder aufsieht, sieht er eine Frau, die den Türrahmen des Häuschens ausfüllt. Ihm fällt sofort die Haarfarbe auf, es ist ein gelbliches Weiß, das bis zu den Schultern fällt, in dem sich die Sonne fängt. Gleich danach trifft ihn ein Blick aus hellbraunen Augen, den er schwer einordnen kann. Abschätzig und stechend, denkt er. Die Frau ist barfuß, trägt eine ziemlich enge, aufgekrempelte Jeans, die unter den Knien endet, und ein schwarzes T-Shirt mit schlampig weitem Ausschnitt, und sie sagt nichts und nickt nur, als er hinter Cordula den schmalen Waschbetonplattenweg durch das Gras auf sie zugeht. Aus der Nähe sieht er, dass die Tür niedriger ist und die Frau viel kleiner, als er anfangs gedacht hatte. Cordulas Planentasche schlägt bei jedem Schritt gegen ihre gut gepolsterte Hüfte. Die Frau hält die Tür auf und bittet sie mit einer Kopfbewegung hinein. Irgendetwas stimmt nicht mit ihr, denkt Adrian, sie grüßt nicht wie eine alte Frau, sie steht nicht da wie eine alte Frau, viel zu aufrecht, aber nicht steif. Im Haus ist es dunkel, die Fenster sind winzig, es riecht nicht so, wie es riechen sollte. Er hat einen heimeligen Geruch erwartet, so wie in der Wohnung seiner Großmutter: süßlich, Kaffee oder Kuchenduft, ein bisschen nach altmodischer

Seife. Aber es riecht nach Wochenendhaus, nach kaltem Rauch, ein bisschen modrig, ein bisschen nach Hund, obwohl er keinen Hund sehen kann. Die Frau deutet mit einer kleinen Handbewegung auf den Holztisch, der in der Mitte der Küche steht, setzt sich und lächelt ein winziges, halbherziges Lächeln. Cordula setzt sich ebenfalls, der Kameramann steht herum und sondiert die Licht- und Raumverhältnisse. Adrian flüchtet zum Auto, noch mehr Zubehör holen und ins Haus hineintragen.

Als er wiederkommt, sitzt Cordula unbehaglich auf einem griechischen Tavernenstuhl mit kleiner Sitzfläche aus Strohgeflecht, die sich in der Mitte vertieft. Adrian stellt sich vor, wie sich der Sitzrahmen in ihre Oberschenkel hineindrückt. Elvira Katzenschlager ist verschwunden. Während er das Set aufbaut, holt Cordula ihre Kärtchen aus der Tasche und breitet sie vor sich aus. »Helene Schulze« steht kursiv und fett auf der obersten, auf der nächsten eine lange Liste aus Unterpunkten, zu denen mit streberhafter Blockschrift vereinzelt hinzunotiert wurde. Sie hat sich gut vorbereitet. Als die Alte wieder auftaucht und sich an den Tisch setzt, wühlt Cordula gerade in ihrem kleinen Federpennal, als gäbe es nur diesen einzigen Stift, mit dem man Notizen machen kann. Wie sie jetzt feierlich ihre speckigen Hände auf den Tisch legt. Adrian geniert sich für Cordula und sieht zur Katzenschlager hin.

Er sieht den faltigen Hals, er sieht schiefe, aber

kräftige Zähne in einem leicht nach vorn gewölbten Kiefer, zu dem ihm wieder nur »kräftig« einfällt. Durch das kleine Fenster kommt erstaunlich viel Licht. Er sieht ein paar Flecken auf der gebräunten Haut, sie sehen aus wie sehr große Sommersprossen, er sieht eine große, tiefe Falte, die aus dem Brustbereich nach oben kriecht, das Dekolleté in zwei Hälften teilt, sich verästelt und knapp unter der Halsgrube mündet. Er sieht diese alte Frau so genau an, wie er noch nie eine alte Frau angesehen hat. Dabei will er sie gar nicht so genau ansehen, so viel Haut ist er gar nicht gewöhnt in diesem Alter, und auch nicht so viel Mund, so viel Lippen, aber vielleicht kommt er ihnen nie so nahe, den alten Frauen, mit denen er im Alltag und in der Arbeit einfach nur wenig zu tun hat. Meist stehen sie herum, immer zu dick angezogen, an Straßenbahnhaltestellen neben ihm, bei der Billa-Kassa vor ihm oder sie gehen an ihm vorbei. Seine Mutter mal ausgenommen, sind alte Frauen eine Art Hintergrundgeräusch. So auf Tuchfühlung, vor allem vor der Kamera, ist er selten mit ihnen. Und wenn, sind sie diskreter und hochgeschlossener gekleidet.

Jetzt kommt ihr also, eröffnet die Alte das Gespräch.

Es klingt, als bräuchte es Überwindung.

Cordula hält kurz inne, sieht verschreckt auf, das Gesicht bekommt kurz etwas Flächiges, Verzweifeltes, aber sie rückt es gleich wieder zurecht, sie ist Profi. Wie eine geübte Talkmasterin lächelt sie über den Vorwurf hinweg und sagt:

Es freut uns umso mehr, dass Sie dem Interview zugesagt haben.

Mit einer lebendigen Helene hättet ihr mehr Freude gehabt, sagt die Frau, steht auf und holt sich eine Teetasse an den Tisch, in der ein paar Flankerl in einer grünen Brühe schwimmen.

Adrian hätte gerne ein Glas Wasser, noch lieber einen Kaffee, traut sich aber nichts zu sagen. Aufs Klo muss er auch.

Adrian und der Kameramann sondieren den Raum, das Licht, das von außen in den Raum fällt. Hier kann sie nicht sitzen bleiben, sie muss weiter ins Rauminnere. Eine Wolke schiebt sich vor die Sonne. Das Licht bricht zusammen. Er und der Kameramann diskutieren, messen, probieren ein paar Einstellungen, wählen einen Platz, fragen, ob der Tisch verschoben werden kann. Sie nickt. Adrian und Cordula verschieben den Tisch, und der Kameramann bittet die alte Frau, Platz zu nehmen.

Adrian hält das Mikro über sie, richtet es mithilfe des Kameramanns ein, bittet sie um eine Sprechprobe.

Was soll ich sagen, fragt sie und blickt ihm ins Gesicht.

Irgendetwas, sagt Adrian.

Eins, zwei, drei, vier, fünf, sechs, sieben.

Adrian nickt, sieht zum Kameramann.

Eine alte Frau kocht Rüben, eine alte Frau kocht Speck.

Alles klar, sagt Adrian.

Schneidet sich den Finger weg. Sie artikuliert jeden Laut, jeden Buchstaben, dann sieht sie ihn aus ihren hellbraunen Augen lauernd an.

Und Sie setzen sich nicht zu mir?

Adrian hält irritiert inne. Wie meint sie das, hat sie ihm gerade zugezwinkert? Er probiert zu grinsen, da wendet sie den Blick ab und sieht Cordula an.

Ich werde nur aus dem Off zugeschaltet, sagt die.

Was für ein Schock, dass sie so unerwartet gestorben ist, beginnt Cordula, jetzt wieder aufrecht und konzentriert, die Kärtchen vor sich. Es soll auflockernder Smalltalk sein.

Die Alte ist locker, denkt sich Adrian, die braucht keinen Smalltalk. Sie macht eine wegwischende Handbewegung, steht plötzlich auf und verschwindet im Nebenzimmer, kommt mit einem Päckchen Zigaretten zurück, stellt sich in die Tür und zündet sich eine Zigarette an, wobei sie sich kaum Mühe gibt, den Rauch ins Freie zu blasen. Der Kameramann und er warten geduldig. Sie wird sich schon wieder hinsetzen, denkt Adrian. Er spürt, dass Cordula an Boden verliert. So ist das, wenn man mit diesen Revoluzzern von früher zu tun hat, die haben überhaupt keine Manieren. 68er, so hieß die Bewegung, über die Adrian sehr wenig weiß, außer dass die Leute von damals entweder gar nicht marktaffin sind oder ihre Missachtung ruppig hervorkehren. Die Promis unter ihnen sind so verdorben von jahrzehntelanger Erfahrung mit den Medien, dass sie wissen, sie sind als kulturelle Fixkost eingeplant und müssen nicht wegen jedem Häppchen Sendezeit Männchen machen. Er redet sich zu, dass es für ihn lustiger ist, eine alte Emanze zu porträtieren als ein Erdhörnchen. Oder eine Gespenstschrecke. Oder einen Schlammwurm.

Augenblicklich macht sich Rauchgeruch breit, aber es stört Adrian nicht. Er würde sie gerne anders filmen, er würde das exzentrischer machen als diesen Nachruf-Doku-Einheitsbrei, der wieder herauskommen wird. Er folgt seinem Instinkt, befestigt das Mikro, holt seine Kamera hervor und stellt scharf. Sie bemerkt nichts. Er stellt auf die Hände scharf, auf den braunen Altersfleck am Handrücken, der ihn an die Umrisse von Frankreich erinnert, über den sich der Rauch schlängelt, dahinter das fleckige Apfelbaumgrün, es sind die guten Bilder, die sich nicht wiederholen werden, weil die besten Einstellungen während dieser blöden Anfangsbesprechungen verloren gehen. Wegen der immerselben Dramaturgie geht die schöne Sprödheit, die zwischen Fremden herrscht, verloren. Das Licht ist später anders oder die Handhaltung. Und später raucht sie wahrscheinlich nicht, vielleicht raucht sie überhaupt nur eine am Tag. Sie dämpft ihre Zigarette in ein leeres Marmeladenglas am Boden aus und wirkt plötzlich richtig freundlich. Adrian legt seine Kamera zur Seite und übernimmt wieder das Mikro.

Seit ich dreißig bin, rauche ich nicht mehr, sagt sie jetzt. Und seit ich in diesem Kaff bin, rauche ich nicht mehr nicht.

Cordula ist verunsichert, was soll sie darauf auch sagen, sie nickt, wartet, bis Elvira Katzenschlager sich wieder setzt, dann nickt sie Adrian und dem Kameramann zu.

Endlich beginnen sie richtig. Sie haben sich für die vorhersagbarste Einstellung entschieden, für einen ruhigen, einfarbigen Hintergrund. Adrian hält das Mikrofon von oben.

Es gibt eigentlich nichts zu erzählen, was nicht schon oft gesagt worden ist, sagt die Alte jetzt, zu niemand Bestimmtem, sie wird ungehalten. Sie hat große, fast grobe Hände, mit kurzgeschnittenen, breiten und flachen Fingernägeln. Adrian denkt an Ohrfeigen, an Werkzeug, Arbeitshandschuhe. Cordula kämpft.

Sie haben ja zugestimmt, dass wir filmen, sagt sie tapfer. Dürfen wir das Haus nach dem Gespräch …?

Die Alte macht eine abwehrende Bewegung. Das Haus nur von außen. Na gut, diese Küche.

Wissen Sie etwas über Projekte, die in Arbeit waren?, fragt Cordula.

Theaterstücke, entgegnet die Katzenschlager einsilbig.

Und der »Drohnenkönig«, sagt Cordula.

Sie wissen doch schon alles vom Verlag, sagt die Alte. Warum sind sie eigentlich hier?

Sehr stockend, denkt Adrian. Cordula stellt die nächste Frage. Es geht um das Pseudonym, unter dem der Roman erscheinen soll. Scheinbar plötzlich ist die Katzenschlager auskunftswillig. Irgendwann werden sogar die Sprödesten warm, denkt Adrian. Das Gespräch beginnt zu laufen, dreht sich um Theaterstücke, nicht verliehene Preise, den Lebenslauf der toten Emanze. Adrian ist müde und fühlt seine Aufmerksamkeit abgleiten, in seinem Kopf beginnt das Radio zu laufen, es spielt irgendetwas Uraltes, das sie auf Radio Wien auf dem Weg hierher gehört haben. Er denkt an seine Mutter, die nächste Woche Geburtstag hat, und fragt sich wie immer, was er ihr schenken soll, und die Musik in seinem Kopf wechselt jetzt, erst auf Parov Stelar und dann auf Voodoo Jürgens *Heite grob ma Tote aus*. Bis Adrian von einem Wort in die Konzentration zurückgeholt wird. Tod.

Cordula, respektvoll den Kopf neigend, aber doch mit diesem lauernden Gesichtsausdruck.

Eine Magenblutung, sagt die Katzenschlager.

Cordula ist noch nicht satt.

Adrian weiß schon, worauf sie lauert. Es muss ein fetter Tod sein. Suizid steht bei Künstlern ganz oben auf der Liste, egal, ob Musiker, Schriftsteller oder Schauspieler, egal, wie gut sie waren. Bei erfolglosen Künstlern, weil sie deprimiert sind, bei erfolgreichen, weil sie mit dem Erfolg nicht umgehen konnten, und bei allen anderen sind Suff oder Drogenmissbrauch quasi als schleichender Suizid einzuordnen.

Warum sehen sie mich so an, sagt die Alte plötzlich zu Cordula und sieht ihr fest und ohne Blinzeln in die Augen. Die Arme hat sie immer noch grimmig verschränkt.

Schauen Sie nicht so. Es war kein Selbstmord oder Krebs. Nicht alle Künstlerinnen sterben an Krebs oder Selbstmord. Manche trinken einfach zu viel. Überhaupt die Frauen.

Cordula ist rot geworden und murmelt Unverständliches. Sie hält sich an ihrem Konzept fest und stellt die nächste Frage auf der Liste.

Helene Schulze hatte ein schwieriges Verhältnis zum Kulturbetrieb. Ihr wurden Stipendien aberkannt, und nachdem der Wiener Kulturstadtrat bei einer Premiere durch eine Requisite verletzt wurde …

Die Alte hält die Arme immer noch verschränkt, beugt sich jetzt nach vorn.

Mit diesem Tratsch wollen Sie einen Nachruf gestalten? Haben Sie nichts Besseres? Haben Sie irgendein Buch gelesen? Können wir über das Werk sprechen und nicht über den gekränkten Stolz eines Stadtrates?

Cordula ringt mit sich. Die Alte ist noch nicht fertig.

Wenn wir schon über den Kulturbetrieb reden, dann darüber, dass sie in Österreich erst über Kontakte einen Verlag gefunden hat. Dass sie nur einen einzigen, kleinen Literaturpreis bekommen hat. Man hat ihr Stipendien rückwirkend aberkannt. Ja, sogar beim Bachmannpreis hat man ihr ein Bein gestellt. Das Feuilleton hat sie gehasst! Darüber müsste man mal reden.

Hat sie sich deswegen so schnell in das Familienleben zurückgezogen?, fragt Cordula kleinlaut. Dieses mitfühlende, fast schleimige Nicken.

Sie hat ja nicht aufgehört, sie hat nur eine Pause gemacht und Kinder bekommen, sagt die Alte. Darf man das nicht? Sagen Sie, haben Sie nichts Besseres in Ihrem Stapel?

Natürlich, sagt Cordula. Ihre Finger nesteln an den Kärtchen herum.

Vielleicht wollte sie ihren Mann nicht so überflügeln, sagt die Katzenschlager.

Es klingt ironisch. Adrian bekommt eine Gänsehaut.

Vielleicht hat sie aber auch nur Erfüllung in den Kindern gesucht?, sagt sie nun mit galliger Ironie.

Wenn Sie eine Homestory wollen, sollten Sie gleich mit Rainer reden. Zeigen Sie mal.

Mit einem Ruck steht die Alte auf, greift nach dem Stapel mit den Kärtchen und sieht sie durch. Cordula bleibt versteinert sitzen.

Na bitte! Da haben wir es. Über den Köll wollen Sie reden? Und über die Tochter, die sie mit fünfzehn gekriegt hat? Was ist das hier? Ein Literaturformat oder Klatsch-TV?

Sie wirft die Kärtchen mit einer verächtlichen Geste auf den Tisch und lässt sich wieder in den Sessel fallen. Cordula hat jetzt einen hochroten Kopf. Eine Betretenheit erfüllt den Raum, und in Adrians Brust wird es eng. Er kann kaum atmen. Nur sie kann das beenden. Tu doch was, Cordula, denkt Adrian, Abbruch, Flucht nach vorn. Heimfahren und mit Archivmaterial arbeiten!

Aber Cordula ist tapfer. Sie muss diese Alte bändigen, ein paar rührige Sätze aus ihr herausquetschen. Nervös ordnet sie den Stapel neu und blättert darin, wird fündig und gibt sich einen Ruck. Mit zittriger Stimme liest sie einen Satz herunter.

Ruhm muss man sich manchmal erst mit dem Tod verdienen, hat Helene Schulze einmal gesagt.

Adrian sieht die Katzenschlager nur von der Seite. Er sieht das Seufzen, das sich im Heben des Brustkorbs äußert und in ein unruhiges Fingertrommeln mündet. Sie sitzt jetzt viel angespannter da als vorher.

Ja, *frau* erst recht, sagt sie. Sie dreht plötzlich den Kopf und sieht ihn unverwandt an, bevor sie wieder den Blick auf die Kamera richtet. Bernsteinfarbene Augen, denkt er. Adrian sieht aus dem Fenster, leidet und denkt an das Geld. Daran, wie diese kleine Überweisung schwarz in seiner Kontoübersicht zwischen all den roten Positionen stehen wird. An Katalyn. Das, denkt er, wird vielleicht gar nicht so ein langer Tag, bis er ins Wasser springen darf. Soll er sie anrufen? Draußen sticht die Sonne schon, eine Fliege summt gegen das Fenster, er fängt Cordulas Blick ein. Machen wir eine kurze Pause, sagt sie. Adrian, kümmere dich um die Fliege. Und das tut er, indem er sie mit einem zusammengerollten Werbeprospekt, der auf der Fensterbank liegt, behutsam, ohne eine Sauerei zu machen, erschlägt. Dann nimmt er die Fliege an den Beinchen, geht nach draußen und wirft sie in die Wiese.

Als er wieder ins Haus kommt, beugt sich Cordula über den Monitor, lässt sich ein paar Einstellungen zeigen und flüstert mit dem Kameramann. Die alte Hexe ist nicht im Zimmer. Adrian nimmt seine Canon D5 und geht in den Garten, um sich kurz die Füße zu vertreten und ein paar Bilder zu machen. Er kriegt keine Luft in diesem Raum mit dieser verrückten Alten und dieser Cordula, die, seit sie hier ist, nichts anderes tut, als Schleimspuren zu ziehen und den Schwanz einzuziehen. Die Alte hat doch einem Interview zugesagt, vielleicht muss man sie nur richtig bei den Hörnern packen. Man darf keine Angst zeigen. Adrian denkt an den Dreh über die wilden Hunde in Rumänien. Obwohl man wegrennen will, muss man sich souverän und ignorant geben, dann akzeptieren sie einen.

Die Wiese ist ungepflegt, das Gras, die Margeriten und violette und gelbe Blumen kitzeln ihm die Waden bis zu den Knien. Er fokussiert abwechselnd den Berg, der sich hinter dem Haus erhebt, und die kleinen unreifen Äpfel, die von einem flechtenverkrusteten Baum hängen. Er drückt nicht ab. Stattdessen lässt er die Kamera sinken, schließt die Augen und atmet tief ein. Den süßen, minzigen Kräutergeruch, das warme Summen der Wiese. Das ist schon schön. So riecht es in Wien nirgendwo. Da hört er jemanden die Stimme erheben. Als er die Augen wieder öffnet, sieht er den Kameramann schnell aus der Tür kommen, er fuchtelt wild mit den Händen herum. Komm schnell, interpretiert Adrian, die Alte spinnt. Da können Sie gleich verschwinden, hört er, und: Nein, das ist nicht im Interesse der Verstorbenen. Suchen Sie sich einen anderen Trottel!

Cordula rauscht an ihm vorbei, das Gesicht jetzt ganz rot gefleckt, die Augen verdrehend, in jeder Hand eine Tasche, Adrian sieht den Kameramann drinnen hastig alles packen, er betritt vorsichtig das Haus. Die Alte steht mit verschränkten Armen an das Spülbecken gelehnt und verfolgt den Aufbruch mit verbissenem Gesichtsausdruck. Adrian zieht den Kopf ein, geht an ihr vorbei und hilft dem Kameramann packen. Wiederschauen, sagt er leise und hofft, dass er sie nie wiedersieht. So hastig hat er noch nie ein Team einen Dreh abbrechen gesehen.

Eine Stunde vor Badeschluss sind die echten Schwimmer im Praterbad. Sie kraulen ihre Längen in den abgesperrten Bahnen wie Maschinen, ihre Münder schnappen alle zwei oder drei Armschläge nach Luft. Adrian krault in einer freigegebenen Bahn und muss Rücksicht nehmen. Auf eine alte Frau, die in einer fast vertikalen Position brustschwimmt, die im Seniorenbecken besser aufgehoben wäre. Auf den Wichtigtuer, der sich mit den Paddels abplagt.

Er versucht abzuschalten, aber die wütende Alte geht ihm nicht aus dem Kopf. Und die tote Emanze. Und Cordula. Und Katalyn. Immer wieder Katalyn. Und er fragt sich, ob es wirklich so anders sein kann, eine Frau zu sein. Hätte er eine Schwester gehabt, wüsste er sicher besser Bescheid. Als Kind hatte er sich einen Bruder gewünscht, einen älteren Bruder, aber Adrian ist ein Einzelkind geblieben. Er musste seine Mutter nicht fragen, sie erzählte ihm auch so in all ihrem Entzücken für kleine Babys und goldige Buben und Mädchen, dass er unfreiwillig Einzelkind geblieben war. Seine Mutter hätte gerne vier Kinder gehabt, auch das erzählte sie ihm ungefragt. Und dass die Gebärmutter gestreikt habe, was auch immer das heißt.

Warum die Alte plötzlich so wütend geworden ist, konnte ihm Cordula im Auto auch nicht erklären. Aber es hätte sich im Gespräch angekündigt, sagte sie, und auch in der Korrespondenz davor. Schon die Terminvereinbarung sei eine Gratwanderung gewesen. Auch der Kameramann war kurz ratlos gewesen, so etwas hätte er nur mit Besoffenen und bei Naziaufmärschen erlebt. Dann hing er aber gleich wieder an seinem Telefon. Man würde schon etwas machen können aus dem Material. Musste man halt mehr Archiv hineinschneiden. Cordula war dennoch ganz zerstört gewesen. Und das muss mir passieren, sagte sie immer wieder. Ausgerechnet mir!

Wie viele Runden hat er schon? Er sieht auf die große Uhr auf der Tribüne. Seit dreiundzwanzig Minuten schwimmt er schon. Noch keine eineinhalb Kilometer. Trotzdem lässt er sich zum Beckenrand treiben und zieht sich aus dem Wasser.

Auf dem Weg zur Garderobe sieht er die Putzfrau wieder in ihrer Kammer sitzen: breitbeinig, nacktbeinig, mit ihrer ockerfarbenen Haut, sie trägt ein ärmelloses, vorn durchgeknüpftes Haushaltskleid. Er hat sie selten arbeiten sehen, seit er hier schwimmen geht, meistens sitzt sie nur da, mal mit Kaffee, mal mit Kuchen, mal mit Leberkäsesemmel, mustert die Menschen auf ihren Wegen zu den Sanitärräumen, hinter ihr die große Waschmaschine, die nie in Betrieb ist. Da ist etwas Herablassendes in ihrem Blick, das ihn aufregt. Wofür wird die eigentlich bezahlt?, fragt er sich, fürs Herumsitzen? Sie ist feist und nicht mehr jung, trotzdem, oder warum auch immer, spürt er, wie ihn die Frau erregt. Es hat etwas mit den dicken schwarzen Haaren zu tun und mit den kräftigen Beinen. Er ärgert sich über seine anspruchslose Erregbarkeit, ja, er schämt sich sogar ein bisschen dafür. Heute spürt er es besonders schlimm, die Mischung aus Geilheit und Wut, die sich ihm in den Weg stellt, in Form einer Erektion. Manchmal bekommt er Erektionen, die er sich nicht erklären kann. Wenn er wütend ist, oder unwillig. Es muss etwas mit diesem Tag zu tun haben, mit dem erfolglosen Dreh, mit Katalyn, die sich immer noch ziert. Er geht aufs Klo neben den Umkleidekabinen, sperrt sich in einer Zelle ein. Kein Wunder, er hat seit Tagen nicht onaniert, er schließt die Augen, geht noch einmal bei der Putzfrau vorbei, sehr knapp, aber diesmal sieht sie nicht gelangweilt aus, sondern interessiert, sie sieht ihm in den Schritt, da steht auch ein Putzwagen, hinter ihr dreht sich eine Waschmaschine. Da gibt sie ihm ein Zeichen, es ist eindeutig, sie öffnet die Beine, der unterste Knopf springt auf, sie trägt darunter nichts. Jetzt steht sie auf und verschwindet in der Kammer, das Kleid liegt eng an. Adrian sieht die karamellfarbenen Schenkel mit dem dichten schwarzen Busch noch vor sich, da kommt eine Hand und zieht ihn in den Raum, hinter die Tür, dort an dem kleinen Tischchen mit grüner Resopalplatte lehnt die Putzfrau und reißt mit einem Ratsch die Druckknöpfe ihres Kittels von oben nach unten auf. Es ist alles da, was es braucht: große Brüste mit schokoladenfarbenen Brustwarzen, fast schwarze Augen und ein dunkelbrauner, dichter Zopf, sogar ein Goldzahn, warum findet er so etwas geil? Er greift nach ihren Brüsten, in ihr Haar, den Rest macht sie, es geht alles ganz von allein, er muss gar nichts tun, sie zieht ihm die Hose über die Hüften, küsst ihn wild mit fahriger Zunge, und dann geht sie in die Knie, nimmt seinen Schwanz erst in den Mund, dann in die Hand und steckt ihn schließlich ohne große Umstände in ihre wollige, schmatzende Vagina, es ist herrlich, sie sitzt vor ihm auf dem Tisch, die fetten Beine wie zwei muskulöse Anakondas um ihn geschlungen, sie hält ihm den Mund zu, damit ihn niemand hört, und er hält ihr den Mund zu, weil sie sofort laut aufstöhnt, zuerst kommt sie und beißt ihm in die Hand und wenige Sekunden darauf kommt er und beißt ihr in die Hand: und fertig.

Er lehnt leise keuchend an der Klotür, die Zahnspuren auf seinem Handrücken, hat ihn jemand gehört? Er wischt sich das Sperma aus der Hand, so etwas hat er schon lange nicht mehr erlebt. Als er später an der Putzfrau vorbeigeht, sieht er, dass sie dick und quallig ist, und uralt, sicher fünfzig. Seine Fantasie hat ihn um eine gefühlte Generation betrogen, aber das macht nichts, er ist viel zu gut drauf, um sich vor irgendetwas oder irgendjemandem zu ekeln. Als er an ihr vorbeigeht, wünscht er ihr einen guten Abend. Sie funkelt ihn interessiert an und beißt dabei in ihre dick belegte Salamisemmel.

6.
Elvira

Hintermoos, Mitte August

Elvira geht die Straße bergauf. So ist das in einem kleinen Nebental, denkt sie, man muss immer bergauf gehen, wenn man sich bewegen will. Man kann nicht einfach mühelos in eine Richtung gehen wie in Wien. Hier besteigt man immer gleich Berge. In den ersten Tagen findet man sie schön, aber nach einer Woche stellen sie sich als Pest heraus. Wie die sich da rechts und links vom Tal in den Weg drängen, die Kälte speichern, die Feuchte. Sie kann schon langsam verstehen, warum Helene zu saufen begonnen hat. Entweder fängt man zu saufen an oder man wird stumpfsinnig. Nicht umsonst reiht sich hier ein pedantisch getrimmter Garten an den anderen. Elvira muss gehen, auch wenn sie die Bewohner nicht sehen will, die sich schweigsam über ihre Pflanzen bücken und Elvira den Rücken zudrehen. Gehen ist wichtig, gehen und sich der Natur aussetzen, der Luft, dem Herzschlag. Der Unruhe etwas entgegensetzen, sie verdauen. Nur bis zur schönen Wiese.

Sie hat jetzt schon zwei Nächte hintereinander wahnsinnig schlecht geschlafen, ist mit Kopfschmerzen aufgewacht und kann spüren, wie der Blutdruck steigt. Das Begräbnis hat einen Schalter umgelegt. Alles ist so einfach gewesen: sich von den faden, zugegeben auch rührenden Trauerreden in der Aufbahrungshalle wegzustehlen. Das frisch ausgehobene, bereits mit Inschrift versehene Grab zu finden. Dort unbemerkt das Schild über das rechte Eck des Grabsteins zu hängen und den Strohhut mit dem gelben Band über das linke. Einen großen Bogen zu machen und sich dann wieder unbemerkt hinten im Trauerzug einzureihen.

Der Strohhut war nötig, weil er das Schild vor seiner Ungeheuerlichkeit schützte, die Komposition musste als Ganzes nett aussehen, sonnig, ungewöhnlich, aber prinzipiell unverdächtig. Wie diese Dekorationen an den Türen der Nordseehäuschen, mit den Gone-fishing-Schildern und flatternden Bändern und Gehängen aus Muscheln. Niemand traut sich, so etwas zu entfernen, schon gar nicht vor versammelter Gemeinde, die im Angesicht des Todes in kollektive Schreckstarre versetzt ist. Die Botschaft auf dem Schild muss im ersten Moment Nebensache sein, dann wird sie gelesen, dann darf sie einsickern in den vielen Minuten, die da vergehen, bis man mit dem Erdschäufelchen drankommt.

Elvira hat lange gebraucht, um sich für einen Satz aus Helenes Buch »Rauhreif« zu entscheiden, in dem eine sehr mächtige Urgroßmutter immer wieder ihren Tod vorwegnimmt. »Wenn ihr endlich da seid, werde ich schon weg sein.« Diesen Satz hat sie zuerst ausgesucht, aber dann verworfen, weil er einen Vorwurf suggeriert, den Helene nie erhoben hätte: Ihr habt euch nicht um mich gesorgt. So wurde es: »Tote sprechen lauter als Lebendige«, in sattem Himmelblau auf einem Karton, gerahmt mit einer gehäkelten Bordüre, die sie von einem der vielen Spitzentischtücher in Helenes Haus abgeschnitten hatte. Vollendet mit einer Aufhängung aus einem breiten, mit Sonnenblumen bedruckten Geschenkband, ebenfalls aus Helenes Bestand. Elvira hatte keine Zeit, am Grab zu trauern, weil sie möglichst unbemerkt in den Gesichtern der Trauergemeinde lesen durfte: Kopfschütteln, ärgerliches Schnauben, aber überwiegend Schmunzeln und Nicken. Die Noten sind von mir, die Trauergemeinde ist das Orchester, dachte Elvira, und du, Neni, dirigierst von drüben. Ich hoffe, du hast deinen Spaß. Bist du mir böse, weil ich die Kulturredakteurin aus dem Haus gejagt habe?

Die diebische Freude an den ratlosen Gesichtern vor dem geschmückten Grabstein war spätestens vergessen, als die Speisen und Getränke serviert wurden. Es gab runde und eckige Häppchen, Salat in winzigen, affigen Gläschen, Sekt in teuren Flöten. Elvira blieb bei Bier und begab sich auf die Suche nach Helene. Sie wandelte herum, tat, als würde sie Bilder betrachten, horchte in die Gespräche hinein, die zuerst verschämt geführt wurden und sich bald wieder auf dem Niveau des Geschwätzes einpegelten.

Elvira überlegte, wieso der Leichenschmaus im

privaten Rahmen ausgerichtet worden war. Es schien, als wolle Therese Helenes Tod besiegeln, als wolle sie Rainer und Helenes Vergangenheit rituell mitbegraben. Therese, die Rainer fest in der Hand hat, so fest, dass er sich nicht alt zu werden traut. Er sieht erschöpft aus. Sicher, er muss jünger wirken als er ist, gesünder leben als ihm gefällt, und sexuell aktiver sein, als seine Drüsen und Gelenke es hergeben. Es ist ein hoher Preis zu zahlen, wenn man sich Anfang sechzig eine um fünfzehn Jahre jüngere Frau eintritt. Aber vielleicht bildet sie sich das alles nur ein?

Rainer wollte nach der Trennung von Helene keine Partnerin, die Partnerinnen wollten ihn. Wer kann da schon Nein sagen. Jetzt muss er seiner jugendlichen Frau mit gebremster Reifung entgegenrudern. Hätte Helene ihn nicht verlassen, an ihrer Seite hätte er in Würde verfallen dürfen. Elvira wünschte sich, Helene könnte in diesem Haus vielleicht heute Abend den Poltergeist geben, der diesen ganzen manierierten Shabby Chic in eine echte Unordnung verwandeln würde. Die wellenförmige Vase aus Murano-Glas vom Kaminsims fegen. Den Bücherschrank mit dem ganzen Kunstgeprahle umwerfen oder zumindest mit einem lauten Krachen von der Wand wegrücken. An einem windstillen Tag durch den Swarovski-Luster fegen, mit feinem Klirren, das Therese das Blut in den Adern gefrieren lassen würde.

Elvira geht die Straße zum Ortsende bergauf. Sie hat meistens in Großstädten gewohnt und das gerne. Zu viel Natur ist genauso schadhaft für die Seele wie zu wenig. Mitten in der Natur wohnen die Hintermooser, aber jeder hat seinen eigenen Garten. Mit Rasen wie aus Kunststoff, Sträuchern und Blumen, die um die Wette blühen. Ein paar wie zur Strafe ins Eck gestellte Bäume, Blautannen, Magnolienbäume, ein mickriger Pfirsichniedrigstamm, der sich hier zweifellos ein Leben lang die Wurzeln und Blüten abfrieren wird, mit oder ohne Klimawandel. Unter den Baumstämmen kreisrunde Baumscheiben, als wäre mit dem Zirkel gejätet worden. Man müsste die Menschen vor ihrer Untätigkeit retten, denkt sie, man müsste ihnen Arbeit zukommen lassen, die den Leerlauf unterbricht. Die Gärten mit Unkraut bevölkern, mit Klee, Löwenzahn, Sparrigem Runzelbruder. Schädlinge aussetzen: Maulwurfsgrillen, Buchsbaumzünsler. Die flauschigen Köpfchen des Löwenzahns ernten, sie mit einer eleganten Bewegung in die Luft werfen und zusehen, wie die kleinen Fallschirmchen zwischen den stramm stehenden Halmen stecken blieben.

Sie fragt sich, warum sie so wütend gewesen ist. Warum sie das Kamerateam aus dem Haus gejagt hat. Die Art, wie die Redakteurin gefragt hatte. So sensationslüstern. Was waren denn das für Fragen! Die hatte Helene doch selbst schon tausendmal beantwortet! In Interviews, in ihren Büchern, Essays! Außerdem stand es Elvira nicht zu, Fragen in Helenes Sinn zu beantworten. Elvira war nicht Helenes beste Freundin, schon lange nicht mehr. So etwas hatte Helene gar nicht. Sie war auch nicht ihre Kollegin. Nur eine Verbündete in einem gesellschaftlichen Konflikt, der längst vergessen ist. Nicht ihre Vertraute, dazu war die gemeinsame Zeit in der Theobaldgassen-WG viel zu kurz. Und nicht ihre Geliebte. Sie ist also eine inkompetente Lebenszeugin mit großen Lücken in ihrem Wissen über Helene. Aber wer wäre kompetent gewesen?

Jetzt sind endlich die Gärten zu Ende, sie geht, vorbei an den Schranken des Parkplatzes, in den Wald. Augenblicklich wird es kühler. Helene ist in der letzten Woche tatsächlich posthum eine kleine Ehrenbürgerin des österreichischen Feuilletons geworden. Des deutschen sowieso. Es gab zwei liebevolle Nachrufe von Literaturkritikerinnen. Man hat wohl tief in den Stapeln der Archive graben müssen, aber man hat gelbe Zeitungsartikel und uralte Links hervorgebuddelt und den Staub heruntergeblasen. Man hat mit den Achseln gezuckt und gesagt, jetzt müsse endlich einmal diese Frau geehrt werden. Überhaupt, weil sie die erste tote Longlist-Autorin ist. Und außer ihr nur ein zweiter Österreicher, der aber schon als halber Deutscher zählt, weil er in Berlin lebt. Rückblicke, immer wieder die Sache mit dem Kulturstadtrat, mit der Klage, die immergleichen Fotos. Immer wird auch ihre Rolle als hingebungsvolle Mutter betont. Und als gnadenlose Feministin.

Diese Kulturredakteurin hat auch nur nachgeplappert.

Elvira sieht Helene vor sich, wie sie kopfschüttelnd an ihrem Tisch sitzt, den Stapel mit den Zeitungsausschnitten vor sich, unordentlich herausgerissen. Wie sie sich Wein nachschenkt und murmelt: Nicht einmal als tote Frau werde ich als Schriftstellerin wahrgenommen. Immer noch die Mutter. Immer die Schwanzabschneiderin. Immer die, die den Kulturstadtrat verletzt hat. Immer die, deren Erfolg zu früh kam. Warum reden sie nicht über meine Bücher? Helene, die Zunge schon schwer vom Rotwein, die Mundecken violett, die Zähne blaustichig, eine Zigarette mit feuchtem Filter zwischen den Fingern. Wie sie ihre Thesen auf den Tisch spuckte und dazwischen immer mit der flachen Hand auf die Tischfläche schlug, wie die Asche dabei von der Zigarette fiel. Wie die Missgunst aus ihr hervorbrach. Jetzt hat *die* wieder den Preis für das Lebenswerk bekommen. Wofür bitte? Patsch. Neben ihr das Weinglas, ein tiefer Schluck, bevor sie weitersprach. Jetzt schmieren sie *dem* wieder Honig ums Maul, es ist nicht zum Aushalten. Wie tief wollen sie dem denn *noch* in den Arsch kriechen? Ist da überhaupt noch Platz? Patsch. Jetzt ist *die* gestorben und wetten, nächstes Jahr ist sie vergessen. Na, wo ist denn der engagierte Witwer, der jetzt jahrzehntelang das Erbe seiner Frau hochstemmt, hmm? Patsch. Ein Schluck – dann noch einer – und die Zigarette ist bis zum Filter heruntergebrannt.

Rainer war nett gewesen auf der Trauerfeier, bemüht, ohne Groll. Obwohl Elvira eine von denen gewesen war, die Helene zugeredet hatte, ihn zu verlassen. Er redete über seinen Wohltätigkeitsverein, über vietnamesische Waisenkinder, über einen verstorbenen Kollegen. Über alles, nur nicht über Helene. Nur, wenn die Söhne in der Nähe waren, wirkte er trauernd. Die Söhne wirkten beide ebenfalls gefasst: der größere, vernünftigere, mit Frau und zwei pubertierenden Kindern – der kleinere, der Helenes rundes Gesicht geerbt hat und ihr auch sonst so ähnlich sieht, noch ein bisschen verheult vom Begräbnis. Jetzt ist er bald vierzig und immer noch ungebunden. Ein Manko. Sicher auch Helenes Schuld. Dass Helene damals gegangen ist, hatten die Kinder, die ja schon ausgezogen waren, nicht goutiert. Helenes Auszug hatte aber nichts mit ihnen oder mit Rainer zu tun. Sondern nur mit Helene, die mit dem Eheleben fertig war. Und mit Kaiserbad. Aber nicht mit dem Schreiben. Nie mit dem Schreiben. Rainer ist das, was man einen guten Mann nennt, treu, aufmerksam, erstaunlich aufgeschlossen für einen Steuerberater. Immer noch. Mit einer konventionelleren Frau als Helene hätte er trotzdem ein ruhigeres Leben gehabt. Rainer, der, wie Helene ihr erzählt hat, von Nebenräumen wie Garagen erregt wird, von Ölflecken und Lackgeruch. Ein heimlicher Dreckspatz, ein verhinderter Automechaniker. Quasi das Gegenteil vom Spitzenverdiener und Saubermann. Männer wie Rainer lassen sich gerne von ihrem

Naturell ablenken. Zum Geldverdienen vergattern, zum Familiengründen. Sie entsprechen dem Gymnasiastenideal, dem Juristenideal, und ehe sie über ihre Bestimmung nachdenken können, sind sie wie von selbst Anwälte, Steuerberater, Notare oder Politiker geworden und müssen die Gesellschaft prägen und die Villen erhalten, bis die nächste Generation übernimmt.

Therese war die perfekte Nachfolge für Helene, die für diese Rolle schon immer suboptimal besetzt war. Pflichtbewusst betroffen stand Therese im Garten herum, in ihrem aparten Trauerkostüm, ernst nickend und voll Mitgefühl, immer wieder die Nähe von Helenes Söhnen suchend, so eifrig empathisch. Der geleckte Pagenkopf makellos, die Lederpumps so glänzend gewichst, dass man sich vorstellen kann, wie sie über ihnen kauert, mit der Bürste in der Hand und mit zusammengebissenen Zähnen.

Der kleine dicke Literaturkritiker ist noch kleiner und dicker geworden, seit sie ihn das letzte Mal gesehen hat, das war bei einer Preisverleihung vor sieben Jahren, als Elvira gerade wieder in Wien war. Helene war mit einer Erzählung nominiert, den Preis hat sie aber nicht bekommen. Immerhin: Shortlist. Alle müssen mitmachen bei dem demütigenden Listenzirkus, weil: alle brauchen das Geld, aber nur einer kann gewinnen! Longlist, Shortlist, Trommelwirbel! Helene war besoffen bei der Preisverleihung, ein Glück, dass sie keine Dankesrede halten musste, weil ein Kollege den Preis bekam. Irgendein Grünschnabel, der eigentlich Filme macht oder Musik. Elvira hat es vergessen. Und was machte der dicke Literaturkritiker auf Helenes Begräbnis? Feist in sich hineinlächeln, Sekt trinken, Brötchen essen.

Österreich, sagte er und sah in die Ferne, ist um eine viel gelesene Autorin ärmer geworden.

Dann ging er weiter und beschwatzte Therese.

Was hatte der Bürgermeister Mosslechner, der dem Obersenatsrat bei der Sache mit dem Bären die Stange gehalten hat, bei Helenes Begräbnis verloren?

Aber auch der Kritiker mit dem gepflegten, glänzenden Vollbart war da. Kurt Wonnebart nannten wir ihn, erinnert sich Elvira. Was der hier wohl suchte? Elvira beobachtete ihn, seine betroffene Miene hielt er durch, vielleicht war er wirklich berührt von Helenes Tod. Man kann ja nicht jeden Kritiker, der nicht über Helene geschrieben hat, als Feind inszenieren. Wahrscheinlich war Wonnebart bei einem anderen Genre oder Genie in der Pflicht, vielleicht war er aber auch einfach nicht zuständig für die vergiftete Frauenliteraturecke, in der Helenes Bücher nur allzu gerne versauerten. Für die war nie jemand zuständig. Nicht einmal die Frauen.

Eine *viel gelesene* Autorin. Der Satz war schwer zu schlucken. Am liebsten wäre Elvira ihm nachgegangen, hätte ihn an der Schulter gepackt, zu sich gedreht und gesagt: Aber hallo, sie ist heuer für den Deutschen Buchpreis nominiert, du Trottel. Sie war für viele Preise nominiert! *Viel gelesen* ist die

Kronenzeitung. *Viel gelesen* ist eine Beleidigung, sie war mehr als das! *Viel diskutiert, viel verkauft, viel übersetzt, mutig, ausgezeichnet, herausragend!* Das sind die Adjektive, die Helene Schulze verdient hat! Du missgünstiger, selbstherrlicher, schmerbäuchiger Kretin mit deinen *wenig gelesenen* Rezensionen! Hätte Elvira ihm doch den Sekt aus der Hand genommen und ins Gesicht geschüttet. Sogar jetzt, bei ihrer Beerdigung, drehte dieses Arschloch Helene genüsslich den Rücken zu. Die Buchpreisnominierung könnte aber etwas ändern. Vielleicht will sich das Land mit ihr, der ersten toten Longlist-Autorin, schmücken. Es ist Thema bei der Grabrede gewesen, die irgendein Niemand in dunkelblauem Anzug gehalten hat. Was Elvira nicht fassen kann: Keine von früher war da gewesen, niemand aus der Theobaldgassen-WG, aus dem Widerstand von damals. Sind denn alle tot? Oder hat sie alle vergrault? Auch die »verlorene Tochter« war nicht gekommen.

Sie ging, ohne sich zu verabschieden, mit wütenden, schnellen Schritten, wählte den Weg zum Bahnhof durch die Innenstadt, mitten durch das Biedermeierjuwel Kaiserbad, das wie unter einer dicken Schicht Zuckerguss vor sich hindöste. Die Kultur der Erstickung. Elvira ging am Theater vorbei. Klar. Dafür gab es immer Hochachtung und Geld. Auf Gemeindeebene, auf Landesebene und auf Bundesebene. Für Oper. Klassik. Operette. Wie eine riesige vollgesoffene Zecke hockte das Operettenhaus inmitten der Kaiserbader Biedermeier-Altstadt und ruderte selbstverliebt mit den kleinen Beinchen. Wohin man ging, prallte man gegen Kurgäste oder eine dieser abscheulich stinkenden Schwefelquellen. Helene hat versucht, sich hier niederzulassen und einzubringen. Aber die Zuckerschicht war zu dick. Kein ernsthaft Kunstschaffender, kein intellektueller Geist bekam da Luft. Das ist ja im ganzen Land so, dachte Elvira. Denen, die es ernst meinen, wird die Haut dieser Heimat bald zu klein. Die, die bleiben, hungert der Betrieb bald aus. Nur die Kammergünstlinge, die Kirchenlemminge, die politisch aktiven Nachwüchsler, die Markthuren, die die eigennützige Systemtreue in den Genen haben, die bleiben und lassen sich mästen.

Elvira geht den Forstweg bergan, eine Kurve nach der anderen, sie muss bald oben sein. Der Kopf wird nicht leer, aber das Kreuz ist warm geworden. Die Knie gehen jetzt gut geschmiert. Eine *viel gelesene* Autorin. Langsam macht es sich wieder breit, obwohl sie sich nicht mehr ärgern wollte. Diese Abwertung, in eine Mittelmäßigkeit verpackt. Nichts hilft dagegen, nicht ernst genommen zu werden, weder der Tod noch eine Buchpreis-Nominierung. Das Schlimmste daran: der kleine dicke Literaturkritiker wird recht behalten. So eine Nominierung ist nur etwas wert, wenn aus ihr ein Preis resultiert. Den Buchpreis wird natürlich ein anderer bekommen. Jemand, der sich mit den wahren gesellschaftlichen

Problemen befasst. Jemand, der sich den Juroren ins Herz geschrieben hat. Der kleine dicke Literaturkritiker kennt sich aus mit dem Literaturbetrieb, er weiß, dass Helene mit ihrem schwanzlosen Protagonisten zu vielen auf die Nerven geht, vor allem den männlichen Juroren. Es ist eine Anstandsnominierung, die doch nur die intellektuelle Spannweite der Jury auffettet. Auf die Art: Seht her, wir sind aufgeschlossen genug, einen feministischen Roman überhaupt in Erwägung zu ziehen. Elvira denkt an das glänzende Gesicht des kleinen dicken Literaturkritikers. An seine affige Brille. Sie hätte ihm auf die Glatze spucken sollen. Was bleibt von einer Autorin, die den Marktwert verloren hat, weil sie zu frech war? Weil sie zu alt geworden ist? Wird überhaupt jemand den Nachlass kaufen? Diese Nachlässe müssen sich ja stapeln in den Archiven. Wen interessiert nach dem Tod, was schon zu Lebzeiten ungehört und ungelesen verhallt ist. Der Tod ist kein Marketinginstrument mehr, es sei denn, er ereilt dich jung, auf dem Zenit des Erfolgs. Dann ist es ein geiler Tod, einer, der etwas zum Kribbeln bringt, was sonst unbeteiligt bliebe. Wen interessieren die angerissenen Textfragmente einer alten Trinkerin, ihre verklebten Notizbücher, ihre E-Mails mit den Kollegen? Dieser ganze Nachlasszirkus erübrigt sich, wenn der Markt reichlich junges Material haben kann, das viel herzeigbarer und liebenswerter ist als eine alte Schnapsdrossel, die obendrein tot ist.

Hätte Elvira netter sein sollen zu der Kulturredakteurin? Überraschend ragt hinter der Kurve ein Wasserspender, ein Betonquader aus einem Erdhügel heraus. Sauberes, gutes Quellwasser, das von hier aus seinen Weg nach Wien antritt. Als sie daran vorbeigeht, sticht ihr die Inschrift auf einer großen Bronzeplakette ins Auge.

Ortswasserleitung Hintermoos. Und darunter*: Dieser Wasserbehälter wurde 1963 unter Bürgermeister Dr. Friedrich Mosslechner errichtet.*

Elvira bleibt kurz stehen, zum Verschnaufen nach dem ersten Anstieg, aber auch um sich die Zeit zu nehmen, sich zu ärgern. Helene hatte eine jahrelange Auseinandersetzung mit Friedrich Mosslechner Junior, dem Sohn des Alt-Bürgermeisters und jetzigem Bürgermeister.

Eine unverrottbare, unnötige Huldigung, sagt sich Elvira jetzt, als sie auf das Schild starrt, während sie zu Atem kommt. Wie das wohl zustande gekommen ist? Ob der Herr Bürgermeister, trunken von der Großartigkeit seiner Tat, nämlich von Steuergeldern eine Ortswasserleitung errichtet zu haben, seine Arbeit, für die er bezahlt wurde, in Bronze geätzt wissen wollte? Oder ob ihm jemand in den Arsch kriechen wollte, irgendein kleiner Gemeindebeamter sich etwas davon versprochen hat? Die Geldströme der Gemeinden und Länder verlaufen ja über hierarchische Anbiederungskaskaden, entlang derer gebuckelt wird, bis jeder das bekommt, was ihm zusteht. Eine Ehrennadel für den Parteikollegen, ein

Denkmal für den Vorgänger, ein silberner Verdienstorden, ein günstiges Grundstück, ein Jagdrevier, ein goldenes Ehrenkreuz – eine Hand wäscht die andere. Und wofür die Huldigung? Fürs Entscheidungen-Fällen, fürs Herumstehen und Sitzen, für das Schwingen meist schlechter Reden. Männer und ihr Eigenlob: unschlagbar.

Helene hat viel von der Frau Bürgermeister und ihren Bürgermeisterkindern gesprochen, damals, als der Junior das Amt übernommen hat. Wie stolz die ehemalige Frau Bürgermeisterin auf ihr Burli sein muss, wenn sie noch lebt. Elvira stellt sich das Bürgermeisterbaby und seine drei Geschwister vor, die zeitgleich mit der Errichtung der Ortswasserleitung in die Windeln geschissen haben müssen. Und die Frau Bürgermeister, wie sie in Zeiten vor der Erfindung von Pampers die Windeln von vier Kindern gewaschen haben muss und ihre vier Kinder in diesem Kaff ohne Kinderbetreuung großgezogen haben muss. Wie sie einen Zwillingskinderwagen gegen die Schwerkraft die Straße bergauf geschoben haben muss, zwei quengelnde Kinder zusätzlich dranhängend, wie sie vielleicht noch nebenbei einen Elternteil gepflegt oder beaufsichtigt haben könnte. Fürs Kinderkriegen und -aufziehen gibt es natürlich kein Denkmal, es gibt keine Windeltrophäe, keinen Schlaflosigkeitsorden, keine goldene Nadel für den vierfachen Brechdurchfall. All die in Stein gehauenen Türme, Stelen und Huldigungen, die Raum einnehmen dürfen, sind den wahren Helden vorbehalten. Den Funktionären aus Kunst, Krieg, Politik und Wissenschaft. *Frauen funktionieren, Männer funktionären,* hat Helene irgendwo geschrieben. Nur so wird man unsterblich: durchs Funktionären. Männer wie der kleine dicke Literaturkritiker hatten die Funktion, das kleine Fenster zu verstellen, das immer dann aufging, wenn Helene aus ihren jahrelangen Blockaden auftauchte und ein Theaterstück oder ein Roman zur Besprechung in der Presse anstand. Männer wie der kleine dicke Literaturkritiker urteilen über Lesbarkeit, Vermarktbarkeit, Unsterblichkeit, also über die Daseinsberechtigung von Frauen wie Helene – und die anderen können das Urteil dann abschreiben. Männer wie der kleine dicke Literaturkritiker stauchen das lebenslange Werk einer Autorin am Tag ihrer Beerdigung in einem Satz zusammen: eine *viel gelesene Autorin*. Ungestraft. Unentgegnet. Niemand schreit.

Elvira hat Kreuzschmerzen und geht langsam weiter, Schritt für Schritt. Der Schmerz steckt seit gestern zwischen zwei Kreuzwirbeln, wie ein blockiertes Schaufelrad. Wenn es sich zu drehen beginnt und die Kanten der Schaufeln zu Spitzen auslaufen, wird der Schmerz sich in Bewegung setzen, die Wirbelsäule entlang, die verästelten Nervenstränge auf und ab. Und dann: Gute Nacht, Wien. Sie muss das aufhalten, medikamentös. Und durchs Gehen. Die Sehnsucht nach dem Gehen ist eine vorbeugende

Vernunft. Nach einer Zeit schwingt das Pendel der Beine von allein. Es dauert immer ein paar Minuten, bis die Gelenke weich werden und der Körper in den Takt gefunden hat, bis das Pendel im Kopf die Ruhe einläutet. Wäre da nicht der Ärger über diese beiläufige Honorierung des Altbürgermeisters. Ganz still wird hier eine Würdigung auf das Konto des Altbürgermeisters überwiesen, nur durchs Vorbeigehen. Ganz unterbewusst, Elvira kann gar nichts dagegen tun. Der Wasserbehälter wird als herausragende Leistung abgespeichert, der Windelberg seiner Frau wird als nicht bemerkenswerte Selbstverständlichkeit vorausgesetzt.

Und da ist es plötzlich wieder, das Gefühl, das sie früher gehabt hat: dieses Angespeist-Sein. Wie eine Stopfgans, der man gewaltsam den Brei in die Kehle würgt und dann den Hals hinabstreicht, all die Unverhältnismäßigkeiten, die sich ihr im öffentlichen Raum in den Weg stellen, sind für andere ganz selbstverständlich und unsichtbar, für sie wie rot markiert und fest hineinmassiert in den sich plagenden Magen. Sie hat dem doch schon so viel entgegengesetzt, sie ist so reif geworden, dass sie ausweichen kann, dass sie den Kopf abwenden kann. Jetzt müssen schon die Jungen ran, denkt sie entschlossen. Die Drüsen sind müde geworden, die Tränendrüse, die Wutdrüse – die revolutionären Säfte sind längst abgekühlt. Ich mag nicht mehr, denkt sie. Ab einem gewissen Alter hat es sich doch ausrebelliert.

Sieh dir an, was aus dir geworden ist, Neni! Totgesoffen hast du dich, weil du dich immer so geärgert hast! Früher ist Elvira auch aktiv gewesen. All die Klettereien, auf den Reiterdenkmälern in Wien herumturnen, sich mit einer Hand an den Hufen festhalten und mit der anderen die Pferdehoden der Herrscher und Generäle pink ansprühen, die Sticker anbringen, die bemalten Leintücher aufhängen – und dann schnell weglaufen. Farbbeutel werfen, demonstrieren, agieren, protestieren, im schlimmsten Fall noch einen Polizisten oder einen empörten Passanten an den Fersen. In den Siebzigern, da brauchte es das Brechen von Regeln, das Zelebrieren des Verbotenen, um dem Druck in ihrer Kehle etwas entgegenzusetzen. Aber heute, Neni, nein. Ich werde sechzig!

Elvira ist oben angekommen. Drei Schilder »Privatbesitz! Betreten Verboten!«, frisch in die Erde gerammt, zwischen die Glockenblumen und die Nelken und die schönen Margeriten. Sie verstellen die Sicht. Elvira versucht, sie wegzublinzeln. Man sieht bergab ins Flusstal, der Wald schmiegt sich dicht wie Brokkoli an den Berghang, und dahinter erhebt sich der Schneeberg erhaben und lichtgestreift aus dem Höllental. Drei Schilder nebeneinander sollen ihr den Zutritt verwehren, ohne Zaun, einfach nur so. Kraft eines Kaufvertrags, einer Umwidmung vielleicht. Jemand gibt Geld aus und untersagt ihr den Schritt auf die schöne Wiese. Sie tastet nach ihrem Lackstift, den sie immer eingesteckt hat. Ein Kommentar geht immer. So ein Kommentar strengt ja auch nicht an. Sie steht vor dem ersten Schild, zieht die Kappe des Stifts ab, hält die Spitze nahe zur Nase und saugt den Geruch des Lösungsmittels tief ein. Was soll sie schreiben? Dann nickt sie und schreibt je ein Wort: Erwisch. Mich. Doch. Sie stöpselt den Stift zu, geht an den Schildern vorbei durch die Wiese zur Mitte des Grundstücks, setzt sich auf den Boden und versucht zu genießen.

Der Anblick des Berges vor ihr, seine plastische Grün-Grau-Struktur. Da gibt es aber nichts zu genießen, denkt sie. Nicht, solange Helene als *viel gelesene Autorin* verabschiedet wurde. Statt der blöden Installation am Grab hätte sie Helenes *Grabrede für mich selbst* präsentieren sollen. Irgendwie wäre das schon gegangen, spätestens bei der Feier im Haus in Kaiserbad. Einfach einen Sessel nehmen, sich draufstellen und lesen. Helene hat das nicht umsonst so explizit im Dateinamen erwähnt. Diese Datei ist quasi obenauf geschwommen im digitalen Chaos, damit der Text gelesen wird, bei genau diesem Anlass, für den er geschrieben worden ist, und Helene hat das an sie delegiert. Es ist ein unmissverständlicher Auftrag an sie gewesen, dem sie sich verweigert hat. Elvira hat das vor sich hergeschoben, sie hat sich feige aus ihrer Verantwortung herausgewurmt, bis jetzt, wo sie auf den blöden Berg sieht und nichts mehr zwischen ihr und der Wahrheit steht, dass sie die einzige Gelegenheit verpasst hat, ihre Stimme für Helene zu erheben.

Sie stemmt sich aus der Wiese, der Kreuzschmerz steckt immer noch fest, aber da ist ein Drängen in der Nabe des Schaufelrades. Vielleicht kann sie es noch in den Griff kriegen. Die Vorstellung, unbeweglich vor Schmerz in Helenes Bett auszuharren, bis sich die Sache wieder beruhigt hat, was mehr als zwei Wochen dauern kann, ist unerträglich. Irgendeinen Kurpfuscher rufen müssen und ihm ausgeliefert sein. Elvira bleibt noch einmal vor den Schildern stehen, plötzlich unzufrieden mit der eigenen krakeligen Schrift. Worte. Immer nur Worte. Sie bückt sich und fasst den Holzpflock mit beiden Händen, versucht, ihn aus der Erde zu ziehen. Er wurde sorgfältig hineingeschlagen. Mit dem Nachdruck, den man nur aufbringt, wenn man finanziell potent ist. Sie bückt sich noch ein bisschen tiefer und zieht fester, der Holzpflock hat eine glatte Oberfläche, aber ein paar Holzspäne sind da, und sie hat das Gefühl, es fehlt nur mehr ganz wenig, doch da rutscht sie ab und zieht sich einen Schiefer ein. Sie flucht, der Schiefer steckt tief im Fleisch, es tut weh, mehr weh als das Kreuz. Wütend schreit sie das Schild an, tritt gegen den Pfosten, einmal, zweimal, bis er sich endlich neigt und nach zwei weiteren Tritten am Boden liegt. Beim zweiten und dritten Pfosten geht es schon viel leichter. Sie spürt Tränen emporsteigen, als sie fertig ist, ihr Atem ist zittrig, er kommt nur langsam zur Ruhe, sie verschließt die Augen und denkt sich: Jetzt wäre der Zeitpunkt für eine paranormale Intervention, liebe Neni, jetzt könntest du es mir reinsagen, jetzt höre ich ganz genau hin. Ganz still und mit angehaltenem Atem steht sie da und versucht, eine Antenne auszufahren, die ihre tote Freundin aufspürt. Aber da ist nichts, nur ein kaum merklicher Wind und das ununterbrochene Gezwitscher, das atmosphärisch über dem Wald liegt. Elvira öffnet die Augen, geht wieder den Forstweg entlang, mit polternden Bergab-Schritten, sie würde gerne laufen, damit sie schneller unten ist, aber das linke Knie sticht. Sie beißt die Zähne zusammen. Als sie wieder in der Hütte ist, operiert sie sich den Schiefer aus der Hand, unter der Schreibtischlampe, eine von Helenes Lesebrillen auf der Nase, während sie den Laptop hochfährt, mit einer stumpfen Pinzette und einer Nähnadel. Danach desinfiziert sie die Wunde, drückt ein Taschentuch darauf – und beginnt endlich zu lesen.

Grabrede für mich selbst

Ihr denkt, der Tod schleift die Kanten aus dem Leben. Ihr denkt, der Tod verträgt keine Spitzen. Aber der Tod hat einen Vorteil: Jetzt bin ich tot und ihr müsst mir zuhören. Im Angesicht des Todes ist das Gehorchen lächerlich geworden. Mein ganzes Leben war ich gehorsam, auch noch, als ich den Ungehorsam übte. Ich war nie ungehorsam genug, jeden von euch Mittätern einzeln zur Verantwortung zu ziehen. Dazu war ich zu harmoniebedürftig, mein ganzes Leben lang. Die Harmonie schnürt uns die Kehle zu, gerade dann, wenn wir am lautesten schreien wollen. Mein lautester Schrei war aber nicht laut genug. Vielleicht muss eine Tote schreien, aus dem Grab heraus schreien. Vielleicht sollen die Toten die lauteste Stimme haben, denn die Toten müssen keine Rücksicht mehr üben. Warum seid ihr jetzt gekommen? Und was macht ihr hier an meinem Grab? Schweigen, murmeln und in euch hineinhören, ob ich da nachklinge. Aber viel mehr seid ihr doch damit beschäftigt, ob euer eigener Tod schon anklingt. Ihr schweigt mir zu, ihr wagt es, in das Erdloch, in das ich hineingelassen werde, hineinzuschweigen, aber während ich schon ein bisschen verwese, könntet ihr mir zuhören. Kommt ganz nahe heran, ich flüstere es euch ins Ohr: Ich habe alles schon gesagt. Tausendmal. Ich und so viele vor mir.

Meine Funktion als Dichterin, heruntergebrochen auf ein Ideal: schreibend, sonst nichts. Nichts weiter brauchend. Keine Bestätigung, keine Honorare, keine Kritik. Eine Brille. Ein Glas Wein – vielleicht, eine Tasse Tee. Bin ich auf der Veranda gestorben? Auf der Veranda möchte ich nämlich gestorben sein. Das kleine Tischchen soll einer schmalen Bank weichen, auf der ich sitzen und liegen kann, wie immer es mir gefällt, ein paar Worte schreiben, nicht mehr viel. Zwischen Schreiben und Nichtschreiben gleiten, zwischen Schreiben und Schlaf, zwischen Schreiben und dem Tod. Ein Blatt, das mir aus der Hand gleitet.

Elvira hält inne und scrollt hinunter. 102 Seiten. Das ist keine Grabrede, das ist eine posthume Vorlesung. Was soll sie damit tun? Ob sich ein Verlag dafür interessiert? Eine Zeitung? Elvira steht auf, geht in die Küche, stellt Wasser auf, ganz automatisch, dann schenkt sie sich ein bisschen Wein in ein dickes Bierglas und setzt sich in den warmen Sommerabend vor die Haustür und legt ihre nackten Füße in das tröstliche, kühle Gras. Ich will doch nur meine Ruhe haben, denkt sie.

7.
Adrian

Wien, Ende August

Das Fenster ist offen, von unten kommt Straßenbahnlärm. Er muss bald zumachen und die Rollos herunterlassen, wenn er die Temperatur unter achtundzwanzig Grad halten will. Behaglich kratzt er sich im Schritt. Seit dem Nachmittag im stillen Nebental schätzt er den Stadtlärm. Nur in der Unterhose sitzt er da und schaut sich am Laptop das Material durch. Eine knappe halbe Stunde, davon ungefähr fünfzehn Minuten »Interview«, der Rest: Garten, Fluss, Details, Zooms auf die Teetasse, auf eine Vase, jede Menge Fotos. Das Katzentischchen auf der Veranda, der Schreibtisch, ein Paar Schlapfen. Sehr poetisch.

Er lässt das Video laufen und versucht wie jemand zuzusehen, der zufällig gerade vor dem Bildschirm Platz genommen hat. Das macht er immer so. Fremd auf das Material blicken, unvoreingenommen. Einiges lief da aus dem Ruder. Die Kollegin, die das schneiden wird, wird es nicht einfach haben. Die alte Hexe ist schön ausgeleuchtet, aber nur ein paar Sekunden. Dann bewegt sie sich sehr viel. Schattenchaos. Unschärfen. Unterbrechungen. Aber das Gespräch ist nicht uninteressant. Vielleicht kann man es aus dem Off zu den schönen Bildern laufen lassen. Cordula packt eine Menge Fachwissen in die Fragen hinein. Wo war er mit den Gedanken, als darüber geredet wurde?

Der Verlag hat den Roman von der toten Emanze unter dem Pseudonym Karl Maria Schatt bei der Jury für den Buchpreis eingereicht. War das die Idee der Autorin? Oder die des Verlags? Cordulas Stimme klingt besser, als Cordula aussieht.

Adrian sieht zu, hört, versteht langsam. Vollkommen klar wäre es ihm nicht, wenn er es nicht schon zum zweiten oder dritten Mal erklärt bekäme. Als die Emanze noch lebte und ihr Tod nicht in Sicht war, hat der Verlag sich diese Pseudonymgeschichte ausgedacht. Wieso, fragt sich Adrian. Aber jetzt ist ohnehin alles anders, jetzt ist die Emanze tot, die Katze aus dem Sack und der Roman für den Deutschen Buchpreis nominiert. Unter dem Klarnamen.

Ich habe gar nicht mitbekommen, dass ein Buch geplant gewesen ist, schon gar nicht unter Pseudonym. Ich war gar nicht so intensiv mit Helenes literarischer Arbeit befasst. Dass ich hier interviewt werde, ist eine Art Unfall.

Man hört Cordula aus dem Off leise schnaufen. Kichert sie? Seufzt sie?

Aber wenn man mich schon fragt, ich habe eine Meinung dazu. Pseudonym ist ein widerlicher Schachzug, der durch den Tod der Autorin nicht minder widerlich wird. Eine unnötige Maskerade und noch dazu diese Geschlechterverwirrung! Ich wundere mich, dass sich der Literaturbetrieb zu so einer unwürdigen Marketingschrulle herablässt.

Sie schüttelt den Kopf.

Seit wann muss man das Geschlecht einer Autorin verstecken! Und jetzt ist man sich auch nicht zu schade, den Tod der Autorin posthum in Szene zu setzen. Was für ein Kasperltheater!

Adrian klickt auf Pause. Das Kasperltheater hat den Mund der alten Hexe zu einem E geöffnet, ihr Blick ist wild, mit hervorquellenden Augäpfeln, fast ein bisschen wahnsinnig. Standbilder sind nie schmeichelhaft. Mit Standbildern, Perspektive und Beleuchtung kann man Menschen vernichten. Wie diese Elvira Katzenschlager sich dessen so gar nicht bewusst ist, wie sie ganz unbedarft vor sich hin grimassiert und nicht mit drastischen Metaphern spart, das mag er irgendwie. Normalerweise wollen die Leute unbedingt gefilmt werden und geben sich betont selbstbewusst, oder sie wollen es gar nicht. Manchmal sind sie furchtbar nervös und gestelzt, oder sie bringen kein Wort heraus. Er hat schon lange nicht mehr jemanden vor der Kamera gehabt, der so unbedarft damit umgeht und dabei so unschuldig und gar nicht lächerlich wirkt. Ob sie vielleicht doch Kameraerfahrung hat?

Und wie sie dazu so schön gestikuliert, zu dem Wort »Kasperltheater«, wie ein Italiener, die Handfläche zu einer Tulpe geformt, eine männliche Geste. Vielleicht sollte er auch so italienisch gestikulieren lernen. Das Interessanteste an diesem Interview ist die Euphorie, mit der die Alte zur Sache geht. Wild sieht sie aus, echauffiert, rotgesichtig, und doch sehr überzeugend.

Sehr gesprächig war sie ja bis zu dieser Pseudonymfrage nicht. Was er, Adrian, über die tote Emanze weiß, weiß er von Cordula oder hat er gegoogelt. Die tote Emanze hatte scheinbar einen schweren Stand in der Literaturbranche. Sie wurde erst gehypt: Bestseller, Übersetzungen usw. Dann war ihr plötzlich alles zu viel, sie hat sich einen reichen Mann in der Provinz gesucht und Kinder gekriegt. Als die Kinder groß waren, hat sie wieder losgelegt, hauptsächlich im Theater. Dort hat sie provoziert mit Theaterstücken, in denen nackte Frauen auf der Bühne herumbrüllen und mit Mobiliar aufeinander losgehen. Einmal ist sogar ein Stuhl, mit dem eine Schauspielerin gerade auf eine andere einprügeln wollte, in den Zuschauerraum geflogen und hat einen Wiener Kulturfunktionär verletzt. Nichts Schlimmes, aber die Medien haben es ausgeschlachtet und, während der Kulturfunktionär seine Blessuren wie eine Trophäe spazieren führte, wurde der toten Emanze die Platzwunde über der Augenbraue vom Boulevard als verpatzter Kastrationsversuch ausgelegt. Es gab Schikanen durch das damalige Kulturministerium. Steuerprüfungen, abfällige Kommentare von Politikern und konservativen Medien, die An- und danach gleich wieder Aberkennung eines Stipendiums. Anfang der Neunzigerjahre war sie dann beim Bachmannpreis gut im Rennen, bis sich herausstellte, dass ein Teil des gelesenen Textes schon in irgendeiner Zeitung publiziert worden war, angeblich ohne Wissen der toten Emanze. Aber eine Publikation vor der Lesung ist ein Ausschlussgrund, und da musste die tote Emanze wieder mit leeren Taschen von dannen ziehen. Für Adrian fügt sich das, was er über Helene Schulze erfahren hat, zu einer Person zusammen, die ihm weder besonders sympathisch ist noch in irgendeiner Form leid tut. Für ihn hört sich das ein bisschen nach dem Gejammer einer Frau an, die ihre Chance gekriegt, aber es leider versemmelt hat. So what?

Aber er hat vergessen, dass er sich das Material als unbeteiligter Beobachter ansehen wollte. Wenn man nur schaut und nicht zuhört, denkt er, was sieht man dann? Den Hintergrund, die Lichtstreifen auf der dunklen Wandverkleidung aus Holz, jetzt hat er den Ausschnitt verändert, das Bild wird größer, links hinter ihr ist das Ende einer Kleiderablage zu erkennen, zwei Jacken hängen darauf, ein Regenmantel und eine Lederjacke. Das Gerede der Katzenschlager, das nur kurz von Cordulas Fragen unterbrochen wird, hat trotz des aufgebrachten Tons etwas Beruhigendes. Adrian gähnt herzhaft. In der Jackentasche der Lederjacke sieht er etwas, das seine Aufmerksamkeit erregt, ist das eine Bierdose? Er hält das Video an, zoomt ins Bild hinein und sieht zwei Spraydosen: grell orangefarben. Er stutzt. Wozu braucht die Katzenschlager eine Spraydose? Er schüttelt den Kopf und zoomt wieder aus dem Bild.

Er drückt erneut auf Play. Jetzt kommen die paar Minuten, die man vielleicht am besten zusammenschneiden kann. Während er vor sich hin geträumt hatte, hatte sie jede Menge erzählt. Viel mehr, als er gedacht hatte. Wie eine bereits zugesagte Produktion eines ihrer Theaterstücke finanziell ausgehungert wurde, wie sie verklagt wurde, weil sich irgendein Kulturfunktionär erkannt und verunglimpft fühlte. All diese widrigen Umstände hätten die tote Emanze de facto in den Ruin getrieben, wobei Steuernachzahlungen, Sozialversicherungsbeiträge und eine damit verbundene Schreibblockade nicht hilfreich waren. Danach hat Cordula die Frage mit dem Tod gestellt, und da ist es auch schon wieder vorbei mit dem verwertbaren Material. Wenig später wurden sie rausgeschmissen.

Adrian klickt sich durch den Ordner mit Fotos, die er in Hintermoos gemacht hat. Closeup Katzenschlagerin von hinten: Sie steht wieder in der Tür, bläst Rauch ins Freie. Ein Wahnsinnsfoto. Dieses Licht, das die Härchen am Hals zum Glühen bringt, während die Schulter und der Hinterkopf im Dunkeln sind und der Rauch sich zwischen Licht und Schatten ringelt. Dazu passt der Satz, den er in Erinnerung hat: Wenn es nach diesem Betrieb geht, ist nur eine tote Emanze eine gute Emanze.

Ist sicher maßlos übertrieben, klingt aber gut, denkt Adrian. Auch Cordula hat er gefilmt und fotografiert. Sie sitzt fasziniert, etwas verschreckt vielleicht, im rechten unteren Bildeck am Tisch. Es ist eine authentische Unterwürfigkeit in ihrer Haltung. Die Bildsprache ist immer die klarere, findet Adrian, aber er ist ein visueller Mensch. Trotz des Dramas hat es ihm Spaß gemacht, ganz ohne Schlamm und dressierte Ratten. Schade, dass er nicht öfter an solche Aufträge kommt. So mühsam es war – im Nachhinein war es eine interessante Abwechslung. Jetzt muss er nur noch das Material übermitteln und die Honorarnote ausstellen.

Unten parkt ein Laster mit Rückwärtsfahrgepiepe ein, jemand hupt zornig. Der Lärm holt ihn wieder zurück in die Realität. Er hat sich vielleicht ein bisschen einwickeln lassen von diesen Frauen. Man muss da schon auf dem Boden bleiben. Diese Helene Schulze hat keine schreckliche Krankheit gehabt, sie hat sich nicht umgebracht, sie wurde kein Opfer eines Gewaltverbrechens, sie ist nicht verhungert. Sie hatte ein erfolgreiches Buch, eine Familie, eine Scheidung, ein Haus im Höllental, und trotzdem hat sie sich zu Tode gesoffen. Ein Schicksal, das nicht so hätte enden müssen, wenn sie nicht allein gelebt hätte und jemanden, etwa ihren Ehemann, nicht verlassen hätte, der gleich hätte Hilfe holen können. Oder sie vom Saufen abhalten.

Offenbar ist das ein großes Drama für einen Schriftsteller, wenn der Erfolg nicht in der richtigen Portionsgröße zum richtigen Zeitpunkt kommt. Dann hätte sie eben etwas Besseres schreiben sollen, findet Adrian. Er versteht sowieso nicht, wie das sein kann, dass man zuerst einen Bestseller schreibt und danach plötzlich nicht mehr kann, weil man blockiert ist oder die Inspiration fehlt oder einem zu wenig die Eier gekrault werden. Ihm krault auch niemand die Eier, wenn er bis zur Hüfte im Dreck steht, Kabel schleppt und ihm die Kamera oder irgendein anderes schweres Equipment in die Schulter drückt. Dann müssen sie sich was anderes einfallen lassen, diese Schriftsteller. Spazieren gehen, reisen, Drogen nehmen, keine Ahnung! Geld verdient hat wohl immer der Alte, den sie dann, als die Kinder aus dem Haus waren, hat stehen lassen. So, wie das die Katzenschlager beschreibt, war das Leben der toten Emanze ein einziger Hürdenlauf, mit relativ abstrakten Hürden allerdings. Hürden, errichtet von Gegnern wie die Gesellschaft, die Geschlechterpolitik, der Mainstream, die Widersacher. Vor allem vom Literaturbetrieb spricht die Katzenschlager, als wäre er eine berechnende Maschinerie, die zartbesaitete Kunstschaffende zermalmt, aussaugt und ausspuckt.

Sein Handy schnurrt, eine WhatsApp von Katalyn: *Neue Donau, Steinspornbrücke, 19:00?* Er grinst, überlegt, wartet, grinst, tippt zuerst: *Sicher*. Dann korrigiert er: *Ich komme*. Dann abermals Korrektur: *Gerne*. Dann tippt er noch ein Rufzeichen dazu und ein Emoji mit Strandtuch und Sonnenschirm und schickt es ab. Dann ärgert er sich, das Emoji hätte er sich sparen können, das ist viel zu affig. Die Aussicht auf einen Abend, eine Nacht mit Katalyn gibt ihm Aufwind, es wäre das dritte richtige Date, euphorisch geht er in die Küche und schenkt sich ein Cola ein. Katalyn in der Neuen Donau neben ihm, ihre Brüste unter Wasser nach oben treibend, ihre nackten Beine nahe bei seinen, das macht ihm Mut, genug Mut, um endlich, jetzt aber wirklich, seine Post, die sich im Laufe der Woche auf seinem Küchentisch angesammelt hat, zu öffnen. Katalyn, an deren straffem Oberschenkel eine Wasserpflanze streift, die sie kitzelt, das Wasser erregend kühl, jetzt kichert sie, er fürchtet sich wahnsinnig vor den Sozialversicherungs-Vorschreibungen, vor dem Schreiben von der Hausverwaltung, das liegt jetzt schon über eine Woche ungeöffnet da, jetzt küsst er sie, sie gehen unter, ihr Lachen steigt in Blasen auf und das Wasser glitzert über ihnen. Sie ziehen sich auf den Ponton, liegen auf dem Rücken, die Sonne bricht sich in den Wassertropfen, er könnte ihr jetzt das Wasser aus dem Nabel lecken.

Adrian beginnt mit dem Brief von der Bank, eine Einladung zur Eröffnung eines Pensionskontos, er ist erleichtert, man weiß ja nie, was denen einfällt. Die Sozialversicherung versetzt ihm gleich wieder einen Dämpfer, sie wollen achthunderteinundvierzig Euro, und er hat keine achthunderteinundvierzig Euro. In zwei Wochen wird er sie aber genauso wenig haben. Er trinkt noch einen Schluck Cola, die kalte Kohlensäure brennt sich ihren Weg durch die Speiseröhre. Die Hausverwaltung gibt bekannt, dass die erhöhten Kanal- und Wassergebühren sowie eine unerlässliche Spezialreinigung des Müllraums eine Nachzahlung von dreihundertachtundfünfzig Euro nach sich ziehen, die bis Monatsende zu überweisen ist, mit freundlichen Grüßen. Adrian steht auf, geht zum Fenster, geht zum PC, checkt sein Konto, natürlich hat sich am Kontostand nichts geändert, minus dreitausendfünfhundertsechs Euro. Warum sollte das auch anders sein, die Vorarlberger lassen sich Zeit mit den Überweisungen, hat der Typ von der Produktionsfirma gesagt, meistens ein, zwei Monate, aber dann kommt das Geld sicher. Das Geld für den Kulturbeitrag mit der toten Emanze kommt sicher auch nicht so schnell. Den Überziehungsrahmen zu erhöhen, haben sie ihm schon das letzte Mal nicht gestattet. Er ist wütend, er könnte Milan fragen, er könnte seinen Vater fragen. Aber er wird seine Mutter fragen, und sie wird seufzen und ihm Geld zustecken, mit diesem besorgten Blick, der sagt: Wer wird für dich sorgen, wenn ich tot bin? Diese Sorge wird er ihr nie ersparen.

Adrian schließt die Fenster, lässt die Rollos herunter, plötzlich überfällt es ihn von hinten, das Gefühl, das Kribbeln, das sich in seinem Nacken sammelt, mehr wird, wie Ameisen, die sich erst auf einem Haufen zusammenrotten, um dann auseinanderzustieben, er holt tief Luft, so tief es geht, zu wenig tief, noch einmal, es geht nicht tiefer als seicht, er hechelt, gähnt, beim Gähnen wird es besser. Aber das Gefühl kriecht weiter, über die Schultern und Ohren in den Kopf, die Ameisen sind schon unterwegs, die Oberarme hinab, bis zur Brust, heiß ist ihm, sein Herz rast. Er setzt sich auf die erstbeste Gelegenheit, den Schreibtisch, atmet, läuft in die Küche, Ameisen am Gaumen, im Hals, er versucht Wasser zu trinken, das Wasser bleibt stecken in dem Gefühl, nicht tief einatmen zu können, er hustet, spuckt ins Waschbecken, die Atmung ist durcheinander, sie ist wie ein Pendel, dem ein jäher Stoß versetzt wurde, das Pendel schwingt nicht hin und her, sondern zuckt auf und ab, tanzt wild im Kreis, die Atmung japst hinterher, alles nur nicht ein und aus, ein und aus, er geht im Zimmer auf und ab, wäscht sich das Gesicht, nimmt die Beruhigungstropfen auf Kräuterbasis, vielleicht helfen sie heute, die lieben, guten Kräuter, er bleibt stehen, das letzte Mal hat es geholfen, einen Pfirsich zu streicheln, am Naschmarkt, er reißt den Kühlschrank auf, keine Pfirsiche, nur braune Bananen, die er nicht angreifen will, aber da ist die kalte Luft, die er gierig einatmet, die sich über die Schranke in seiner Brust hinwegsetzt, er spürt, wie sein Atem tiefer geht und sich zur Ruhe begibt, sein Herz zu rasen aufhört, wie die irrationale Angst, die er wahrscheinlich mit dem Einloggen in sein Online-Konto geweckt hat, sich wieder zum Schlafen zusammenrollt.

Er hat Glück, es geht immer wieder schnell vorbei, doch es kommt wieder, alle paar Tage. Vorigen Monat hatte er fast jede Nacht diesen Zirkus beim Nicht-Einschlafen-Können, wenn er zu viel Red Bull oder zu viel Bier getrunken hatte, aber auch, wenn er gar nichts getrunken hatte. Er weiß nicht genau, was die Angst aufweckt, aber er hat den Verdacht, dass sie seiner Geldnot entspringt, oder dem Schlafmangel, vielleicht sollte er wirklich zum Arzt gehen, oder noch besser, zu einem Therapeuten. Aber er mag nicht über Probleme reden, die er nicht hat, er mag keine Medikamente nehmen, die ihn noch verrückter machen. Er braucht nur Geld, um sein Konto zu besänftigen, dann wird alles gut.

Aber jetzt gerade ist alles wieder gut, denkt er, zumindest wenn er nicht an seine Mutter denkt, die er wieder anpumpen muss, zu ihrem Geburtstag auch noch, aber vielleicht kommt ja noch etwas anderes, ein Wunder, ein Job. Er zieht eine frische Unterhose an, lange Jeans, zieht dann doch kurze Hosen an, packt eine Badeshort ein, ein Handtuch, eine Flasche Wasser. Er hat noch den ganzen Tag, es ist erst elf, aber er muss raus hier. Er packt das Buch ein, das Katalyn ihm geborgt hat, sein Handy und den Reserveakku, ein paar braune Bananen, die auch satt machen, wenn es sein muss, dann macht er noch das Bett, sicherheitshalber, zieht sich das T-Shirt aus, ein weißes Ruderleiberl an, weil er das Gefühl hat, Katalyn mag seine Oberarme. Er bleibt kurz vor dem Spiegel stehen, seine Locken stehen vom Kopf ab, er muss durchhalten, bald sind sie lang genug, und er kann sie sich hinten zusammenbinden, bis jetzt geht sich nur so ein blöder Dschingis-Khan-Knödel oben aus und unten stehen die Federn weg. Er schüttelt die Haare, fährt einmal durch. Dünn sieht er aus, unausgeschlafen, aber nicht so schlecht. Als er auf seinem Rad durch die Stadt braust, sich in der Alserstraße zwischen Autos und Straßenbahnen bis zur Poleposition vorbeischummelt, ist er noch nervös, vollgestopft mit Gedanken, genervt von den Abgasen und der heißen Abluft der Autos, die er zusätzlich zur Sonne abkriegt, damit es der glattgesichtige, gleichaltrige Streber in seinem glänzenden Golf schön kühl hat, auf seine Kosten natürlich. Aber da schaltet die Ampel schon wieder auf Grün, und er biegt auf den Campus ab, und spätestens am Donaukanal pfeift ihm der Wind um die Ohren, bläst ihm die Panik aus dem Hirn, hängt er die tote Emanze und ihre alte Hexe ab, und so braust er dahin, ohne Ampeln und ohne Autos fliegt er Katalyn entgegen.

8.
Elvira

Hintermoos, Ende August

Nein, es macht Elvira keinen Spaß. Die beiden Säcke sind schwer und schlagen manchmal gegen ihre Beine, und obwohl sie mehrere Müllbeutel ineinandergesteckt hat, traut sie dem Material nicht. Es wird nicht leicht sein, sie die Holzleiter zum Hochstand hinaufzuwuchten. Der Wald rauscht im Dunkeln. Sie mag das Geräusch, wenn sie vor dem Haus sitzt, aber sie will nicht in der Mitte dieses Brausens sein. Seit Stunden grummelt es, aber das Gewitter geht nicht los. Sie geht in der Mitte der Straße. Ist der Wind überhaupt stark genug, um Äste von den Bäumen zu reißen, die sie dann erschlagen? Sie geht schneller, die Forststraße steigt jetzt steil an. Kaum Mondlicht, aber es ist eine gute Straße. Sie muss lernen, sich vor den richtigen Geräuschen zu fürchten, lauscht, ob sich zu den Waldgeräuschen das Motorengeräusch eines Geländewagens dazu gesellt. Sie fragt sich, wie gut ihre Ohren sind, noch dazu unter der schwarzen Haube, um rechtzeitig das Knirschen von Reifen hinter der nächsten Kurve auszumachen, und wenn ja, wäre sie auch schnell genug, sich vor den Scheinwerfern hinter einem Baum zu verstecken? Jäger sind in der Morgen- und Abenddämmerung unterwegs, in der Zeit dazwischen liegen sie in ihren warmen Betten oder sitzen in holzgetäfelten Wirtshäusern unter ihresgleichen, trinken und erzählen einander Märchen. Ein Restrisiko bleibt immer.

Die Säcke werden mit jedem Schritt schwerer, wie viele Kilo sind das insgesamt, denkt sie. Fünfzehn? Zwanzig? Heute hat den ganzen Tag das Festnetztelefon in der Hütte geläutet. Ob sie wirklich so blöd sind und denken, jemand hebt jetzt ab, wenn sie bei der toten Preisanwärterin anrufen. Jetzt weiß jeder, dass Helene für diesen Preis nominiert ist. Der Verlag und die Presse haben es ausgebreitet und gefeiert, das große Speicheln hat begonnen. Eine Österreicherin, von der man jahrzehntelang nichts gehört hat! Eine Autorin, die stirbt, bevor das Buch erscheint! Ein Preis, den erst zwei Mal ein Österreicher bekommen hat! Eine Schriftstellerin, der die Maske eines Pseudonyms quasi vom Tod heruntergerissen wurde! Es ist dermaßen widerlich, dass sie sich zurückhalten muss, nicht ans Telefon zu gehen und wahllos Obszönitäten hineinzuschreien. In den Zeitungen plötzlich eine Schleimigkeit ungeahnten Ausmaßes. Jahrelang wurde sie vergessen und ignoriert, aber kaum hat der Markt Fährte aufgenommen, legten sich der Literaturbetrieb und das Land die tote Helene über die Schultern wie den Pelz eines kostbaren ausgestorbenen Tieres. Verstaubt klingende Zitate aus damaligen Rezensionen wurden rezitiert und der eine, jetzt sehr mickrig wirkende Preis, den

Helene vom Bundesland Oberösterreich bekommen hat, wurde erwähnt. Irgendwie las sich das alles wie Satire. Die Vorschau auf das Buch, das Cover und die Autorenfotos immer neben den Artikeln. Der Verlag hatte für die Pseudonymsituation Fotos machen lassen, auf denen Helene den Kopf abwendet. Die Aufnahmen müssen an der Donau gemacht worden sein, der Kopf ist gedreht und der Wind kommt von links hinten und scheitelt das kurze graumelierte Haar an einer ungewohnten Stelle. Kinn, eine digital geglättete Nase, Augenbrauen und ein Stück Wangenknochen schauen zwischen den Haaren hervor, ansonsten sieht man hauptsächlich Hals und Ohr. An der Kopfhaltung erkennt man vielleicht, dass es sich um eine Frau handelt, findet Elvira. Aber die Ohren sehen irgendwie männlich aus. Als hätte der Fotograf das Foto nachbearbeitet, nachgeschärft, Falten gezogen. Hatte Helene so männliche Ohren? Es hat den Verlag viel Mühe gekostet, ein Kuriosum zu erschaffen. Aber jetzt ist sie tot und nominiert und darf wieder Frau sein. Für die Aussendung des Verlags, in der Helenes Tod bekanntgegeben wurde, haben sie ein Foto genommen, auf dem sie traurig, aber definitiv feminin in die Kamera blickt. Die geplatzten Äderchen auf den Backen und den Baumschwamm auf der Nase haben sie vorsorglich verschwinden lassen.

Da zweigt auch schon der Fahrweg von der Forststraße ab, ein Steg führt über den kleinen Bach und weiter in den Wald hinein, jetzt muss sie aufpassen, dass sie nicht umknöchelt, aber die Reifenspuren führen verlässlich bis zum Hochstand am Rande des Kahlschlags. Sie packt die Stirnlampe aus, schnallt sie sich um, nimmt beide Säcke in die rechte Hand und zieht sich mit der Linken die wacklige Leiter hoch, Sprosse für Sprosse, bedacht, das Plastik nicht an den spitzen Rindenspänen aufzureißen. Oben angelangt öffnet sie den Riegel und stößt die Holztür auf. Ein Glück, dass nicht abgesperrt war. Sie hätte umdrehen können, wie früher so oft, wenn es technisch unüberwindbar wurde. Irgendwann hätte sie sich der Realität stellen und lernen müssen, wie man Schlösser aufbricht. Das kann ja keine Hexerei sein! Nur, wer lehrt einen das? Muss sie das etwa noch? Kann das nicht eine Junge übernehmen? Auf die künstlerische Nachwuchsgeneration, die so rücksichtslos und risikofreudig, aber vor allem so unbezahlt arbeitet wie die ihre, wartet sie wahrscheinlich umsonst.

Sie zieht die Latexhandschuhe an, entknotet den äußeren und dann die beiden inneren Säcke, hält die Luft an und leert den Inhalt der Säcke über der Bank aus, verteilt ihre über fast zwei Wochen gesammelte Scheiße und ihren Urin gleichmäßig über den ganzen Hochstand, den Boden, die Sitzbank mit dem kleinen Pölsterchen, dem kleinen Tisch. Durch den Mund atmend verteilt sie den schmatzenden Schlamm im Hochstand. Sie wusste ja, es würde schwer werden, aber nicht, wie schwer. Jetzt riskiert sie einen Zug durch die Nase. Instinktiv weicht sie zurück, ein Würgen kündigt sich an. Der Gestank hat etwas Befremdliches, obwohl ihr vor dem eigenen nicht so sehr grausen dürfte. Hier im Wald riechen ihre Exkremente raubtierhaft. Schnell wieder durch den Mund atmen. Nur ja nicht hineinsteigen, sagt sie sich und rollt die Säcke mit spitzen Fingern zusammen. Zum Schluss zieht sie die Handschuhe aus und steckt alles in einen frischen mitgebrachten Sack, den sie wieder dreimal verknotet. Fäkalien verstreuen, Beweismaterial entsorgen, Fingerabdrücke vermeiden, das ist wirklich nicht ihre Art, aber die Umstände haben es notwendig gemacht.

Im Schein der Taschenlampe sieht es schrecklich aus, verwüstet. Elvira genießt den Anblick noch kurz, die Nase schützend im Ellenbogen vergraben. Dann macht sie schnell noch ein Foto. Der Anblick wird dem Obersenatsrat wehtun. Es bleibt zu hoffen, dass hier niemand putzen kommt, keine Putzfrau, die er vergattern kann, kein Reinigungsdienst. Mit dieser prächtigen Sauerei muss der Herr Obersenatsrat schon selbst fertigwerden. Er muss, wenn er von seinem Hochstand Gebrauch machen will, selbst Hand anlegen, er muss in die Welt der Ausscheidungen, des Dienens hinabsteigen, er muss durch den Mund atmen und eine unbezahlte, ungeliebte Arbeit machen. Wahrscheinlich wird er den Hochstand fällen und einen neuen bauen lassen. Das wäre zwar suboptimal, aber verschmerzbar. Es ist ihrer, Elviras Verdienst, ihr Auftrag, ihn bei der Hand zu nehmen und in die Welt der Putz- und Klofrauen einzuladen und sei es auch nur für ein paar Momente seines privilegierten Daseins. Natürlich ist es auch eine Strafe. Dafür, dass er den Bären getötet hat. Vor allem aber dafür, dass er Helenes Kater Bambi erschossen hat.

Den Sack in der Hand schließt sie das Türchen und steigt rückwärts vom Hochstand. Als sie unten ist, überfällt sie die ersehnte Schadenfreude, die sich zu einer Euphorie steigert. Das Zeichen fehlt noch. Sie nimmt die Schablone mit dem Seepferdchen sowie den orangefarbenen Spray aus der kleinen Umhängetasche und sprüht ihr Zeichen auf einen Pfeiler des Hochstands. *Hippocampus*. Helene mochte das Wort lieber als Seepferdchen. Die Verkleinerungsform hat dieses Tier nicht verdient, hat sie gesagt. Seepferde sollten sie heißen, wie die prächtigen Wappentiere aus der griechischen Mythologie. Wasserpferde. So wie die Each Uisge aus der schottischen Mythologie, die an den Küsten ihre Opfer zuerst umgarnen, sie auf ihren Rücken locken, wo sie dann kleben bleiben und von den Wasserpferden weit ins Meer hinausgetragen, ertränkt und danach gefressen werden. Nur die Leber ließen sie übrig, die dann an den Strand gespült wurde. Außerdem war da der Hippocampus, der kleine Teil des Gehirns im limbischen System. Der wichtig dafür war, dass Erinnerungen vom Kurzzeitgedächtnis ins Langzeitgedächtnis wandern. Diese Symbolik, die so gut zu der Überdosis Gedenkzwang an männliche Helden auf männlichen Pferden und ihre männlichen Taten passte, an die sich alle erinnern mussten, für immer und ewig.

Der Lackgeruch erinnert sie an früher, als sie die Reiterstatuen umdekorierte. Als sie die Hoden der Hengste angesprüht hat, weil sogar das Pferd ein Männchen sein musste. Elvira hat nur markiert, was schon da war. Aber Symbolik allein funktioniert nicht, denn Symbole tun niemandem weh – und wenn es nicht wehtut, berührt es nicht, und wenn es nicht berührt, kann sie es gleich bleiben lassen. Als sie den Forstweg bergab geht, hält das Hochgefühl an, fast wünscht sie sich, ihr würde ein wildes Tier begegnen, mit dem sie sich verbrüdern könnte, gegen den Obersenatsrat, gegen die penetrante Macht, die er ausdünstet. Aber das Einzige, was ihr begegnet, ist die überfahrene Blindschleiche, über die sie schon beim Hinweg hinweggestiegen ist. In den nächsten Tagen wird der Obersenatsrat in seinem Jägerkostüm aus atmungsaktivem Goretexmaterial seinen tarnfarbenen Mercedes G-Klasse mit Servolenkung einparken. Er wird die Behaglichkeit mitnehmen wollen in seinen Hochstand, er wird sich entspannen wollen von seinem anstrengenden Spitzenbeamtenalltag. Vielleicht wird er sich schon über das Seepferdchen wundern, aber spätestens auf der Mitte der Stufen wird sie ihm schon entgegenwehen, die fäkale Grußbotschaft von Elvira. Es ist ein stiller Dialog, der sich hier entspinnt, und Elvira hat ihn nicht begonnen. Ihre anonymen Installationen waren und sind immer nur längst überfällige Antworten auf Provokationen, die als Normalität durchgehen. Sie sind Entgegnungen auf Behauptungen, die seit Jahrhunderten gemacht werden, auf Privilegien, die sich so ins kollektive Bewusstsein eingefressen haben, dass sie niemand mehr hinterfragt. Der geschossene Bär und der geschossene Bambi sind nur zwei von diesen Ermächtigungen, die eine Elite aus dem Kaiserreich mitgenommen hat. Diese Allmacht, sich die Arbeiter, die Frauen, die Tiere untertan machen zu dürfen.

Das hat Helene fast in den Wahnsinn getrieben vor Zorn, dass der einzige Bär in diesem Land sich ausgerechnet nach Hintermoos verläuft und dann unbedingt diesem Arschloch vor die Flinte laufen muss. Für den sich ein Traum erfüllt haben musste, der sicher keine Sekunde gezögert hatte, er musste ein paar Mal abgedrückt haben, denn es ist gar nicht so leicht, einen Bären zu töten. Das passiert immer den Wildtieren, den Luchsen, den Wölfen, den Bären, die mit großer Mühe wieder ausgesetzt werden. Noch bevor sie auf einen Artgenossen treffen und an Fortpflanzung und Arterhaltung überhaupt zu denken ist, lauert ihnen ein Jäger auf und poliert sein Ego mit dem Tötungsakt. Damit der ewige Machthunger, der sich nicht in der Anwaltskanzlei oder im Plenarsaal stillen lässt, für ein paar Wochen Ruhe gibt. Warum werden solche Menschen nie satt?

Der Obersenatsrat hat die Straftat zugegeben, ohne jemals belangt worden zu sein. Er hat sie in ein Heldenepos verpackt. Im Wirtshaus hat er ein paar Runden Schnaps ausgegeben und genug offenbart, um sich im Ort als Bärentöter zu adeln, und zu wenig, um wegen dieses Delikts angezeigt werden zu können.

Helene hat es aber nicht auf sich beruhen lassen, sie hat Anzeige erstattet, die Presse angeschrieben, Naturschutzorganisationen alarmiert, Unterschriften gesammelt. Sie nahm den toten Bären persönlich und pinkelte dem Obersenatsrat hartnäckig ans Bein. Bis es dem Obersenatsrat reichte und er Helenes große Liebe, den roten Kater Bambi, erschoss und seinen blutigen Kadaver in einer innen folierten Geschenktasche, auf der Bärchen aufgedruckt waren, über die Schnalle der Gartentür hängte. Ein Kuvert mit dem Ausdruck des Niederösterreichischen Jagdgesetzes lag obenauf. Helene trauerte und wütete gleichzeitig. Sie beschwerte sich erfolglos bei der Gemeinde, beim Bürgermeister, sie schrieb lange, wirkungslos bleibende Briefe an die Grünen, an Tierschutzverbände, an Lokalmedien. Am liebsten wäre sie zurück nach Wien gegangen, aber die finanzielle Situation hatte ihr den Rückweg abgeschnitten. Bis zuletzt brachte sie es nicht übers Herz, sich eine neue Katze anzuschaffen.

In diesem Moment knöchelt Elvira um, verliert das Gleichgewicht, stürzt zur Seite, auf die Hüfte, den Ellenbogen. Ein scharfer Schmerz durchfährt sie, sie flucht, sie ringt nach Luft. Es ist nicht so schlimm, sagt sie zu sich, es ist nicht so schlimm, ich habe gute Knochen. Sie sitzt mitten auf dem Forstweg, ihre Handfläche voll mit Steinen, ein bisschen abgeschürft. Es ist dunkel, man sieht so wenig. Sie zieht die Hose und den Ärmel hoch, leuchtet mit der Stirnlampe auf die Schürfwunden. Das Bein lässt sich bewegen, der Arm auch, sie kann sich aufstützen und aufstehen und weiterhumpeln, nur noch ein paar hundert Meter, langsam und vorsichtig, die linke Seite tut weh. Tränen steigen auf, die sie ärgerlich wegwischt. Sie geht vorsichtig, mit zusammengebissenen Zähnen, sie wollte doch den Herbst und Winter nutzen, für Helene. Wie soll sie das alles bewerkstelligen, einen Rollator vor sich herschiebend?

Helenes Haus wartet dunkel und still auf sie. Während das Teewasser siedet, wäscht sie sich die Hände sorgfältig, versorgt die Wunden. Die Abschürfung an der Hüfte ist die schlimmste, das wird ein sehr großer blauer Fleck. Der Schmerz lässt nach. Sie muss sich daran erinnern, dass sie das Gefühl, etwas erledigt zu haben, jetzt genießen muss. Alle wichtigen Künstlerinnen haben das gemacht. Sie haben sich selbst ernst genommen, weil die Kunstkritik zu ignorant war, das zu tun. Renate Bertlmann und all die anderen wurden nicht zu Ausstellungen oder in Galerien eingeladen, also mussten sie sich selbst filmen. Ohne diese Selbst-Dokumentation wüsste man gar nichts über sie. Dann gäbe es jetzt auch keine feministische Avantgarde, die plötzlich gefeiert wird, als wäre sie erst gestern erfunden worden. Es wird also keine

Helene Schulze geben, wenn sich Elvira nicht um ihre Re-Installation kümmert. Sollte sie doch noch die erste tote Buchpreisträgerin werden, wird das nicht reichen. Wenn der Literaturbetrieb sie feiert, wird er das Wichtigste auslassen: die blauen Flecken in Helenes Leben. Die dunkle Seite der Künstlerinnenbiografie. Elvira zieht die Schreibtischlade auf, wühlt sich durch die Unordnung, sucht ein Notizbuch. All ihre Künstlerinnen-Freundinnen aus den Siebzigern und Achtzigern sind so konsequent ignoriert worden, dass sie und ihre Werke mit ganz wenigen Ausnahmen in den Ateliers verstaubt und vertrocknet sind. Niemand hat sie re-installiert. Sie findet ein unbeschriebenes Heft, kariert, A4, in das notiert sie: 1. Titel: Bambis Sühne. Material: Hochstand, Plastiksäcke, menschliche Fäkalien. Kuration: Obersenatsrat, erschossene Katze, erschossener Bär. Dann streicht sie das 1. durch, ersetzt es durch 2. Sie schreibt darüber: 1. Friedhof Kaiserbad. Nachruf aus dem Grab. Material: Grabstein, Spitzendeckchen, Trauergäste. Dann ergänzt sie: Präludium. Sonnleitenwiese. Ungerichtete Aggression gegen Besitzansprüche.

Elvira stellt sich vor, wie es weitergehen könnte. Wie die Liste verlängert werden könnte. Sie könnte die Stolpersteine in Helenes Künstlerbiografie benennen. Ihnen Denkmäler errichten, Aktionen. Die einzelnen Aktionen zu einer Linie verbinden, die Linie einer verhinderten Biografie nachzeichnen. Warum ist noch niemand auf die Idee gekommen, so etwas zu tun? Ihr fallen auf Anhieb drei, nein, vier weitere Aktionen ein. Sie bräuchte einen Handlanger. Eine Künstlerin, die ihre Ideen ausführt. Sie müsste reisen. Sie bräuchte einen Wagen.

Elvira setzt sich mit einer Tasse Salbeitee vor das Haus und versucht, mit ihrer Leistung zufrieden zu sein. Aber noch lieber wäre ihr eine Art Zeichen, dass Helene damit zufrieden ist. Doch es gibt kein Zeichen, weil sie für das Übersinnliche leider völlig unempfänglich ist. Energien, Präsenzen, Schwingungen – wie schön müsste das sein, wenn sich einem noch eine andere Welt erschließt, die über den Tod erhaben ist. Sie kennt das, vor allem von Frauen, denen kalt wird, weil sie von Toten besucht werden, die halb verrückt werden, weil ihnen Verstorbene wie Papageien auf den Schultern sitzen, die mit Energien kollidieren und deswegen große Bögen um Friedhöfe machen, bei denen man sich »was eintreten« kann. Die Fratinis waren so, wie alle italienischen Zirkusfamilien auch: abergläubisch bis zur Paranoia. Jedes Mal bevor Elvira in den Container mit den drei Haien stieg, musste sie sich bekreuzigen. Wehe, sie vergaß es – da konnte sie sich etwas von dem alten Fratini anhören. Dabei waren es Ammenhaie, die in diesem winzigen Wassertank ihre Kreise zogen, und Elvira paddelte neben den harmlosen Fischen her. Von außen aber sah alles riesig aus. Das Becken, die Haie. Es klang auch alles so riesig: mit Haien schwimmen. Aber die Haie waren zahm, faul und desinteressiert. Elvira war in Wirklichkeit nur die optische Beilage für eine Sensation, die schon bald keine mehr war.

Wie gerne würde sie jetzt in Korrespondenz mit dem Geist von Helene treten, der wie ein Papagei auf ihrer Schulter sitzen könnte. Oder wie eine Katze in ihrem Schoß liegen. Sie bräuchte gar keine Geschwätzigkeit, das Gefühl, miteinander zu schweigen, würde ihr schon reichen. Stattdessen schiebt sich jetzt ungefragt eine Elvira, auf einen Rollator gestützt, in ihre Gedanken. Ist das der richtige Moment, an das eigene Alter, den eigenen Tod zu denken? Mit einem Rollator kommt man nicht weit, weder in Gedanken noch in der Realität. Damit kann man im Kreis gehen, murmelt die gebrechliche Elvira vor sich hin, von einem Raum in den anderen rollen und über die Straße zum kleinen Lebensmittelmarkt. Wäre da nicht ihre Wohnung: vierter Stock, kein Lift. Das Alter, der Tod, die Bedenken, jene ungeliebten Bekannten, die immer öfter in ihre Gedanken zu Besuch kommen, immer unangemeldet, immer bleiben sie zu lange, immer machen sie Unordnung und hinterlassen ihren Gestank und ihre Ermahnungen. Such dir endlich eine neue Wohnung im Erdgeschoss, geh endlich zum Arzt, überleg dir endlich eine Todesart, mit der du leben kannst.

Als sie die leere Tasse ins Spülbecken stellt, stobt ein Schwarm Fruchtfliegen auf. Überall kriecht oder fliegt etwas. Im Bad die Silberfischchen, im Eck die Spinnen, im Schuppen die Weberknechte, in der

Luft die Fruchtfliegen und zwar unendlich viele. Sie sind winzig und kugelig, eigenartig distanzlos, sie fliegen ganz nahe an den Mund und in die Augen, als gäbe es dort etwas zu holen. Sie müsste sich Hilfe suchen für die Vorhaben, einen jungen kräftigen Assistenten. Der junge Kameraassistent fällt ihr ein, der fotografiert hat. Seine ruhige, unauffällige Art ist ihr aufgefallen, seine Schüchternheit. Elvira erinnert sich an sehnige Unterarme und Waden, an geschickt aussehende Hände. Als Techniker und Assistent ist er wahrscheinlich nicht nur handwerklich geschickt, sondern kann auch gut anpacken.

Elvira hat am Morgen eine Fruchtfliegenfalle aus Fruchtsaft, Essig und Spülmittel angemischt, viele haben sich schon ins Verderben gestürzt und treiben leblos an der Oberfläche. Sie beugt sich langsam zur Falle. Dort sitzen sie, am Rand des Saftglases, wie Lemminge. Es wird Zeit, hier herauszukommen, mit dieser Sortiererei kommt sie ohnehin nicht weiter. Sie richtet sich auf, schenkt sich ein Glas Wein ein, greift zur Taschenlampe, nimmt den kleinen Autoschlüssel vom Schlüsselbrett, zieht sich die Schuhe an, geht um das Haus herum und öffnet den Schuppen. Da, zwischen kaputten Wäscheständern, Besen, einem Hometrainer und einem Rasenmäher, steht der himmelblaue Mercedes-Bus, der der Tante gehört hat, den sich Helene und Rainer immer für ihre Familienurlaube ausgeborgt haben, damals in den Achtzigern und Neunzigern. Wie lange steht der nun schon ungefahren hier? Sie steckt den Schlüssel ins Türschloss, es ist ein altes Schloss, das sich nur widerwillig aufsperren lässt, und sie muss den Daumen fest auf den Druckknopf pressen, bevor sich die Tür mit zähem Widerstand quietschend öffnen lässt. Elvira klettert über die hohe Stufe in die Fahrerkabine, der Ellenbogen und die Hüfte mit mahnendem Schmerz, doch noch bevor sie sitzt, hat sie der Geruch des Wageninneren in die Siebziger, Achtziger zurückkatapultiert. Es sind diffuse Glücksmomente, die in diesem Geruch überdauert haben wie in einer Zeitkapsel. Autos rochen damals so wie der dottergelbe Peugeot, mit dem sie durch Spanien gefahren ist: Gerd, der neben ihr sitzt, Romana, geisterhafte Erinnerungen, die plötzlich präsent sind. Die staubigen, mattschwarzen Armaturen, mit den simplen, analogen Anzeigen. Ihre Hände liegen ganz ruhig auf dem kalten, glatten Lenkrad. Keine unnötige Polsterung, keine Servolenkung, keine Elektronik, kein Schnickschnack, einfache verständliche Schalter und Hebel, alles selbsterklärend. Wann ist sie das letzte Mal ein Auto gefahren? Sie dreht sich um und lässt die Taschenlampe über die Inneneinrichtung wandern. Die kleine Kochinsel, der Kasten, die Liegefläche, kleine Fächer auf Kopfhöhe. Es muss ein umgebauter Lieferwagen sein, man kann erkennen, wo die Fenster nachträglich eingesetzt wurden. Vor den Fenstern hat jemand rosa Vorhänge gespannt, die zur Seite gerafft und mit einem Spagat zusammengebunden wurden. Sie erinnert sich, dass Helene erzählt hat, dass die Liegefläche zu einer

Couch mit Tisch umgebaut werden konnte. Mehr muss sie gar nicht sehen. Es ist perfekt. Jetzt braucht sie nur noch einen Assistenten und einen Motor, der anspringt. Sie spürt ihr Herz klopfen, als sie auskuppelt, den Schlüssel ins Zündschloss steckt und ihn umdreht. Mit einem satten Husten springt der Motor an und der ganze Bus beginnt zu zittern. Elvira spürt, wie sich das Zittern auf sie überträgt, wie sich die Gänsehaut den Rücken hinauf ausbreitet, bis in die Oberarme und in den Nacken reicht, wie sich zuletzt die Härchen auf ihren Unterarmen aufstellen.

9.
Adrian

Wien / Hintermoos, Ende August

Ausgerechnet jetzt, denkt er, als der Handywecker angeht. Er schaltet ihn schnell aus. Katalyns Gesicht in Seitenlage vor ihm, die Wangen sehen weich und fleischig aus, man kann den Flaum darauf sehen. Ihre Oberlippe steht ein bisschen ab, prall und gut durchblutet. Er würde sie gerne aufdecken, den ganzen Körper genau beobachten, ihren festen Busen, die kräftigen Arme und Beine mit diesen rundlichen Muskeln darunter, das unrasierte, aber getrimmte dunkle Schamhaar, ihre etwas speckigen Füße mit den kompakten Zehen. Sich alles einprägen. Erst die Vorder-, dann die Rückseite, den Schwung ihrer Schultern, die Rinne ihrer Wirbelsäule, die kleinen Dellen rechts und links vom Kreuzbein. Mit der Zungenspitze die Wirbelsäule abwärtsfahren, um sie zu wecken. Sie schläft zwar wie ein Stein, aber sie würde schon aufwachen, vielleicht kurz erschrecken, aber dann gleich weich werden, sich strecken und mit einem bereitwilligen Raunen ihre Beine öffnen. Er gibt sich einen Ruck und sieht aufs Handy, fast sieben Uhr. Er muss sich fertig machen und den Zug nach Payerbach nehmen.

Vorsichtig schält er sich aus dem Bett, nimmt sein Gewand aus dem Kasten und zieht leise die Schlafzimmertür zu. In der Küche füllt er die Espressokanne, stellt sie auf den Herd und setzt sich aufs Klo, fischt nach unangenehmen Gedanken, damit er pinkeln kann. Das ist mehr als ein normaler Morgenständer, denkt er lächelnd, das ist ein Auftrag für Morgensex. Aber dann braucht er nur seine Schulden zu visualisieren und dazu Mutters besorgtes Gesicht, schon geht seinem Schwanz erschreckend schnell die Substanz aus.

Adrian steht am Fenster, während er seinen Kaffee trinkt, draußen das übliche Bild um diese Zeit des Tages: Fußgänger, die es eilig haben, Autos, die es eilig haben, eine Straßenbahn, die zwischen den zwei Stationen Gas gibt. Im Vorzimmerspiegel sieht er einen vertrauenserweckenden jungen Mann, den er auf jeden Fall einstellen würde, der sich die Haare gebürstet hat und die Zähne, der sich für seine zukünftige Dienstgeberin und für seine Tätigkeit angemessen gekleidet hat. Die alte Hexe hat ihm ein Angebot gemacht, das kann er bei seiner finanziellen Situation einfach nicht ausschlagen. Assistenz für eine künstlerische Tätigkeit, vielleicht ein bisschen Dokumentation, hat die Katzenschlager am Telefon gesagt, das klingt eigentlich auch nicht so viel anders als Kameraassistent, sicherlich weniger Schlamm und Insekten als am Bodensee. Und sie hat den Job für zwei bis drei Wochen in Aussicht gestellt, Bezahlung: tausend Euro wöchentlich, Verhandlungsbasis. Vorschuss ist auch drin. Er musste nicht lange nachdenken, die Auftragslage war mau in den letzten Wochen und das nächste Projekt, das fix war, war eine Modelsache und eine Gepardendoku im November in Namibia. Er wird verhandeln, da ist er sich sicher. Er wird sich nicht zu billig verkaufen. Vielleicht schon nächste Woche könnte er Milan die vierhundert Euro Schulden zurückzahlen und sein Minus verkleinern. Oder sich etwas Außergewöhnliches leisten. Zwei Festivaltickets zum Beispiel. Katalyn auf ein feines Essen einladen. Ein neues Handy mit besserer Kamera. Oder zumindest ein neues Display ohne Sprung.

Er schreibt Katalyn einen Zettel – *Bin bei einem Vorstellungsgespräch, abends zurück!* – und zeichnet noch ein Herz dazu, dann betrachtet er den Zettel durch Katalyns Auge. Die Schrift ist zu rundlich, der Inhalt zu schleimig, das Herz ist scheiße. Er zerknüllt ihn und steckt ihn in die Hosentasche. *Schönen Tag, ich ruf dich an!*, schreibt er einen neuen Zettel, die Schrift ausladend und unleserlich, und legt ihn auf den Küchentisch, steckt aber auch diesen wieder ein, bevor er geht. Eine WhatsApp ist sicher klüger, und im Zug hat er alle Zeit der Welt, darüber nachzudenken, was er ihr schreiben wird.

Auf dem Weg zum Bahnhof denkt er, dass alles schöner und besser ist, wenn man mit einer Frau geschlafen hat. Wenn diese Frau noch in seinem Bett liegt, und wenn es so aussieht, als ob das wieder und wieder passieren könnte. Die Menschen in der U-Bahn sind weniger hässlich, die Stadt riecht nicht so muffig und nicht einmal der Bahnhof macht ihn depressiv. Er fährt die Rolltreppe hinauf zum Bahnsteig, eine Euphorie liegt über allem. Er muss sich bremsen, um sich nicht ernsthaft zu verlieben, denn bei einer Frau wie Katalyn weiß man nie. Sie ist keine, die an einem klebt und gleich einziehen will und beim zweiten Treffen ihre Zahnbürste und ihren eigenen Grüntee mitbringt, so wie die Vorgängerinnen es teilweise getan haben. Nachrichten wie die in seiner Hosentasche sind vielleicht einen Tick zu zutraulich für Katalyn, sie könnten als Schleimspur missverstanden werden. Er will nicht als Weichtier daherkommen, nicht im Bett und auch sonst nicht. Er hat sie im Verdacht, gar nicht so selbstbewusst zu sein, wie sie tut. Dass sie im alltäglichen Leben gerne einen Mann hätte, der nicht zu feinfühlig und entgegenkommend ist, sondern strukturiert, selbstvergessen und vielleicht sogar eine Spur nachlässig: so wie Milan etwa. Gutverdienend schadet sicher auch nicht. Und er hat das Gefühl, dass sie auch im Bett gerne härter rangenommen wird, als er es sich bis jetzt getraut hat. Das muss er noch genau beobachten. Aber natürlich ist es schon zu spät, denkt er, als der Zug einfährt und er einsteigt, er hat sich schon verliebt, aber er muss es ja nicht mehr zeigen als nötig. Er muss sie sich einfach warmhalten, mit ein wenig Distanz und den richtigen Anreizen. Gute Stimmung. Guter Sex. Gutes Geld.

Nur wenige sitzen im Waggon, hauptsächlich ältere Frauen, ein älterer Mann mit erschreckend gelber Hautfarbe, eine Mutter mit Kind. Sie steht an der Eingangstür über den Kinderwagen gebeugt, rüttelt ihn sanft, aber ununterbrochen, und immer wieder macht sie: schschscht, obwohl das Kind ohnehin keinen Mucks macht. Draußen zieht die Stadt vorbei, dann der Speckgürtel. Adrian chattet ein bisschen mit Milan, er sieht nach, was es in seiner Filmgruppe Neues gibt. Womit man auf Instagram angibt. Worüber man sich gerade auf Facebook streitet. Er schließt die Augen. Schschscht, rauscht es in seinem Ohr. Als er das nächste Mal den Kopf hebt, sieht er Weinberge. Immer mehr Menschen steigen aus, auch die Mutter mit Kind. Und danach kommen Föhrenwälder, und als die ersten Hügel sichtbar werden und er beginnt, sich vor dem Gespräch mit der Katzenschlager zu fürchten, ist es eigentlich schon zu spät dafür, denn der Zug fährt in Payerbach ein. Er ist der Einzige, der aussteigt.

Adrian sieht sie, bevor sie ihn sieht. Auf dem Parkplatz direkt neben dem Bahnsteig steht ein großer blitzblauer Mercedes-Bus, der Lack ausgebleicht, matt, da und dort trübt ein weißer Schleier das Farberlebnis. Die Katzenschlager sitzt hinter dem Lenkrad, ihre Tür geöffnet, das linke Bein baumelt ins Freie, sie liest eine Zeitung. Letztes Mal war die Kamera zwischen ihr und ihm, und Cordula, aber dieses Mal muss er ungefiltert mit ihr zurechtkommen. Er wird das schaffen, denkt er, er ist mit den psychopathischsten Regisseuren zurechtgekommen, mit den deppertsten Viechern, mit den bissigsten

Moskitos und den schlammigsten Mooren. Er wird doch mit einer alten Frau zurechtkommen, für gutes Geld. So viel ist es nun auch wieder nicht. Verhandlungsbasis. Er wird ihr mit einem höflichen, festen Händedruck alles signalisieren, was ihn ausmacht: Vertrauenswürdigkeit, Respekt, Verlässlichkeit. Er verlangsamt seinen Schritt, sie hebt den Kopf und sieht ihn an.

Nur keine Angst, sagt sie zu ihm, als er nur mehr wenige Meter von ihr entfernt ist und deutet auf die Beifahrerseite. Steig einfach ein. Ich habe keine Angst, will er sagen. Er findet ihr Duzen ein bisschen übergriffig, andererseits ist sie mehr als doppelt so alt wie er, denkt er, und: Ich lass ihr den Spaß. Er wird sie natürlich nicht zurückduzen, denkt er, als er die schwere, quietschende Tür aufmacht und sich mit dem uralten, abgewetzten Gurt anschnallt. Soll er fragen, wohin sie fahren, soll er Smalltalk mit ihr führen, und wie sieht Smalltalk aus mit so einer Person?

Also sagt er nichts, und sie auch nicht, und gemeinsam fahren sie an dem sterbenden Kurort vorbei und dann in das finstere Tal hinein. Sein Blick fällt auf ihre Unterarme, die braungebrannt wirken, auf ihre relativ großen Hände. Ihre graugelben Haare sind offen und sehen frisch gebürstet aus. Sie trägt wieder eine Jeans, die aufgekrempelt ist, und ein taubengraues Shirt, das sicher aus biologisch angebautem Hanf gefertigt wurde. Es riecht frisch im Auto, nach Shampoo. Bildet er sich das ein oder hat sie sich für ihn zurechtgemacht? Wie auch beim ersten Zusammentreffen zeigt sie viel Haut, der weite Ausschnitt ist über die rechte Schulter gerutscht, die ebenfalls gebräunt wirkt und matt glänzt. Kein Träger. Wenn man genau hinsieht, bestätigt sich der Verdacht. Er sieht schnell aus dem Fenster. Sie ist eine schreckliche Fahrerin, der Motor heult und jammert, aber vielleicht liegt das auch an der alten Kiste. Adrian wirft einen Blick nach hinten, sieht nach umgebautem Lieferwagen aus: Holzmöblage, rosa Vorhänge, Liegefläche, eine Art Puppenküche. Hoffentlich erwartet sie nicht, dass er seine Nächte in diesem Kasten verbringt, oder sich vielleicht sogar diese Liegestatt mit ihr teilt. Ihm fröstelt, wie auch schon das letzte Mal, als er in diese Bergritze hineinfahren musste. Und dann stehen sie auch schon vor dem kleinen Haus mit den Eternitschindeln und sie geht vor ihm hinein.

Drinnen bleibt er stehen, er will sich nicht einfach hinsetzen, das gehört sich nicht, denkt er, und es klingt ein bisschen ärgerlich, als sie sich auf einen der Sessel fallen lässt und zu ihm sagt: Nun setz dich schon her.

Also. Zwei bis drei Wochen wird es schon dauern, sagt sie. Ginge das?

Adrian nickt. Durchgehend?, fragt er.

Vielleicht, sagt sie. Dann ist sie wieder schweigsam.

Ihm ist nicht aufgefallen, dass ihre hellbraune Iris mit einem dunklen Ring eingerahmt ist. Ein Tierauge, denkt Adrian, aber welches Tier hat hellbraune Augen? Hunde fallen ihm ein, Katzen sicher auch. Löwen? Er wundert sich, dass ihm dieses Detail noch nicht aufgefallen ist, weder beim ersten Dreh noch bei der Nachbearbeitung des Materials. Ist das der Lichteinfall?

Was genau würde meine Aufgabe sein?, fragt er schließlich geradeheraus.

Schwierig zu erklären, sagt sie, und ich dachte mir, wir probieren es einfach aus und du sagst mir, ob das was für dich ist, ja?

Die Katzenschlager steht auf, sieht ihn an. Er beeilt sich, ebenfalls aufzustehen.

Gut, antwortet er.

Adrian sieht ihr dabei zu, wie sie den Wagen, der vor der Tür steht, rückwärts in die Einfahrt einparkt. Es ist schwer zu ertragen. Die Einfahrt ist schmal und die Straße davor ebenfalls, der Bus ist lang und klobig, und das Reversieren wird wohl nicht einfach sein, aber so schwierig dann auch wieder nicht. Sie setzt immer wieder vor und zurück und hat entweder zu steil oder zu wenig steil eingeschlagen, dazwischen hat sie den Motor zornig aufheulen lassen. Erst beim gefühlt zehnten Mal hat sie so in die schmale Öffnung zwischen der dichten Hecke hineingetroffen, dass die Flanken des Busses nur das Gebüsch streifen. Adrian steht in einer blaugrauen Wolke aus Abgasen, wie man sie nur von uralten Lastwagen mit exotischen Länderkürzeln auf den Nummerntafeln kennt. Was das für eine Dreckschleuder sein muss. Er hält sich den Arm vor den Mund und sucht das Weite, geht um die kleine Veranda herum und steht vor einem Holzschuppen, wo er erst einmal tief Luft holt. Er sieht zu, wie Elvira den Motor abstellt und sich an der Seitentür zu schaffen macht. Dann kommt sie mit großen Schritten um die Ecke gebogen und deutet ihm, mitzukommen, als sie die Tür des Schuppens öffnet. Ein Fliegenschwarm stobt auf, Adrian hält sich gleich wieder den Arm vor den Mund.

Fuck, sagt er in seine Armbeuge hinein. Vor ihm stehen, er zählt vorsichtig, acht durchsichtige Plastiksäcke mit vollgeschissenen Windeln. Er schüttelt den Kopf, weicht ein paar Schritte zurück und blickt, die Nase immer noch in der Armbeuge, die alte Hexe fragend an.

Schwierig zu erklären, sagt sie schon wieder. Sie steht mit verschränkten Armen und zusammengekniffenen Augen da. Er sieht ihr ins Gesicht. Verarscht sie ihn? Ist das eine Prüfung? Sie ist verrückt, das muss es sein, denkt er und geht noch einen Schritt zurück.

Ich weiß nicht, was das wird, aber das könnte schwierig werden, sagt er schließlich.

Nein, schwierig wird es nicht, sagt sie. Eine Installation wird es. Man muss die Säcke in den Bus laden, ein paar Kilometer an einen anderen Ort fahren, sie ausladen, aufeinanderschichten und dann ein Schild, das ich schon vorbereitet habe, daraufstellen.

Und dabei möglichst nicht gesehen werden. Und ein Foto machen. Das ist alles.

Sie sieht ihn an. Ihre Augen sehen sehr kalt aus, obwohl der Farbton warm ist, ihre Nase ist sehr spitz. Raubvögel, weiß er plötzlich, haben gelbe Augen, orangefarbene Augen. Wenn er jetzt Nein sagt, muss er sich spätestens nächste Woche wieder Geld von seiner Mutter geben lassen.

Geht das in der Art weiter?, fragt er.

Sie schüttelt den Kopf.

Es ist nur eine einzige Fäkalskulptur.

Fäkalskulptur. Jetzt nur nichts sagen, denkt Adrian. Obwohl. Das ist der Moment, eine Forderung zu stellen, spürt er plötzlich.

Ist gut, sagt er, aber Sie zahlen wöchentlich. Tausendfünfhundert Euro. Und die erste Rate im Voraus.

Die alte Hexe runzelt die Stirn. Tausendzweihundert, sagt sie. Mehr hab ich nicht.

Er sieht sie an. Blufft sie? Schlag ein, sagt ihm sein Instinkt. Okay, sagt er, und da glättet sich ihre Stirn wieder und sie nickt zustimmend.

Los geht's. Er hält die Luft an, tritt in den Schuppen und wedelt die Fliegen fort. Die Säcke sind zwar verknotet, aber der Scheißegeruch findet seinen Weg in Adrians Nase. Er hebt den ersten Sack probeweise. Überraschend schwer. Es ist keine schöne Überraschung. Diese Windeln sind riesig, denkt er. Erwachsenenwindeln. Das macht es schlagartig noch unerträglicher: Urin und Scheiße – sie müssen damit randvollgesogen sein. Er beginnt zu würgen, das durchschimmernde Gelb und Braun, an manchen der Windeln wurde seitlich vorbeigeschissen, er hat gleich das ganze Setting vor sich, ein überfülltes Pflegeheim, sieche Greise, knorrige Hände, dürre Körper, eingefallene Münder. Der Ekel überkommt ihn, das Würgen wird stärker, er lässt den Sack fallen und tritt wieder ein paar Schritte ins Freie, würgt vornübergebeugt ins Gras, aber es kommt nichts. Durchatmen. Die Katzenschlager sieht ihm zu, sie rührt keinen Finger. Es ist eine Prüfung, weiß er plötzlich, sie stellt ihn auf die Probe. Sonst würde sie ihm helfen, etwas sagen. Wahrscheinlich ist es völlig sinnlos, was er da tun muss, vielleicht schikaniert sie ihn sogar einfach so zum Spaß, weil sie es kann und er so dumm war, ihr auf den Leim zu gehen. Unsinn. Denk an das Geld, besser noch, denk an Katalyn, an das Schwimmen mit ihr, sagt er sich vor, und er weiß auch schon, wie er den Sack nehmen muss, ohne ihn zu umarmen. Stell dir vor, es ist Babyscheiße, von deinem eigenen Baby, ein Wonneproppen, der wie ein Mähdrescher isst und trinkt, da gehört das eben auch dazu. Das macht es besser. Er greift mit der Linken das obere zusammengeknotete Ende und mit der Rechten umarmt er das untere Drittel, so lassen sich die Säcke aus dem Schuppen tragen, ohne dass er die Scheiße direkt vor der Nase hat. Er geht flott ums Eck, stellt die Säcke in den Bus, den sie vorhin schon mit einer großen Gartenfolie ausgelegt hat. Einen nach dem anderen, er sieht zu, dass die Luft in Bewegung bleibt. Er stellt sich vor, dreimal tausendzweihundert Euro, er zählt die Hunderter einzeln vor sich herunter, wie ein Bankangestellter am Schalter vor einem Kunden. Immer wieder schiebt er dieselben Bilder vor sein inneres Auge, multipliziert, stapelt Fünfziger- und Zehnerscheine, und als der achte Sack im Bus ist, steht er erleichtert vor seinem Werk und die Katzenschlager findet sich neben ihm ein. Sehr schön, sagt sie. Jetzt zudecken. Er nickt, schlägt die Folie über die Säcke, ein großer dunkelgrüner Berg, der jetzt die ganze freie Fläche des Busses einnimmt. Er sieht seine Hände an, nicht daran riechen, sagt sie zu ihm, es ist noch nicht vorbei.

Adrian lässt sich von ihr die Tür öffnen und das Fenster herunterkurbeln, sieht starr nach vorn, als sie aus der Einfahrt gleich nach rechts abbiegen, bis zum Ende des Orts fahren, der ausgestorben wirkt, wären die Gärten nur nicht so gepflegt. Wo sind alle diese Leute? Seine Hände legt er auf die Beine, die Handflächen nach oben gedreht. Hier wohnen, lenkt er sich ab, ein Albtraum, aber da mündet die Straße schon in einen Parkplatz und gibt den Blick auf lärchenbewachsene Hänge frei, und der süße Geruch, den er von seinem ersten Besuch in Erinnerung hat, kommt zum Fenster hinein. Der Ausblick auf den Hang wird gleich wieder vom Wald verschluckt, denn Elvira biegt in eine Forststraße ein, die nicht asphaltiert ist, an einem Schranken vorbei, und nach ein paar Minuten rüttelnden Bergauffahrens kommt sie vor einem Betonquader zum Stehen. Flott, sagt sie. Was wir machen, ist strafbar.

Sie springen aus dem Auto, und direkt vor dem Wasserbehälter deutet sie: hierher. Und nun steht sie vor ihm und gibt ihm in strengem Ton Anweisungen, dabei gestikulierend wie eine Dirigentin, drei Säcke unten quer hinlegen, drei darüber um neunzig Grad versetzt, und die oberen beiden aneinander gelehnt daraufstellen, ja genau so. Er packt an, es ist gar nicht mehr so schlimm, sein Herz schlägt vor Aufregung, vor Anstrengung, er weiß nicht, warum, aber es fühlt sich gut an, vielleicht weil der Geruch sich in der frischen Luft verliert. Sie gibt ihm eine Fahne in die Hand mit dem Ortswappen darauf, sie deutet auf einen der obersten Säcke. Da hinein rammt er den Stiel, der Sack stößt ein feuchtes Seufzen aus. Nun noch das Schild, das er an die beiden stehenden Säcke anlehnt. Es ist im A3-Querformat handbeschrieben mit Großbuchstaben, schwarze Schrift auf bronzefarbenem Untergrund, foliert. Zuletzt hockt sich die Katzenschlager neben den Berg, mit einer Schablone und einer Spraydose, und sie sprayt ein orangefarbenes Seepferdchen auf einen der Säcke. Er erinnert sich: die Dose, die Jacke. Er fragt sich, warum ausgerechnet so ein lächerliches, schnörkeliges Tier wie ein Seepferdchen: ein Fisch mit geschürzten Lippen und Hohlkreuz, der nicht einmal ordentlich schwimmen kann.

Lackgeruch hängt in der Luft, als sie einige Sekunden vor dem Ding stehen, fast feierlich.

Windelberg Mosslechner-Kinder, liest Adrian, und darunter: *Dieser Windelberg wurde 1963 von Bürger-*

meistergattin Mosslechner weggearbeitet, während der Bürgermeister diese Ortswasserleitung errichten ließ.

Das Schild ist dem Bronzeschild nachempfunden, das auf dem Wasserbehälter dahinter prangt. *Ortswasserleitung Hintermoos,* liest Adrian. Und darunter: *Dieser Wasserbehälter wurde 1963 unter Bürgermeister Dr. Friedrich Mosslechner errichtet.*

Etwas sickert in ihm.

Ich verstehe, sagt Adrian. Sie stellen Hausarbeit und Politikerarbeit gegenüber.

Nein, sagt die Katzenschlager. Ich ergänze nur. Fürs Windelwaschen und Arschauswischen gibt es leider keine Bronzeplakette, deswegen ergänze ich die Huldigung des Bürgermeisters um diese Fäkalskulptur. Oder nenn es Altruismusdenkmal, wenn du mit dem Fäkalen ein Problem hast.

Adrian nickt langsam, gegen einen Widerstand.

Die Fotos mach ich, sagt sie und zeigt auf seine Hände, die irgendwie kontaminiert und verstoßen von seinem Körper herunterhängen.

Warum hat sie mir eigentlich keine Handschuhe gegeben, fragt er sich jetzt.

Sie macht ein paar Bilder mit einer sehr altmodisch aussehenden Kamera, dann sagt sie: Hopp!, und sie springen beide ins Auto. Adrian spürt die Unterarme prickeln. Die Katzenschlager wendet umständlich, und sie fahren wieder bergab. Jetzt plötzlich wirkt sie nervös, sieht in den Rückspiegel, in den

Seitenspiegel, auch er blickt nach hinten, sieht den Windelhaufen kleiner werden, blaugrau und künstlich, aber merkwürdigerweise nicht wie ein Müllhaufen. Kein Auto kommt ihnen entgegen. Als sie wieder vor dem Haus angekommen sind, lässt sie den Bus stehen und führt Adrian geistesgegenwärtig ins Badezimmer, wo er sich die Hände waschen darf. Es ist ein altmodisches Bad: mit einer Seifenschale aus Plastik, einer analogen Körperwaage mit abgetretenem Frotteefellchen darauf und einem Spiegelschränkchen. Er seift seine Hände gründlich ein und dreht das Wasser so heiß auf, wie er es aushält, dann trocknet er sich an einem der verwaschenen Handtücher gründlich ab. Seine Oma hatte auch einen Allibert. Er öffnet die Spiegeltür vorsichtig. Faltencreme, Deodorant, ein Parfum, das sehr gelb aussieht. Wird wohl alles von der toten Emanze sein. Jetzt erst merkt er, wie ruhig sein Puls geht. Er muss die ganze Zeit sehr angespannt gewesen sein, aufgeregt, wie bei einem Leichtathletikwettkampf in der Schule, wo er der Beste in Weitspringen gewesen ist. Die Aussicht aufs Gewinnen hatte ihn den ganzen Wettkampftag über begleitet, mit diesem leicht erhöhten Puls, der im Magen pocht. Genau dort, wo es auch pocht, wenn man verliebt ist. Er klappt die zweite Schranktür auf und beobachtet sich im Profil. Vaters lange, gerade Nase. Dieser Wulst, dort, wo die Augenbrauen wachsen. Dieser Adamsapfel. Nur das Kinn ist relativ rund. So sieht ein Mann aus, der eine schöne, befriedigte Frau im Bett zurückgelassen hat, als er heute Früh aufstand und das Haus verließ. Der mit einem etwas eigenartigen, aber gut bezahlten Job wieder nach Hause zurückkehren wird.

Sie sitzt am Tisch und sieht auf das Display der billigen Kamera, als er vom Badezimmer zurückkommt.

Das war gut, sagt sie, eher zur Kamera als zu Adrian. Richtig gut.

Ich muss es nicht verstehen, oder?, fragt er.

Nein, aber du kannst, wenn du möchtest. Ihre Augen bohren.

Lieber nicht, sagt er. Er wird sie fragen, aber nicht jetzt.

Wir werden übermorgen abfahren, sagt sie, während sie sich erhebt und nach dem Schlüssel greift. Jetzt bringt sie ihn wohl zum Bahnhof.

In Ordnung, sagt er, und denkt, kein Vertrag, keine Unterschrift, nicht mal ein Handschlag.

Ich hole dich spätabends vom Bahnhof Kaiserbad ab, ich schick dir noch ein SMS, wann, sagt sie, als sie in den Wagen steigt. Nimm warme Sachen mit, wir werden manchmal in diesem Bus übernachten. Aber nicht zu viel Zeug, wir haben kaum Platz.

Er nickt. Ich könnte übrigens auch fahren, sagt er.

Ja, das könntest du, sagt sie vergnügt.

10.
Elvira

Kaiserbad, Ende August

Eine Nacht zum Eierlegen, hätte Helene gesagt. Spätsommerlich warm, nicht zu heiß, Grillengezirpe, diese kaum wahrnehmbare brackige Note in der Luft, von der Elvira sich immer schon gefragt hat, wo sie herkommt. Der Bahnhof ist ausgestorben, nur ein paar Taxis warten vor dem Eingang. Man sieht von unten auf die hell erleuchtete Station und die schönen blauen Schilder: ein Glaspalast, den sich die Kurstadt errichten ließ. Ein Wohlfühlort. Früher waren Bahnhöfe stinkig, grindig, gefährlich, so wie das meiste Gemeingut, und Elvira findet: Das war gut so. Es muss doch Orte geben, an denen sich der Schmutz der Gesellschaft sammeln kann, ihre Kriminalität, ihre Grenzen. Orte, an denen sogar die Wohlhabenden und Unbescholtenen täglich daran erinnert werden, dass die Gesellschaft eine Mitte hat, aber auch Ränder. Bahnhöfe waren solche Orte, an denen die ungeschminkte Wahrheit aus ihren Ritzen zutage treten durfte. Früher. Heute muss jeder öffentliche Bau Kunst sein, Stararchitektur. Statussymbole, mit denen sich die Regierung schmücken kann. Es werden Rauchverbote erlassen, Obdachlose verscheucht, Tauben abgewehrt, Marmorfußböden mit riesigen Reinigungsmaschinen poliert und alle paar Minuten bekommt man über Lautsprecher eine Verhaltensanweisung diktiert. Diese Welt ist schrecklich geworden.

Sie dreht sich um und betrachtet den gut gefüllten Mercedes-Bus. Sie hat sich große Mühe gegeben, eine Ordnung herzustellen, die auch gehalten werden kann. Aber es sieht trotzdem chaotisch und versifft aus. Auf der Liegefläche liegen die Taschen und Säcke, die sie heute Nacht brauchen, alle übrigen Materialien für die Installationen sind in dem Hohlraum unter dem Bett verstaut. Für Kleidung war kaum mehr Platz. Praktisch ist das alles nicht. Das Schöne: Sie ist keine professionelle Künstlerin, sondern eine bekennende Dilettantin. Und sie muss keine Kunst für die Unendlichkeit schaffen, sondern nur Erregungsskulpturen, die gerne wieder zerstört werden dürfen. Sie wird improvisieren, basteln, fotografieren – und nach ihr die Sintflut. Nur nicht zu hohe Ansprüche an die Skulpturen und Aktionen stellen! Kein Atelier, keine Fördermittel, kein Aufschub. Sie werden ziemlich viel ein- und ausräumen müssen, eine Arbeit, die ihr schon beim Beladen des Busses auf die Nerven gegangen ist. Aber dafür hat sie ja einen Assistenten. Und für die Recherche, die sie nach den Aktionen gemeinsam vornehmen werden. Der Assistent hat sicher seinen eigenen Laptop dabei, sicher kann er, ein Kind seiner Zeit, noch ein paar Quellen anzapfen, um auch wirklich alle Reaktionen auf die Aktionen aus dem Netz zu fischen. Die erste Wochenrate hat sie in einem Kuvert in der Gesäßtasche und für die weiteren wird sie sich noch etwas einfallen lassen.

Ein dunkler BMW fährt auf den Parkplatz neben ihr, darin eine Frau. Elvira steigt aus dem Bus, lehnt sich an die Motorhaube und zündet sich eine Zigarette an. Gegenüber vom Bahnhof, erinnert sie sich, war der Marianne Hainisch-Gedenkstein, den Helene als lausig bezeichnet hatte. Den könnte sie sich jetzt doch ansehen. Elvira schlendert über den Zebrastreifen, sondiert den Park, tatsächlich, der Gedenkstein. Vorkämpferin für Frauenbildung und Frieden. Ein ovales Relief, aus Kupfer wahrscheinlich, das Gesicht der Hainisch im Profil, hakennasig, faltig, die Bluse schließt mit einem Kragen ab, der sie gewürgt haben muss, und am Hinterkopf so ein komisches Häubchen. Vor dem Gedenkstein ein paar räudige Rosen in einem von Unkraut durchwachsenen, verwahrlosten Beet, über dem Urindampf steht. Elvira seufzt. Fehlen nur noch ein paar aufgedonnerte Gymnasiastinnen in Hotpants, die ihre gepuderten Nasen über die hässliche, biedere Kampfemanze rümpfen, der sie zu verdanken haben, dass sie in die Schule müssen. Wäre eine lebensgroße Statue von der Hainisch mit irgendeinem heldenhaften, symbolischen Gegenstand würdevoller? Wirkungsvoller? Würden die jungen Frauen dann verstehen, wie katastrophal es wäre, wenn sich niemand für ihre Bildung eingesetzt hätte? Ach, feministische Erziehung ist ein undankbares Geschäft. Dann schon lieber anonyme Installationen, denkt sie, als sie zum Bus zurückgeht.

Der Blick der BMW-Frau folgt ihr, das kann sie spüren. Allein ihr Auto ist eine Provokation in dieser Stadt, und das Rauchen ist hier sicher auch schon überall verpönt. Sie muss wieder damit aufhören. Es waren Helenes Zigaretten, die überall herumlagen, stangenweise, wie eine Aufforderung. Das Anzünden und Inhalieren öffnete einen verbotenen Sehnsuchtsort, den die Sucht für sie über dreißig Jahre unverändert aufbewahrt hat. An dem sie sich sofort wieder unverwundbar und verwegen fühlt. Zurückversetzt in die Theobaldgasse, den klobigen weißen Küchentisch, auf dem nie ein Fleckchen frei war, weil alles nebeneinander Platz haben musste: Bücher und Bierflaschen, Spaghettitöpfe und Manifeste, Gelächter und Dispute, Flugblätter und Aschenbecher. Sie seufzt. Elvira hört die Sprachansage oben auf dem Gleis. Es ist der vorletzte Zug, der aus Wien kommt, sie hat sich gedacht, je später, desto besser. Wegen der Parkwächter, die es in solchen Wohlstandsghettos wie Kaiserbad sicherlich gibt. Die werden doch hoffentlich nicht die ganze Nacht durch diesen Kurpark patrouillieren.

Der doppelstöckige Zug fährt ein, die Türen gehen auf, eine Menge Leute steigt aus. Sie sieht ihn sofort, seine dünnen Beine und etwas zu langen Arme in Shorts und T-Shirt, der kleine Zopf, der wie ein Rasierpinsel vom Hinterkopf absteht, eine kleine Sporttasche lässig über die Schulter geworfen, eine zweite

Tasche trägt er in der Hand. Er ist so eine Art Mann, dem noch alles ein bisschen zu groß ist, bei dem man sich nicht vorstellen kann, wie er ausgewachsen aussehen wird. Vielleicht bleibt er so markant und feingliedrig, vielleicht kippt er in den Althippie. Aber wahrscheinlich wird sich die Schlaksigkeit seiner Glieder in den nächsten Jahren auswachsen, werden die Haare erst ausdünnen und dann kurz geschnitten werden, und in die übergroße Kleidung wird er wohl auch hineinwachsen, wenn der Stoffwechsel einmal zur Ruhe gekommen ist. Wie traurig, dass wirklich alle erwachsen werden müssen. Sie mag seine Unfertigkeit und Unsicherheit. Nichts ist schlimmer als diese altklugen Mittzwanziger, die es gar nicht erwarten können, sich vorschnell in den Ernst des Lebens zwängen zu lassen. Die an diesen Unis und Fachhochschulen mit altklugen Patentrezepten gemästet werden, die brav den Schnabel aufsperren, damit sie möglichst schnell ihr ökonomisches Schlachtgewicht erreichen: arbeiten, Steuern zahlen, konsumieren. Mit sechsundzwanzig muss man doch noch jung und blöd sein, nicht vernünftig und vollgestrebert. Aber die Revolution, von der sie damals schon so pappsatt war, dass sie mit dem Haizirkus durch Europa tingeln und gleich danach weiter nach La Gomera auswandern musste, ist mit dem Kollaps der Kommunisten ausgestorben. Statt Kaltem Krieg gibt es lauwarme Unionen und schlechte zwischenstaatliche Ehen. Statt freier Liebe gibt es digitale Likes, statt wütenden Demonstrationen kuschelige Fernsehabende mit Lieferservice. Zu viel Demokratie und zu viel Essen ist den nachfolgenden Generationen nicht gut bekommen. Die Satten sind zu satt und die Hungrigen zu hungrig für eine Revolution. Aber man kann es ihnen nicht übel nehmen, so ist das neoliberale Zeitalter. Wer kein Streber ist, fliegt gleich ganz raus. Es gibt keine Ränder mehr, an denen es sich ein wenig verweilen lässt, es gibt nur mehr gleich den Abgrund.

Sie dämpft die Zigarette aus. Ein junges Mädchen mit langen glatten Haaren kommt aus dem Bahnhof und steigt in den BMW. Gleich hinter ihr kommt ihr Assistent und springt zu Elvira in den Bus, die Tasche legt er brav zu seinen Füßen. Die BMW-Fahrerin setzt zurück, sie und ihre Tochter drehen sich zeitgleich neugierig nach ihnen um.

Guten Abend, sagt der Junge höflich, während er sich anschnallt. Was haben wir heute vor?

Sie findet seine Höflichkeit fast ein bisschen affig.

Wir dekorieren ein paar Statuen um, sagt sie. Im Kurpark von Kaiserbad.

Aha, sagt er und blickt geradeaus. Sie mag es ihm eh nicht erklären. Das Beste wäre, er würde es instinktiv verstehen. Andererseits: Je eingeweihter er ist, desto nützlicher ist er später, wenn es vielleicht schnell gehen muss. Wo soll sie beginnen? Damit, wie Helene sich an der Kulturpolitik ihrer Stadt die Zähne ausgebissen hat? Oder damit, wie Helene hierhergezogen ist? Oder damit, wie Helene das Leben der erfolgreichen Autorin von Anfang an nicht verkraftet hat und den Druck, etwas Vergleichbares wie »Rauhreif« nachzuliefern? Oder damit, dass Rainer der sichere Hafen gewesen ist, in den sie sich zurückziehen konnte und wollte, weil ihr die Rebellion ihrer Schriftstellerei zu viel wurde? Oder soll sie mit Helenes rebellischen Jahren beginnen?

Sie fährt mit dem Bus in die Innenstadt. Sie sind auffällig mit diesem riesigen Gefährt, das wie ein Saurier wirkt unter all den hochpreisigen und glänzend polierten Prestigeautos. Elvira kann den Protz erkennen, der sich wie eine Punschglasur über die Stadt ergossen hat. Kein Detail blieb verschont: makellose Fassaden mit renovierten Fenstern, dezent schimmernde Lüster und schwere Stoffe dahinter, schnörkelige Straßenbeleuchtung und gusseiserne Prachtzäune, von sanftem Licht bestrahlte Museen und jeder verdammte freie Fleck ist mit Blumen überwuchert. Nur vor einer Schule sieht sie, dass der Gehsteig von Kaugummis übersät ist, die den Zuckerguss stören, ein Detail, das Elvira Hoffnung macht. Vielleicht ist diese Stadt, diese Generation ja doch noch nicht ganz verloren.

Vor einem kleinen Dönerstand fällt ihrem Assistenten ein, dass er vergessen hat, etwas zu essen. Typisch, denkt Elvira. Einen Stoffwechsel wie ein Schredder haben und dann das Essen vergessen. Sie parkt den Bus, es ist ohnehin noch viel zu belebt, um Vandalismus zu betreiben, findet sie. Sie bestellen zwei Döner Kebab und zwei Cola. Der Verkäufer hat kräftige Unterarme mit einem dichten Wald aus schwarzen Haaren darauf und riesige Hände. Sie sieht ihm dabei zu, wie er das Fleisch vom Spieß schabt, wie er die Fladen aufschneidet, alles mit einer unglaublichen Routine und wahnsinnig schnell, obwohl sie die einzigen Gäste sind.

Hat Helene Schulze nicht hier in Kaiserbad gewohnt?, kommt die Frage zwischen zwei Bissen. Es klingt nach höflichem Smalltalk, denkt Elvira, oder hat er gar seine Hausaufgaben gemacht?

Ja, aber in der Zeit, als sie hier lebte, hat sie gar nichts geschrieben. Sie hat sich für die Errichtung eines Frauenmuseums engagiert.

Elvira analysiert Adrians Mienenspiel. Beim Wort »Frauenmuseum« wurde sein Blick ein bisschen schummrig. Hört er zu? Er sieht sie kauend und nickend an, sie setzt fort.

Der Gemeinderat wollte aber lieber ein Kaisermuseum, und dann wurde es natürlich ein Kaisermuseum. Das war eine Ohrfeige für Helene. Das Frauenmuseum wurde auf die lange Bank geschoben, denn immer war etwas anderes wichtiger.

Und deswegen sind wir hier, fragt er weiter.

Beim nächsten Projekt, als die Errichtung der Statue eines Operettenkomponisten auf dem Plan stand, preschte Helene mit einer Bürgerinitiative mit dem Namen »Große Töchter« vor, die forderte, dass die nächste in Stein oder Bronze verewigte Huldigung einer Frau zuteil werden sollte. Sie schrieb Leserbriefe, sammelte Unterschriften, bettelte um die Unterstützung einflussreicher Personen. Sie schlug mehrere Frauen vor: Bertha von Suttner, Marianne Hainisch, Marlene Streeruwitz, alles Frauen, die in Kaiserbad geboren wurden oder einen engen Bezug zur Stadt hatten. Kennst du eine von denen?, sondiert Elvira.

Die Suttner, sagt Adrian, glaube ich. Er isst langsam und possierlich, wischt sich dazwischen immer wieder den Mund mit einer Serviette ab, steht sogar extra auf, um sich neue Servietten zu holen. Ein Assistent mit Manieren.

Warum hat Helene Schulze nicht geschrieben, anstatt sich für Museen und Statuen einzusetzen?, fragt er kauend.

Natürlich, denkt Elvira, hat er in seiner kleinen Jungmännerwelt recht. Aber soll ich ihm jetzt erzählen, wie unmöglich es ist, kreativ zu arbeiten und nebenbei zwei kleine Kinder aufzuziehen? Soll ich ihm darlegen, dass Kunst ein egoistischer Kraftakt ist, in dem immer nur ICH, ICH, ICH Platz hat und kein einziges DU? Soll ich ihn fragen, wie viele Künstler ihm einfallen, die sich nebenbei um ihre Kinder gekümmert haben?

Sie kann sich ja selbst nicht vorstellen, was daran so schlimm sein soll. Wer das Schreiben nicht persönlich erlebt hat, hat Helene immer gesagt, kann sich die Qualen nicht vorstellen. Elvira hat auch so ihre Zweifel. Das müsste ja heißen, dass alle erfolgreichen Schriftsteller Arschlöcher sind oder schrecklich leiden.

Was weiß denn ich, antwortet Elvira. Er schüttelt den Kopf.

Sie seufzt und erzählt ihm nur das Wichtigste.

Der Kaiserbader Gemeinderat hat lieber die Aufstellung eines weiteren Operettenkomponisten-Denkmals im Kurpark bewilligt als das einer Frau. Denn von Operette und Kaiserkram kann Kaiserbad einfach nie den Hals vollkriegen.

Er nickt.

Elvira spart sich die Details, denn sie ist sich ziemlich sicher, dass er schon längst nicht mehr zuhört. Das erkennt sie an dem abwesenden Blick, der aber trotzdem brav in ihre Richtung schaut. Er kann das ziemlich gut, dieses Als-ob-Zuhören. Sicher hat er das jahrelang in der Schule geübt. Natürlich wurde es nichts, sagt Elvira abschließend. Adrian nickt, kaut, pickt die letzten Salatstückchen von seinem Teller und steckt sie zwischen seine Lippen. Er muss nicht alles verstehen. Er ist nur ein Assistent, sagt sie sich.

Sie nannten sich »Große Töchter« und hatten nicht die geringste Chance, erinnert sie sich, als sie aus dem Fenster sieht. Der Gemeinderat, ein über Generationen verdichteter, konservativer Mehrparteienfilz, überstimmte genüsslich die wenigen Fürsprecherinnen, errichtete sein sauteures Kaisermuseum und gab als Draufgabe die Errichtung einer Franz-Lehár-Statue im Kurpark in Auftrag. Lehár hatte sich kurz vor seinem Welterfolg mit der »Lustigen Witwe«

um die Stelle als Kaiserbader Kurkapellmeister beworben und wurde unverzeihlicherweise abgelehnt. Die Gemeinde war entschlossen, diese historische Schmach zu korrigieren. Helene schäumte. Warum nicht stattdessen eine Statue zu Ehren der in Kaiserbad geborenen Marianne Hainisch errichten! Anstelle des lausigen Gedenksteins vor dem Bahnhof. Oder zu Ehren der Bertha von Suttner, die immerhin die erste weibliche Friedensnobelpreisträgerin war. Man hörte ihr zu, nickte die Argumente ab und gab den Lehár in Auftrag.

Es war die Zeit, als Helenes scharfer Verstand sich stumpf rieb. Am gnadenlosen Beton des Bewährten, dem mit keinem Argument beizukommen war. Helene hat mit Charity-Aktionen und Impulsvorträgen und Konzepten und Anfragen und Leserbriefen jahrelang ihre Energie verschleudert. Dass sie mit Kaffeekränzchen-Networking im Ehegattinnen-Dunstkreis des elitären Wohltätigkeitsvereins ihres Ehegatten mehr erreicht hätte, ist ihr später schmerzhaft klar geworden. Dass sie besser in ihre Bücher hätte investieren sollen, sowieso. Sicher hat das Saufen in Kaiserbad begonnen. Kaiserbad hat mich eingewickelt, sagte Helene über die Kaiserbader Zeit. Ich war wie eine Seidenraupe in diese Biedermeier-Zuckerwatte gesponnen, von Kopf bis Fuß. In Deutschland zogen inzwischen die Fräuleinwunder ins Feuilleton ein und der Bedarf an eingesponnenen literarischen Eintagsfliegen aus Österreich, die in die Jahre gekommen waren und erst ausgewickelt werden mussten, war überschaubar.

Ihr Assistent ist fertig mit seinem Döner und tupft sich die Lippen noch einmal ab, aber ein fettiger Glanz bleibt zurück, besonders dort, wo die Oberlippe schwingt. Der Schwung setzt sich auch am unteren Lippenrand fort, ein Zug, der etwas Italienisches hat, den sie von einem Kunstwerk kennt, nur welchem? Irgendein Heiliger wahrscheinlich. Jetzt muss er nur noch sein Cola austrinken.

Hat der Müllberg in Hintermoos eigentlich etwas gebracht?, fragt er.

Fäkalskulptur, berichtigt Elvira. Über eine illegale Müllansammlung wurde in den Bezirksblättern berichtet. Aber nichts Genaues.

Schade, sagt er.

Klar, denkt Elvira, die Naivität der Generation, die alles hinten hineingeschoben bekommen hat. Für jedes Fingerkrümmen wollen sie gleich eine Bestätigung, ein Gehalt oder wenigstens ein Gummibärli. Andererseits: dass er den Aktionen Erfolg wünscht, macht ihn wieder sympathisch.

Nun, sagt sie, mit Erwartungshaltung darf man eh nicht in so ein Projekt gehen. So eine Operettenfigur hat ja auch nie wirklich etwas gebracht, oder?

Er nickt, als wüsste er, worum es geht.

Sie hat den Park vor ein paar Tagen ausgekundschaftet. Praktisch, dieses Google Earth. Elvira hat den Kaiserbader Kurpark, gemütlich in ihrer Wiener Wohnung sitzend, digital umkreist und erkannt, dass man über eine Gärtnerei den Park unbeobachtet betreten kann. Mühelos klettern sie jetzt über den niedrigen Zaun und gehen durch den nur von Mondlicht erhellten Park. Das erste Denkmal ist nicht schwer zu finden. Am Fuße der großen Steintreppe, die zum Strauß-Lanner-Denkmal führt, bleibt sie stehen. Herzklopfen, wie schön. Ob er auch nervös ist? Da hört sie Lachen und das Scharren von Füßen im Kies aus der Entfernung. Schnell suchen sie Schutz unter einer großen Eibe, deren Äste bis knapp über den Boden reichen. Sie hocken dicht nebeneinander, ihre Oberschenkel berühren sich, sie kann seinen aufgeregten, hastigen Atem spüren. Wann hat sie so etwas das letzte Mal gemacht? Das Gefühl beim Verstecken hat sich seit ihrer Kindheit nicht verändert. Dieses Verbotene, ein bisschen Kriminelle, die Gefahr darin: prickelnd. Ein paar Jugendliche kommen vorbei, kichernd und lallend, Flaschen in den Händen, ihre Schritte verlieren sich, als sie auf den Parkausgang zusteuern.

Lanner bekommt das Streeruwitz-Buch zu Füßen, Strauß das Bertha von Suttner-Buch in den Schoß gelegt, flüstert Elvira. Stell es so auf, dass der Bogen das Buch einklemmt, okay?

Adrian greift in die Tasche und zieht die beiden Perücken etwas verwundert hervor.

Lanner die Blonde, Strauß die Braune, kommandiert Elvira.

Wer ist wer?, flüstert Adrian zurück.

Lanner steht, antwortet Elvira, Strauß sitzt. Glaube ich.

Ist das nicht egal?, flüstert Adrian.

Elvira schüttelt verärgert den Kopf, aber natürlich hat er recht. Es ist völlig egal, wer von den beiden die Rolle von Streeruwitz einnimmt und wer die von Suttner. Es geht einfach darum, dass die zwei Operettenmusiker gegen zwei Schriftstellerinnen ausgetauscht werden. Es geht darum, wie lächerlich der Gedanke, einer für die Geschichte dieser Stadt bedeutenden Frau ein Denkmal zu errichten, scheinbar ist. Aber, ungeachtet dessen: sie will nicht, dass er so viel fragt. Sie will einen gehorchenden, flinken Assistenten und keinen Klugscheißer, der ihre Autorität infrage stellt. Später muss sie ihm das klarmachen. Jetzt gerade durchpflügt Adrian ohne Rücksicht auf Verluste das Blumenmeer zum Denkmal, zieht sich am braunen Marmorsockel hoch und bringt die Bücher an. Dann nimmt er die Sprechblasenschilder, die Elvira mit Schnüren ausgestattet hat, bindet sie den Musikern um den Hals, zuletzt kommen die Perücken. Im schwachen Mondlicht hat die Aufmachung von Lanner und Strauß etwas Tuntenhaftes. Nur die altmodische Geste, mit der Lanner Strauß auf die Schulter greift, passt nicht dazu. Auch die Schilder könnten von einer Tunten-Demo stammen, denkt sie. »Mehr Frauen …«, sagt Lanner.

»… zu uns aufs Podest!«, sagt Strauß.

Ihr Assistent ist wieder auf den Boden gesprungen

und zu ihr zurückgekehrt. Die Sprechblasen sehen ein bisschen wie Sabberlätzchen aus, sagt er leise. Sie muss ihm recht geben. Und diese Geigen stören. Dafür findet sie die Wirkung der Perücken optimal. Sie hat sie auf einem Flohmarkt in Hintermoos gefunden. Und wer auch immer die Bücher entfernen wird, wird sie wohl nicht so einfach wegwerfen können wie zum Beispiel die Sprechblasenschilder. Bücher wegwerfen ist auch heute noch eine Grenzüberschreitung. Vielleicht werden sie gelesen, vielleicht in eine Bibliothek gestellt oder in die Bücherei gebracht?

Adrian sprayt das Seepferdchen auf den Fuß des Sockels. Dann geht er in die Hocke, um mit seiner Profikamera ein Bild aus der Froschperspektive zu machen. Elvira versucht, das Bild mit den Augen des Parkwächters zu sehen. Mit jenen des Bürgermeisters, des Lokalreporters. Die zertrampelten Blumen werden mehr wehtun als die Umdekoration der Operettenheiligen.

Die nächste Station ist der Lehár. Die Bronzeplastik, seine leicht abstrahierte Ganzkörperabbildung, glänzt sogar im Dunkeln fettig. Für ihn hat sie sich einen ausgeleierten Bikini aus Helenes Schrank ausgesucht. Adrian nimmt den Bikini mit verwundertem Gesichtsausdruck entgegen, erklimmt den Sockel der Statue und bindet erst das Oberteil etwas ungeübt um, indem er sich über Lehárs Schulter beugt, dann befestigt er das Höschen mithilfe der seitlichen Bänder über dem Unterleib des Komponisten. Franz Lehár, der gebieterisch (oder betend? oder dirigierend?) die Arme angehoben hat, präsentiert nun ein Schild, dessen Dimensionen Elvira bis auf wenige Zentimeter gut eingeschätzt hat. Das Schild, das sie angefertigt und foliert hat, hält ohne zusätzliche Befestigung und wölbt sich ein wenig. Man könnte es auch so interpretieren, als wäre es die Intention des Operettenkomponisten gewesen, dem Publikum mit etwas übereifrigem Nachdruck eine wichtige Nachricht vor die Nase zu halten: »Gebildete Mädchen statt lustige Witwen!« Der Spruch hat Elvira viel Zeit gekostet. Den Hinweis auf Marianne Hainisch hat sie sich verkniffen, da müssen die Kaiserbader schon selbst draufkommen.

Keine fünfzehn Minuten sind sie im Park und schon ist das Zeichen auf der zweiten Statue und das Bild in der Kamera. Elvira hält Wache und gibt Anweisungen, immer wieder mustert sie den Eingang und das Casino, für den Fall, dass jemand einen nächtlichen Spaziergang unternehmen will und sie sich noch einmal verstecken müssen. Das nächste Denkmal, das in der Nähe der Straße liegt, ist der nackte Reiter. Der namenlose, muskelstrotzende Jüngling sitzt majestätisch auf einem Pferd und späht, die Handfläche schützend vor die Augen haltend, ins Weite. Während Elvira in die Knie geht und das Logo auf den hinteren Huf des Pferdes sprüht, wirft sie aus reiner Gewohnheit einen Blick zwischen die Beine des Pferdes: natürlich ein Hengst. Auf der anderen Seite bindet Adrian dem nackten Jüngling das Wickelröckchen um, setzt ihm die silberglitzernde Perücke (wieder ein Prachtexemplar aus dem Fundus der verstorbenen Tante) auf und hängt ihm die Sprechblase um den Hals. »Wo bleiben nur die großen Töchter?« Suchend blickt die Reiterin jetzt auf die Stadt.

Beim Brunnen gegenüber der Reiterstatue wird es schwierig. Sie dachte zuerst daran, Undine einfach auszusparen, weil sie quasi nackt ist und eine ziemlich unrühmliche Sagengestalt mit einer öden Lovestory. Außerdem liegt sie gefährlich nahe an der Straße. Sie hat sich die Statue vorab im Netz angesehen, diese dramatisch erhobenen Hände – das schrie nach einem Schild, das scheinbar dramatisch in die Höhe gerissen wird. Sie hat auch eines vorbereitet: »QUOTENFRAU!«

Die Statue steht mitten in einem Brunnen, sehr weit oben auf einem Unterbau aus Wassermännern, Kröten- und Fischgetier. Adrian greift sich das Schild, zieht sich die Schuhe aus und watet durch das seichte Wasser zum Sockel, der aus Sandstein ist. Fuck, hört sie ihn sagen. Rutschig?, fragt sie. Kalt und rutschig, sagt er. Schon zieht er sich geschickt am Wassermannschädel hinauf. Die Statue ist käsig weiß, Carrara-Marmor, hat sie gelesen, und der Mond leuchtet wie ein Spot auf die Szenerie. Adrian sieht aus wie ein Teil des Brunnens. Jetzt muss er sich noch an ein paar Engeln hochziehen, dann hat er es geschafft. Viel Platz hat er nicht da oben. Ihre Nervosität ist zurückgekommen.

Beeil dich, flüstert sie.

Während er versucht, das Schild zwischen Undines erhobene Hände einzuklemmen, sieht es aus, als würde er sie umarmen. Fuck, zischt es immer wieder in die Nacht. Irgendwann greift er in seine Hosentasche, und sie hört das Geräusch von Klebeband, das energisch von der Rolle gezogen wird. Kurz darauf hält Undine das Quotenfrau-Schild hoch. Sie greift sich Spray und Schablone und markiert den Brunnen am Beckenrand. An der Art, wie ihr Assistent dem Becken entsteigt und die Undine betrachtet, während er in seine Turnschuhe schlüpft, kann sie sehen, wie zufrieden er ist. Jetzt schnell das Foto, sagt sie, wir sind schon viel zu lange hier. Der Blitz der Kamera erhellt die Nacht. Einmal, zweimal, dreimal blitzt es. Elvira behält die Fensterfront des Hotels und jene des mehrstöckigen Wohnhauses, das auf den Park zeigt, im Auge. Im Hotel scheint nicht zu viel los zu sein, aber bei zwei Parteien des Wohnhauses brennt Licht. Plötzlich ist das Bauchkribbeln wieder da, den Weg bis zur Gärtnerei legen sie im Laufschritt zurück, und als sie über den Zaun klettert, ist sie zwar außer Atem, doch sie hat das Gefühl, dass es viel leichter geht als auf dem Hinweg.

Erst als sie das Ortsschild Kaiserbads hinter sich haben, beruhigt sich Elviras Puls. Sie fährt durch das Flusstal, dann biegt sie in den ersten Waldweg ein, der von der Straße wegführt. Sie hofft, hier bis morgen Früh von Jägern und anderen selbsternannten Waldwächtern verschont zu bleiben. Sicherer wäre es, bis zur Autobahn weiterzufahren und sich an irgendeinem seelenlosen Rastplatz zu den Lastwagenfahrern zu stellen, aber sie ist zu müde, um weiterzufahren. Wenige Meter vom Ufer entfernt hält sie den Wagen an und schaltet den Motor ab. Man hört den Fluss plätschern.

Schlafen wir hier?, fragt Adrian. Er klingt müde.

Ja, sagt sie, aber zuerst brauche ich noch ein Bier und eine Zigarette. Komm, ich zeig dir was.

Sie steigt aus dem Wagen, geht herum zur Schiebetür, die sich schwer öffnen lässt. Es ist viel zu dunkel, um ihm alles zu zeigen, aber sie findet, er kann schon mal vorgewarnt werden. Sie bückt sich und öffnet den kleinen Kühlschrank. Das ist auch dein Job, sagt sie. Kannst du kochen?

Er zuckt mit den Achseln.

Na ja, wir werden auch essen gehen, aber nicht immer. Sie taucht wieder auf und hält ihm ein Bier hin. Du auch?

Er schüttelt den Kopf und zeigt auf den Kühlschrank.

Hängt der an der Batterie?, fragt er.

Elvira stutzt. Daran hat sie nicht gedacht.

Wahrscheinlich nicht, wenn das Bier warm ist, sagt sie.

Wahrscheinlich nicht, sagt Adrian, es klingt trocken.

Zeig mir die Bilder, sagt sie, setzt sich auf einen

Baumstamm und zündet sich eine Zigarette an. Er holt die Kamera, legt sie ihr in den Schoß und zeigt ihr die Bildansicht. Der Fluss gluckert, ein paar Tiere zirpen.

Während sie ihr Bier trinkt und raucht, klickt sie sich durch die Bilder auf dem Display der Kamera, zoomt hinein. Er steht hinter ihr und sieht ihr über die Schulter. Schön, sagt sie, mehr zu sich, sehr schön.

Am besten gefällt mir das Strauß-Lanner-Denkmal, sagt sie. Die beiden schauen richtig geschwätzig aus.

Adrian setzt sich auf den Beifahrersitz, sein Gesicht ist vom Display seines Handys erleuchtet.

Als sie ausgetrunken hat, wirft sie den Zigarettenstummel in die Dose und stellt sie unter das Vorderrad. Dann geht sie zum Flussufer, pinkelt neben den Fluss und wartet auf das letzte Tröpfchen. Das Wasser gurgelt, im Dunkeln sieht es schwarz aus, mit weißen und goldenen Reflexen. Sie könnte stundenlang so hocken, wenn ihr nicht die Knie wehtun würden.

Wo schlafe ich?, fragt Adrian, als sie wieder zurück ist.

Sie öffnet die Beifahrertür. Hier vorn, hätte ich gedacht. Sein feingeschnittener Mund öffnet sich und bleibt ein wenig geöffnet. Ist das Entsetzen?

Sie geht nach hinten, holt Polster, stopft sie zwischen den Fahrersitz und die beiden Beifahrersitze. So etwa! Dann holt sie noch eine Decke und legt sie obenauf. Voilà! Dein Bett. Wir können schon ins Hotel, das muss ich aber vom Lohn abziehen.

Er schüttelt den Kopf, sieht aber immer noch mutlos aus.

Na ja, wenn es gar nicht geht, kannst du auch bei mir schlafen. Sie sieht ihm ins Gesicht, er dreht sich weg.

Als sie sich die Zähne putzt und das Gesicht eincremt, bleibt er auf seiner Bettstatt sitzen. Später, als sie, schon in ihre Decke eingewickelt, auf der Liegefläche liegt, hört sie ihn Zähne putzen, dann einen kräftigen Urinstrahl nicht weit vom Bus und danach auf seiner Liegestatt herumwälzen. Sicher ist es nicht sehr bequem, aber ihre Matratze ist auch ziemlich durchgelegen. Und sie ist ja mehr als doppelt so alt wie er. Und besonders viel Platz braucht er auch nicht. Von ihrem Bett aus sieht sie das Display seines Handys leuchten.

Haben wir Strom?, fragt er plötzlich erschrocken.

Du kannst dein Handy während der Fahrt aufladen, sagt sie. Man muss irgendeinen Schalter umlegen, aber ich weiß nicht, welchen. Sie gähnt. Gute Nacht, sagt sie.

Gute Nacht.

Wann hat sie das letzte Mal mit einem Mann im selben Raum geschlafen? Das ist lange her. Während sie sich in die Vergangenheit zurücktastet, um sich die Frage zu beantworten, mischen sich erste Traumfetzen in ihre Gedanken. Als sie später im ersten Morgengrauen noch einmal pinkeln geht, sieht sie durch das Seitenfenster. Er liegt auf dem Rücken, auf seinen Lippen ein minimales, fast spöttisches Lächeln, das Handy auf der Brust und die Hände zärtlich darübergelegt.

11.
Adrian

Erpendorf, Ende August / Anfang September

Der Erpendorfer Jesus wird dir gefallen, hat sie gesagt. Warum, hat er nicht gefragt.

Der alte Bus ist zu laut, sein Motor grölt lustlos, sobald man das Ortstempo übersteigt. Als würde er ihn hochtourig fahren, was Adrian nicht tut. Radio hören macht keinen Spaß bei dem Lärm. Wenn die Katzenschlager schläft und ihn ans Steuer lässt, sucht sein Arm automatisch immer wieder einen sechsten Gang. Ab siebzig Stundenkilometer steigert sich das Grölen zu einer Art Röhren, ab hundert kommt ein beunruhigendes Flattern hinzu. Deswegen fährt er nicht mehr als neunzig, da kann er angenehm meditieren, während ihm das Mühlviertel rechts und links der Straße Kilometer für Kilometer offenbart, warum er hier nie leben möchte.

Es ist der fünfte gemeinsame Tag im Bus. Sie fahren gemeinsam, stellen gemeinsam das Equipment auf, schlafen gemeinsam im Bus, frühstücken gemeinsam vor dem Bus. Die Umgebung ändert sich, aber der Bus und die alte Hexe sind immer da. Und immer und überall werden sie blöd angeschaut. Er hat schon einen kleinen Katzenschlager-Bus-Koller Diese Koller kennt er von den Drehs, das bringt ihn nicht um. Er ist ganz froh, dass sie ihn manchmal wegschickt, um etwas zu besorgen. Sie bezahlt alles aus dieser winzigen türkisfarbenen Geldbörse und lässt sich immer die Rechnungen von ihm zeigen. Die ersten tausendzweihundert Euro hat er schon in einem Automaten im Bankfoyer eingezahlt. Ein bisschen etwas hat er in das Radflickzeug investiert, und jetzt muss er nur noch den Schlauch des Hinterreifens flicken, dann ist er endlich mobil. Das blaue Puch-Klapprad ist so verwaist neben dem Müllcontainer hinter dem Campingplatz in der Wachau gestanden, das musste er einfach mitnehmen.

Der Erpendorfer Jesus wird ihm also gefallen. Jedes Dorf hat doch seinen Jesus, irgendwo. Gibt es etwa ein Dorf ohne Jesus? Eben. Diese Kreuze sind überall und alle sind gleich, die sieht man gar nicht mehr. Da gibt es nichts zu besprechen oder zu gefallen. Seit der Aktion in Kaiserbad haben sie eigentlich wenig anderes getan, als zwei Nächte auf dem Campingplatz in der Wachau abzuhängen. Und gestern haben sie auf einem Parkplatz genächtigt, neben Lastwagenfahrern.

Adrian hat in der Wachau den Bus erkundet und ein bisschen mit den Einstellungen der zwei Batterien gespielt. Abgesehen von Rostproblemen scheint der Wagen für die zweihundertfünfzigtausend Kilometer, die er schon auf dem Buckel hat, gut in Schuss, aber sein Alter merkt man ihm schon an. Jede der vier Türen lässt sich nur mühsam und gegen einen

Widerstand unter großem Gequietsche öffnen. Anders die Inneneinrichtung. Die ist mit Retro-Furnier überzogen, aber tadellos funktionell. Er hat alle Kästchen und Türchen der Einbauten durchsucht, Teller, Werkzeug und unter der Bettbank einen Materialfundus entdeckt, den die Katzenschlager offenbar noch für ihre Bastelarbeiten braucht: Tapeten, Karton, Styroporplatten, Kleber, Schaumstoff, Farben, Lackdosen, Pinsel, PU-Schaum. Er hat auch das klapprige, aber saubere Mobilklo samt Chemikalien in Betrieb genommen. Schließlich hat er die vorhandenen Lebensmittelvorräte inspiziert, ein bisschen eingekauft und, als es an dem minimalen Haushalt nichts mehr zu optimieren gab, das Internet und die Medien durchforstet.

Was ihnen Hintermoos vorenthalten hat, hat ihnen Kaiserbad in Massen geliefert: Erregung, Empörung. Auf Facebook, auf der Seite der lokalen Blätter, auf einer offiziellen Homepage der Stadt – überall wurde geschimpft, gedroht, gerätselt, was das sollte und wer für den »Seepferdchen-Vandalismus« verantwortlich war, es wurde die Schändung der Denkmäler beklagt und deren Beschmierung. Die Grünen wurden von den Rechtskonservativen verdächtigt, auch die »Großen Töchter«, die sich immer noch unermüdlich für die Errichtung eines Frauenmuseums einsetzen. Beide, die Grünen und der Frauenverein, dementierten jegliche Beteiligung, drückten aber aus, dass man die Kunstaktion ganz grundsätzlich, wenn man vom Vandalismus absah, für politisch sehr aktuell halte und sich der Aussage anschließe. Irgendwie kann man bis hierher hören, wie sie sich ins Fäustchen kichern, denkt Adrian.

Alle anderen schäumten. Was das solle! Was die Beseitigung wieder koste! Es wurden mindestens fünftausend Euro kolportiert, eine Zahl, die Adrian viel zu hoch vorkam. Außer dem Seepferdchen-Logo war ja an den Installationen nichts Dauerhaftes dran. Nun, die zertrampelten Blumen. Alle müssten jetzt zusammenhalten. Feuerwehr, Stadtgartenamt, Stadtregierung, die Bevölkerung. Adrian stellte sich die Feuerwehr vor, wie sie den Bikini vom Lanner-Denkmal herunterschnitten. Das war einfach lächerlich. Man würde wachsam sein und so eine geschmacklose Verunglimpfung nicht mehr zulassen, stand auf Facebook. Adrian amüsierte sich bei der Lektüre. Es gab auch jede Menge Fotos. Man sah Politiker mit wütenden Gesichtern auf den nackten Reiter zeigen, der frech die silberne Haarpracht in den Wind hielt. Die Katzenschlager war im Glück. Offenbar war es genau das, was sie sich erhofft hatte: eine Art Genugtuung. Sie saß im Halbschatten unter den raschelnden Pappeln auf einem Klappsessel, vor sich einen zweiten Sessel, auf dem sie ihre Füße hochlagerte, den Blick auf die Donau gerichtet, sah auf den Laptop, las, döste oder strickte. Sobald sich die Sonne neigte, begann sie, Weißwein zu trinken und in ihrem Heft herumzukritzeln, das sie in ihrer Tasche bei sich trug. Adrian fragte sie immer pflichtbewusst, ob noch etwas zu tun sei, bevor er spazieren ging, sich mit seinem Handy beschäftigte oder sich einen Film oder eine Serie ansah.

Und jetzt also Erpendorf. In einer Stunde sollten sie laut Navi da sein. Ein Dorf wie jedes andere wahrscheinlich. Gestern haben sie die Landesgrenze von Niederösterreich nach Oberösterreich überquert, und hie und da bricht das Mühlviertel durch, in den nackten Hügeln, den fleckigen Vierkantern, den Findlingen, den mit Kuhdung verschmierten Straßen. Immer wieder Nadelwald dazwischen. Das Mühlviertel kommt ihm vor wie eine verhinderte Wildnis. Und diese Schilder, von denen er angenommen hatte, sie wären schon vor seiner Geburt ausgestorben. *Vierhöf liest die Kronenzeitung. Oberschwandt kauft bei Adeg. Haslach – Mitglied beim Fleckviehzuchtverband Hausruck.* Und nicht zuletzt diese Plakate, die er auch aus Wien kennt: *Jesus ist für uns gestorben, auch für dich!* In gelben Buchstaben auf violettem Grund, hier hinter den Scheiben eines verwaisten Auslagekastens.

Adrian muss manchmal die Luft anhalten, so zuwider ist ihm der allgegenwärtige Geruch nach Jauche auf den Wiesen. Er hat das Gefühl, dass die Luft Schlieren hat, dass sie die Zeit bremst, dass er seit der Abfahrt von Wien schrittweise in der Zeit zurückgereist ist.

Die Höfe selbst stehen farblos zwischen den gelben Wiesen und den braunen Feldern. Eine Dumpfheit liegt über diesem Teil des Landes, eine geografische Einfalt. Fast sehnt er sich nach den Fachmarktzentren, die immer wieder mit ihren hässlichen grellen Farben und glänzenden Fronten die Monotonie unterbrechen.

Die Stuben der Wirtshäuser scheinen ihm dunkler als die in Wien und die Gäste darin verschwollener und knollengesichtiger, je weiter sie nach Nordwesten gelangen, aber vielleicht bildet er sich das alles nur ein, weil er Wien, Katalyn, ja sogar Milan vermisst. Weil er mit einer alten, unberechenbaren Emanze durch diese menschenleere Gegend fahren muss. Heute Mittag haben sie in einer »Jausenstation« gegessen und sauren Most getrunken. Es ist ihm unverständlich, wie man sich damit besaufen kann. Während sie auf das Essen gewartet haben, hat er sich durch das »Fleckvieh Austria Magazin« geblättert. Durch Bilder von Stieren, die herausgeputzt aussahen, gestriegelt, mit seidigen Locken am Ende des Kuhschweifs.

Die Katzenschlager hat die Zeitung neugierig zu sich gezogen und mit vollem Mund daraus zitiert.

Stiere, die Furor, Waldbrand oder Vulkan heißen und »sich im Steigflug befinden«, Zuchtwerte, die »bei der Milch keine Wünsche offen lassen«, hat sie gelesen und den Kopf geschüttelt.

Es ist ihm peinlich gewesen, aber es kümmerte sich ohnehin niemand um sie, denn der Wirt war in die Küche verschwunden und der einsame Säufer, der zwei Tische weiter saß, brütete in seiner Mostwolke vor sich in. Die Katzenschlager las weiter und nahm sich dazwischen Pausen, um eine lästige Fleischfaser aus den Backenzähnen zu saugen. Wenn sie gut drauf ist, schaut er sie gerne an. Aber wenn sie schlecht drauf ist, würde er am liebsten das Weite suchen. In Wirklichkeit hat er das Gefühl, er wird dafür bezahlt, es mit ihr in dieser Nähe auszuhalten.

Sie hat sich während der heutigen Fahrt ihre speckige Lederjacke zu einer Kopfstütze zusammengeknüllt und die ganze Strecke verschlafen. Sie ist scheinbar erschöpft. Er braucht die Katzenschlager gar nicht zu fragen, worum es bei dieser Sache eigentlich geht. Erstens erklärt sie es nicht gern, zweitens fühlt er sich nicht als Zielpublikum. Er ist ja auch nicht das Zielpublikum für Naturfilme. Er ist ihr Assistent - und aus. Nur, dass das Arbeitsklima im Normalfall nicht so ruppig ist. Aber das liegt vielleicht am Geschlecht und daran, dass der Frauenanteil bei den Drehs verschwindend gering ist. Ich werde nächste Woche meine zweite Wochenpauschale bekommen, denkt Adrian. Dann werden es schon zweitausendvierhundert Euro sein, und wenn die nächsten tausend einbezahlt sind, wird er zum ersten Mal seit Langem ein vierstelliges Minus mit einem Einser davor haben. Und bei der nächsten Zahlung wird das Minus überhaupt nur mehr dreistellig sein. Solange die Alte ohne Zögern alles, was anfällt, bezahlt, macht er mit.

Sie haben den Bus in Erpendorf in einem aufgelassenen Steinbruch geparkt, hinter einem Jungwald. Adrian ist gerade auf dem Weg, den Müll auszuleeren (er hat einen Container gesehen und will sich die Beine vertreten), da sieht er die Katzenschlager auf einem Betonquader sitzen, der aus einem Erdhügel herausragt. Sie fühlt sich unbeobachtet, sitzt leicht gebückt, eine Zigarette verraucht zwischen ihren Fingern. Hinter der Kurve pritschelt der Bach, er misstraut der Idylle. Heute steht der Bus wenigstens auf ebenem Untergrund, dafür haben sie keinen schönen Ausblick, wenn sie ihre abendliche Dose Bier trinken werden, sondern sie werden mitten in den Wald hineinstarren und Gespenster zählen. Seit der Sache mit dem Jäger, der sie anschnauzte und vom Waldweg verscheucht hat, als sie eigentlich nur kurz Mittagspause machen wollten, sind sie vorsichtiger, was das Lagern betrifft. Adrian stellt den Müll auf den Boden. Sie bläst den Rauch in den Himmel und dämpft aus.

Lass den Müll stehen und nimm deine Kamera, wir gehen spazieren, sagt sie.

Bitte, das könnte sie schon mal sagen, denkt Adrian. Sie gehen langsam im Abendlicht bergan, er hält die Handykamera auf die Füße, spielt mit dem Licht, bei jedem Schritt bewegt sich die Jeans leicht, es ist fast poetisch. Die Sohlen ihrer alten Laufschuhe sind asymmetrisch abgewetzt, der Schritt knickt leicht nach innen. Er steckt das Handy ein. Sie geht flott vor ihm her, nimmt eine Abzweigung links, einen Hohlweg, der steil bergauf geht.

Hinter der Steigung springt ihn Jesus an. Auf einem riesigen Kruzifix lächelt er entrückt in sich hinein und scheint seine Tortur zu genießen. Adrian erschrickt. Er hat nie registriert, wo Kreuze aufgestellt sind und in welche Richtung Jesus sieht. Er hat durch jeden Jesus hindurchgesehen, nur manchmal ist ihm einer aufgefallen, ein anatomisch unrichtiger, ein besonders bösartig entstellter. In einem Land, in dem man an jeder Ecke daran erinnert wird, dass Jesus für dich gestorben ist, vergeht einem die Anteilnahme. Adrian ist aus der Kirche ausgetreten, er ist nicht empfänglich. Dachte er. Seit sie jeden Jesus kommentiert, der am Weges- oder Straßenrad steht, sieht er erst, wie viele Kruzifixe in diesem Land herumstehen. Er bekommt schon wieder Kopfweh.

Die Katzenschlager nimmt die zwei Jäckchen aus ihrer Tasche, die sie in den letzten Tagen gestrickt hat. Eines ist altrosa, das andere von einem scheußlichen Dottergelb.

Die schöne Wolle, sagte sie gestern, müssen wir uns für anspruchsvollere Götter aufheben.

Die Katzenschlager hält die Jäckchen gegen das Abendlicht, als müsse sie am Jesus Maß nehmen, entscheidet sich für das rosafarbene und steckt das gelbe wieder in ihre Tasche zurück, zieht den Betstuhl näher an das Kreuz heran, rüttelt ein bisschen daran, ob er stabil genug ist, und steigt zuerst auf die Kniebank, dann auf die Armlehne des Betstuhls, um sich in einer Art Umarmung des Kruzifixes, mit der Linken festzuhalten und mit der Rechten Jesus das

Jäckchen, das an mehreren Stellen wie ein Krankenhausnachthemd offen steht, überzustreifen und es erst hinter den Armen und dann hinter dem schiefen Hals zu schließen.

Es geht so schnell, dass er gar nicht dazu kommt, zu fragen, ob er ihr helfen soll. Zum Schluss knöpft sie das Jäckchen über der Brust zu. Adrian filmt. Er sieht ihr durch die Kamera zu, wie sie sich geschickt wieder über den Betstuhl zu Boden gleiten lässt. An manchen Tagen wirkt sie sehr jung, an manchen sehr alt. Oft geht dieser Wechsel von jung zu alt und umgekehrt binnen Minuten vor sich. Unten angelangt, blickt sie zufrieden auf ihr Werk. Erst jetzt fokussiert Adrian das Kruzifix. Angezogen sieht Jesus gar nicht so schlimm aus.

Was machen wir hier eigentlich?, fragt Adrian ratlos.

Jesus retten, antwortet sie.

Da hinten ist Helene übrigens geboren und aufgewachsen, in Kaltschlag. Sie zeigt auf ein Kaff, das er im milchigen Gelb und Braun am Horizont ausmachen kann. Dann blickt er wieder auf das Kreuz. Jesus' Blick hat etwas von seiner Entrücktheit eingebüßt, wirkt jetzt eher verträumt, das rosa Jäckchen verleiht ihm fast etwas Tantenhaftes. Adrian geht einen Schritt zur Seite, um ihren prüfenden Blick mit dem Handy im Profil festzuhalten, und dann noch, wie sie den Betstuhl zurück an seinen Platz hebt, noch einmal in ihre Tasche greift, die Schablone und den Spray hervornimmt und ihr Werk dezent, am unteren Ende des Kreuzes, fast schon im Gras, mit dem Seepferdchen signiert.

Helene hat mir einmal erzählt, dass ihre Mutter sie geprügelt hat, als sie gefragt habe, ob Papa den Jesus abschrauben kann und sie ihn in ihr warmes Puppenbett legen darf. Danach hat sie auch noch Prügel von ihrem Vater bekommen.

Adrian nickt verhalten.

Das ertragen sie nicht, wenn sich wer um ihn kümmern will, sagt sie. Alles, was er darf, ist leiden. Und wer ihm helfen will, wird verprügelt. Das ist Katholizismus à la carte.

Sie steht zufrieden vor dem Kreuz und zündet sich eine Zigarette an. Jetzt raucht sie schon wieder. Morgen Früh wird sie ihn aus dem Schlaf husten.

Warum eigentlich Seepferdchen?, fragt Adrian.

Wir haben es damals schon überall hingesprüht, auf die ersten Palmers-Plakate und die Hoden-Übermalungen. Das Seepferdchen ist eines der wenigen Wirbeltiere, bei denen das Männchen die Schwangerschaft übernimmt. Das Weibchen spritzt ihm die Embryonen hinein. Gehen wir?

Das Seepferdchen ist jetzt nicht gerade der erfolgreichste evolutionäre Geniestreich im Tierreich gewesen, denkt Adrian auf dem Rückweg. Kann sich nicht so bewährt haben, den Männchen die Embryonen unterzuschieben. Staatenbildende Insekten wären ein besseres Symbol gewesen, denkt er. Bienen, Wespen, Termiten. Gefräßige, stechende Frauengesellschaften, die Männchen nur mehr zur

Paarung brauchen. Die würden sich doch als feministische Wappentiere anbieten. Aber er sagt lieber nichts.

Unten angelangt sagt sie: Komm, gehen wir uns mit diesem scheußlichen Most besaufen.

Fieberhaft, das beschreibt es am besten. Seit sie vom Essen zurück sind, ist sie mit ihrer Lampe im Wald verschwunden. Er darf in seinem Nietzsche-Buch lesen, das ihm Milan geborgt hat. Du stehst mir nur im Weg herum, hat sie gesagt, als sie mit der großen Tasche, die sie unter der Bettbank hervorgeholt hat, mit Zeitungspapier und einem Kanister Wasser in den Wald gegangen ist. Einmal ist sie zurückgekommen, hat aus einem Fach neben dem Kühlschrank eine kleine Säge, einen Hammer, Nägel und Bindfaden geholt.

Als sie die Fotos der Maria Himmelfahrtsprozession im Ortsblatt gesehen hat, ist sie aufgeschreckt, als hätte sie eine Explosion gehört. Sie mussten rasch aufessen, zahlen und zur Kirche gehen. Dort blieb sie kurz stehen, ging dann auf die Säule zu, die rechts vor dem Haupteingang stand. Wie wunderbar, sagte sie, wunderbar.

Fällt dir etwas auf? Wer bekommt den besten Platz im Dorf?, hat sie gefragt und gleich selbst geantwortet. Immer die Kirche! Den Zweitbesten: das Kriegerdenkmal. Sie alle machen gemeinsame Sache: die Kirche, der Kameradschaftsbund, die Feuerwehr, die Blasmusik. Die stecken alle unter einer Decke.

Und so weiter. Sie hat gar nicht mehr aufgehört, zu reden.

Es gibt Opfer erster, zweiter und dritter Klasse. Opfer erster Klasse, das sind die Herrscher. Die bekommen die Heldenstatuen mit den hodentragenden Pferden. Die Opfer zweiter Klasse, das sind die Krieger. Zur Belohnung für das Sterben bekommen sie die Kriegerdenkmäler. Und die Opfer dritter Klasse, das sind die Zivilen, die Alten, die Kinder, allen voran die Frauen. Sie sind Kollateralschäden. Sie werden damit abgespeist, dass sie mitgemeint sind. Im Gegensatz zu den Opfern vierter Klasse: an die nicht einmal erinnert wird. Die Zwangsarbeiter, die Dienstbotinnen, die Taglöhner, die Sklaven. Sie sind nicht einmal Opfer, sondern eher Nutztiere. Für sie darf es nur das Vergessen geben.

Helene hat sich an diesem Kriegerdenkmal schon als junge Frau die Zähne ausgebissen. Hier ist sie zum ersten Mal mit dem Schädel gegen die Wand, sagte die Katzenschlager.

Es geht also doch irgendwie um die Schulze. Er versteht immer noch nicht, wozu das Ganze gut sein soll. Wenn er eins und eins zusammenzählt, fährt sie einen Rachefeldzug, den außer ihr niemand versteht, aber das scheint ihr zu reichen.

Wenn Adrian an diese Heldenstatuen und Kriegerdenkmäler denkt, muss er zugeben, davon gibt es schon sehr viele. Und welche mit Frauen sehr wenig. Die haben ja auch nicht gekämpft. Die waren ja eher Opfer. Er kennt ein paar von diesen Opferdenkmälern. KZ-Gedenkstätten fallen ihm ein. Faschismus-Denkmäler. In Wien. In Mauthausen. Wo noch? Er muss lange nachdenken, er weiß es nicht.

Er gähnt, er ist müde, kramt Zahnputzzeug aus seiner Tasche, klettert aus dem Bus und pinkelt gegen einen Baum. Von hinten kommt ein feuchter Wind, er wird das Busfenster schließen.

Sie müssen dringend zu einer Steckdose. Er braucht Strom für sein Handy und seinen Laptop, für seine Powerbanks. Der Kühlschrank ist auch lauwarm, der Käse stinkt schon. Es wird auch Zeit, wieder einmal zu duschen, denkt er, während er sich die Zähne putzt. Er beginnt, streng zu riechen. Er erinnert sich nicht gerne daran, wann er das letzte Mal so lange nicht geduscht hat. Es war auf einem Festival gewesen, in Nickelsdorf, und er hat ein nettes, betrunkenes Mädchen, das sich zuerst schutzsuchend an ihn drückte, während Sepultura ins Mikrofon röchelten, abweisen müssen, als ihre Anschmiegsamkeit fordernder wurde und ihre Hand prüfend in seinem Schritt herumknetete, weil ihm brennheiß einfiel, dass er schon seit drei Tagen ungeduscht war. Es hatte nämlich jemand in die Dusche im Camp gekotzt, und Milan hat an seinem Brustfell genestelt und gesagt, scheiß drauf, keiner duscht am Novarock. Auch das hat Milan Adrian voraus: Dieses blöde Gottvertrauen, alles würde gut werden und irgendjemand würde schon auf ihn aufpassen. Das Mädchen hatte gut gerochen, sehr geduscht, und heute noch hasst er Milan für den schlechten

Ratschlag. Sepultura sind von der Bühne und das betrunkene Mädchen ist weitergetaumelt, raus aus seinem Leben, und ist auch nicht wiedergekommen, obwohl Adrian sich am nächsten Tag unter Todesverachtung in einer nach Urin stinkenden Nasszelle gründlich gewaschen hatte.

Die Katzenschlager macht noch keine Anstalten, sich nach einer Dusche zu sehnen, aber er denkt, eine Sechzigjährige wird nichts gegen eine Nacht in einer properen Pension mit ordentlichem Frühstück haben. Es ist eine eigenartige Intimität zwischen ihnen gewachsen, sie versuchen beide leise zu schlafen, zu atmen, sie gehen sich beim Umkleiden aus dem Weg, seine Zone ist der Bereich um den Beifahrersitz, ihre hinter dem Bus. Oder sie weichen einander zeitlich aus. Er wäscht sich morgens notdürftig aus dem Kanister, sie sich abends hinter dem Bus. Aufs Klo gehen sie in Raststätten, Gasthäusern und in den Wald. Und auch da nehmen sie unterschiedliche Wege. Das Mobilklo haben sie noch gar nicht benutzen müssen, diese Peinlichkeit konnten sie einander ersparen.

Ja, es ist eigentlich gar nicht so schlecht. Wenn da nicht ihre Tiraden wären. Jeder weiß, dass diese Kriegerdenkmäler nach dem Ersten Weltkrieg errichtet worden sind, dass danach die Tafeln für die Opfer des Zweiten Weltkriegs daraufgeschraubt wurden. An Kriegerdenkmälern geht man vorbei und freut sich, dass man in Friedenszeiten geboren ist, denkt er. Diese Kriege sind ihm egal, sie hängen Adrian zum

Hals raus, genauso wie alles, was sich in den Nachrichten wiederholt und wiederholt und nie ändert.

Er geht zum Bus zurück, holt sich seine Decke aus dem Wandschrank und wickelt sich in sie ein, bevor er sich wieder auf seinen Platz setzt und es wieder mit Nietzsche probiert. Dieser Nietzsche, der sich ihm gar nicht erschließt. Er liest ein paar Zeilen aus dem Zarathustra, aber er kann sich überhaupt nicht konzentrieren.

Oben, sagte sie, ist oft das Eiserne Kreuz oder ein Adler. Manchmal ein verzweifelter Soldat. Selten: eine weinende Mutter, mit totem Sohn auf dem Schoß. Die Vergewaltigten, die Verschütteten, die Verschleppten – sie bekommen selten einen Platz. Na, sehen wir mal, ob die Katzenschlager das im Sinn ihrer toten Emanze ändern kann. Er gähnt und steckt das Handy an die externe Batterie, stopft den Polster, der im Fußraum liegt und sehr schmutzig aussieht, zwischen Fahrer- und Beifahrersitz und legt sich auf seine Bank. Der Schalthebel drückt sich ein wenig in sein Kreuz, er entfernt den Polster, legt den Kriechgang ein, jetzt ist es einigermaßen bequem. Etwas später weckt ihn das Trommeln des Regens auf das Busdach und danach ihr Fluchen, irgendetwas Sperriges, Großes durch die Seitentür wuchtend, das den Geruch von nassem Kalk und frischer Lackfarbe verströmt. Aber er zieht die staubige Decke über den Kopf und schläft weiter.

12.
Elvira
Kirchwald, Anfang September

Elvira blickt auf die uringelbe Glasscheibe aus den Siebzigern, die ein Minimum an Intimsphäre herstellen soll. Dabei sitzt niemand auf der Terrasse bei dem feuchten Wetter. Kirchwald ist ein scheußlicher Kurort, aber es gibt einen Waschsalon. Als sie Adrian gestern den Sack mit Wäsche und Waschmittel gegeben hat, schaute er dermaßen entsetzt drein, dass sie sich genötigt sah, ihm zu sagen: Es muss ja nicht unbedingt Handwäsche sein. Er ist dann gleich in die Stadt gefahren, mit diesem kleinen Klapprad, das er in der Wachau mitgehen hat lassen.

Während er Wäsche gewaschen hat, hat sie sich an den Moorteich gesetzt und versucht, Helenes Tagebücher durchzublättern. Zuerst wurde sie von Bremsen heimgesucht und danach trampelte eine geführte Nordic-Walking-Gruppe hinter ihr vorbei. So macht man das, wenn man ein ordentliches Leben führt und sich eine Kur verdient hat: Ein bisschen in Waldböden herumstochern, sich auf Reduktionskost setzen lassen und danach in den Moststuben Schweinebraten essen. Lange wird sie es hier nicht aushalten, aber sie hat das Gefühl, ihr Assistent braucht ein bisschen Privatsphäre. Die Pension ist billig. Die fünfzig Kilometer, die sie von Erpendorf entfernt sind, fühlen sich an wie ein halber Kontinent. Das Land riecht anders, die Menschen haben einen anderen Dialekt und statt Kühen gibt es Kurgäste. Warum fühlt Elvira sich nicht besser?

Gestern ist alles gutgegangen. Sogar Adrian hat Gefallen daran gefunden. Er ist nicht der Aktionismus-Typ, dafür ist er zu nervös und nebenbei hoffnungslos unpolitisch. Eher ist er ein Dokumentar oder Archivar. Am liebsten sitzt er vor seinem Laptop, starrt die Bilder an, die er gemacht hat, oder er durchsucht das Netz. Bereitet für sie auf, was sie wissen möchte. So jemanden könnte sie im Alltag sehr gut gebrauchen: für Buchhaltung, Steuer, aber auch für den Haushalt scheint er sich ganz gut zu eignen. Beim Kochen haben sie sich nach einem kurzen Disput auf abwechselndes Kochen im Verhältnis drei (Adrian) zu eins (Elvira) geeinigt: Der Speiseplan oszilliert zwischen Nudeln (Adrian), Linsencurry (Elvira), Erdäpfelsuppe (Adrian) und Brot, Käse und Wein.

Adrian hat ihr heute Morgen zwei Berichte präsentiert: die Oberösterreichischen Nachrichten zeigten ein Bild der vom Regen aufgelösten Gipsvulva, die sich – dank elliptischer Holzkonstruktion – tapfer an die Säule des Kriegerdenkmals klammerte, bis ein eilig gerufener Feuerwehreinsatz der Schändung ein Ende machte. Die Labia hängen traurig über die Namen der Gefallenen und Vermissten, aber sie ist froh, dass sie sich für die Gipsbandagen entschieden hat, die sie letztes Jahr aus dem Gipszimmer des

Orthopäden mitgehen hat lassen, als ihr die Einlagen angepasst wurden. Sie konnte einfach nicht widerstehen, als der Bandagist das Zimmer verlassen hatte, das Material war massenhaft in Reichweite gelagert. So hatte ihr Hallux wenigstens sein Gutes. Das zerfließende Verbandsmaterial verleiht der Szenerie etwas Martialisches: Man denkt an Verletzungen, Blutungen, Feldlazarette, Unansehnliches. Gynäkologisches.

Auf dem Bild, das frontal und sehr amateurhaft gemacht wurde, hat der Regen schon ganze Arbeit geleistet. Die Binden hängen in Fetzen von der Holzkonstruktion herunter, rosa und rote Farbe läuft die Gedenksäule hinab, mitten in die blütenweißen Stiefmütterchen hinein, die liebevoll um das Kriegerdenkmal gepflanzt wurden, und von rechts fährt schon der Feuerwehreinsatzwagen ins Bild. Eine Geste, die, gemessen am Anlass, unnötig feierlich, ja übertrieben wirkt. Eher würde man einen Rotkreuzwagen erwarten.

Vom Schild, das sie daneben angebracht hat, ist nicht die Rede. Das ist natürlich schade. Glücklicherweise hat Adrian es dokumentiert, bevor sie es verschwinden haben lassen. Es ist auch schwer zu ertragen. »Noch immer ehrt ihr die, die euch gefickt haben« in roten Blockbuchstaben.

Sie hat den Namen vergessen von dem Nazi, den Helene in ihrer Revoluzzerzeit kurz vor der Matura entlarven wollte. Der Geschichtslehrer im Gymnasium der Bezirksstadt, den sie dann wegen einer

Liebesaffäre mit einer Schülerin losgeworden sind, hat Helene zu dem Referat angestachelt. Sie war dem Gerücht nachgegangen, dass auf dem Erpendorfer Kriegerdenkmal auch eines tapferen Kriegers gedacht wurde, der gar kein Krieger gewesen war, sondern ein hoher SS-Lagerkommandant im Konzentrationslager Gusen. In den Siebzigern hatte man für die Notwendigkeit so einer Entlarvung natürlich noch weniger Verständnis als heute, auch weil der Lagerkommandant offenbar so gar nicht heldenhaft an der Front, sondern in einem der Lagerbordelle verstorben war, unter Umständen, die Mehrfachdeutungen zuließen. Irgendwann musste Helene die Recherche abbrechen, weil es zu erschöpfend war, gegen die gut geölte Vertuschungsmaschinerie der Behörden anzukämpfen, überhaupt für eine Schülerin, die ihren Eltern *nicht schon wieder* Schwierigkeiten machen sollte, nach *der Sache mit dem Kind,* die erst zwei Jahre her war. Die schön stillhalten sollte und sich um ihre Matura kümmern. Die froh sein sollte, dass man sie nicht in die Hauswirtschaftsschule oder in die kaufmännische Lehre gesteckt habe, wie es eigentlich von den Eltern geplant gewesen war.

Der Text zum Bild spricht von einem *barbarischen Vandalenakt,* der *unversehens zur anonymen Anzeige gebracht* wurde, und die Kosten für die Reinigung und die Wiederinstandsetzung, die mit dreißigtausend Euro beziffert werden, teilen sich der

Kameradschaftsbund, die Gemeinde und ein privater Sponsor. Dreißigtausend Euro, die könnte sie selbst auch gut gebrauchen. Für dreißigtausend Euro würde sie das bisschen Acrylfarbe und das Lacklogo nur zu gerne wegputzen. Selbst mit den feinsten Latexhandschuhen und den exklusivsten Reinigungsmitteln, die gar nicht nötig sind, weil die meiste Farbe wasserlöslich ist, und auch bei der teuersten Putzkolonne kann die Entfernung nicht mehr als tausend Euro kosten. Vom Seepferdchen einmal abgesehen, das sie aber, dezent wie immer, an den Fuß des Denkmals angebracht hat, aber mit ein bisschen Terpentin und einer alten Nagelbürste sollte das auch in ein paar Minuten erledigt sein.

Natürlich weiß Elvira nicht, was so ein Feuerwehreinsatz zur Demontage einer riesigen Vulva von einem Kriegerdenkmal kosten kann. Adrian und sie haben für die Installation nur eine Klappleiter gebraucht und ein bisschen Gaffer Tape, in zwei Minuten hat sich die Vulva problemlos auf die Stele stecken lassen, auch wenn sie schwerer war, als Elvira es ihr bei der Konstruktion zugetraut hatte, aber sie war ja noch nicht ganz getrocknet.

Adrian, der die Entdeckung der anonymen Installation mit seinem Handy, das er in der Astgabel eines trockenen Kirschlorbeers gegenüber des Kirchenplatzes verkeilt hatte, gefilmt hat, hat den Kopf geschüttelt. Man sieht gar nichts, hat er gesagt, und es tue ihm leid, weil die Qualität des Videos viel besser sein müsste, aber bei diesen Lichtbedingungen und mit Handykamera ... Doch Elvira reicht die Dokumentation allemal. Man sieht alles, was man sehen muss. Sie will ja keine Ausstellung machen. Das hier ist öffentlicher Raum, das sind die heiligen Kühe der patriarchalen Gesellschaft, da geht man kein Risiko ein, wenn man weitermachen will, und das will sie unbedingt.

Der kleine Ministrant, der zuerst aus der Kirche kommt, seinen Schritt verlangsamt und dann auf die Installation zeigt, stehen bleibt, sich verängstigt umdreht - was sagt er? Welches Wort nimmt er in den Mund? Darauf beginnt sich der Auszug aus der Kirche zu schoppen, und es dauert fast eine halbe Minute, bis der Pfarrer aus dem Portal tritt, den starren Blick auf die monströse Vulva, die, noch vor dem Regen, prachtvoll vom Kriegerdenkmal penetriert wird, die Gemeinde hinter ihm. Der Schock, der durch die Menge geht, der Tumult, der sich erst langsam aufbaut, weil die Scham die Wut unterdrückt. Um diesen Moment geht es, hat sie Adrian erklärt, als sie ihn nötigt, mit ihr immer wieder diese sechsundfünfzig Sekunden anzusehen. Um die riesige Unbeholfenheit in der Verantwortung, auch das weibliche Geschlecht mit seiner eigenen Geschichte ins Leben einzulassen, in die Kirche, in die Erinnerungskultur, in die politische Alltagsrealität. Es ist eine universelle Installation, man kann sie in alle Richtungen interpretieren. In die Richtung der katholischen Besessenheit vom weiblichen Geschlecht: Einerseits wollen sie mit ihrer Kontrolle am liebsten bis in die Eierstöcke kriechen und jede Eizelle einzeln segnen und bewachen, andererseits ertragen sie es nicht, diese Besessenheit auch nur irgendwie nachvollziehbar abzubilden. Du kannst aber auch die Schrecken der Naziherrschaft hineininterpretieren, die Vergewaltigungen unter der russischen Besatzung, oder ganz lapidar: das Patriarchat. Such dir was aus. Es geht aber immer um diese Minute, die ist wie ein Spalt, durch den eine Information in das noch so verknöcherte und indoktrinierte Gehirn eindringen kann. Verstehst du das, Adrian? Er hat unsicher genickt.

Ab diesen sechsundfünfzig Sekunden wird es unübersichtlich, erstens verdecken die Menschenmassen teilweise das Bild, zweitens beginnt es zu regnen und drittens dachte Elvira, dass man nicht zu lange warten dürfe, das Handy zu entfernen, was Adrian im Schutz der Gemeindeamtstafel (»Jesus hat immer ein Ohr für deine Sorgen!«) und der allgegenwärtigen Empörung prompt tat. Noch bevor die Feuerwehr einfuhr, waren Adrian und Elvira schon auf Schleichwegen unterwegs ins Waldviertel.

Kein Detail davon in der Zeitung. Nur im Standard, eine augenzwinkernde Kurzmeldung über einen *provokativen Streich mit einer Riesenvagina* (Vulva, ihr Trottel, denkt Elvira), *der die lokalen Exekutivbeamten vor ein Rätsel stellt.* Kein Wort vom Hippocampus. Vielleicht ein Anfängerfehler, denkt Elvira, meine Signatur muss ich das nächste Mal ein bisschen größer ausfallen lassen, oder vielleicht an prominenterer Stelle, oder öfter. Nicht so verschämt und bescheiden.

Ist es zu viel verlangt, dass die Bedeutung so einer mächtigen, ja plumpen Aktion von allein verstanden wird? Mutet sie ihrem Publikum zu viel zu? Wie groß muss sie ihre Installationen denn noch bauen, wie drastisch muss sie inszenieren? Reicht es nicht, dass ein großer, steinerner Kriegsheldenschwanz in einer Muschi aus Gips steckt? Muss man wirklich ein Mikrofon zur Hand nehmen und die Kunst Stück für Stück auseinandernehmen und erklären?

Die Idee ist ihr gekommen, als sie Bilder der Marienprozession im Gemeindeblatt beim Erpendorfer Kirchenwirt gesehen hat, als sie auf ihren Schweinebraten wartete. Sie hätte alle in einem Aufwasch vor den Kopf stoßen können, die bei so einer Prozession dabei sind: die Feuerwehr, die Blasmusik, die ganzen Vereine, die sich zusammenschließen, wenn es um das Wohl der Gesellschaft geht. Traditionen bewahren, Privilegien erhalten, Gottesfurcht säen, Frauen auf die hinteren Reihen verweisen. Aber wenn sie ehrlich ist, ist sie ganz froh, dass sie diese Chance verpasst hat. Die Reaktion auf eine Entweihung an so einem heiligen Tag hätte vielleicht den Rahmen gesprengt. Sie will ja nicht in erster Linie verletzen. Das Verletzen ist der Kollateralschaden. Sie will nur einen Spalt erzeugen, durch den Licht und Luft dringt.

Vorhin war sie bei Adrian, der im Nebenzimmer auf dem Bett fläzt, seinen Laptop auf dem Schoß. Seine digitale Assistenz ist wichtiger, als sie es für möglich gehalten hätte. Er hat ihr noch ein paar Facebook-Einträge gezeigt, einen von der Gemeinde-Erpendorf-Seite, aber Adrian hat gesagt, es wäre unbedeutend, weil die Erpendorfer de facto keine Facebook-Präsenz hätten. Ein Foto wurde allerdings auf der Seite der Feuerwehr gepostet, unter dem ihr Assistent schon vierzehn böse Gesichter gezählt hat, immerhin. Auf so vieles muss man achten, sagt er, Überwachungskameras, soziale Medien, IP-Adressen, Snapchat, Twitter, Instagram. Sie schüttelt den Kopf, wenn er es ihr erklären will. Dass man die Reaktionen jetzt zählen kann, freut und beunruhigt Elvira gleichzeitig. Wenn sie und ihre Mitbewohnerinnen von der Theobaldgassen-WG vor zwanzig Jahren die Maria Theresia verkleideten, Pferdehoden besprühten oder Geschäftsauslagen beschmierten, mussten sie schnell sein und in den Tagen darauf die Zeitungen in einem Kaffeehaus durchblättern: Hie und da hatten sie manchmal eine Meldung gefunden. Dokumentiert hat das aber niemand. Die Rezeption ihrer Aktionen war etwas, das ihren Spekulationen überlassen blieb. An guten Tagen saßen sie am Küchentisch und feierten, dass sie die Welt verändert hatten. An schlechten Tagen wurde debattiert und gestritten und gegen die Sinnlosigkeit der Risiken, die sie eingingen, angetrunken. Ob man die Welt veränderte, war damals nicht bezifferbar. Und heute schreibt ein Feuerwehrmann namens Thomas Gruber unter das Bild mit der Gipsvulva: *Was soll der scheis, sicher so eine scheis emanze.* Und Mar Kus oder Melanie Witzigmann und elf weitere haben mit einem bösen, zorngeröteten Gesicht Stellung bezogen.

Facebook, Twitter und Co kennt sie aus den Zeitungen, aber sie hat keine Ahnung, wie gut es funktioniert. Sie stellt es sich so vor: Es gibt jetzt ein digitales Bewusstsein, das neugierig ist, sich erregen, freuen oder kränken kann. Natürlich soll man sich dessen bedienen. Adrian hat überlegt, ob er den Hippocampus bei Facebook präsent machen soll, aber er hat es wieder verworfen. Zu gefährlich, sagt er. Die Aktionen selbst sind Elvira gefährlich genug. Sie spürt dieselbe Erregung, dieselbe Konzentration, das Gefühl, eine Stimmung, ja: eine Haltung zu versprühen, die vielleicht ein paar Stunden kleben bleibt und ansteckend ist. Nur der Körper fühlt sich anders an, eine Verletzlichkeit ist dazugekommen und eine Empörung darüber, dass es eine Schwachstelle im System gibt: dass sie diese Schwachstelle ist. Aber dafür hat sie ja einen Assistenten.

Sie liegt auf dem Bett und hat Österreich satt. Sie sehnt sich plötzlich nach dem Süden. Nach Italien, nach Neapel. Dort gibt es eine Steilküste, hat Helene erzählt, es gibt den Vesuv und kindskopfgroße Zitronen, die an jeder Straßenecke verkauft werden. Elvira hat genug von Österreich mit seinen Erdäpfeln und Schweinebraten. Außerdem gibt es im archäologischen Museum in Neapel das Gabinetto Segreto, eine Sammlung phallischer Symbole aus Pompeji von absurder Ernsthaftigkeit, von dem Helene sagte: Das Schwanzheiligtum musst du gesehen haben. Elvira ist nicht scharf auf Schwanzheiligtümer. Aber wenigstens das Meer wäre in Griffweite.

Warum nur ist sie so unzufrieden? Natürlich, sie hat Schmerzen. Heute ist so ein Tag, an dem sie gerne jünger wäre, heute bricht das Alter von allen Seiten über sie herein. Ihr Blutdruck war sicher auch schon mal niedriger, aber sie hat das Blutdruckmessgerät zu Hause gelassen. Sie hat keine Zeit für ihre Übungen gehabt, und ohne ihre Übungen wird alles, was schlimm ist, nur noch schlimmer. Dieses Auf-der-Flucht-Sein ramponiert ihren Körper ganz schön. Sie hat immer noch Kreuzschmerzen vom Zusammenbauen und Umherwuchten der Installation, von der weichen Matratze im Bus, und das rechte Knie schmerzt. Sie reibt über das Knie, beugt es, streckt es, bewegt die Kniescheibe unter der Haut, die abwechselnd gedehnt und gefaltet wurde, neunundfünfzig Jahre lang. Sie hat auch Zahnschmerzen, genau dort, wo der Zahnarzt gesagt hat, dass man zwei Kronen erneuern müsse. Als ob sie so viel Geld hätte! Diese Krankenkasse zahlt ihr Zähnereißen und ein hässliches Drahtgerüst, oder ein Stück Gebiss aus Plastik, das sie sich jeden Tag auf das Zahnfleisch kleben soll. Wenn sie mit Schmerzmitteln gegensteuert, ist es vielleicht gleich wieder vorbei. Zähne sind ein Fluch, mit ihnen hat es angefangen. Die Zähne waren es, die sie nach Wien zurückgeführt haben, als sie dreißig war. Einer nach dem anderen, eine Art dentaler Massensuizid, an den sie lieber nicht denken möchte. Wenn diese Wurzelgeschichten nicht gewesen wären, wäre sie immer noch auf der Insel. Elvira schließt die Augen und denkt an den Tod. Ihr Tod sitzt im Bauch, unterhalb des Magens und meldet sich als ein Unbehagen, als würde sich ein Erbrechen aus großer Entfernung ankündigen. Der Mutter beim Sterben zusehen. Romana beim Sterben zusehen. In beiden Fällen ging es *schnell*. So sagt man, wenn es sich nicht über Jahre zieht, sondern nur über Monate. Von La Gomera nach Wien. Von Wien nach Portugal. Elvira übt, seit Romanas Tod, dieses diffuse Unbehagen in eine Selbstverständlichkeit umzuwandeln, den eigenen Tod zu umarmen, zumindest flüchtig. Das gelingt ihr manchmal. Vor Schmerzen fürchtet sie sich, vor Einschränkungen, vor fast ununterbrochener, schrecklicher Laune. Von niemandem wirklich geliebt zu werden. Da haben es Menschen mit Kindern jedenfalls leichter. Sie können immer auf die nächste Generation verweisen, den Tod zumindest in genetischer Hinsicht durchwinken.

In Erpendorf ist Helene also aufgewachsen. Elvira stellt sich vor, wie Helene katholisch sozialisiert wurde, domestiziert, gemeinsam mit den drei Geschwistern, eine etwas ruppige Erziehung, wie man eben Kinderrudel am Land erzogen hat. Wie sie einerseits vernachlässigt wurde, wie man andererseits darauf Acht gab, dass sie regelmäßig mit all diesem Unsinn gefüttert wurde, der in den Fünfzigern und Sechzigern noch als pädagogische Normalkost im Umlauf war. Sündenfall, Höllenfeuer, Bravsein, Jungfräulichkeitskult, der katholische Filz, mit dem die Persönlichkeit der Mädchen vorsorglich erstickt wurde. Wie ist Helene nur so scharfsinnig geworden? Reichen da ein paar Jahre Gymnasium in der Kreisstadt und ein paar Jahre Großstadt?

Elvira selbst ist im Heim aufgewachsen, irgendwo westlich von Wien, weil die Mutter krank war und der Vater ein Trinker. Sie war drei, als die Tante sie zu sich nahm, und fünf, als man ihr sagte, dass die Tante sie nicht *ewig nehmen* konnte. An die Trennung von ihrer Mutter kann sie sich nicht erinnern, an die Trennung von ihrer Tante sehr gut. Die drei Jahre im katholischen Heim wird sie nie vergessen, die *gesunden* Läufe über Stoppelfelder, barfuß. Wie ähnlich die Schwestern in ihrer steifen Schwesterntracht einander sahen. Wie abstrus ihr Sadismus war. Die Buchteln, deren Duft das ganze Heim durchzogen hatte. Diese unglaubliche Enttäuschung beim Hineinbeißen wird sie nie vergessen. Viele heulten vor Wut. Alle wussten: Das war kein Unfall. Die Wut hatte in ihrem Kollektiv etwas Zärtliches, das sie einte. Es war das System Gruppe, das Elvira genießen lernte, trotz Trennung von der Tante und der Mutter. Das ist etwas, das ihr die wenigsten Menschen glauben, weil sie es nicht erlebt haben. Eine Gruppe, der man sich angeschlossen hat, kann eine Art Familie sein. Als Kind hat sie erlebt, wie man in eine Gruppe hineinschmelzen kann. Und sich in deren Schutz gegen eine andere Gruppe verschwören. Und wie geborgen sich eine Verschwörung anfühlen kann. *Wir gegen die. Die gegen uns.* Kräfte konnten sich umverteilen und zusammenströmen, wenn es um den wahren Feind ging: die Klosterschwestern. *Alle gegen die Schwestern.* Die Mutter war nach zwei Jahren gekommen, um sie zu holen, um ein paar Jahre danach wieder krank zu werden und zu sterben, an Eierstockkrebs. Da war Elvira schon siebzehn, und die Theobaldgassen-WG hat sie aufgefangen. Romana und Gerd hatten sie aufgelesen und einquartiert. Es waren immer schon die Gruppen, die Elvira gerettet haben.

Als sie Helene zum ersten Mal getroffen hat, damals im Café Gutruf, war das renitente, aber christliche Bauernkind schon völlig von der Großstadt verdorben. Helene saß neben Köll, dem Aktionskünstler. Es gibt diese Bildserie von ihr, auf der sie verdreht auf einem Esstisch liegt, Turmfrisur, nackt, bespritzt mit Farbe, Seile schneiden ins Fleisch, das Gesicht abgewandt. *Subversive Tafel.* Köll trug seine Koteletten bis zum Hals, und seine Hände schoben sich an dem Abend immer wieder zwischen Helenes Rücken und ihre hautenge Bluse, egal, wie oft sie ihm, wenn auch halbherzig, auf die Finger schlug.

Helene hat sicher eine nettere Kindheit gehabt als sie. Aber eben nicht nett genug, um zu bleiben. Während Helenes Geschwister sich in Landwirtschaftsschulen, Feuerwehrjugend und Jungschar wohlfühlten, scherte Helene früh aus. Der Bruch mit dem konventionellen Leben kam mit der damals noch illegalen Abtreibung mit fünfzehn, die schon mit einem Linzer Gynäkologen, der sich damals, wie durchaus üblich, nebenbei als Engelmacher ein gutes Zubrot verdiente, arrangiert gewesen war. Die aber von der Kaltschlager Jungscharleiterin vereitelt wurde. *Unsere liebe Schwester Marianne* wusste das gottlose Verbrechen zu verhindern, indem sie vor der Tür der Mutter stand. Und noch auf der Türmatte stehend ein paar Bibelzitate vorausschickte und danach mit einer Anzeige drohte, alles in demselben butterweichen Alt, mit dem sie seit Jahrzehnten den Kirchenchor beglückte. Helenes Mutter wurde blass, und Helene wurde gezwungen, das Kind auszutragen und es nach der Geburt zur Adoption freizugeben. Vielleicht war damit die Saat zu ihrer Rolle als liebende Ehefrau und Mutter gelegt, die Helene ja dann überraschenderweise jener der erfolgreichen Schriftstellerin vorzog. Wenn es um Kinder geht, kann sich Elvira schlecht in andere hineinversetzen. Sie hat das Glück, nicht besonders empfänglich zu sein, geschickt verhütet zu haben. Eine Fehlgeburt, die ganz gelegen kam, bevor sie sich um eine Abtreibung kümmern musste.

Helene sprach erst über diese Episode, als sich die »verlorene Tochter« über die Medien meldete. Man kann es ihr nicht verübeln, sagte Helene damals. Elvira fand, man könnte es ihr sehr wohl verübeln. Ihr und der Jungscharleiterin. *Unsere liebe Schwester Marianne.* Eine farblose, aber umso bibelfestere Sakristeiwanze, immer bei Fuß, um dem Pfarrer ihre unbezahlten Dienste anzubieten. Das Blumenwasser in der kleinen Vase zu den Füßen Jesu täglich zu wechseln. Die Jause nach dem Gottesdienst im Pfarrkaffee anzurichten und danach die Tassen zu waschen. Einen lebenslangen, schmerzhaften Mutter-Tochter-Konflikt zu säen, den nicht einmal der liebe Gott lösen konnte. All das für den Gegenwert eine Hostie, die auf die bebende Zunge gelegt wird.

Wie alt mag die Sakristeiwanze nun sein? Elvira muss ihren Assistenten darauf ansetzen. Wenn sie noch lebt, dann ist sie achtzig oder neunzig und immer noch im Dienste des Herrn. Elvira wird wütend. Das sind die Schlimmsten, denkt sie. Diese weiblichen Widersacherinnen. Nicht die Geistlichen und ihre Verachtung. Nicht die Politiker und ihre Unzuständigkeit. Nicht die Väter und Ehemänner und Söhne und ihre empathischen Unterlassungen. Sondern die anderen Frauen, die auch mit einer Vagina zwischen den Beinen und einer Gebärmutter im Bauch durch das Leben gehen, die auch Angst vor Schwangerschaften haben. Und sich trotzdem diese in ihnen verankerte Verletzlichkeit ausreden lassen, totschweigen oder wegbeten. Die fest die Augen zudrücken und die Beine zusammenzwicken und die sich auf Gottes Geheiß eine Hartherzigkeit befehlen, wo die beste Gelegenheit für christliches Mitgefühl gegeben wäre.

Wer der Vater des kleinen Mädchens gewesen war, blieb unausgesprochen, aber für Elvira sonnenklar. Helene hatte nie aufgehört, diesen Curt anzuhimmeln, auf diese klebrige, mädchenhafte Art. Curt, den sie englisch mit Ö aussprach. Mit dem sie vielleicht sogar glücklich geworden wäre. Der Madenmaler, der in Amerika erfolgreich geworden ist. Vielleicht ist er ja wieder nach Österreich zurückgekehrt. Ist das überhaupt wichtig? Wahrscheinlich nicht für die Aufgabe, Helene zu rehabilitieren. Aber sie könnte ihn besuchen, ohne ihn zu konfrontieren, einfach so, um in ihm ein weiteres Stück Helene zu finden, ihn einzubinden in ihre Rekonstruktionsarbeit. Gemeinsam könnten sie Fragmente von Helene aneinanderlegen, damit sie wieder ein bisschen sichtbarer, spürbarer würde. Wie schnell sie ihr entgleitet. Helenes Stimme ist schon merklich dünner geworden in den letzten Tagen.

Sie klopft noch einmal bei Adrian. Er öffnet in T-Shirt und Boxershorts, seine dünnen, haarigen O-Beine sind eine unangenehme Überraschung. Ein Geruch nach gebratenen Pilzen hängt in der Luft. Du musst mir helfen, sagt sie. Ich suche einen Curt, einen Maler, der muss hier in der Nähe geboren worden sein und ist dann nach Amerika ausgewandert. Adrian setzt sich aufs ungemachte Bett, überall sind Geräte angesteckt, Kabel quellen vom Nachtkästchen. Im Bett liegt der Laptop, halb unter der Bettdecke versteckt. Eine befremdliche Intimität zwischen Mensch und Maschine, denkt Elvira. Er gähnt, schüttelt den Kopf. Elvira fragt sich, ob sie ihn geweckt hat, oder beim Onanieren gestört.

Haben Sie noch einen Eckpunkt für mich?, fragt er. Was für ein Maler? Maler und Anstreicher?

Nein, Künstler. Er hat Maden gemalt, sagt Elvira.

Adrians Finger klappern über die Tasten. Schnell, aber ohne Schreibmaschinensystem. Was für eine Generation. Den ganzen Tag fristen sie über die Tasten gebeugt, aber keiner hat daran gedacht, ihnen das Zehnfingersystem beizubringen. Curt Swinger?, fragt Adrian, dreht den Laptop mit dem Bildschirm zu ihr und hält ihr das Bild eines Madengewimmels in schwarz-weiß vor die Nase, daneben das Porträt eines Mannes, ebenfalls schwarz-weiß, markant, ein Gesicht wie aus Schatten geschnitten. Sie lächelt und nickt. Und in Österreich?, fragt sie.

Er dreht den Bildschirm wieder zu sich, tippt ein wenig und sagt dann: Einen Kurt Zwinger, fünfunddreißig Kilometer von hier. Maler und Anstreicher. Er dreht den Bildschirm wieder zu ihr. Elvira blickt unschlüssig auf die Karte. Fünfunddreißig Kilometer, sie müssen wieder die Bundesstraße zurück Richtung Oberösterreich, durch den Ort mit dem einprägsamen Namen Gugu, an dessen Klang sie sich erinnern kann, und dann weiter, links abfahren, bis zum Westende eines kleinen Dorfes.

Und such mir bitte eine Schwester Marianne heraus, ob die noch lebt. Eine Jungscharleiterin in Kaltschlag. Und wir brauchen eine Puppe, Goldfolie und diese Spitzendeckchen aus Papier, die sie unter die Torten legen. Und dann noch diese kleinen Embryonen aus Plastik. Je mehr, desto besser. Er sieht kurz konsterniert auf, dann fällt er wieder in diesen kopfschüttelnden, widerwilligen Gehorsam zurück und schreibt sich eine Liste. Sie merkt schon, bald muss sie ihn wieder bezahlen, sonst macht er sich aus dem Staub.

Sie parkt den Bus hinter dem Friedhof und geht durch das ausgestorbene Dorf, es ist Mittag. Kein Mensch auf der Straße, keine Menschen hinter den Fenstern und Türen, ein sozialistisches Wahlplakat, das sich gelblich hinter Glaskästen wellt. Wann gab es hier Sozialisten? Sonst sieht man nirgends Wahlwerbung, scheinbar hat sich die Demokratie erübrigt. Um das, was hier gewählt wird, muss nicht mehr gebuhlt werden, da kommt der Wahlbefehl als Reflex: aus dem Stammhirn schwarz, aus dem Mandelkern blau und aus dem Hosenstall braun.

Ein Lebensmittelgeschäft wurde geschlossen, genauso wie ein Drogeriediscounter. Schatten von Schildern, von Firmennamen, Buchstabengespenster auf Fassaden, fast leere, staubige Auslagen, in denen bizarr arrangiert aussehende Gegenstände im Sonnenlicht verblassen: leere Blumentöpfe, eine weiß ausgebleichte Kunststoffrose, Weinkorken in einem Glas voll Staub. Man kann den Menschen ihre Verbitterung nicht verdenken, höchstens, wie unoriginell sie auf diese Trostlosigkeit reagieren: Pflanzendressur, Alkoholismus, zwischenmenschliche Bösartigkeit, Faschisten wählen.

Curt war eine Sehnsuchtsfigur, ein Haltegriff, an dem sich Helene gerne durch ihre Fantasien ziehen ließ, in ein Leben, in dem Mann, Beruf und Kinder in einvernehmlichem Glück nebeneinander existierten und nicht eins auf Kosten des anderen.

Curt tauchte immer wieder auf, in Helenes Tagträumen, die sie nach dem dritten Glas Rotwein heimsuchten, wie eine verzerrte Übertragung aus einer anderen Sternzeit, mit der immerselben Botschaft, die da lautete: Das wäre gewesen, wenn. Curt, der aus diesem Dorf stammte und, Kirche und Feuerwehr sei Dank, in Reichweite der Erpendorfer Landjugend war. Curt, dem aber die Kunst immer schon näher gewesen war als alles andere. Der zwischen Malerei und Skulpturen oszillierte und schließlich bei den riesigflächigen Bildern gelandet war, auf denen sich scheinbar Millionen von Maden tummeln oder manchmal nur eine einsame und verlassene zwischen düsteren Ornamenten. Helene hat immer mit Achtung von ihm gesprochen, mit leuchtenden Augen, oder mit traurigen. Da war etwas fast Schleimiges an Helenes Schwärmen, das Elvira immer schon geärgert hat. Irgendwann hörte das Sprechen über Curt auf, wohl auch, weil Elvira ihr Stirnrunzeln nicht mehr zurückhalten konnte. Aber im Stillen, da ist sie sich sicher, muss das Schwärmen noch lange weitergegangen sein, möglicherweise bis zuletzt.

Und wenn nun Curt, der Künstler, und Kurt, der Maler und Anstreicher, dieselbe Person sind? Elvira wäre es lieber, wenn dem nicht so wäre. Das würde Helenes Unglück und ihre daraus geborenen Träume nicht so beliebig erscheinen lassen. Nichts ist so traurig wie eine von widrigen Umständen am Gedeihen gehinderte Liebe. Dann schon lieber ganz profane Gründe. Elvira möchte glauben, dass Helenes Sehnsucht einen handfesten Grund gehabt hat und nicht nur eine fadenscheinige Attrappe war. Dass Curt so erfolgreich, begehrenswert und ihrer Achtung würdig war und immer noch ist. Dass seine Kunst über das Mühlviertel, über Österreich, ja sogar über Europa hinausgewachsen ist und er schon vor Jahrzehnten in den Staaten so begehrt war, wie Helene erzählt hat. Dass seine megalomanischen Madenbilder in großen, trendigen Galerien hängen, in LA zum Beispiel. Dass Curt dort mit Koks und jungen Frauen das Alter in Schach hält. Das soll bitte so stimmen. Er soll sich weit weg von Helene entwickelt haben. Er soll nicht in sein Geburtskaff zurückgekehrt sein müssen, weil die kleine Erbschaft, der lausige Hof und der winzige Maler- und Anstreicherbetrieb immer noch mehr einbrachten als der Kunstbetrieb. Er soll nicht schon länger Maler und Anstreicher gewesen sein, während sich Helene nur wenige hundert Kilometer entfernt nach seinem amerikanischen Alter Ego verzehrt hat. Curt, der vielleicht dieses Kind gezeugt hat, es hätte zu einem erst ungewollten, dann aber geliebten, kunstsinnigen Querkopf heranwachsen können, irgendwo zwischen Wien, Mühlviertel und der amerikanischen Westküste vielleicht. Stattdessen ist das Mädchen in einem schmalen Tiroler Nebental aufgewachsen und hat jegliche Kontaktaufnahme vonseiten der leiblichen Mutter abgeschmettert. Als Helene Anfang fünfzig war, mitten im Wechsel, und als gerade wieder ein Roman durch die Medien floppte, ließ ihr dieses Kind über die Kronenzeitung ausrichten, sie würde Gott für die Einmischung jener Katholikin danken, die ihr Leben gerettet habe. Die ihr ein Aufwachsen in einem religiösen Umfeld ermöglicht habe und ihr erspart hätte, von einer männerfeindlichen, karrieregeilen und herzlosen Frau aufgezogen und vielleicht sogar verdorben worden zu sein. Helenes und Curts Tochter war zu einer grobschlächtigen, gottesfürchtigen Matrone herangewachsen, die sich in einem doppelseitigen Exklusivinterview für ihre genetische Herkunft entschuldigte. Und all das, ohne je ein Wort mit ihrer Mutter gewechselt zu haben.

Sich nicht erklären können, sich nicht entschuldigen dürfen und dann bloßgestellt werden – das hatte bei Helene einen Schuldenberg anwachsen lassen, der immer zwischen ihr und ihrem Glück stand, egal wie liebevoll sie ihre anderen beiden Kinder aufgezogen hatte. Und am Gipfel des Berges saß die Sakristeiwanze und betete einen Rosenkranz nach dem anderen.

Der Gehsteig endet abrupt, ohne Vorwarnung. Sie geht die Bundesstraße entlang auf dem Bankett, ein Lastwagen kommt ihr entgegen, sie spürt den Sog des Fahrzeugs, die Abwärme, den Gestank. Sie ist froh, dass die Bundesstraße eine Rechtskurve macht und der Feldweg geradeaus weitergeht, an dessen Ende das Haus steht, das diesem Kurt gehört. Dramaturgisch nicht uninteressant, denkt sie: So gar nicht wissen, was oder wer einen erwartet. Ein warmer Wind zieht seine Spur durch das Maisfeld, das staubtrocken aussieht. Am liebsten wäre ihr, sie würde in den nächsten Wochen eine Helene entdecken, die weniger verletzlich gewesen ist. Sie will die Zeit auf den Kopf stellen und Löcher stopfen, die in der Vergangenheit in Helenes Biografie gerissen wurden. Deswegen wird sie wohl mit diesem Bus herumfahren, in diesen Kaffs Denkmäler errichten und Wildfremde besuchen. Um zu entdecken, ob Helene vielleicht glücklicher, unversehrter lebte, als sie es in ihrer Erinnerung hat. Um mit Erwähnungen Leerstellen zu überbrücken.

Aber das ist natürlich Unsinn. Als könne man posthum die Lebensqualität von Helene verbessern! Als könne sie jemanden aus dem Hut zaubern, der sie so geliebt hat, wie sie war! Nicht so wie Rainer oder die Kinder, die sie so liebten, wie es das Drehbuch des Lebens vorschreibt: auf eine benutzende, verschlingende Art. Kaum war der Ring auf ihrem Finger, ging es bergab. Kaiserbad statt Wien, Harmonie statt Scharfsinn, Familie statt Revolution. Der Termin für das nächste Buch verschob sich nach hinten. Es war wie eine Kastration. Sie war jetzt ein halbes Paar und musste gefälligst auch ihre Persönlichkeit halbieren. Was nicht angewachsen war, was nicht eingewachsen war, musste weg. Spätestens, als das erste Kind von Rainer in Helenes Bauch war, verschwand das nächste Buch vollends vom Horizont. Sieben Jahre musste es warten, bis es wieder Aufmerksamkeit bekam. Denn die erste Schwangerschaft war schwierig, es gab Blutungen. Bettruhe, sagte der Arzt, und Helene gehorchte. Die zweite Schwangerschaft war zwar auch schwierig, aber mit einem Kleinkind auf dem Arm konnte keine Rücksicht genommen werden. Und dann war das zweite Kind da, und es war klar, die Helene, die Elvira kannte und liebte, würde in dieser Form niemals zurückkehren.

Das war der Moment, als Elvira sich ausklinkte, für fast zwanzig Jahre, auch wenn sie das damals nicht ahnen konnte. Nicht nur, weil sie mit dem Haizirkus fast zwei Jahre durch ganz Südeuropa zog. Nicht nur, weil sie danach gleich nach La Gomera ging. Helene war für alle anderen Frauen, die in der Theobaldgassen-WG zu einer Familie zusammengewachsen waren, an das Konzept Kleinfamilie verloren. Mit der Zeit zerstreuten sich die Frauen in alle Richtungen, viele zogen die Kittelschürze an. Die WG löste sich auf, und die Frauenbewegung implodierte. Jemand hätte Helene davor bewahren müssen. Der Verleger mit Vorschüssen, eine Kollegin mit Ermutigungen, ein wohlgesonnener Mentor mit Warnungen.

Aber niemand fühlte sich zuständig. Helene musste außerdem nicht gerettet werden, sie tat ja nur *das Richtige.* Auch der Verleger tat das Richtige: Er legte die Autorin Helene Schulze ad acta. Autoren sind eben auch nur Nutztiere, so wie Milchvieh. Wenn Milchvieh keine Milch mehr gibt, kommt es bestenfalls zur Schlachtung. Auf die weiblichen Autoren war eben kein Verlass. Wie gut, dass sie austauschbar waren!

Helene Schulze (die nach der Hochzeit Pezek hieß) schrieb ein paar Theaterstücke und Essays, und sie engagierte sich im engsten Radius. Sie tat, was ihr scheinbar mühelos neben den Kindern möglich war. Sie engagierte sich für die Errichtung eines Frauenmuseums in Kaiserbad: erfolglos. Erst wurde die Liebe aus ihr herausgemolken, dann wurde ihr Selbstbewusstsein abgetragen, Schicht um Schicht. Als die Kinder erwachsen waren, war die Schriftstellerin in ihr schon verschlissen. Wie sagt man? Sie hat ihre Karriere *freiwillig* geopfert. Man sagt Wahlfreiheit und meint Opfergaben. Das Buch war das Opfer, die Mutterliebe der Preis. Das stand nirgends in den Nachrufen.

An den Rahmen der Eingangstür lehnend steht ein hochgewachsener Mann, als hätte er auf sie gewartet. Sein kahler Kopf ist gebräunt, von trockener Haut überzogen, unter dem Kinn baumelt ein mächtiges Doppelkinn. Ein braunweißer Mischling läuft heiser bellend auf Elvira zu, mit zunehmender Nähe feige, schleicht jetzt um ihre Beine, riecht misstrauisch an ihren staubigen Zehen, die aus den Sandalen ragen.

Elvira versucht den Hund zu ignorieren, sie grüßt kurz und fragt geradeheraus nach Frau Helene Schulze. Sie spart den Tod aus. Er zögert kurz, schüttelt dann den Kopf.

Wer soll das sein, fragt der Mann unhöflich.

Helene Schulze, die nach ihrer Hochzeit Pezek hieß, in Kaltschlag aufgewachsen, zwei Geschwister, Jahrgang 1954.

Jetzt kommt das Kopfschütteln schon überzeugender, fast ungeduldig.

Vielleicht kann ich helfen, wenn ich wüsste, in welcher Sache?

Dieses zweistufige Kopfschütteln. Als würde ein Schulkind etwas abstreiten, mit dieser entlarvenden Aggression. Elvira ist unschlüssig. Soll sie ihn fragen, ob er der Künstler ist? Ihr Instinkt ist dagegen. Mitten in ihre Überlegung fragt er sie:

Kann ich Ihnen einen gekühlten Pfefferminztee anbieten, wenn Ihnen sonst schon nicht helfen kann?

Sie nickt, geht ein paar Stufen nach oben, in eine karg eingerichtete saubere Stube, in die kaum mehr als eine altmodische, bescheidene Küchenzeile, eine Eckbank und ein kleiner Tisch passen. Auf dem Tisch steht ein frisch angezuckerter Gugelhupf und duftet vor sich hin, nach Vanille und Zitrone, fast schon penetrant. Eine einladende Geste in Richtung Sitzecke, Elvira nimmt Platz.

Nie im Leben kann das Curt der Madenmaler sein. Helene sprach von einem muskulösen, drahtigen Mann, der still und geheimnisvoll war. Das Porträt, das ihr Adrian gezeigt hat, war prägnant, männlich, ohne Doppelkinn. Dieser Kurt hier ist bis zur Leibesmitte leptosom, unterhalb der Brust beginnt ein teigiger Bauch über die Gürtellinie zu fließen. Das Gesicht wirkt greise und birnenförmig, als wären Muskeln und Fett in den Kinnbereich und darunter gerutscht. Er plappert vor sich hin, vom Wetter, von den lästigen Fliegen, während er ein Glas aus der Anrichte, den Krug aus dem Kühlschrank nimmt und ihr den Tee eingießt. Seine Glatze ist von feinen Falten durchzogen. Elvira zieht Jahre ab, Jahrzehnte, sie lässt Haare wachsen, das Gesicht schmäler und die Augen größer werden, sie stellt sich die beiden vor, verliebt, triebhaft, glücklich, so, wie es am Anfang sein muss.

Diese Helene, die Sie nicht kennen, sagt sie und nimmt einen Schluck Tee, die wollte 1969 ein Kind abtreiben lassen. Vielleicht haben Sie davon gehört, damals.

Er schüttelt den Kopf, schneidet ein Stück Gugelhupf herunter, hebt es geschickt mit dem Messer auf den Teller und schiebt ihr den Teller hin.

Nun ja, die Abtreibung wurde verhindert, das Kind wurde geboren zur Adoption freigegeben. Nach Tirol. Vielleicht haben Sie es gehört, die Geschichte gehört zum Dorftratsch.

Er nickt, die Lippen konzentriert zusammengepresst, schneidet ein zweites Stück ab und balanciert es auf seinen Teller. Die Hand zittert kaum wahrnehmbar.

Sie wollte das Kind kennenlernen, aber es wollte nicht, fährt Elvira ungerührt fort. Jetzt kostet sie und kaut langsam. Das ist ein sehr guter Gugelhupf, sagt sie.

Nachdem sie heruntergeschluckt hat, fährt sie fort. Vielleicht haben Sie das vernichtende Exklusivinterview der Tochter gelesen, in der Kronenzeitung damals? Sehr traurige Sache. Nun, gegen die Kronenzeitung kommt man naturgemäß nicht an.

Kurz sieht er ihr in die Augen, dann legt er das Messer nieder, schüttelt den Kopf ärgerlich.

Ich habe Ihnen schon gesagt, dass ...

Wissen Sie, dass Helene vor ein paar Wochen gestorben ist?, unterbricht sie ihn.

Er schluckt und schüttelt den Kopf wieder.

Sie essen schweigsam den Kuchen. Er hält den Blick gesenkt.

Der Sachverhalt wurde nie richtiggestellt, sagt Elvira jetzt, spießt mit der Gabel das letzte Stück auf.

Der Mann steht abrupt auf.

Ich muss jetzt zu einem Kunden, sagt er. Kann ich Ihnen noch sonst wie helfen?

Sie können mir Geld geben, sagt Elvira, und erhebt sich. Ich bringe etwas zu Ende, etwas, das Helene begonnen hat und mit dem sie nicht fertig geworden ist. Ich rekonstruiere sie, bevor sie vergessen wird.

Da blickt er ihr in die Augen, zum ersten Mal richtig. Sie sieht etwas aufblitzen, eine Art Wut, die ihr kurz Angst macht. Aber sie hält seinem Blick stand, bleibt auf der Bank sitzen, sie spürt, wie wichtig das ist, das Sitzenbleiben. Das Zurückstarren, auch wenn es schon längst unangenehm ist. Das Abtasten, das Sondieren und dann das rücksichtslose Eindringen durch die einzige weiche Stelle.

Als sie geht, hat sie fünfhundert Euro in der rechten Hosentasche.

Ist eh nur Schwarzgeld, hatte er gesagt, mit einer fortwischenden, gleichgültigen Handbewegung. Viel Glück damit.

13.
Adrian

Campingplatz Viehdorf, Anfang September

Hinter ihm flattert die Wäsche auf der Leine in der Sonne. Seine Shorts neben ihren schlichten schwarzen Höschen. Was sich wohl die Leute denken? Bis sie trocken ist, hat er sicher eine Stunde. Er hat sich einen Kaffee gemacht, der neben ihm im Gras steht, den Laptop auf dem Schoß, und eigentlich wollte er eine Runde PUBG spielen, aber für Bildschirmtätigkeit ist es zu hell. Oder für Nietzsche. Er hat die Augen geschlossen und hält das Gesicht in die Sonne.

Die Jungscharleiterin lebt natürlich noch. Er hat recht aktuelle Bilder von einer Pfingstfeier auf der Homepage der Gemeinde gefunden, wo *unsere unersetzliche Schwester Marianne* sichtlich in ihren Achtzigern, aber ungebrochen engagiert im Dienste des Herrn Kaffee ausschenkt. Aufrecht steht sie da, fast stramm, das graue Haar ist penibel zu einem kleinen Knödel gebunden. So rüstig sind nur Menschen, die jede einzelne Entbehrung ihres Lebens voll ausgekostet haben. Eine Ironie des Schicksals, denkt Adrian, den lasterfreien Zwänglern, Sportlern und Frömmlern ist ein langes Leben vergönnt, die interessanten Menschen, von denen man lieber mehr hätte, sterben früher.

Adrian hat die Wäsche mit der Hand gewaschen, um Geld zu sparen. Drei Euro kostet ein Waschgang in der Münzwaschmaschine des Campingplatzes. Das ist jetzt zwar nicht seine Kernkompetenz, aber er hat ihre Unterhosen, Kleidchen und blauen Shirts im Handwaschbecken des Campingplatzes durchgedrückt, gemeinsam mit seinen Sachen. Danach hat er auf der kleinen Küchenzeile Nudeln gekocht, während sie ihre Yogaübungen machte. Er hat sie beobachtet, während er im Thunfischsugo rührte. Sehr elegant bewegt sie sich, und sehr konsequent ist sie. Keine zwanzig Minuten dauert das Programm, das sie alle paar Tage in der immerselben Abfolge herunterspult. Zum Schluss macht sie sogar einen Kopfstand, bei dem ihr Gesicht rot anläuft. Oft geht sie auch in ihren Laufschuhen flott durch die Gegend, manchmal ist sie zwei Stunden weg. Sie ist für ihr Alter ziemlich sportlich. Ganz im Gegensatz zu ihm. Vielleicht bildet er sich das ein, aber seine Hose sitzt ein bisschen enger als sonst. Er sollte sich unbedingt wieder mehr bewegen, aber wie soll das gehen ohne Praterbad und Radfahren?

Nach dem Essen hat er sich jedenfalls die Haare mit einem Stückchen Butter fett gemacht, sein T-Shirt in die Hose gesteckt, er hat sich die Socken so weit wie möglich über die Knöchel gezogen, bevor er in die Sneakers geschlüpft und zu diesem Arzt gefahren ist, den er im Netz ausfindig gemacht hat und der ihm massenhaft Plastikembryonen gratis überlässt. Über Willhaben. Plastikembryonen sind nicht gerade billig, und man bekommt sie nicht im Supermarkt. Günstig sind diese Embryomodelle erst, wenn man tausend Stück kauft. Adrian war von seiner Idee, sich vor der Übergabe zu verkleiden, selbst beeindruckt. Das kleine Holzkreuz hat er in der Kaltschlager Kirche gefunden, das dünne Lederbändchen war inkludiert. Zwei Euro Spende und du bist dabei, hat die Katzenschlager gesagt und auf den Schuhkarton gezeigt, der auf dem kleinen Tischchen neben dem Taufbecken stand. Adrian hat an Milan gedacht und zugegriffen, und er hat einen Fünf-Euro-Schein in das zur Sparbüchse umfunktionierte Marmeladenglas mit der Aufschrift VERGELT'S GOTT! geworfen. Die Katzenschlager hat sich nur an die Stirn gegriffen.

Der Arzt, der ihm geöffnet hat, sah so gar nicht aus wie ein evangelikaler Spinner. Adrian hatte einen Freak erwartet, der den Hosenbund knapp unter den Brustwarzen trägt und das Resthaar quer über die Glatze kämmt. Als er dann vor dem makellos renovierten Bauernhof stand und anläutete, hat ihm ein durchtrainiertes, weißgekleidetes Männermodel mit markantem Kinn und Dreitagebart die Tür geöffnet. Adrian fühlte sich wie in einem Bergdoktor-Setting. Fast schämte er sich für seinen eigenen nerdigen Aufzug, an dem sich der Bergdoktor aber nicht zu stoßen schien.

Sie gingen ums Haus, an überschäumenden Blumentrögen und Beeten vorbei, in die Arztpraxis, und

Adrian bekam einen Karton mit niedlichen kleinen Embryonen für eine kleine spontane Kundgebung in Bayern, die Adrian zuvor im Internet ausfindig gemacht hatte. Der Arzt fragte auch gar nicht nach. Noch ein väterliches Schulterklopfen, ein paar Glückwünsche (*Wir Christen müssen zusammenhalten!*) – und schon wurde er wieder hinauskomplimentiert.

Er befestigte den Embryonenkarton auf dem Gepäckträger des kleinen Klapprades. Erstens sehnte er sich nach Bewegung, zweitens hatte er das Gefühl, dass es Zeit für ein Fahrzeug ohne Kennzeichen wäre. Überhaupt begann er sich Sorgen zu machen. Die wüsten Beschimpfungen auf der Feuerwehr-Facebookseite wegen des Erpendorfer Kriegerdenkmals hatten ihm gereicht. So etwas kannte er nur von den Bashings im Zusammenhang mit Flüchtlingspolitik und Feminismus. Das, was sie da machten, hatte große Sprengkraft. Wenn sie nicht in Schwierigkeiten geraten wollten, lag es an ihm, Vorsichtsmaßnahmen zu treffen. Von der Katzenschlager kam da nicht viel Engagement. Sie hat angedeutet, dass sie nach Demonstrationen ein paar Mal für kurze Zeit inhaftiert war, und das wundert ihn nicht im Geringsten. Er kann sich das gut vorstellen, wie sie und ihre Emanzenkumpaninnen in ihren Glockenhosen und Polyesterblusen ohne BH darunter nebeneinander in Gefängniszellen saßen und kleinlaut darauf warteten, dass ihre Väter und Freunde sie auslösten. Obwohl er sich die Katzenschlager eigentlich gar nicht kleinlaut vorstellen kann, im Gegenteil. Wahrscheinlich hat sie versucht, die anderen aufzuhussen, vielleicht sogar Parolen skandiert oder Polizisten angestänkert.

Er ließ sich von der Anhöhe, die er vorhin hinaufgestrampelt war, den Güterweg hinab durch den warmen Wind rollen, das Licht schmeichelte der Landschaft, der Himmel blau mit Schäfchenwolken, so war das Mühlviertel auszuhalten.

Konrad hatte ihn kontaktiert, ob er für einen Dreh in den Kalkalpen einspringen könnte, übernächste Woche: *Der König der Lüfte*. Aber Adrian hat abgesagt, er hat ja einen Job. So wie es aussieht, ist dieses Projekt noch zwei, drei Wochen lang eine gute Geldquelle, auch wenn sie jetzt in zwei Raten zahlt. Gestern hat er wieder fünfhundert Euro bekommen, den Rest kriegt er in drei Tagen. So dick dürfte sie es nun auch wieder nicht haben. Er fragt sich sowieso, wie sie zu diesem Geld kommt. Arbeiten tut sie ja offensichtlich nichts. Ob sie ein regelmäßiges Einkommen hat, eine Witwenpension? Eine Erbschaft? Aber momentan darf er einfach nicht fragen, woher das Geld kommt und ob es versteuerbar ist. In einem Foyer der Raiffeisenkasse hat er vier Hunderter in den Einzahlautomaten geschoben. Der Erledigungsvermerk der Überweisung und der neue Kontostand auf dem Bildschirm: + 14,34 Euro. Die Vorarlberger haben scheinbar überwiesen. Wann ist er das letzte Mal im Plus gewesen? Es wird zwar nicht lange halten, denn bald wird die Miete abgebucht. Zum ersten Mal seit Jahren lässt er sich den Kontoauszug ausdrucken.

Nein, Konrad, hat er sich gedacht, ich möchte nicht auf der Lauer liegen und mit einem batteriebetriebenen Haarföhn den Westwind simulieren, der dem trainierten Murmeltier am ersten Drehtag durch das Fell geblasen hat und der nun, am zweiten Drehtag, kollabiert ist. Lieber fahre ich mit Embryonen auf dem Gepäckträger durch die Gegend, bergab, mit Rückenwind. Eigentlich ist es weniger anstrengend für die Katzenschlager zu arbeiten als mit Tieren.

Der kleine Campingplatz hat nicht mehr als zwanzig Stellplätze und ist mit einer undurchdringlichen Thujenhecke eingezäunt, die Unterteilung der einzelnen Parzellen übernimmt der Liguster. Außer ihnen sind nur zwei Wohnwägen auf dem Gelände, ein alleinstehender Holländer und ein deutsches Paar. Die Katzenschlager und Adrian haben den Bus so geparkt, dass der vordere Teil der Parzelle nicht einsehbar ist. Dort steht der kleine Campingtisch, an dem sie sitzt, die Kiste mit den Folien und dem Tortenpapier zu Füßen, eine Dose Bier vor sich, das Gesicht in die Sonne haltend. Der Wind bläst ihr die Haare über Nase und Augen. Er stellt das Fahrrad leise ab und nimmt die Embryonen vorsichtig vom Gepäckträger, um sie nicht zu wecken. In manchen Momenten mag er sie ein bisschen. Vorgestern haben sie geschnapst, in Kirchwald, wo sie hingefahren sind, um sich nach der Erpendorfer Aktion ein bisschen aus dem Sichtfeld zu nehmen. In einem der Wirtshäuser neben einem Bauernhof hat er drei Partien gewonnen und sie eine. Es war rührend, wie sie sich aufregte, nachdem sie so siegessicher ins Spiel gegangen war. Sie hat ihn unterschätzt. Das sieht ihr ähnlich. Männern traut sie nichts Gutes zu, aber alles Schlechte. Überall sieht sie Frauenunterdrückung, Verschwörung und Männerprivilegien. Männer seien im Prinzip unfähig. Dass sie an den Schaltstellen der Macht säßen, sei ein riesengroßer Irrtum. Frauen seien in vielerlei Hinsicht vorausschauender und strategisch klüger. Und dann verliert sie drei Partien hintereinander beim Schnapsen, schmeißt die Karten auf den Tisch, springt auf und läuft davon. Er war ihr nachgegangen, sie saß auf einem ausrangierten Anhänger und heulte, das Gesicht in die Hände vergraben. Sie sah sehr klein und verletzlich aus. Er fühlte sich schuldig, setzte sich neben sie und legte vorsichtig die Hand auf ihre Schulter. Es ist ja nur ein Spiel, sagte er leise. Aber sie beutelte seine Hand ab, wie ein Pferd, das mit der Haut zuckt, um eine Bremse zu verjagen. Sie schüttelte den Kopf, ohne das Gesicht aus den Händen zu nehmen. Du hast ja keine Ahnung, sagte sie.

Jetzt fährt sie mit einem leisen Ruck aus dem Schlaf. Na endlich. Zeig her!

Adrian seufzt und setzt sich neben sie und lässt

sie in den Karton mit den vielen kleinen Embryonen hineinsehen. Wunderbar, sagt sie und wühlt mit den Händen in den Embryonen, ganz wunderbar.

Und jetzt?, fragt er.

Basteln wir eine Reliquie, sagt sie, aus Embryonen und einer improvisierten Helene. Du kannst die Embryonen auffädeln. Sie beugt sich über den Karton und legt eine Rolle Draht sowie einen Korkenzieher auf den Campingtisch.

Adrian setzt sich auf den zweiten Klappstuhl, greift sich einen Embryo und dreht ihn ein paar Mal in den Händen, überlegt, wo man das Loch bohren könnte, steht auf, holt sich ebenfalls ein Bier, um Zeit zu gewinnen. Er überlegt, ob er sie fragen soll, dann setzt er auf gut Glück die Spitze des Bohrers am Nabel des Plastikpüppchens an.

Nicht doch, sagt die Katzenschlager ärgerlich.

Adrian wirft den Embryo lieblos auf den Tisch.

Es wäre vielleicht einfacher, wenn Sie es mir gleich ordentlich erklären würden.

Der Tisch wackelt. Sie sehen einander in die Augen. Warum wird sie so schnell wütend? Er würde gerne aufstehen, den Tisch umtreten, wegfahren. Mit dem Klapprad. Wer wird hier wütend?

Ich weiß nicht, ob du mir nicht lieber bist, wenn du nichts Genaues weißt, sagt sie jetzt und klingt fast ein bisschen mütterlich. Adrian schnaubt ärgerlich.

Ich hab dich beobachtet, wie du in der Kirche das Kreuz gekauft hast. Du bist sicher auch so einer, der glaubt, dass überall, wo Kirche draufsteht, nur Gutes drin sein kann, oder?

Adrian schüttelt den Kopf. Die Kirche ist mir egal. Glauben Sie, ich kann es mir nicht leisten, zu fragen, wozu eine Arbeit gut ist. Diese Zeiten sind vorbei.

Er macht eine kleine Pause. Aber Sie könnten schon präziser sein, sagt er schließlich.

Sie nimmt den Korkenzieher und bohrt ein Loch in die Schmalseite des Embryonenbrustkorbes. Ich will es so, sagt sie, okay? Er nickt und bohrt.

1974 haben wir einen Paragrafenbaum gemacht, sagt sie. Wegen des Paragrafen 144. Den kennst du doch noch, oder? Weißt du überhaupt, was das ist?

Ja, der Abtreibungsparagraf, sagt er ärgerlich. Ich bin nicht blöd.

Doch du weißt sicher nicht, dass das Gesetz immer noch im Strafrecht ist, oder? Eben. Er ist nur auf Eis gelegt. Es kann ganz schnell gehen und die Pfaffen reden wieder bei der Politik mit. Und dann liegen Frauen wieder auf dem Küchentisch und durchstechen sich mit der Stricknadel irrtümlich die Darmwand. *Zack!* Sie lässt den Zeigefinger durch die Luft schießen.

Adrian schaut auf seine Embryonen, und die Katzenschlager beginnt zu erzählen.

Damals haben wir aus einem Depot zwölf ausrangierte, gesichtslose, mit Filz überzogene Schaufensterpuppen gestohlen, haben ihnen die Beine auseinandergebogen, eine Muschi gebohrt und Stricknadeln und Kleiderhaken hineingesteckt und alles schön mit rotem Lack blutig gemalt.

Ihre Stimme wird so viel weicher, wenn sie über die Vergangenheit spricht, denkt Adrian, während er Löcher in die Embryonen bohrt. Er wollte ihr eigentlich gerade erzählen, dass das Foto von dem Kriegerdenkmal auf Facebook und Twitter viral gegangen ist, aber zuerst einmal hört er ihr brav zu.

In Wien gab es damals eine riesige Katholikentagung zu Familienfragen, wo sie sich zu einer Resolution gegen die Aufhebung des Paragrafen 144 zusammengerottet hatten. Dann haben wir die Puppen bei Nacht und Nebel in den Bäumen vor der Kirche aufgehängt, in die Bischöfe und Kardinäle am nächsten Morgen zum Gebet zusammengekommen sind. Zwischen den Zweigen des Kastanienbaums hingen unsere Puppen und die Herren Geistlichen schauten ihnen genau zwischen die blutigen Beine und die Kleiderbügel darin. Wir hätten es filmen sollen.

Sie seufzt und schüttelt den Kopf. Wir haben nichts dokumentiert! Dabei waren das Sternstunden!

Adrian weiß nicht, was er sagen soll.

Ich nehm es dir nicht übel, wenn du dir da noch keine Gedanken gemacht hast, fährt sie fort. Dich betrifft es ja nicht. Oder hast du schon mal ein Kind gebaut?

Sie sieht ihn an. Er schüttelt den Kopf.

Na ja, vielleicht hast du es und weißt es nicht einmal. Wenn du jedenfalls mal im Rausch ein Kind baust und sie dir sagt, dass sie schwanger ist, und du schaust dir die Frau an und denkst: Bitte nicht, das ruiniert mir das ganze Leben. Dann weißt du plötzlich zu schätzen, was der Feminismus für dich erreicht hat.

Sie nimmt einen Schluck Bier und nickt sich selbst zu, bevor sie fortfährt.

Niemand findet abtreiben gut, bis zu dem Zeitpunkt, wo es etwas mit dir zu tun hat. Da ist es plötzlich super. Dass immer abgetrieben wird, egal, ob es erlaubt ist oder nicht, interessiert eigentlich niemanden. Nur die Pfaffen. Die beschäftigen sich die ganze Zeit mit dem weiblichen Unterleib. Mit der Jungfräulichkeit der Maria, mit dem Sündenpfuhl Weib und damit, dass so eine Abscheulichkeit wie eine Vagina niemals auf einem päpstlichen oder bischöflichen Stuhl Platz nehmen darf. Sie wollen Frauen gebären sehen, um jeden Preis, möglichst unter Schmerzen. Sie wollen ein Land voller willenloser, gefügiger, gottesfürchtiger Gebärmütter.

Ihre Stimme ist wieder hart geworden. Sie macht eine kurze Pause.

Helene hätte abtreiben wollen, mit fünfzehn, *unsere unersetzliche Schwester Marianne* hat es verhindert.

Adrian versteht langsam. Er blickt auf die Bastelarbeit in seinem Schoß. Er ist bald fertig, aber der Karton mit den Püppchen ist immer noch halbvoll. Beim ersten Embryo hat er noch ein komisches Gefühl gehabt, aber als die beiden Achsen mit den aufgefädelten Püppchen vor ihm liegen, sieht es harmlos aus, fast so, als hätte er die gelben Kapseln von Überraschungseiern aufgefädelt. Erst als er zu ihr hinsieht, wird ihm mulmig. Sie hat der billigen Puppe, die er für sie in einem Zwei-Euro-Shop erstanden hat, einen kleinen Pagenkopf aus grauem Stoff gebastelt. Und aus blauen und weißen Servietten hat sie einen Umhang gemacht, mit Tacker und Klebstoff um den Kopf einen Strahlenkranz aus Tortenpapier und Goldfolie drapiert. Trotz des Kindergesichts, trotz der speckigen Extremitäten und der ungewohnten Körperposition – die Arme weit ausgestreckt statt in Gebetshaltung – erkennt man hier ganz genau, worauf die Katzenschlager hinauswill. Kein Zweifel, sie wird diese Helene-Schulze-Heilige heute noch kreuzigen: auf einem Kreuz aus Embryonen. Die Vorstellung treibt ihm den Schweiß ins Gesicht.

Muss bei einer Reliquie nicht ein Knochen oder sonst etwas dabei sein?, fragt er vorsichtig.

Ich hab keinen Knochen von ihr, sagt sie müde.

Meine Erinnerung an sie muss reichen.

Sein Magen knurrt unpassend in den Abend hinein.

Er blickt zu ihr. Was essen wir heute, fragt er vorsichtig.

Was haben wir denn noch?, fragt sie.

Brot, Butter, Tomaten, sagt Adrian.

Und ein halbes Kilo Embryos, sagt sie.

Bevor es etwas zu essen gibt, muss er noch mit dem Bus in den Copyshop ins nächste, etwas größere Kaff, die kleinen Heiligenbildchen kopieren, die Elvira von Hand angefertigt hat. Er manövriert rückwärts aus der Parzelle, neben ihm liegt der A4-Zettel, den er zwanzig Mal farbkopieren soll, den sie morgen Früh auf die Bänke in der Kirche legen werden. Er fährt die Straße nach Osten, das goldene Abendlicht im Rücken.

Sein Telefon läutet, es liegt auf dem Beifahrersitz, er sieht Katalyns Profilbild. Schnell fährt er rechts ran und geht ans Telefon. Ihre Stimme klingt, als ob sie gerade aufgestanden wäre.

Hast du geschlafen?, fragt er sie. Er kann hören, wie sie sich streckt, sieht sie vor sich: Schlafaugen, ein Fuß steht unordentlich aus der Decke hervor, ihr warmer, fester Körper, er kann ihn riechen und spüren, durch seine Jeans.

Woher weißt du das?

Er sagt lieber nichts, stattdessen genießt er die angenehme Überraschung, diese jähe Intimität, die zwischen ihnen ist. Sie erzählt von einem Konzert, von einer Party, von einer Prüfung. Ob er nicht mit ihr an einen See fahren wolle, über das Wochenende, zu einem kleinen Musikfestival? Sie hätte eine Karte übrig. Adrian kann alles vor sich sehen, er unterdrückt ein enttäuschtes Stöhnen. Da erst sickert die Sache mit der anderen Karte zu ihm durch, die übrig ist. Sollte er für jemanden einspringen? Er kann sich Katalyn nicht dabei vorstellen, wie sie auf Verdacht für sich und ihn eine Karte kauft. Aber natürlich fragt er nicht nach.

Ich bin in den Kalkalpen drehen, sagt er, und hofft, dass es gut klingt.

Schade, da muss ich wen anderen fragen.

Er beißt sich auf die Unterlippe. Nach einer unangenehmen Pause fragt sie: Schon gesehen? Ich habe mir die Haare geschnitten!

Nein, sagt er. Wie sollte ich. Richtig kurz?

Ich schick dir ein Bild, sagt sie, Tschüss!

Er fährt langsam wieder an, lässt sich vom Navi zum Einkaufszentrum leiten. Wieso fühlt er sich jetzt so elend? Er parkt den Bus auf einer leeren Kiesfläche abseits des Parkplatzes und blickt auf sein Display.

Sie sieht ihn an, im Halbprofil, mit ernstem Gesicht, die Haare sind kürzer, aber immer noch lang genug, um wild in alle Richtungen zu stehen. Er fühlt einen Stich im Magen. Er mag diese neuen Haare. Wie soll er das zeigen? Er überlegt, scrollt sich durch die Gifs und Emojis, dann schüttelt er ärgerlich den Kopf, greift nach Elviras Zettel und geht zum Copyshop. Wird das jemals ein bisschen weniger kompliziert mit Katalyn?

Erst als er vor der Kopiermaschine steht, sieht er sich das Heiligenbild an.

Es ist eine überraschend geübt gezeichnete Helene-Maria, wohlproportioniert, die Flächen schön schraffiert, die Farben sehen allerdings ein bisschen nach Buntstiften aus dem Federpennal einer Volksschülerin aus. Maria hat den Blick nach oben gerichtet, die Hände gefaltet. Darunter steht in Blockbuchstaben:

»Heilige Helene, bitt für uns!

Beschütze uns vor Paragrafen, Kleiderhaken und Stricknadeln!

Beschütze uns vor allen, die uns nur zum Gebären und Putzen brauchen!

Amen!«

Jetzt erst sieht er den Hippocampus. Sie hat ihn unter den nackten Füßen von Maria platziert, die auf dem Seepferdchen durch den Raum zu schweben scheint. Adrian legt das Bild auf die Glasfläche, schließt den Deckel und grinst in sich hinein, während er den Kopierer anwirft.

14.
Elvira

Linz, Mitte September

Elvira fährt selbst. Sie braucht das Gefühl, das Kupplungspedal zu treten, sie möchte mit dem Schalthebel in diesem störrischen Getriebe rumrühren und mit voller Kraft aufs Gas steigen, bis der Motor aufheult. Adrian sitzt blass neben ihr.

Sie will ihn jetzt in diesem Zustand nicht maßregeln. Aber wenn sie das mit dem Morgengewitter gewusst hätte, sie hätte die Reliquie anders gebaut. Stabiler befestigt. Das Morgengewitter, das nicht in Adrians Wetter-App gestanden ist, weil sie das Wetter in Wien angezeigt hat. Am Abend, als die Kirche noch offen war, haben sie die Heiligenbildchen dezent in den Bankreihen auf die Gesangsbücher gelegt. Dann haben sie um fünf Uhr morgens die *heilige Helene* mit der Teleskopstange auf den linken Zeigefinger des heiligen Florian gehängt, der sich willig der Schlaufe entgegenreckte. Die Reliquie hing ein bisschen schief und gefiel Elvira eigentlich gar nicht, viel zu klein war sie geraten, und es rächte sich, dass sie beim Material improvisiert hatte. Die Mischung aus Plastik, Papier und Folie machte den Eindruck, als habe sich Müll auf rätselhafte Art um den Landespatron verfangen. Aber sie tröstete sich damit, dass Provokation wichtiger war als Perfektion. Und dass es ohnehin zu spät für eine Planänderung war. Dann zog das Gewitter auf. Fünfzehn Minuten vor neun wurde es schlagartig dunkel, die Vögel verstummten. Adrian hatte das Handy wieder im Schutz einer Übersichtswanderkarte vom Ortsverschönerungsverein positioniert und gefilmt. Auf dem Video ist alles zu sehen. Um Punkt neun, eine Viertelstunde vor dem Gottesdienst, fegt der Wind zuerst planlos den Staub auf dem Platz vor der Kirche von einer Seite zur anderen, dreht sich dann kreisförmig über den Platz wie eine sitzengebliebene Windhose. Die heilige Helene beginnt erst leicht zu schaukeln, dann stärker, und schließlich stürzt sie zu Boden und reißt, das sieht man nicht, den gen Himmel gerichteten Zeigefinger des heiligen Florian mit in die Tiefe. Dann stürzt auch das Handy aus seiner Verankerung und fällt mit der Kamera nach unten auf den Boden. Der heftige Regenguss danach ist nicht mehr zu sehen, aber Elvira hat ihn auf dem Campingplatz mitbekommen, als sie gerade auscheckte und bezahlte. Elvira braucht keine Dokumentation mehr, um sich vorzustellen, was der Regenguss mit der Reliquie anstellte. Servietten, die wie nasses Klopapier auf der Puppe und im Kies haften, das kleine Schild durchnässt im Dreck klebend, die Embryonen am Boden verstreut, das Kreuz wahrscheinlich auseinandergebrochen und mittendrin der mahnende Zeigefinger des heiligen Florian. Sie will es sich eigentlich gar nicht vorstellen.

Adrian, der sich irgendwo in der Nähe der Kirche bei einer Altstoffsammelstelle versteckt hatte, war zurückgelaufen, völlig durchnässt, in einer Art Panik, und sie musste ihn noch einmal zur Kirche schicken, damit er noch im Schutz des Gewitters, das Handy bergen konnte. Und den Finger des heiligen Florian, der jetzt durch die Hosentasche in ihre Leiste drückt.

Er sitzt noch zitternd und nass neben ihr. Es regnet immer noch, die Scheiben laufen an, die Scheibenwischer sind zu langsam, die Sicht ist schlecht.

Soll ich sicher nicht die Heizung einschalten? Er schüttelt nur den Kopf, unwirsch.

Elvira trommelt mit den Fingern auf das Lenkrad. Es ist ein altmodisches, schmales Lenkrad aus einem sehr glatten Material, aber mit Griffrillen, damit man nicht ins Rutschen kommt, wenn man es kraftraubend einschlägt, beim Parken, in engen Kurven, ohne Servolenkung.

Diese Art, wie er ihr ausweicht. Plötzlich weiß sie es.

Sag nicht, du denkst auch nur irgendwie an Gottes Strafe, spricht sie es aus.

Adrian explodiert. Natürlich nicht! Aber selbst, wenn! Man könnte es mir nicht übel nehmen, oder? Warum muss bei Ihnen alles so brutal sein, so geschmacklos und so direkt! Warum müssen Sie diese unschuldigen Menschen so verletzen! Ich will da nicht mehr mitmachen.

Sie fährt geradeaus, es ist Sonntag, die Westautobahn liegt grau und leer vor ihnen. Das Radio spielt leise, sie hat bis jetzt gar nicht zugehört, es ist dieses Sonntagsinterview, das immer wieder in den Medien zitiert wird, jetzt spricht jemand, es ist ein ehemaliger Rennfahrer. Damit hat sie nicht gerechnet, dass so ein junger Mensch erst sagt, er wäre Atheist, und sich dann doch heimlich vor Gott fürchtet.

Ich verstehe schon, dass Sie aufrütteln wollen, sagt ihr junger Assistent, seine Stimme ist eine Terz höher als normal. Aber kann man das nicht anders, ohne Blasphemie und Verletzung? Bücher schreiben oder in die Politik gehen?

Jetzt müsste sie lachen, aber sie schluckt es hinunter. Bücher schreiben oder in die Politik gehen. Sie könnte ihm jetzt erklären, dass nicht sie mit dem Verletzen der Gefühle begonnen hat. Sondern dass zuerst diese Marianne Helenes Gefühle verletzt hat. Ihre ganze Biografie wurde unheilbar verletzt. Die Religion hat sozusagen den Reigen der gegenseitigen Verletzungen eröffnet. Aber: Erklären bringt gar nichts, weil es sich immer wie ein Gejammer anhört, wenn man nicht genau hinhört. Und niemand hört genau hin. Bei Frauendingen schon gar nicht. Alles wurde schon tausendmal erklärt, denkt sie, aber nie verstanden, weil es nicht wehtut, etwas erklärt zu bekommen. Und wenn es einer mal ausnahmsweise versteht, aber gleich wieder vergisst, nutzt es ja auch nichts. Es muss möglichst wehtun, so vielen wie möglich. Dem kleinen Adrian will sie natürlich nicht wehtun, wenn es nicht unbedingt sein muss.

Sie blickt ihn aus dem Augenwinkel an. Seine komische Frisur, dieses Zöpfchen und diese immer frisch gewaschenen Haare, seine weichen Züge, seine rührende Gottesfurcht. Vielleicht ist er schwul? Manchmal würde sie gerne seine filigranen Hände halten und ihm sagen, dass alles gut wird. Obwohl er recht geschickt ist, traut er sich gar nichts zu. Im Job dürfte er kein großer Fisch sein, in der Liebe auch nicht. Die Navigation über sein Leben überlässt er am ehesten seinem Handy.

Wie erklärt man einem Blinden Farben? Man muss den Blinden an die Hand nehmen, mit ihm in die Dunkelheit gehen und lernen, wie er sieht. Vor einer halben Stunde sind sie an der Ausfahrt Linz vorbeigefahren und an der Werbetafel für das Köll-Museum. Den Köll hat sie fast schon vergessen, weil sie so in den Curt vertieft gewesen ist. Dabei ist der Köll mehrmals in den Nachrufen erwähnt worden, für Elvira nicht völlig überraschend. Wie ein weißer Hai ist er aufgetaucht in Helenes Biografie, die bis auf ein paar Happen öde und leer war wie das offene Meer. Ein Aktionist, ein Uniferkel, ein Sexmonster. Sie lernen einander auf einer Party kennen. Helene hat eine Affäre mit diesem wunderbaren Ungeheuer, für das sie Modell steht, kauert, liegt. Bis es Köll zu langweilig wird und er sich nach einem halben Jahr anderen Frauen zuwendet und ins Blau abtaucht. Und Rainer aus Kaiserbad übernimmt.

Elvira sagt: Ich würde gerne mal wieder ins Museum gehen, begleitest du mich?

Adrian zuckt mit den Schultern. So muss es sein, einen Pubertierenden zu Hause zu haben, denkt sie, schrecklich. Sie hat mit den Kirchenaktionen etwas in ihm kaputtgemacht, irgendein Rädchen blockiert, aber sie ist zuversichtlich, dass das Köll-Museum eine gute Lockerungsübung ist, ein bisschen irdische Revolution und eine ordentliche Dosis Testosteron wird ihm guttun.

Sie fährt von der Autobahn ab, bleibt an einer Tankstelle stehen, tankt voll, kauft eine Zeitung und bestellt einen Kaffee. Adrian bleibt im Wagen sitzen. Der Mann an der Kaffeemaschine spricht mit Akzent, er ist zu dunkelhaarig für diese Gegend, seine Haut ist zu braun, sie beneidet ihn nicht darum, dass es ihn ausgerechnet hierher verschlagen hat. Sicher muss er sich eine Menge Beleidigungen von Besoffenen anhören, die sich hier schon sonntagvormittags zum Trinken treffen, weil die Gasthäuser, in denen ihre Väter und Vorväter Frühschoppen gegangen sind, zugesperrt haben. An solchen Orten gibt es nicht viel Gutes über Zuwanderer zu sagen, oder über Frauen, oder über alle, die nicht so astrein versagt haben wie man selbst. Man will unter sich sein, aber die Bedienung muss kein Mann sein und kein Einheimischer. Während sie auf ihren Kaffee wartet, beobachtet sie die Männer vor ihren Bierdosen, wie sie aufgeregt miteinander reden und abrupt pausieren, um gierig an ihren Zigaretten zu saugen.

Früher hätte sie ihren Kaffee nicht mitgenommen. Da wäre sie weiter bis in den Raucherbereich gegangen und hätte ihren Kaffee inmitten dieser Männer getrunken. Weil sie nie ausgewichen ist, und vielleicht hätte sie auch zum Stänkern begonnen. Hätte, hätte, hätte.

Sie nimmt ihren Kaffee entgegen und bezahlt. Ein kleines Männchen in dunkelgrünem Arbeitsoverall blickt wässrig in ihre Richtung, aber er sieht durch sie hindurch, auf einen Oldtimer, der gerade vorfährt. Elvira wird nicht mehr gesehen, seit sie fünfzig ist. Es dauerte eine Weile, bis sie die Vorzüge schätzen lernte: Unsichtbar zu werden, wenn sie will.

Als sie später auf der Autobahn nach Linz fährt, steht die Sonne im Zenit und quält sich immer wieder durch die Wolkendecke. Das Museum ist direkt an der Donau gelegen, sie erinnert sich an die Berichterstattung bei der Eröffnung des Köll-Museums voriges Jahr: Landeshauptmann, Sekt, Kulturminister, Köll-Witwe, Brötchen, einschlägige Prominenz, die sich noch gut erinnern kann, an den toten und doch so unsterblichen Köll, der *seiner Zeit voraus* war. So ein Blödsinn, er war Aktionist in der Zeit des Aktionismus und sogar noch danach, als alle schon damit aufgehört hatten. Er war genauso mitten in seiner Zeit wie eine Made in ihrer Speckschwarte. Die Kamera war überall dabei, sie hat es in den Nachrichten gesehen. Der schwarze, in den Fluss hineinkippende Würfel mit den ihn unterteilenden Lichtstreifen lässt das Museum ein bisschen wie eine geschichtete Praline aussehen.

Als sie den Bus auf dem Parkplatz hinter dem Museum abstellt, wirkt Adrian müde und unwillig. Vielleicht sollte sie ihm einen Tag freigeben. Er hat die ganze Fahrt lang missmutig auf seinem Handy herumgewischt und getippt. Jetzt schlurft er neben ihr her wie ein Gefangener, er lässt sie die Eintrittskarte bezahlen. Die junge Frau am Schalter sieht Elvira mitleidig an.

Im Foyer ein paar kunstsinnige Menschen, die sich zusammengetan haben oder aufeinander warten.

Wie alle Ausstellungen beginnt auch diese mit dem Leben des Künstlers. Elvira denkt, dass das nicht fair ist. Solange nicht alle Leben gleich erzählt werden, denkt sie, sollte man darauf verzichten. Solange nur subjektiv berichtet wird, was eine Errungenschaft ist und was nicht, sollte man einfach die Kunst ins Gesicht gerieben bekommen und erst am Ende der Ausstellung erfahren, wer was gemacht hat und warum.

Sie bleiben vor der Mauer stehen, auf der Kölls Leben zusammengefasst ist. Diese Texte werden neuerdings direkt auf die Wand gemalt. Texte, die alles wissen, Texte, die keinen Autor haben, die so absolut sind wie die weiße Wand dahinter. Es sind Wahrheiten ohne Beweis, Stimmen ohne Mund, die im Chor sprechen und keiner widerspricht.

Adrian hält sich nicht mit den Einführungstexten auf. Er schlendert gleich weiter. Elvira hingegen bleibt stehen. Sie liest.

Geboren 1943 im Krieg, als uneheliches Kind. Der erste Freibrief. Vater unbekannt, Mutter unfähig, ab jetzt ist alles entschuldigt. *Umzüge, Schulabbruch, Lehre, Grafische. Protest gegen den Vietnamkrieg. Kontakt zu Wiener Aktionisten 1965.* Da fängt es an zu laufen. Elvira stellt sich Muehl und Nitsch und Brus vor, wie sie Köll in ihre Mitte nehmen. *Mitwirkung bei deren Aktion »Menschenfleisch«. Verhaftung. Beziehung mit Elisabeth Semper. Seine erste Tochter wird 1966 geboren.* Lernt soundso kennen. Und soundso.

Köll, der Plagiator, der Nachläufer. Otto Muehl, das Monster, ebnete den Weg, in seinem Fahrwasser ließ es sich schön herumschweinen. Das Foto von Köll. Köll mit seinem Schnauzer, seiner Pornodarstellerfrisur, seiner Sonnenbrille. Köll, wie er sich am liebsten abbilden ließ: den Daumen in den Hosenbund eingehakt. Markenzeichen eines Rockstars. Sie kennt diese Posen aus der Realität, sie kennt den Daumen. Elvira hat einmal mit Köll geschlafen. Sie erinnert sich an seinen knochigen, aber zähen Körper, und daran, dass er ihr kurz bevor er kam, seinen nikotingelben, rauen Daumen in den Mund zwängte, und dass sie ohne langes Zögern in diesen Daumen hineinbiss. Kurz danach versuchte er es wieder. Was soll das, hatte sie ihn verärgert gefragt, magst du ficken oder Daumenlutschen? Kein Loch bleibt unpenetriert, hatte er grinsend geantwortet.

Elvira geht ganz nah zu dem Foto hin. Sie erinnert sich, wie sich Köll in Schale warf, wie er an der besten Stelle saß, wie er die interessanteste Position einnahm, immer, wenn ein Fotograf in der Nähe war. Köll konnte riechen, wenn die Presse auftauchte, oder jemand, der fotografierte.

Als sich die Wiener Gruppe auflöst, entwickelt er eine individuelle Aktionskunst: den Egozid. Scheidung von der ersten Frau. Ja, als Vaterfigur ist jemand, der mit Suizid herumblödelt, nicht gut geeignet. Elisabeth Semper hat die richtige Entscheidung getroffen, denkt Elvira.

Sie liest weiter. *Die Selbstverletzung.*

Zu Kunst veredeltes Selbstmitleid, denkt Elvira. Andererseits, das liest sich, als hätte Köll sich vielleicht wirklich selbstständig entwickelt. Natürlich waren allen Zweifel gekommen, als der Rausch vorbei war. Nur die dümmsten Schafe folgten Muehl in seine Kommunen. Köll war nicht blöd. *Rückzug und Schaffenskrise, in der er den Egozid weiterentwickelte.* Gott sei Dank waren Frauen da, rettende Engel, die ihn auffingen, als er in die Bedeutungslosigkeit fiel, und ihn wieder freiließen, als er wieder daraus auftauchte. Die ihn durchfütterten. Diese Art Kunst war zum Gruseln und Erregen gut, zum Geldverdienen taugte sie natürlich nicht. Und von irgendetwas musste man ja leben. Das Sich-Durchfüttern-Lassen war Teil der Revolution. Die Mütter und Frauen, die Geliebten und Modelle mieteten Wohnungen, kauften den Revolutionären ihre Farben, besorgten ihnen Klopapier, füllten ihre Kühlschränke. Diese Frauen saßen ebenfalls in den Bars, aber in den

Biografien haben sie weder Gesichter noch Namen. Sie arbeiteten, verdienten das Geld, kamen von der Arbeit nach Hause, ließen sich von den Genies vögeln, in Eidotter, Blut, Mehl und Farbe wälzen, gingen duschen, putzten, kochten den Genies etwas zu essen und gingen wieder arbeiten. Keine von ihnen wurde dazu gezwungen, gebraucht zu werden und gesichtslos zu bleiben. Köll ist nichts vorzuwerfen. Er ist auf der Welle der Empörung mitgeschwommen, ohne sich jemals die Finger wirklich schmutzig machen zu müssen. Bei der Uniferkelei war er krank, und als die anderen ins Gefängnis gehen mussten, ging er ins Wirtshaus und schwang große Reden. Es muss eine tolle, aufregende Zeit gewesen sein. Und als es vorbei war, ging er in sich und erfand sich neu, und genau da trat Helene in sein Leben.

Die geheilte Selbstverletzung. Egopathie.

Als seine Mutter erkrankt, nimmt er sie ein halbes Jahr zu sich und begleitet sie bis zu ihrem Tod. Er trifft seine zweite Frau, seine zweite Tochter wird geboren.

Wie edel das klingt. Warum steht da nie, wer das geschrieben hat? Genau zwischen *Als* und *Tod* war Helene bei ihm, auch wenn nichts davon an die Wand gemalt steht. Köll war seine Mutter im Burgenland besuchen gefahren, die schon lange zuckerkrank war. Es war nicht mehr zu übersehen, wie schlecht es ihr ging, also hatte er sie spontan ins Auto gesetzt, genauso verwahrlost und angebrunzt, wie sie war, und zu Hause abgeliefert, ganz liebender, aber auch ahnungsloser Sohn. Helene ist nicht gegangen, als Köll mit Mutti im Gepäck heimkam. Helene durfte sie gemeinsam mit Köll waschen und neu einkleiden. Sie musste mit ihr zum Arzt gehen, wenn Köll keine Zeit hatte, oder ins Krankenhaus. Musste Tabletten rationieren und Injektionen verabreichen, wenn Köll im Atelier war. Ein halbes Jahr. Ist das wirklich so passiert? Hier steht nichts davon, außer dass Köll ein prima Sohn war und seine Mutter hingebungsvoll gepflegt hat, obwohl er eigentlich etwas Wichtigeres zu tun gehabt hätte, nämlich Genie gewesen zu sein. Das Narrativ spricht und das Narrativ verschweigt, ganz wie es das Narrativ für richtig befindet. Elvira kriegt gleich wieder einen Wutanfall.

Damals kannte sie Helene noch nicht, aber sie weiß, wie das gewesen sein kann. Denn Elvira war gerade fünfzehn und mit der Krankheit ihrer Mutter überfordert. Elvira, die eine Einzelhandelslehre in einem Elektrowarengeschäft begonnen hatte, erinnert sich an gespaltene Tage. An die Mutter, die gebeugt bei Tisch saß, mit Kopftuch, Kittelschürze und Wollweste. An Erbrechen und gewürgtes und menstruiertes Blut, an das Wegputzen von Sekreten. An heiße Sommertage, der Geruch nach Erwachsenenscheiße hing wie eine zu niedrig eingezogene Zwischendecke in der stickigen Wohnung. Während Elvira ihre Mutter beim Sterben begleitete, pflegte Helene Kölls demente Mutter. Manchmal stand sie Modell. Ein halbes Jahr. In der Zeit stockte das

Romanprojekt »Rauhreif«, an dem sie arbeitete. Als Kölls Mutter tot war, suchte Helene das Weite. Aber diese nächste Frau, die wieder in das Narrativ eingebunden ist, war natürlich schon vorher in sein Leben getreten, Kölls Kind trug sie schon im Bauch.

Helene hatte genug von den Genies der Wiener Kunstszene. Sie bekam ein Stipendium, studierte Germanistik und schrieb weiter an ihrem Roman. Sie schrieb auch Kurzgeschichten, Essays, aber am wichtigsten war der Roman. Sie zog in eine WG in der Wiener Theobaldgasse und schloss sich der Frauengruppe an, die dort regelmäßig tagte. Sie ließ sich von der Begeisterung der Bewegung auf die Straße spülen, klinkte sich in die letzte brisante Phase der Initiative zur Abschaffung des *Paragrafen 144* ein, als auch Elvira zur Theobaldgassen-WG stieß. Etwas verwahrlost und frisch verwaist, aber gleich behütet und bemuttert im Schutz der Gruppe, die sie auffing, ihr das kleinste und billigste Zimmer, den *Schluf*, freiräumte. Das sollte der Kern ihrer beider Freundschaft werden und bleiben. Demonstrierend und revolutionär ging es weiter mit der Arena-Besetzung 1976, die mit der Zusage des ehrenwerten Eminenz Verlags für »Rauhreif« zusammenfiel und eine Feierorgie nach sich zog.

Wie sich die Wege der revolutionären Schriftstellerin und des erzkonservativen Jusstudenten aus Kaiserbad gekreuzt haben, hat Elvira vergessen. Irgendein Unfall mit einer Einkaufstasche vielleicht.

Er trug Anzug und Krawatte, als er sie zum Essen ausführte, und er ging ihr nicht sofort an die Wäsche, wenn er sie danach mit seinem eigenen Auto heimbrachte. Beim Tanzen öffnete er ihr nicht den BH mit den Worten: Das brauchst du doch nicht mehr. Rainer hieß er, hübsch, wohlerzogen und konservativ. Er langweilte Helene zwar ein wenig, aber sie war erschöpft von den Jahren der Revolution und hatte genug von unkonventionellen Lebensentwürfen, in denen Frauen alles gleichzeitig machen müssen: Erwerbsarbeit, Kunst, Revolution, Studium, sexuelle Befreiung und Fürsorgearbeit.

Elvira wendet sich von der Biografie ab und geht langsam durch das Museum. Durch schmale Glasbänder kommt Licht, vornehm und durchdacht fällt es auf die hohe Sichtbetonmauer. Der Schwerpunkt der Sammlung liegt natürlich auf dem Aktionismus. Kunst muss ja Spaß machen. Manches sieht in der Tat sehr spaßig aus, Köll in Aktion, eine nackte Frau – und über allem diese verspielte, ja kindliche Hysterie. Doch die Revolution dahinter ist spürbar. Ein Besucherpaar, flüsternd, lachend, die Schultern hochgezogen: diese Kombination von Geschlechtsteilen und Kunst und Matsch und Orgie ist immer noch hochnotpeinlich, immer noch nicht salonfähig.

Elvira findet Adrian vor einer Bilderreihe stehend, die 1970 entstanden ist und »Komposition Verbrackung« heißt. Sichtlich eine Hommage an Muehls

»Versumpfung des weiblichen Körpers«. Materialien: Rinderblut, Farbe, Gummischläuche, Mullbinden. Das Material Frau fehlt in der Auflistung, denkt Elvira. Nicht Person sein, keinen Namen haben, nicht einmal Material sein.

Köll schüttet Blut. Köll verreibt Farbe. Köll wickelt meterweise Gummischläuche und Mullbinden um den Körper. Köll schleift ihn an den Beinen über eine Leinwand. Köll stopft einen Schwamm in den Mund. Köll steckt seinen Daumen in irgendein Loch. Sie sieht genau hin. Natürlich könnte das Helene sein. Ein paar Mal, hat sie erzählt, war sie für eine andere eingesprungen. Das Gesicht sieht man aber nie. Das sieht man bei fast keiner, die mitgemacht hat. Das hätte Stress bedeutet, mit der Familie, mit dem Fürsorgeamt, mit dem Arbeitgeber.

Wow, sagt Adrian.

Sie gehen weiter. Köll in seiner klerikalen weißen Robe, er war damit auch nicht der Erste. Die Wahrheit über die Ästhetik predigen, über den Widerstand, in so einem Gottesgewand. Und dabei sich selbst entlarven. Sie gehen von einer Wand zur nächsten, es spitzt sich zu, tote Tiere kommen jetzt dazu, ihre Brustkörbe aufgeschnitten, aufgespreizt, Nitsch mischt mit, bringt Eingeweide mit ins Spiel, Kruzifixe, Urin, es pritschelt in aufgerissene Frauenmünder.

Adrian sieht angewidert auf ein Bild.

Und ich soll also Bücher schreiben, sagt Elvira, in die Stille. Oder in die Politik gehen.

Adrian schüttelt verärgert den Kopf. So hab ich das nicht gemeint.

Elvira nickt. Ich habe noch gar nicht daran gedacht, was wir mit unseren ganzen Aktionen machen. Einen Film? Eine Ausstellung? Ein Buch? Was meinst du?

Adrian zuckt unbeteiligt mit den Schultern. Sie gehen weiter. Jetzt kommt der Egozid-Teil. Es wird fad, findet Elvira. Köll performt auf einer Art Ziffernblatt, er hantiert mit spitzen Gegenständen und Feuer in Penis- und Hodennähe, er setzt sich Messer an seine Kehle, aber es passiert nichts mehr. Ohne Frauenfleisch keine Aktion, keine Entwürdigung, keine Grenzüberschreitung, nur lauter leere Drohungen. Ein Mann, der halbherzig und selbstmitleidig an sich herumfummelt. Langweilig!

Wenn sich wenigstens einer wirklich den Schwanz abgeschnitten hätte, seufzt Elvira. Das wäre einmal etwas anderes gewesen.

Das müssen alles Spinner oder Arschlöcher gewesen sein, sagt Adrian schließlich, als sie beim letzten Exponat der Ausstellung angelangt sind. Und die Frauen alles blöde Ziegen.

Nein, das waren Genies, korrigiert ihn Elvira. Genies und ihre kleinen Helferlein.

Die meisten Genies sind doch Arschlöcher, sagt Adrian.

Sie nickt.

Gilt das auch für Frauen?

Natürlich, sagt Elvira. Genie erfordert Rücksichtslosigkeit. Und unendliche Selbstliebe. Für andere Menschen geht sich da keine Liebe mehr aus. Das ist natürlich blöd, wenn man Kinder kriegt. Das Genie an sich hat kein Geschlecht. Das Arschloch ja übrigens auch nicht.

Jetzt haben sie die Runde gemacht und stehen wieder vor der Biografiewand. Er stellt sich neben sie.

Köll war ein armer Trottel, sagt sie leise. Er hat nur kopiert, erst Muehl, dann Nitsch, zuletzt Brus, der Einzige, der konsequent war. Brus hatte wirklich an sich selbst rumgeschnitzt, bis er gesagt hat, jetzt ist genug, der nächste Schritt ist Suizid. Da steht es ja. *Suizid in seiner Wiener Wohnung, den er dokumentiert »Köllizid«. 1979. Er hinterlässt drei Kinder und eine Frau.*

Das war das Einzige, was Köll niemandem nachgemacht hat, sagt Elvira.

Als sie ihm Plagiarismus vorwarfen, wurde er innovativ und hat sich die Pulsadern aufgeschnitten.

Und das war es, was zur Unsterblichkeit gefehlt hat, schließt sie feierlich und deutet mit nach oben zeigenden Handflächen auf das Museum um sie herum. Der »Köllizid« war in Wirklichkeit seine Geburt als Unsterblicher.

Woher wissen Sie eigentlich so viel über die Szene?, fragt Adrian. Waren Sie dabei?

Sie zuckt mit den Achseln. Ach. Ich war überall dabei, sagt sie, überall und nirgends. Helene war dabei.

Wo?, fragt Adrian.

Na, auf den Bildern mit dem Schlauch und dem Schwamm.

Echt jetzt?, fragt er.

Echt jetzt, antwortet Elvira.

Und hier war sie auch dabei, sagt sie und zeigt auf die Biografiewand, auf den kleinen Leerraum zwischen *begleitet sie bis zu ihrem Tode* und *Er trifft seine zweite Frau, seine zweite Tochter wird geboren.*

Er wirkt beeindruckt.

Sie hat seine Mutter ein halbes Jahr gepflegt, gemeinsam mit ihm, das hat aber leider nicht für eine Erwähnung gereicht. Wäre wohl anders, wenn er sie geschwängert hätte.

Sie blickt sich um. Der Museumswärter steht am Eingang, aber er blickt zu einer Gruppe. Kannst du mir einen Gefallen tun?, fragt sie.

Er nickt. Bitte stell dich dorthin und hab einen Hustenanfall oder etwas Ähnliches, damit der Wärter nicht herschaut.

Er verdreht die Augen, sie beißt die Zähne zusammen und sagt: Adrian, bitte!

Adrian schlurft auf den Wärter zu, taumelt plötzlich, hustet trocken, stützt sich gegen die Wand, sodass der Aufpasser ihr den Rücken zudreht. Er ist ein sehr guter Schauspieler, das hätte sie gar nicht erwartet. Der Aufpasser reagiert sofort, läuft zu ihm hin, hektisch und besorgt, und Elvira hat Zeit, mit rotem Edding die Leerstelle zwischen den Worten *Tode* und *Er trifft* rot einzuringeln, mit einem Pfeil auf den Ring zu weisen und darunter groß und quer in Blockbuchstaben über die Biografie zu schreiben: »HELENE SCHULZE WAS HERE!«

Und darunter skizziert sie mit wenigen Strichen ein Seepferdchen.

Sie lässt schnell den Stift in die Tasche gleiten, dreht sich um, ein älteres Ehepaar hat ihr zugesehen, sie sind irritiert und sprachlos. Sie eilt zu Adrian, der inzwischen dramatisch die Wand entlang zu Boden gerutscht ist und einen weiteren Hustenanfall andeutet, den er dann aber, als er sie auf ihn zukommen sieht, herunterschluckt.

Es geht schon wieder, sagt er heiser, ich habe nur einen Kaugummi verschluckt, der ist stecken geblieben. Neben ihm steht die Frau von der Kasse etwas ratlos mit einem Glas Wasser.

Bleib noch ein bisschen und trink das Wasser, sagt Elvira schnell. Sie würde gerne noch ein Foto machen, kann sie das, ist das zu frech? Er trinkt gehorsam. Der Museumswärter lächelt sie unsicher an, und sie sagt: Ich bin seine Tante. Kaugummikauen ist nicht seine Stärke.

Der Wärter lacht erleichtert auf und begibt sich in die Standposition. Noch sieht er die Wand nicht, und jetzt ist es Zeit zu gehen, denkt sie, der Hustenbonus wird gleich vorüber sein, die Aufmerksamkeit gleich bei der Biografietafel, das ältere Ehepaar gleich auskunftswillig. Kein Foto, entscheidet sie, zu gefährlich. Vielleicht erscheint ja ein Foto in der Zeitung – manchmal muss man Abstriche machen. Provokation vor Perfektion.

Sie bedankt sich, hängt sich bei Adrian ein und gemeinsam verlassen sie das Gebäude.

Als sie die Treppen hinabsteigen, reißt die Wolkendecke auf und die Abendsonne kommt durch. Draußen müssen sie sich zurückhalten, um nicht loszulaufen. Sie kichern.

Ich glaube, es gibt hier irgendwo einen Campingplatz mit einem Donau-Altarm, da kann man schwimmen, sagt Elvira, startet den Wagen und verlässt den Parkplatz quer über die Markierungen, den Museumseingang im Blick behaltend.

Adrian ist aufgekratzt, er durchsucht auf seinem Handy die Netzwerke, tatsächlich, keine zehn Minuten von hier … Aber sie hört ihm gar nicht mehr zu, denn gerade hat sie es im Radio gehört, Sensation, hört sie, Shortlist. Still!, ruft sie Adrian zu und dreht das Radio lauter.

Somit ist die kürzlich tragisch verstorbene Österreicherin Helene Schulze mit ihrem Roman »Drohnenkönig« auf der Shortlist und im finalen Rennen um den Deutschen Buchpreis. Wir berichten ausführlich in einem Kulturbeitrag nach dem Abendjournal.

Sie spürt den Triumph, die Euphorie, eine Nähe zu Helene wie schon lang nicht mehr. Sie möchte jemanden umarmen, Adrian sieht sie grinsend an, er greift ihr auf die Schulter, lacht breit, er freut sich mit ihr. Gleichzeitig spürt sie Ärger aufsteigen, weil Helene das nicht mitfeiern kann, aber vielleicht kriegt sie es ja irgendwo mit, wer sagt denn, dass ein Gefühl wie grenzenlose Genugtuung nicht durch die

Membran zwischen Leben und Tod sickern kann, wenn es sein muss.

Das müssen wir feiern, ruft sie aus und schlägt mit der Hand aufs Armaturenbrett.

Auf dem Campingplatz ist noch erstaunlich viel los, deutsche, niederländische und österreichische Pensionisten sitzen vor ihren Wohnmobilen in der Sonne, blicken kurz interessiert auf und dösen dann weiter. Elvira sucht einen Platz auf einer Wiese nahe dem Altarm, der sich glatt und appetitlich präsentiert. In der Nachmittagssonne bauen sie routiniert ihre Wohnstatt auf, den Tisch, die Sessel, den Sonnenschirm, falls es regnet. Sie räumt ihr Bett frei, und nachdem Adrian sein Bett auf den Vordersitzen gebaut hat, schickt sie ihn in den Mini-Shop Rotwein, Weißbrot und Käse kaufen, während sie hinter dem Bus ihre Matte ausbreitet und ihre Übungen macht, schneller als sonst, ihre Muskeln fühlen sich kräftig und geschmeidig an. Ein älterer Mann lässt sein Tablet sinken und sieht ihr interessiert und taktlos zu, wie sie ihre Liegestützen macht, ihre Klappmesser, ihre Ausfallschritte, den herabschauenden Hund und zuletzt den Kopfstand. Kopfüber betrachtet sie den Campingplatz, während ihre Füße langsam taub werden. Das Gras, die Pensionisten und ihre Wohnmobile schweben über einem flach und stahlblau ausgebreiteten Himmel, und von Weitem nähert sich Adrian mit der Einkaufstasche. Wenn man ihn durch die Luft gehen lässt, sieht er reifer und besonnener aus. Elvira lässt die Füße wieder auf den Boden fallen und spürt das Blut aus dem Kopf in den Brustkorb und in die Beine zurückströmen.

Dann steht sie auf, schüttelt die Matte aus, verstaut sie im Bus und zieht sich den Badeanzug an. Ich gehe schwimmen, sagt sie.

Er sitzt auf einem der Stühle im Schatten, das Handy vor der Nase, und schüttelt den Kopf.

Später vielleicht, murmelt er.

Sie geht durch das Gras zum Altarm hinab, tritt auf das warme Holz des Badestegs, setzt sich an die Kante und lässt die Beine ins Wasser hängen. Als jemand hinter ihr Anlauf nimmt, fühlt sie jeden Sprung der Erschütterung in ihrem ganzen Körper, und sie weiß, es ist Adrian. Beim Absprung senkt sich der Steg beträchtlich, bevor er wieder zurückschwingt, und sie fühlt die Vibration sich durch die Körperachse fortsetzen, vom Schambein bis zur Schädeldecke, ein lustvoller Stoß. Wenige Meter vor ihr fliegt ihr Assistent, zu einem Paket zusammengekauert, durch die Luft und detoniert im Wasser, eine riesige Fontäne spritzt sie nass. Schnell richtet sie sich auf und springt hinterher, lässt die Augen unter Wasser geöffnet und taucht, aber sie hat keine Chance, ihm nachzukommen. Das Wasser ist kälter, als sie gedacht hat, es packt sie von allen Seiten, als sie unter der Wasseroberfläche dahingleitet, schneller als sonst: das Grüngrau unter ihr und das Blaugrau über ihr. Sie taucht erst auf, als die Lungen schon brennen. In der Mitte des Altarms legt sie sich flach auf den Rücken und sieht in den Himmel. Sie hört nichts mehr, außer ihrem eigenen Atem und dahinter das rhythmische Klatschen von Adrians Armen auf die Wasseroberfläche, das Schlag für Schlag leiser wird und dann wieder lauter.

15.
Adrian

Camping Moorsee, Mitte September

Detleffs. Münsterland. Wolf. So heißen die geplatzten Träume der Oberösterreicher. Ihre vergrauten vergilbten Wohnwägen sind für immer am Ufer dieses Moorsees gestrandet, mit trüben Plastikvorzelten, die nicht mehr abgespannt werden, mit Fahrrädern, die nur mehr vom Wohnwagen zum Klo und wieder zurück fahren dürfen oder bestenfalls zum Bäcker. Er versteht nicht, dass man sich hier niederlässt, wo man doch ein paar Kilometer weiter die schönsten Seen hat. Warum will man in einem Wasser baden, das die Farbe und Sichttiefe von Cola hat?

Er schlendert mit dem Kanister zur Wasserstelle. Welcher Tag ist heute? Dienstag? Die Katzenschlager liegt hinten auf dem Bett und schnarcht, er sitzt auf dem Beifahrersitz, die Füße hochgelegt, den Laptop auf dem Schoß. Endlich wieder Strom, endlich wieder ein signalstarkes WLAN. Wenigstens das kriegen sie hier hin. An der Donau war es viel schöner. Dort konnten sie ja nicht bleiben, weil sie so komisch angesehen worden waren. Ihm ist nichts aufgefallen, aber die Katzenschlager hat am zweiten Tag gesagt: Wir müssen hier verschwinden. Wir sind zu nah am Tatort. Dann hat sie sich ins Auto gesetzt und sich in ihre Lederjacke gekuschelt. Fahr irgendwohin, weg von Linz, hat sie gesagt. Da war sie schon krank.

Es regnet in dünnen Schnüren, die Vorzelte, in denen sonst gekocht, gesessen und geschnapst wird, sind leer, bis das Wochenende kommt, bis der Sommer wiederkommt, bis Leben einkehren darf auf dem Campingplatz, also, das richtige Leben: Urlaub, Schönwetter, Paarbeziehung, Hund. Adrian schaudert. »Erwin – ohne mir läuft hier nichts!« steht auf einem Schild, das im Vorgarten des gegenüberliegenden Wohnwagens angebracht ist. In Erwins Wohnwagen schimmert Licht. Erwin ist da, natürlich, auch an einem ganz normalen Dienstagmorgen Ende September. Erwin und seine Frau haben es geschafft, bis zur Pension haben sie geschuftet, und jetzt genießen sie ihren wohlverdienten Ruhestand, hier im oberösterreichischen Nirgendwo. Und wichtig machen kann Erwin sich auch noch, weil wenn ohne Erwin hier nichts läuft, ist er sicher unverzichtbar, wenn es um Streitigkeiten mit dem Campingplatzbetreiber geht. Erwin ist sicher der, der allen, die der Sommer so an seine Wohnwagenschwelle spült, mit Werkzeug, guten Ratschlägen, Salz und Magenbitter aushelfen kann.

Die Zeile III B muss eine eingeschworene Gesellschaft sein, denkt Adrian, als er mit dem Wasserkanister für den Tee zum Sanitärgebäude geht. Man hat ähnliche Wohnwägen und ähnliche Lebensmottos: »Arbeit abladen verboten« steht auf einem Schild, »Wer hier parkt, fährt auf den Felgen weiter«

auf einem anderen. Man liebt Ordnung und Dressur über alles. Nur ein Grundstück sticht wie eine Zahnlücke aus der Menge heraus, es ist eine leere, verwahrloste Grasfläche mit einer Birke darauf, an die gelehnt ein Klapprad vor sich hin bröselt.

Im Sommer kann man sich hier sicher nicht unbeobachtet bewegen, nichts entgeht den aufmerksamen Blicken, kein Schritt, kein Kuss, kein Gramm Gewichtszunahme, kein Kratzer im Lack des Autos bleibt unbemerkt.

Im Hochsommer hätte er sich nicht hinter den Bus pinkeln getraut, aber gestern Nacht war es ihm ein Bedürfnis gewesen, diese Biederkeit zu markieren. Je näher man dem Seeufer kommt, desto dauerhafter sehen die Bauwerke aus, direkt hinter der Rezeption ist ein Wohnwagen zu einer Art Holzhütte aufgerüstet. Während er den Wasserkanister auffüllt, begutachtet er sich im Spiegel. Er hat Farbe bekommen, von diesem Leben im Freien. Im Spiegelbild sieht er eine Frau im Nachthemd Spatzen füttern. Durch den Spiegel nickt sie Adrian zu, er bekommt Gänsehaut.

Ganz in der Früh, bevor es zu regnen begonnen hat, wollte er schwimmen gehen. Obwohl das Wasser sich warm angefühlt hat, ist er umgekehrt. An der Rezeption hängt ein Informationsblatt aus, in dem erklärt wird, wie das Wasser zu seiner braunen Farbe kommt: dem geologischen Untergrund fehle der Kalk. Sonst habe der See praktisch Trinkwasserqualität.

Adrian rafft sich auf, er muss jetzt sofort schwimmen gehen. Sie haben nichts zu tun, bis die Katzenschlager wieder gesund ist. Er hat zwar ein bisschen recherchiert, was die gestrige Aktion im Museum betrifft, und es gab auch einen Vermerk in einem Linzer Lokalblatt, über eine anonyme Beschmierung im Inneren des Museums, die Kunstwerke hätten aber keinen Schaden genommen. Auf der Facebookseite des Köll-Museums hat ein Besucher ein Foto gepostet, von dem niemand Notiz zu nehmen scheint. Er hat es heruntergeladen.

Adrian zieht sich um, schnappt sich ein Handtuch und läuft zum See. Es hat abgekühlt, aber beim Schwimmen ist ihm das egal. Er hängt sein Tuch unter einen der Schirme, die aus Schilf gemacht sind, und geht ins Wasser. Ein feiner Wind legt das Gewässer in kleine Wellen. Die ersten Meter sind angenehm, er watet auf dem orangefarbenen Kies, dann kommt der Schlamm. Adrian springt kopfüber in das bräunliche Wasser und schwimmt los. Links und rechts erst noch Wohnwägen, dann ein monotoner Nadelwald.

Manchmal könnte er die alte Hexe erwürgen. Jetzt braucht sie seine Hilfe. Sie musste sich beim Zusammenpacken immer wieder hinsetzen. Dann ist sie mehr und mehr in sich zusammengesunken, immer gebeugter und kleiner geworden, irgendwann ist sie gegen das Fenster gesunken und hat ganz flach geatmet. Auf der Höhe von Freistadt, als sie nicht auf ihn reagiert hat und er ihre Stirn fühlte, war sie glühend heiß. Adrian zögerte nicht, reversierte auf der Bundesstraße und fuhr zurück nach Linz, direkt ins Krankenhaus. Die hilfsbedürftige Katzenschlager ist pflegeleichter als die gesunde. Im Wartezimmer der Krankenhausambulanz hat er sogar den Arm um sie gelegt. Sie war so weich in seinen Armen, so still und gefügig.

Leider scheint sie diesen Teil von sich gar nicht zu mögen. Ihr Husten ist besser geworden, aber die Antibiotika muss sie weiter einnehmen. Die Warnung vor der *drohenden Lungenentzündung* hat dann sogar die Katzenschlager zur Vernunft gebracht, sie raucht nicht und trinkt brav den Thymiantee, den er ihr auf dem Spirituskocher braut. Sie schläft den ganzen Tag und er sitzt auf dem Fahrersitz und schaut eine Episode »Game of Thrones« nach der anderen.

Der Arzt in der Ambulanz hat ihn gefragt, ob er der Enkelsohn sei, mit einem eigenartigen Lächeln, aber Adrian hat protestiert und gesagt: Ich bin der Neffe. Sie haben sich daran gewöhnt, zu lügen, es ist eine Art Spiel geworden: Wenn sie gefragt werden, ob sie auf Urlaub sind oder in welchem Verhältnis sie zueinander stehen, waren sie schon Neffe und Tante, Großmutter und Enkel, sie sind auf Spritztour, betreiben Ahnenforschung, erstellen einen Insektenkatalog oder schreiben einen Reiseführer. Die Fragenden nicken immer nur.

Die Wellen sind höher geworden, sie klatschen ihm ins Gesicht, er taucht, sein Mund füllt sich mit dem Seewasser, das besser schmeckt, als es aussieht. Langsam wärmt sich sein Körper von innen. Er könnte nach Wien fahren. Immerhin ist es nicht weit, mit dem Zug zweieinhalb Stunden. Mit Milan auf ein Bier gehen. Katalyn. Was unternimmt er mit Katalyn, jetzt, wo man bald nicht mehr in der Neuen Donau schwimmen kann? Ins Kino? Saufen gehen? Tanzen gehen? Gleich ins Bett? Er könnte die Katzenschlager getrost allein lassen, nach Linz stoppen, mit dem Zug nach Wien. Zum Schlafen und Husten braucht sie ihn nicht. Vielleicht braucht sie ihn ja gar nicht mehr. Sie hat nicht gesagt, ob es weitergeht, wie es weitergeht. Er könnte seine Tasche packen und fahren, ihr einen Zettel mit seiner Kündigung zurücklassen. Sie schuldet ihm noch seinen Wochenlohn, sie ist krank, natürlich, er kann warten. Sie kann ja auch überweisen, später. Er müsste nicht hierbleiben. Er muss gar nichts.

Ein besonders großer Schluck Seewasser wird in seinen Mund gespült, er verschluckt sich, hustet, wendet den Kopf ab, ein weiterer Schwall, mit einem Mal reicht es ihm, er ist ohnehin schon beim anderen Ufer, dreht um und krault wieder zurück, jetzt mit dem Wind. Am Ufer stolziert eine Möwe auf und ab. Als er aus der Dusche kommt, hat der Regen aufgehört, die Sonne bricht durch. Menschen gehen an ihm vorbei, ein Kleinkind spielt in einer Lacke, und mit dem Rücken zu ihm sitzt eine Frau, bunt wie ein Paradiesvogel im Morgenmantel an Erwins Tisch, sie hat einen Turban um den Kopf geschlungen und

Erwins Frau wischt das Regenwasser vom Plastiktisch. Die Frau ist die Katzenschlager. Was hat sie denn da an? Und war sie nicht gerade todkrank?

Da kommt Erwin aus dem Wohnwagen, eine Kaffeetasse in der Hand, die er vor ihr hinstellt. Erwins Frau trägt Plastiksessel aus dem Vorzelt nach draußen, sie sieht freundlicher aus.

Na, will der Neffe auch einen Kaffee?

Adrian ist überrumpelt, nickt nur und setzt sich.

Die Katzenschlager sitzt ganz mondän da, in einer knöchellangen dunkelroten Strickjacke mit Pelzkragen, die er noch nie gesehen hat. Sie hat sich die Augenbrauen nachgezogen, die Lippen mit einem gold-orangefarbenen Stift bemalt.

Frau Erwin kommt mit Kirschkuchen und Kaffee aus dem Wohnwagen. Die Katzenschlager sitzt mit adrett überschlagenen Beinen da, fehlt nur, dass sie den kleinen Finger abspreizt. Aber er muss zugeben, dass sie eine Erscheinung ist, in diesem Aufzug, es ist eine Mischung aus Wahrsagerin und Jane Goddall. Herr und Frau Erwin sind so redlich bemüht, dass er sich fragt, was sie ihnen erzählt hat, um so viel Respekt zu ernten.

Eine Pilgerreise also, sagt Erwin und strahlt Adrian an.

Adrian verschluckt sich fast, als die Katzenschlager sagt: Ja – und Jakob darf leider nicht sprechen, er hat ein Schweigegelübde abgelegt, bis wir in Israel sind.

Jetzt macht sie aus ihm den schweigenden Pilger,

der das Maul halten muss. Danke vielmals, denkt er jetzt zornig und sucht erfolglos ihren Blick. Niemand widerspricht oder zweifelt, alles eine Frage der Autorität. Eine alte Frau mit Tischtuch um den Kopf und orangegoldenen Lippen genießt uneingeschränkte Glaubwürdigkeit. Vor einer Stunde ist sie noch auf der Liegefläche gefläzt, in zerknautschten Laken, unfähig, aufs Klo zu gehen, und er musste immer den Bus verlassen und draußen warten, damit sie ungestört pinkeln konnte. Vielleicht war sie gar nicht krank und spielt auch ihm etwas vor? Sie schuldet mir noch siebenhundert Euro, denkt er, und nächste Woche sind es dann schon tausendneunhundert.

Den ganzen Vormittag wird sie dort sitzen und quatschen. Er zieht sich zu einem Schläfchen zurück. Und nachmittags sitzt er vor dem Bus und beobachtet, wie sie die Menschen manipuliert. Aus der Entfernung hört er Wortfetzen, Details über Pilgerreisen von Schweden bis hierher, lauter verrücktes Zeug von Haien, Schlangen. Die Leute hängen an den Lippen der alten Frau, als wäre sie eine Art Rattenfängerin oder Wanderpredigerin. Als sie dann vorschlägt, Karten zu spielen, mit Einsatz, muss er sich wieder zurückziehen.

Er hat Kopfweh bekommen, als hätte er zu lange in ein Stroboskop geschaut, aber vielleicht ist es auch nur eine Verkühlung, die er sich bei dem Leben im Freien eingefangen hat. Katalyn hat ihm auf WhatsApp geschrieben, erstmals in sechs Tagen. Mit Herzklopfen liest er, dass sie mit ihm ins Kino gehen will, einen alten Schinken anschauen, und er entschuldigt sich im ersten Entwurf überschwänglich, im zweiten kühl, im dritten gar nicht, dass er drehen muss, immer wieder liest und löscht er seine Antwortentwürfe, bis er es aufgibt und einschläft.

Als er gegen Mitternacht aufwacht, ist er noch immer allein im Bus, ihm ist eiskalt. Er steckt den Kopf aus dem Bus. Auch bei Erwins ist es dunkel. Reflexartig zieht er sich die Schuhe an und nimmt den Weg zum See. Als er auf die Wiese zugeht, sitzt jemand auf der Bank, dahinter ein sauber angeschnittener Mond. Adrian kneift die Augen zusammen und geht noch ein paar Schritte näher, er schleicht sich an. Sie ist es. Er ist empört. War sie schwimmen? Trotz drohender Lungenentzündung? Er hört Schritte hinter sich, zieht sich schnell zwischen zwei Wohnwägen zurück, bleibt stehen, mit Herzklopfen. Was macht sie hier?

Es ist Erwin, das erkennt er an der Gangart in den Plastikschlapfen, die er heute ausgiebig beobachten konnte. Was machen die beiden, haben sie noch nicht genug? Erwin setzt sich neben die Katzenschlager, mit Respektabstand. Aber da wächst sein Arm aus der Dunkelheit und legt sich um ihre Schulter, die eigenartig steif bleibt. Sie beginnen, ganz leise miteinander zu reden. Adrian hat Herzklopfen und, er folgt einem Instinkt, schält sich vorsichtig aus seinem Versteck und schleicht wieder leise zurück zum Bus, ohne sich umzudrehen. Und weil er sich trostlos fühlt und ihm kalt ist, legt er sich ins Bett anstatt auf sein schmales, zusammengestoppeltes Notbett aus Fahrer- und Beifahrersitz, er will träumen, von Katalyn. Katalyn in den Donauauen, wie sie mit einem Buch nackt an einen Baum gelehnt sitzt und sich geistesabwesend den Schweiß aus der kleinen Grube zwischen den Brüsten wischt, wie sie an einem Bier nippt und den Kopf schieflegt, als sie über einen Witz lacht, den er gemacht hat.

Morgen müssen sie eine Festveranstaltung in Salzburg stören. Er hat überhaupt keine Lust, so etwas zu machen. Ihre kriminelle Energie steigert sich von Tag zu Tag. Überhaupt scheint sie erst jetzt, seit der Sache mit der Shortlist, in Fahrt zu kommen. Sie hat eine ganze Kiste mit falschen Pressekarten hervorgezaubert. Sich das umhängen und alles filmen, den Rest mach ich, hat sie gesagt.

Geehrt wird eine Schriftstellerin, in Salzburg, und ihr Auftritt dort soll etwas mit dem kleinen dicken Literaturkritiker zu tun haben, der federführend in der Jury ist. Wie in vielen anderen auch. Die Katzenschlager nennt keine Namen. Der kleine Dicke, sagt sie immer, seinen Namen musst du dir nicht merken. Der kleine Dicke ist ein mächtiger Mann im Literaturbetrieb, der schon lange strategisch wichtige Fördertöpfe bewacht. Angeblich hat er es verstanden, Helene die Zuerkennung aller Preise und Stipendien, die ihr – laut der Katzenschlager – selbstverständlich zugestanden hätten, zu vergällen, und außerdem hat er dabei mitgewirkt, dass Helene der Bachmannpreis wegen eines Formalfehlers nicht verliehen wurde.

Da hat der intrigante Kritiker irgendein Detail geleakt, das Helene zum Verhängnis geworden ist. In Salzburg soll das neue Liebkind des Kritikers geehrt werden. Adrian hat das Liebkind gegoogelt. Es ist sechsundzwanzig, groß gewachsen, androgyn, sieht mit ihren weit auseinander stehenden Augen und ihrem entrückten Lächeln ein bisschen wie ein Alien aus, bekennende Veganerin, Buddhistin, hat grüne Haare und kann angeblich alles: schauspielern, singen, Theaterstücke und preisverdächtige Lyrik und Prosa schreiben.

Die schüttelt alles mit leichter Hand aus dem Ärmel, hat die Katzenschlager gesagt. An all dem habe ich nichts auszusetzen, außer dass sie ein Universalgenie ist. Und mir sind sechsundzwanzigjährige, lasterfreie Universalgenies, die von allen geliebt werden und nicht mit siebenundzwanzig sterben, suspekt.

Einstimmiges Lob vom Feuilleton sei schon verdächtig. Am Verdächtigsten aber ist, dass der kleine dicke Literaturkritiker sie entdeckt hat. Am liebsten würde er sie wohl ausstopfen und sich um den Hals hängen. Genug Argumente gegen sie, fasst die Katzenschlager zusammen, und noch viel mehr für Helene Schulze.

Im Halbschlaf hört er die Seitentür, die Katzenschlager kommt ins Bett, sie sagt nichts und legt sich neben ihn, ganz klein und schmal, und es kommt ihm so vor, als würde sie ihn ein paar Momente danach wieder aufwecken. Dabei ist es schon hell. Er möchte gerne weiterschlafen, aber sie scheppert mit Kaffeekanne und Tassen herum. Er wundert sich, wie ihn gleich die Wut überkommt, so direkt aus dem Schlaf, ach, darf ich wieder sprechen, sagt er mit verklebtem Mund.

Ich habe sogar Kaffee gemacht, sagt sie und drückt ihm eine Tasse mit dem üblichen Fertigcappuccino in die Hand, den sie wie immer mit lauwarmem Wasser macht und nicht ordentlich verrührt. Das ist ihre Vorstellung von Fürsorglichkeit, ein lauwarmer Kaffeeschleim mit verklebten Milchknötchen, das muss reichen. Adrian ist froh, dass so jemand wie sie keine Kinder hat.

Ist das als Entschuldigung gedacht?, fragt er, und sie sagt: Anders wäre es nicht gegangen.

Reglos steht sie vor ihm, er sieht kaum ihr Gesicht, nur den Umriss ihres Vogelkopfes mit den wild abstehenden Haaren. Klein und knochig erscheint sie ihm, er möchte sie an den Schultern packen und schütteln: *Rechthaberische Vogelscheuche, verbitterte, alte Hexe, verrückte Despotin.* Stattdessen schiebt er sich an ihr vorbei, zieht sich seine Hose an, springt aus dem Bus ins Morgengrauen, den Kaffee schüttet er energisch ins Gras. Er nimmt ein Tuch in die Hand und wischt wütend über Stühle und Tische, die noch nass von der Nacht sind, schiebt den Wäscheständer in den kleinen Sonnenfleck hinter dem Bus.

Sie steht plötzlich neben ihm, sieht ihn aber nicht an.

Fragen Sie mich halt das nächste Mal vorher, bevor Sie mir den Mund verbieten, sagt er zu ihr.

Und während er überlegt, ob er noch ein *Bitte* anhängen soll, sieht sie ihm ins Gesicht und sagt: Nein.

Danach greift sie in die rechte Hosentasche und reicht ihm ein unordentlich zusammengefaltetes Geldpäckchen. Den Rest kriegst du morgen, wenn ich auf der Bank war.

Er zählt. Vierhundertfünfzig, sagt er verwundert, ich dachte, Sie sind pleite?

Wenn du nicht magst, kannst du jederzeit gerne aufhören, sagt sie trocken, blickt wieder geradeaus und nippt an ihrem Kaffee. Andernfalls fahren wir in den nächsten Stunden nach Salzburg. Sein Mund zieht sich zusammen, er versteht und versteht doch nicht, er weiß nicht, was er fühlen soll, und mitten in dieser Ratlosigkeit wird sein Heimweh plötzlich übermächtig. Er müsste nachdenken, er müsste Fragen stellen, aber alles, was ihm einfällt, ist, dass er Zähneputzen gehen sollte.

In Freistadt gibt es eine Zugstation, sagt sie trocken, ich setze dich gerne dort ab.

Er schüttelt genervt den Kopf, greift zu seinem Waschbeutel und geht den schmalen Weg zum Sanitärgebäude, so schnell er in Flipflops kann.

16.
Elvira

Raststation Mondsee / Salzburg, Mitte September

Elvira hat schon zwei Voltaren genommen, aber der Schmerz ist unverändert. Es ist eine scharfer Nervenschmerz im Lendenwirbel. Eine Art Stromschlag, der sie bei einer ganz bestimmten Position durchzuckt. Sie kennt den Schmerz, er ist uralt, fast so alt wie sie. Sie bräuchte ein anderes Medikament, aber man kriegt es nicht einfach so, es ist verschreibungspflichtig.

Der Schmerz war am Morgen nach der Sache mit Erwin dagewesen und seitdem ist er nur noch stärker geworden. Sie kann nicht mehr liegen. Mit einer Art Rollbewegung wälzt sie sich an den Bettrand und richtet sich unendlich langsam seitlich auf. Draußen hasten die Leute vorbei, auf dem Weg zum Klo. Manche sehen kurz neugierig durch die Fenster.

Es gilt abzuwarten, bis Adrian zurückkommt. Als sie sich vorhin aufs Campingklo setzte, das ihr jetzt schon gute Dienste geleistet hat, kam sie nicht mehr auf, erst als sie sich nach vorn fallen ließ und sich dann aus einer Vierfüßlerposition nach oben wuchtete und zog. Adrian war glücklicherweise nicht da, sie hätte sich unendlich geniert. Vielleicht hätte sie ihn aber auch um Hilfe gerufen.

Sie versucht, das Becken vor und zurück zu bewegen, Millimeter für Millimeter, dazu atmet sie tief. Ob das Kreuzweh von gestern kommt? Akrobatisch war da gestern nichts. Im Gegenteil. Es war sogar ein bisschen geriatrisch. Es muss ein psychosomatisches Kreuzweh sein. Weil man so etwas nicht machen darf. Ist es Prostitution, wenn sich das Gespräch über Geld und Geldnot erst nach dem Verkehr ergibt? Vielleicht ist es aber auch nur Bus-Kreuzweh. Egal, Hauptsache Adrian kommt bald und beschafft ihr den Stoff. Sie hat Wichtigeres zu tun, als herumzuliegen.

Sie legt sich wieder hin, stützt sich auf die Seite. Es gilt, eine schmerzfreie Position einzunehmen und beizubehalten, so lange, bis sie nicht mehr schmerzfrei ist. Und dann möglichst vorsichtig in die nächste Position zu rollen. Sie nimmt außer ein wenig Wasser nichts zu sich, damit sie nicht noch einmal aufs Klo muss.

In Sichtweite entleert sich ein Bus, ein Pensionist nach dem anderen erscheint in der Tür und geht langsam zur Raststation. Kaffee und Kuchen auf der Terrasse, mit Blick auf den Mondsee. Warum kann ich nicht so sein?, fragt sich Elvira.

All die gute Laune von gestern scheint aufgebraucht. Panik, Verzweiflung, Wut, das hat sie alles schon hinter sich. Jetzt ist sie lösungsorientiert. Wichtig ist es, an dieses Novalgin zu kommen. Sie hat Adrian auf den Weg geschickt, es ihr zu besorgen. Er ist kopfschüttelnd losgezogen. Warum er keinen

Arzt holen darf? Sie schafft das ohne Arzt. Ärzte verabreichen in solchen Situationen gerne Infiltrationen, aber die wirken bei Elvira nicht, sie sind nur demütigend und zeitraubend. Sie ist sehr froh, dass sie es nicht geschafft hat, Adrian in die Flucht zu schlagen. Sie braucht ihn mehr denn je. Jetzt, heute, morgen.

Sie rollt sich vorsichtig auf den Rücken und stöhnt auf. Die Preisverleihung ist heute Abend, sie muss dort in Salzburg sein. Sie muss anstelle des Literaturkritikers das Podest erklimmen und die Laudatio halten. Sie wird die Würdigung vom grünhaarigen Universalgenie auf Helene umlenken. Sie bräuchte auch nur eine Minute, um alles Wichtige zu sagen, das Schild hochzuhalten würde schon reichen. Sie stellt sich einen ähnlichen Effekt wie damals bei Michael Moore vor. Der seinen Oskar bekommen hatte und anstatt dem Dankesgesülze »Shame on you, Mr. Bush, shame on you!« ins Mikro grölen konnte, bevor ihn die hastig eingespielte Musik zum Schweigen gebracht hatte und er von der Bühne gezerrt wurde. Alle hatten es gehört, man musste nichts erklären. Eine Minute würde ihr reichen. Wahrscheinlich hat sie sogar zwei Minuten, bis sich irgendjemand traut, dem Sicherheitsdienst ein Zeichen zu geben und sie von der Bühne geholt wird. Die komische Alte ist keine schlechte Rolle, wenn sie auch noch dreist ist. Wenn eine alte Frau eine Bühne erklimmt, ist das wie eine Naturkatastrophe. Das kommt nicht so oft vor, da reagieren die Leute mit

Unsicherheit und Verdutztheit, im besten Fall mit Schockstarre.

Sie hat das alles schon durchdacht. Das Gute ist, dass diese Preisverleihung in einem Theater über die Bühne geht, was bedeutet, dass es eine Künstlergarderobe gibt, in die man ihn notfalls einsperren kann. Nur für ein paar Minuten. Vielleicht kann man die beiden ablenken, ihnen vielleicht vorgaukeln, der Auftritt verzögere sich um fünf Minuten.

Die Preisträgerin tut Elvira leid, aber nur ein bisschen. Erstens ist sie – im Gegensatz zu Helene – nicht mausetot, sondern noch blutjung, und wenn sie wirklich so eine Alleskönnerin ist, wird sie noch viele Preise in vielen Kategorien gewinnen, vorausgesetzt, sie kriegt nicht zu früh Kinder und wird älter als siebenundzwanzig. Zweitens wird ihr die Publicity, die Elvira ihr mit der Aktion bringen wird, nicht schaden und drittens kriegt sie den Preis ja trotzdem, wenn auch nicht heute Abend. Sicher wurde das Geld bereits überwiesen und der Preis steht schon in der Biografie. Die Verleihung ist reine Formsache, ein simples Ritual. Alle haben sie ihren Auftritt. Die Hand, die füttert (irgendeine öffentliche Kulturabteilung), das Geschöpf, das gefüttert wird (die Künstlerin), der Stall mit allen seinen Wärtern und Dompteuren (die Gastgeber, die Juroren, die Kritiker, die Veranstalter, die Presse). Und nicht zuletzt das Publikum, das die Sensation bestaunen und sich ein bisschen an der Herrlichkeit der

Kulturmenschen reiben darf, das den ganzen Betrieb ja mit seinen Steuergeldern bezahlt.

Ihr Delikt heißt Lästigkeit. Lästigkeit ist nicht kriminell. Elvira ist nur eine harmlose Verrückte, die den Betrieb ein bisschen aufmischt. Das kann sogar amüsant sein. Sie denkt, dass man sie höflich von der Bühne bitten wird und vielleicht noch zur Tür begleitet. Und das bisschen Einsperren in der Künstlergarderobe, mein Gott.

Sie hat die Worte aus Helenes Tagebuch schon zurechtgelegt. Elvira hat es in den letzten Tagen durchkämmt und fand darin Gedichte und solche, die wieder durchgestrichen wurden. Helene hat festgehalten an dem, was zwischen ihr und diesem Kulturbetrieb nicht funktionierte. Sie hat sogar eine Tabelle erstellt, mit ziemlich wilden Mutmaßungen. Wie und wann ihre Bücher und Theaterstücke besprochen wurden, oder auch nicht. Was anstatt ihrer Bücher besprochen wurde. Ein Bild zeichnet sich schon ab: Es sind immer dieselben Personen oder Institutionen gewesen, die sich ihr in den Weg gestellt haben. Und der kleine dicke Literaturkritiker, Arthur B. Liebig, war meistens dabei, wenn Helene leer ausging. Für diesen Salzburger Preis war Helene sogar fünf Mal in der engeren Auswahl gewesen, weil es auch Fürsprecherinnen gegeben hat, die Helene genauso hartnäckig zu protegieren versuchten, wie Arthur B. Liebig sie verhindern wollte. Liebig muss Helenes Themen sehr persönlich genommen haben, um so eine Aversion gegen sie aufzubauen. Er wollte sie mit allen Mitteln verhindern, so unerträglich war ihm alles, was Helene schrieb.

Aber auch andere Jurymitglieder hassten Helene. Ein alter, machtgieriger Autor, eine bestimmte Kritikerin. Bei den meisten vermutete Helene aber gar keine persönliche Abneigung gegen sie, sondern jemand anderes war einfach beliebter, leichter verdaulich, jünger, liebenswerter oder renommierter, gesetzter, auf eine andere Weise politisch. Oder es wurden Kompromisskandidaten gekürt, die zwar nur jedermanns zweite Wahl waren, aber eben Profiteure demokratischer Entscheidungen. Es waren nicht viele Frauen in die Vergabe von Stipendien und Preisen involviert. Mit dem feministischen Thema und ihren gewalttätigen Protagonistinnen stieß Helene überall auf Ablehnung, sowohl bei den Männern, denen der Feminismus ja aus gutem Grund lästig ist, als auch auch bei den Frauen, die die ewige Leier des Feminismus leid hatten oder die sich mit diesem Zeug nicht die Finger schmutzig machen wollten.

Und wenn sie zuerst eine andere Rolle einnimmt? Nicht die der verrückten Alten, sondern die der Hohepriesterin? Dafür bedurfte es eines gewissen Aufzugs. Hatte sie ein geeignetes Kleid dabei? Sie müsste weise Worte sprechen, salbungsvoll, am besten in poetischer Form. Bei einem Literaturpreis kann man ein bisschen Lyrik erwarten. Da würden sie automatisch zuhören: müssen. Sie robbt zum

Bettrand, greift sich Block und Papier und probiert, ihre Stichworte in Poesie zu kleiden. Sie ersetzt wütende Worte durch schwülstige Worte und hat direkt Spaß daran. Nach einer Weile hat sie ein paar Versionen, aber allen sieht man die lyrische Mogelpackung an, findet sie. Sie kann einfach nicht dichten. Sie wird nochmal Helenes Texte sichten. Vielleicht findet sie etwas.

Als Adrian später mit einer kleinen Flasche auftaucht, ist ihre Erleichterung nur begrenzt. Sie gibt ihm das Geld für die Tropfen und spürt das leichte Zögern, als sie die Börse in ihrer Handtasche verstaut. Die erste Hälfte der dritten Wochenpauschale ist sie ihm schuldig und die hundert Euro von der zweiten Hälfte der letzten Wochenpauschale, die sie nicht hatte. Siebenhundert Euro. Gib mir noch ein bisschen Zeit, bitte, ich muss auf die Bank, eine Unterschrift. Wegen einer Kontoauflösung. Dann kriegst du dein Geld, versprochen. Er nickt. Sie muss bald eine Lösung finden. Auf dem Beipackzettel steht die offizielle Dosierung. Nicht mehr als hundertzwanzig Tropfen pro Tag. Elvira misst hundert Tropfen. Etwas später, als der Schmerz noch immer nicht ganz weg ist, noch einmal fünfzig Tropfen. Den Weg nach Salzburg verbringt sie dämmernd, das laute Brummen des Motors wie ein Bienenstock, einlullend und heimelig.

17.
Adrian

Country- & Westernfest, Bayrischer Wald, Mitte September

Schau mal, so ruhig könnte es sein, wenn die Männer alle kastriert wären, sagt sie mit Blick auf die Pferde, die dösend im Schatten stehen. Adrian verschluckt sich fast an seinem Texassteak. Das ist nicht dein Ernst, möchte er protestieren, muss aber zuerst seinen Bissen Rindfleisch fertigkauen und hinunterschlucken. Also schüttelt er stattdessen den Kopf.

Siehst du? Stuten und Wallache friedlich vereint. Nur die Hengste machen Stress, sagt sie, als sie zu dem abgetrennten Bereich sieht, wo die Hengste untergestellt sind. Ein großes schwarzes Pferd wiehert und steigt ein bisschen, scheinbar gefällt ihm die Stute, die gerade vorbeigeführt wird. Auch als sie längst schon woanders ist, tänzelt der Hengst immer noch und gibt tiefe, meckernde Geräusche von sich. Adrian hat Mitleid mit ihm. Am liebsten würde er den Hengst freilassen, auch die Stuten, dann ist endlich wirklich was Authentisches los in diesem Westernzirkus. Elvira ist mit ihren Gedanken schon längst woanders. Sie sieht zu einem großen, schweren Mann in Fransenlederjacke, Cowboystiefeln, John-Wayne-Halstuch, der schwungvoll von seinem Kaltblutpferd steigt und in Elviras Richtung ehrerbietend den breitkrempigen Hut lüpft. Sie nickt würdevoll zurück.

Adrian schluckt das zähe Fleisch hinunter und schiebt angewidert den Teller von sich weg. Bei einem der Stände hat sich Elvira einen Cowboyhut gekauft, den sie nicht mehr abnimmt, und dazu ein kariert türkisfarbenes Westernhemd, mit verziertem Kragen und einem buckelnden Rodeo-Pferd auf dem Rücken. Sie hat es gleich über das Leibchen gezogen und sie passt so gut in diese in den September gerutschte Faschingsveranstaltung. Ihm ist unangenehm, dass sie das Hemd so mädchenhaft unter der Brust verknotet hat, aber der Knoten hat sich schon gelockert und verdeckt jetzt das merkwürdig spitze kleine Bäuchlein, das sie hat. So sieht sie nicht mehr peinlich aus, nur sehr, sehr begeistert. Die anerkennenden Blicke der Männer geben ihr recht – zumindest die der älteren.

Heute Vormittag haben sie gemeinsam die Medien durchforstet. Ihre gute Laune ist sicher auf das tolle Echo zurückzuführen. Die meisten der Berichterstatter hatten ausschließlich Elvira auf den Fotos, nur wenige die junge Preisträgerin. Viele haben das Gedicht abgedruckt, das irgendjemand transkribiert haben muss. Adrian ist problemlos in das Theater gekommen, durch die Vordertür, denn er hatte sich ein schwarzes Verlängerungskabel aus dem Bus mitgenommen. Einem Mann mit Kabel, der es eilig hat, stellt sich niemand in den Weg.

Auf dem Foto sieht man Elvira in ihrem schwarzen, bodenlangen Kleid, ärmellos, das Schild aufrecht in die Höhe haltend, ihr weißes Achselhaar präsentierend. Sie sieht grimmig aus und furchterregend, sie hatte sich die Augen dunkel geschminkt und die Haare irgendwie aufgebauscht. Unglaublich, wie sie wirkt: riesig, mächtig. Als könnte sie das ganze Auditorium mit einem Wisch in eine Froschlacke verhexen. Jeder in diesem Saal hatte Angst vor ihr, darauf wettet er. Von einem Kollegen, der im Salzburger Landesstudio arbeitet und der ihm irgendwann einmal einen Gefallen geschuldet hat, hat er den Mitschnitt in guter Qualität bekommen. Zum Filmen ist er ja nicht gekommen, weil sie ihn gleich anrief, kaum dass er einen guten Platz gehabt hatte. Ich brauch dich, sofort, hat sie gesagt, die Garderobe ist nicht versperrbar. Er hat das Theater durch den Fronteingang verlassen, ist zum Bühneneingang gegangen, zu den Künstlergarderoben.

Wie sie auf die Bühne gleitet, steif, aber feierlich, das Schild neben sich wie das Kuvert, in dem der Gewinner des Oskars auf seine Verkündung wartet. Und: barfuß. Wie der Beleuchter und Tontechniker mitgespielt haben, weil sie dachten, sie wären einfach nicht gut gebrieft worden über den Auftritt der komischen Alten. Die Katzenschlager, wie sie zum Mikro tritt, wartet, bis es ganz ruhig wird, nachdem sich zuvor verwundertes Getuschel im randvollen Saal breitgemacht hat. Und wie sie langsam das Gedicht spricht, auswendig, Wort für Wort, mit diesen bedeutungsschwangeren Pausen.

Das Genie kennt keine Grenzen
kein Geschlecht, sagt ihr
kein Alter und kein Privileg
das Genie per se sei genial
sagt
die Jury kennt keine Grenzen
kein Geschlecht
kein Alter und kein Privileg
die Jury per se sei unfehlbar
sagt der Besteller der Jury

Man sieht die Unruhe in den ersten Reihen, aber sonst nur Regungslosigkeit im Publikum. Adrian ist sich sicher, hätte sie nach dem letzten Wort nicht gleich langsam das Schild hochgehoben, es hätte einen großen Applaus gegeben.

»Der Preis gebührt: Helene SCHULZE
5 Mal vorgeschlagen
5 Mal abgelehnt
von Juror ARTHUR B. LIEBIG«

Darunter prangt das Seepferdchen. Jetzt schwillt ein Raunen und Gemurmel an, das Publikum beginnt sich zu regen, aber da kommt schon der Sicherheitsmensch mit dem affigen Kabel im Ohr und greift Elvira bestimmt an die Schulter, eine Bewegung, die sie abschüttelt, so wie sie Adrians Umarmung im Mühlviertel abgeschüttelt hat. Stolz und erhobenen Hauptes schreitet sie von der Bühne.

Während des ganzen Auftritts war es jedenfalls Adrian, der mit der Schreckschusspistole in der Garderobe stand und Liebig und seine Preisträgerin in Schach gehalten hatte. Es war nicht besonders viel zu tun gewesen. Beide waren sie auf ihren Drehsesseln gesessen, geschminkt, gepudert, ein unberührtes Glas Sekt vor sich auf dem Schminktischchen stehend, das vor sich hinperlte. Trotz des dicken Make-ups sahen sie blass aus, sie sprachen nicht. Niemand sprach.

Es hat nur kurz gedauert, vielleicht drei, vier Minuten, aber jede Sekunde war ihm zu viel gewesen. Er hatte gedacht, eine Waffe zu halten, würde sich mächtig anfühlen und gut. Er hatte gedacht, er hätte genug Shooting-Games gezockt, um Hemmungen abzubauen, um zumindest Souveränität vortäuschen zu können. Aber die kleine blöde Pistole war schwer und kühl in seiner Hand gelegen, genauso, wie Elvira sie ihm übergeben hatte, mit den Worten: Wenn sie sich bewegen, schieß. Dabei hatte sie ihm zugezwinkert. Er wusste ja nicht, dass es eine Schreckschusspistole war. Die Waffe hatte nichts mit dem Luftdruckgewehr zu tun, mit dem er als Jugendlicher in Schwechat auf Spatzen geschossen hatte. Es war etwas ganz anderes. Es war todernst.

Als es kaum hörbar an die Tür klopfte, löste er sich aus seiner Starre und wusste, dass er jetzt schnell sein musste. Das musste Elvira sein, die gerade von dem Sicherheitsmann zum Bühneneingang hinausbegleitet wurde. Er steckte die Waffe in seine Umhängetasche, zog die Kappe ins Gesicht, hängte sich das Kabel um und verließ die Garderobe mit dem Rücken voraus, verschloss sie wieder, dann ging er flott, aber nicht auffällig hektisch an dem Sicherheitsmann vorbei, der ihm entgegenkam und ihn gar nicht beachtete, ging ums Eck, die Straße hinunter, fünfzig Meter hinter der barfuß gehenden Elvira her, bis zum Bus, der zwischen Mistkübeln und Altkleidercontainern geparkt war. Er warf Kabel und Kappe auf die Liegefläche, nahm auf dem Fahrersitz Platz, sie auf dem Beifahrersitz, und ohne zu denken, startete er, gab Gas und fuhr in Richtung Autobahn, sogar noch am Bühneneingang des Theaters vorbei. Niemand kam heraus.

Kaum waren sie auf der Autobahn, nestelte er die Pistole aus seiner Umhängetasche, am liebsten hätte er sie aus dem Fenster geworfen vor Wut. Stattdessen legte er sie zwischen sich und Elvira auf die Sitzfläche. Sie nahm die Pistole und steckte sie ins Handschuhfach.

Hast du den Verstand verloren? Wir sind jetzt Kriminelle! Warum bitte eine Waffe?

Sie saß blass neben ihm. Er sah sofort, dass sie wusste, sie hatte einen Fehler gemacht. Sie dachte kurz nach, dann schrie auch sie. Das ist eine Schreckschusspistole, sie ist eh nicht geladen! Es war das erste Mal, dass er sie schreien hörte. Dann setzte sie leise nach: Glaube ich.

Aber woher ist die überhaupt?, brüllte er sie an.

Ich hab sie im Bus gefunden!, entgegnete sie. Im Handschuhfach, sie war die ganze Zeit da. Das ist doch keine echte Waffe, oder? Echte Waffen liegen doch nicht in Handschuhfächern herum. Und ich hab mir gedacht, schadet vielleicht nicht ... und der Liebig ist ausgerastet, da war kein Schlüssel.

Dann war sie still und sank in sich zusammen. Adrian wollte sie weiter anschreien, dass sie ihn in Schwierigkeiten brachte, dass sie ihm das Leben schwer machte, dass sie ihm Geld schuldete, dass er kündigen würde, wenn das so weiterginge, nein, dass er jetzt gleich kündigen würde, hier und sofort, dass er jetzt aussteigen werde, bei der nächsten Raststation. Aber zum ersten Mal in den letzten zwei Wochen zeigte sie richtig Schwäche. Nicht einmal, als sie Kreuzweh hatte, hatte sie so schwach gewirkt. Und jetzt war von der majestätischen, furchteinflößenden Hexe nichts übrig als eine ältere, zarte Frau mit weißen Haaren, die sich im Beifahrersitz zusammenkauerte und ein Schluchzen unterdrückte. Adrian war es plötzlich ganz leer im Kopf und er wusste gar nicht mehr, was er sagen sollte. Der Bus fuhr durch die Nacht, und im Scheinwerferlicht sah er, dass die Blätter gelb und rötlich gefärbt waren. Ihm war gar nicht aufgefallen, dass es inzwischen Herbst geworden war und dass der Sommer und das Schwimmen und die Festivalsaison mit Katalyn endgültig vorbei waren. Und plötzlich verstand er, dass sie ihm die Verantwortung übertragen hatte. Darüber, was als Nächstes zu tun war. Nämlich, dass sie ab jetzt nicht mehr auf der Autobahn fahren durften, sondern nur mehr auf der Bundesstraße unterwegs sein mussten. Dass man sich jetzt unauffällig zurückziehen musste. Und mitten in diesen Gedanken kam das Plakat, das das Westernfestival ankündigte. Gute Idee, da vermutet uns niemand, hat Elvira nur gesagt, als er auf den Campingbereich des Country- und Westernfestes einbog. Seit sie aus dem Salzburger Theater raus sind, ist nicht nur sie mit ihm, sondern auch er mit ihr per Du.

Vergnügt taucht Elvira ihre Potato Wedges in die Barbecue-Sauce und steckt sie zwischen ihre ununterbrochen grinsenden Zahnreihen. Sie sieht so gar nicht nach Kreuzweh aus. Nimmt sie immer noch diese Tropfen? Bier trinkt sie jedenfalls. Das Fest ist in vollem Gange, es ist Samstagabend, alle USA-Träumer aus dem Umkreis von dreihundert Kilometern und mehr haben sich in ihre Westernklamotten gezwängt und auf den Weg hierher gemacht. Adrian ist peinlich berührt über den Ernst, den die Menschen verströmen. Soeben wird die Bühne wieder umgebaut, die Honky-Tonk-Willys packen ihre Instrumente ein, jetzt muss er bald die nächste Band ertragen, aber nicht bevor die lokale Amateur-Linedance-Gruppe ihren Auftritt gehabt hat. Inzwischen dudelt das Banjo vom Band. Dass sich eine altlinke Emanze in so einem Milieu so wohlfühlen kann, wundert ihn wirklich.

Sie campen auf der Wiese hinter dem Festivalgelände, zwischen den Pferdetransportern und den Wohnwägen, die durcheinander stehen, nicht so zwanghaft Seite an Seite wie bei dem Campingplatz am Moorsee. Wäre dieses Western-Tamtam nicht, es könnte fast gemütlich sein. Sogar das Wetter ist perfekt, nicht zu heiß, nicht zu kühl, nur in der Nacht spürt man schon den Herbst.

Er hat sich die ganze Zeit gewundert, warum in den Medien nichts von der Waffe stand. Vielleicht hatten der Literaturkritiker und die Preisträgerin nichts von der Waffe gesagt. Oder es war den Ermittlungen nicht zweckdienlich. Oder man wollte Panik vermeiden. In den Medien wurde von einem amüsanten Zwischenfall bei der Preisverleihung gesprochen, die dann ungehindert fortgesetzt werden konnte. Fakt war, dass das Seepferdchen jetzt an ziemlich prominenter Stelle prangte, nämlich in den vielen Zeitungen und auf den Seiten im Netz, wo Elviras Bild mit dem Schild und dem Symbol das der Preisträgerin ausgestochen hat. Es ist nur mehr eine Frage der Zeit, bis irgendjemandem auffällt, dass diese Vandalismusakte miteinander in Zusammenhang stehen. Dass alles mit dem Seepferdchen signiert ist. Und wenn es die Polizei ist? Adrian hatte jedenfalls Angst. Deswegen ist er hierhergefahren. Hierher verirrte sich so schnell niemand.

Der Mann mit dem John-Wayne-Halstuch steht plötzlich mit einem Burger und einem Bier in der Hand neben ihnen, er fragt mit sonorer Stimme und bayrischem Akzent, ob er sich setzen darf. Adrian sieht den Burger an, das Fleisch sieht rot aus, aus dem Spalt zwischen den Brötchen sickert Blut wie aus einer Wunde. Ihm ist übel. Elvira deutet mit kaum wahrnehmbarem Lächeln auf den Platz neben Adrian, der schwere Mann lässt sich auf die Bank fallen und setzt sich dabei auf einen Teil von Adrians Short. John Waynes Beine sind in fransige Lederlappen eingeschlagen, vielleicht spürt er deswegen nicht, dass er mit seinem Übergewicht auf Adrians Hosenbein lastet und ihn damit quasi festnagelt. Der Mann stellt sich als Walter vor. Elvira stellt sich als Susan vor, eine unsägliche Konversation über das Wetter und das Essen kommt ins Rollen. Adrian sagt: Tschuldigung, meine Hose, aber Walter hört ihn gar nicht. Adrian sagt es ein zweites Mal, diesmal etwas lauter: Tschuldigung!, was aber ebenfalls ohne Reaktion bleibt. Ist der schwerhörig? Adrian zieht wütend seine Hose mit einem Ruck unter dem Hintern des Cowboys hervor, dabei hört er diesen kleinen Ratsch, mit dem sich an der Seite seiner Short ein Riss aufgetan hat. Super, danke, sagt er. Erst jetzt sehen ihn die beiden Alten entgeistert an. Er nimmt sein Glas und verzieht sich, er ist so zornig, dass er jedem x-beliebigen Cowboy das Bier ins Gesicht schütten könnte. Er geht durch die Menge, seine Hand lässt er nach unten baumeln, vor den Riss. Alle sind so gut gelaunt und so drollig verkleidet, nur er ist schlecht drauf. Er will nicht dieser eine Freak in T-Shirt, Short und Sneakers sein, der Einzige, der kein kariertes Hemd trägt und keine Westernboots. Der Einzige, der keinen Spaß hat. Am liebsten hätte er jetzt auch so ein Westernhemd, aber das Hemd würde nicht reichen, er bräuchte dann auch so eine richtig knackig enge Hose. Auf gar keinen Fall!

Er hat Heimweh nach Wien, nach seiner Wohnung, nach Katalyn. Sie anrufen und ihr sein Leid klagen? Undenkbar. Adrian geht gegen einen zähen Strom aus Südstaatenfreaks an und vorbei an einem Typen mit rotkariertem Hemd und Ledergilet, der ihn anrempelt, oder hat Adrian ihn zuerst angerempelt? Egal. Hey, pass auf, sagt der Rotkarierte und funkelt ihn an. Geh scheißen, sagt Adrian und ist über sich selbst verwundert, da hat er schon einen Arm auf der Schulter und der Mann schaut ihn mit seinen blitzblauen hervorquellenden Augen an, intensiv und fokussiert. Adrian könnte die geplatzten Äderchen im Augapfel zählen. *Sag das noch mal.* Adrian denkt nicht lange nach, er schüttet das Bier in dieses rotgeschrubbte, vor Selbstgefälligkeit strotzende Cowboygesicht, er sieht, wie die glotzenden Augen sich verschließen, er sieht den Schaum auf den Wangen, und dann sieht er gar nichts mehr, spürt nur mehr diesen scharfen Schmerz in der Nase und dann auf der linken Augenbraue, wie ihm die Tränen in die Augen schießen und er nach hinten taumelt, in irgendetwas Weiches hinein. Etwas, das ihn hält und wieder aufrichtet, seine Ohren singen noch, und als er die Augen wieder öffnet, sieht er, dass der Cowboy festgehalten und beschwichtigt wird, er sieht es durch seine Finger, denn er greift sich gerade auf die Nase und auf die Augenbraue, beide tun sehr weh. Als er die Hand zurückzieht, ist da nicht wenig Blut. Er dreht sich um, das Weiche, das ihn aufgefangen hat, ist ein dicker Mann, der ihm die Pranken auf die Schulter legt und sagt: Mensch, beruhig dich. Das isses doch nich wert.

Adrian nickt, er hört: Was'n los? Und: Polizei holen? Und: Bloß nich.

Da steht auch schon der Sheriff vor ihm, mit Schnauzbart, Hut und glänzendem Messingstern, er händigt ihm ein Taschentuch aus und spricht streng mit ihm. Ich bring dich jetzt zum Doktor und wenn du noch mal Stress machst, fliegst du raus, claro? Adrian nickt. Der Sheriff greift ihm mit seiner großen haarigen Pranke zwischen die Schulterblätter und schiebt ihn durch die Menge, die sich angesammelt hat, aber gerade wieder zerstreut. Adrian versucht, nicht in die Gesichter zu schauen.

Er lässt sich jetzt gerne von der starken Hand führen, er könnte ewig so weitergehen, denkt er, nicht denken, einfach gehen. Ein paar Stufen hoch, nach rechts, hinter der Bar und der Bühne vorbei, dann links, bis zu den Holzbuden mit Südstaaten-Tand, er sieht Fahnen, Gürtel, Hemden, Sporen und Pistolenhalfter, Pferdenippes. In einem Stand steht eine junge, blasse Frau mit schwarzblauen Stirnfransen und schwarz umrandeten Augen, dort lädt der Sheriff ihn ab.

Hab hier wen für dich, sagt er, hat sich geprügelt.

Dann klopft er Adrian zweimal auf die Schulter und will abgehen.

Was ist mit dem Sanitäter, hat der keine Zeit?, fragt sie den Sheriff missmutig.

Der ist gerade mit zwei Schnapsleichen beschäftigt. Haben alles angekotzt.

Na, wenn's denn sein muss, komm halt rein, sagt die junge Frau ohne ein Lächeln, er geht um den Stand herum, hinten ist eine kleine Tür, durch die tritt er ein. Sie zeigt ihm einen Barhocker, auf den er sich setzen soll, zieht mit einem Ruck einen schwarzen Vorhang vor das Budelfenster, richtet eine der Lampen, die den Stand beleuchten, auf ihn. Dann zieht sie einen kleinen Arztkoffer unter der Budel hervor, streift sich Latexhandschuhe über und sieht ihm eine Weile aufmerksam ins Gesicht.

Sind Sie Ärztin?, fragt er vorsichtig.

Tierärztin, sagt sie ernst. Fast. Fehlt nur noch das letzte Staatsexamen. Aber auch Sani, keine Angst.

Sie sieht konzentriert auf die Wunden, greift seine Nase, bewegt die Nase, die Augenbraue, tut das hier weh, fragt sie, oder das? Ein bisschen, lügt er. Um nichts in der Welt möchte er in ein Krankenhaus. Er mag hier sitzen bleiben, bei dieser Frau, die so angenehm nüchtern ist, die weich aussieht, ein klein wenig speckig. Mit ihren sicheren Handgriffen, den großen Brüsten in dem ärmellosen, engen Ruderleibchen, über das ein schwarz-weiß kariertes Hemd geknotet ist. Brüste, die sich sehr knapp vor seinem Gesicht auf und ab senken, im Takt ihrer ruhigen Atmung. Sie riecht nach Pferd, nach Leder. Er schließt die Augen und genießt die Berührung.

Nichts Schlimmes, sagt sie. Zu klein zum Nähen. Ich tu dir nen Butterfly drauf.

Sie sprayt, wischt, tupft und klebt, er versucht, nicht zu zucken, wenn es wehtut.

Als sie fertig ist, sich die Handschuhe auszieht und den Koffer wieder einräumt, erhebt er sich vom Barhocker, streckt sich, schiebt den Vorhang zur Seite und wirft einen Blick auf das, was sie verkauft.

Hast du keine Angst, dass dir wer etwas stiehlt, wenn der Vorhang zu ist?, fragt er.

Nee, sagt sie. Das sind gute Leute hier. Pferdeleute.

Was ist das überhaupt, was du da verkaufst?

Schmuck aus Pferdehaaren, sagt sie. Individueller Schmuck aus den Haaren deines Pferdes, jedes Teil ein Einzelstück!, sagt sie ihren Werbespruch auf. Von irgendwas muss man ja leben, bis das Studium fertig ist.

Sie steht jetzt vor ihm. Er steht auf. Jetzt wäre der Moment, den Vorhang wieder zurückzuziehen, sich zu verabschieden, So! zu sagen. Aber das tut sie nicht. Sie steht da und sieht ihn ernst an. Durch einen kleinen Spalt dringt ein Lichtstreifen, der eine Linie in ihr Gesicht zeichnet. Er wartet auf ein Zeichen, da wirft sie minimal das Kinn zurück und er traut seinem Instinkt, zieht sie an sich und küsst sie in die Kuhle hinter dem Schlüsselbein. Sie seufzt. Ihre Haut riecht süß, auch nach Leder, wahrscheinlich nach Pferdehaaren, nach all diesen Dingen, die sie verkauft, ein animalischer Geruch, der ihn geil macht. Sie zieht sich das Leibchen über den Kopf, den BH auch gleich mit. Zwei schwere, weiße Brüste fallen heraus, sie zeichnen sich fast bläulich von der ohnehin schon hellen Körperfarbe ab. Ihr Gesicht ist nicht zu sehen, das findet er aufregend, ja, man könnte das Gesicht austauschen, Katalyn, er wischt sie weg, das Gesicht gleich ganz weglassen, denkt er. Er drückt sie gegen die Wand, die leicht schwingt, und hält ihre Hände fest, sie wehrt sich nicht, lässt die Hände erhoben, als wären sie beim Tanzen eingefroren. Gefällt ihr das? Ihm gefällt es jedenfalls, er leckt über ihre schweren Brüste, geht auf die Knie, zieht an ihrer Hose, ohne sie zu öffnen. Stretchmaterial, er hat richtig geraten, es gibt nach, jetzt sieht er nach oben, sie zittert, von unten sieht er die hohe Wölbung ihres Schamhügels, dann die Brüste, er zieht jetzt auch ihre Unterhose herunter und sie wölbt ihm ihre rasierte Muschi entgegen. Er mag das eigentlich nicht, er hat Angst vor den Stacheln, aber egal, er taucht seine Zunge in den himbeerfarbenen Spalt, den ihre speckigen Schamlippen freilassen, dorthin, wo er den Kitzler vermutet, den er gleich ertastet. Sie schmeckt nach fast nichts und geht jetzt stöhnend leicht in die Knie und drückt sie so auseinander, dass er gut in sie vordringen kann, eigentlich muss er gar nichts tun, sie drückt sich jetzt an sein Gesicht und bewegt sich kreisend, er denkt nur, dass er auf seine Nase aufpassen muss, aber da spürt er schon das Zucken, ein trockenes Stöhnen kommt von dem immer noch bedeckten Gesicht, und er weiß: Es ist vorbei.

Er steht auf, seine Hose steht ab wie ein Zelt, sie kommt lächelnd aus ihrem Versteck hervor, zieht den BH und das Shirt wieder herunter und die Hose wieder hinauf. Na, sagt sie leise, das ging ja zackig. Er wischt sich über den Mund, er kann sich nicht entscheiden, was ihm jetzt am liebsten wäre, blasen oder ficken, und wie er das artikulieren soll, wenn es ihm einfiele, und er überlegt, ob er ein Kondom in seiner Geldtasche hat. Da ruft jemand: Ruth? Ruth? Und sie wird plötzlich hektisch, deutet ihm, zu verschwinden, durch die Hintertür, was er auch tut. Er drückt sich an die Rückwand des Schuppens und wartet mit klopfendem Herzen, er hört, wie sie den Vorhang ihrer Budel zur Seite zieht und mit einer Frauenstimme ein Gespräch beginnt, irgendwas mit einer Präsentation an der Uni anscheinend, ein Gespräch, das gar kein Ende zu nehmen scheint, im Gegenteil, das an Fahrt aufnimmt, jetzt werden Pferde besprochen und osteopathische Behandlungen von Pferden und als sie bei der Pferdeakupunktur angelangt sind, ist seine Erektion längst zusammengefallen und er begreift: Das war's, da kommt nichts mehr, zumindest jetzt nicht. Große Enttäuschung macht sich in ihm breit.

Er schlendert durch das Gelände, geht zum Klocontainer, sieht in den Spiegel und erschrickt. Seine

Augenhöhle ist ein riesiger roter Fleck, der auf die Augenbraue übergeht, gemeinsam mit dem Pflaster sieht das echt wild aus. Die Nase allerdings sieht unverletzt aus. Wahrscheinlich wird das alles blau werden. Er weiß nicht, soll er stolz auf sich sein oder sich leidtun? Adrian wäscht sich die Hände und den Mund, er fühlt sich ganz taub, als hätte er irgendeine Wurschtigkeitsdroge bekommen.

Auf dem Tanzboden ist jetzt der Teufel los, er sieht den Paaren zu, Gruppen, die sich fest ineinander verhaken, sie wirken alle sehr gut gelaunt. Er holt sich noch ein Bier, es ist schon das dritte, das eine, welches er dem Typen ins Gesicht geschüttet hat, zählt er nicht mit. Wo ist denn Elvira? Vielleicht schläft sie ja schon. Er würde sie jetzt gerne sehen, er möchte, dass sich jemand um ihn sorgt, ihn fragt, wie er zu dieser Verletzung gekommen ist. Er möchte wenigstens getadelt oder verarscht werden, wenn schon nicht getröstet. Er kann sie nirgends finden, auch beim Bus ist niemand. Schließlich kapituliert er und legt sich trotzig in Elviras Bett. Soll sie ihn doch rausschmeißen.

Als er später aufwacht, weil er aufs Klo muss, trommelt der Regen gegen die Karosserie. Es ist schon hell. Elvira liegt neben ihm, das Gesicht von ihm abgewandt. Während er in die Büsche pinkelt, sieht er, dass die meisten Festivalbesucher schon abgefahren sind. Klar. Kluge, vernünftige Menschen schauen auf ihre Wettervorhersage, packen ihre Möbel zusammen, bevor der Regen kommt und fahren heim, bevor sie mit ihren Wohnmobilen im Morast einsinken. Er hofft, dass sie aus der Wiese rauskommen. Nur Idioten lassen alles draußen, bis es komplett durchnässt ist. Als er auf den Bus zugeht, sieht er, dass sie wirklich überhaupt nicht mitdenkt. Nicht einmal die Handtücher hat sie in den Bus gelegt, bevor sie ins Bett gegangen ist. Da steht sie auch schon und reibt sich den Schlaf aus den Augen.

Oh, es hat geregnet, sagt sie unschuldig.

Ja, und alles ist nass. Und wird nie wieder trocknen. Gut, dass du mitgedacht und die Sachen reingeräumt hast, knurrt er sie an.

Das ist nicht mein Job, sagt sie.

Meiner auch nicht, denn, stell dir vor, ich bin im Krankenstand, schreit er sie an und zeigt auf sein blaues Auge.

Hast du dich geprügelt?, fragt sie verwundert.

Zur Antwort schüttelt er den Kopf. Er wird immer wütender. Zuerst klappt er die nassen Stühle und den Tisch zusammen, dass es nur so spritzt, dann wirft er alles unordentlich auf die Liegefläche, während sie die Verriegelungen der Schränke verschließt und keine Notiz von seinem Geschepper nimmt. Er sammelt alles ein, den Regenschirm, den Elvira draußen vergessen hat, das nasse Handtuch, das sie über den Seitenspiegel gehängt hat, die Solarlampe, die am Boden stand, ein nasses Fleece von ihm, er wirft alles in den Bus auf den Boden, ein klammer, unförmiger Haufen. Wie eine Mülldeponie sieht es hier aus, denkt er, alles trostlos und dreckig, ihm graust, vor dem Bus, vor Elvira, vor dem Pferdemief, der von den Ställen hinaufzieht, vor der ganzen Reise graust ihm, er will am liebsten nach Hause. Aber zuerst muss er noch zum nächsten Ort, und vorher muss er noch abwarten, ob sie aus der Wiese rauskommt. Sie startet den Motor, fährt an, und natürlich drehen die Vorderräder durch, sie dreht sich um und zuckt mit den Schultern, er stöhnt genervt auf, jetzt kann er das Unding noch aus dem Schlamm herausschaukeln, wie soll er das alleine bewerkstelligen? Keine Menschenseele weit und breit, nur ein Wohnmobil, dessen Fahrer mit kühlem Gesichtsausdruck an ihm vorbeifährt und so tut, als würde er ihn nicht bemerken. He, schreit Adrian, ich brauch hier Hilfe, aber da ist der Typ schon weg und Adrians Wut ist noch ein bisschen größer geworden. Elvira öffnet das Fenster und sagt: Ich gebe den Takt an. Und während sie schreit: ... und eins ... und zwei ... und drei, stemmt sich Adrian gegen das Heck des Busses, eingenebelt von den Abgasen des röhrenden Motors, nach dem zehnten Versuch fährt der Bus tatsächlich an und Elvira lenkt ihn auf die Straße. Er läuft hinterher, total durchnässt und verdreckt, klettert in den Bus, lässt sich erschöpft auf die Bank fallen und wartet. Auf ein Danke. Aber stattdessen sagt sie: Na bitte.

Danke wäre der richtige Text, sagt er wütend.

Sie verdreht die Augen.

Wenn es dir nicht passt, kannst du jederzeit gehen, sagt sie. Langsam fahren sie die Zufahrtsstraße zu dem Festivalgelände entlang.

Er blickt zwischen seine schlammigen Füße. Da ist seine Tasche, in der ist alles drin, vielleicht liegt da ein T-Shirt irgendwo hinten zwischen den Polstern, aber sonst ist alles da, sein Handy, sein Laptop, seine Kamera. Er hat gestern alles, was ihm gehört, fein säuberlich eingepackt. Verwundert stellt er fest, dass er sich auf diese Situation vorbereitet hat, jeden Abend. Er hat nicht nur Ordnung gehalten, sondern immer so gepackt, dass er sich jederzeit aus dem Staub machen kann. Als sie durch einen Ort fahren, in dem eine neu renovierte, überdachte Bushaltestelle vor einer Kirche steht, folgt er einem Impuls, greift zur Tasche und sagt: Lass mich hier aussteigen. Sie wirkt nicht überrascht, nickt ihm zu, sagt: Mach's gut. Er springt aus dem Bus. Dann steht er da und sieht ihr nach, wie sie mit heulendem Motor anfährt, auf das komatöse Hügelland zu.

18.
Elvira

Klagenfurt, Ende September

Die ersten hundert Kilometer ist sie aufs Gas gestiegen, es war eine Erleichterung, ihn los zu sein, sie schaltete das Radio ein, probierte ein paar Sender, sie schaltete es wieder aus. Seit Sankt Florian ist ihr langweilig. Bis nach Klagenfurt sind es mindestens noch drei Stunden bei dieser Geschwindigkeit. Sie denkt an John Wayne. Sie hat das gleich in ihm gesehen: den hingebungsvollen, vorsichtigen Liebhaber. Der nicht mehr jung ist, aber sehr fokussiert, wenn es um das Lieben geht. Der weiß, dass man in ihrer beider Alter nicht lange herumfackeln darf. Er hat noch am Tisch gesagt, wie unglaublich erotisch er sie fände. So erotisch, dass er gar nicht mehr sitzen könne, wenn sie wisse, was er meine. Und ob er, wo sie ihn jetzt so wild gemacht habe, sich noch stundenlang mit seiner lästigen Erektion auf diesem Fest die Hacken ablaufen muss, bis er wieder so ein *schönes Mädchen* wie sie findet, die sich dann darum kümmert. Wortakrobat war er offenkundig keiner.

Wenn du so blöd daherredest, vergeht es mir noch, mich um deine lästige Erektion zu kümmern, sagte sie streng. Sein Blick wurde eindringlich. Da wusste sie, was zu tun war.

Sein Wohnwagen war akkurat zusammengeräumt und blitzblank geputzt. Erwartungsvoll legte er sich auf den Rücken und sah sie an. Sie bat ihn, die komplizierte Lederkluft an den Beinen abzulegen und die Hose auszuziehen. Auch sie machte sich untenrum frei, setzte sich ohne große Umschweife auf sein Gesicht und drückte mit den Knien seine Arme nach unten. Er seufzte wonnig. Elvira hatte richtig geraten: Dominanz und Sauerstoffentzug. Sie drückte ihr Becken auf sein Gesicht und adjustierte ihre Stellung, bis seine Zunge in der richtigen Position war, bevor sie mit dem Schaukeln begann. Als er ihr die Zunge zu weit und spitz entgegenreckte, verpasste sie John Wayne einen Schlag auf die Flanke. Wieder das wohlige Geräusch. Zwischen ihren Oberschenkeln sah sie nur seine Nase und ein kleines Stück von den Augen, die sich mehr und mehr weiteten. Sie rutschte ein wenig nach vorn, um weniger von seinem Gesicht zu sehen. Von ihm waren nur mehr eine Nasenspitze und ein Schnaufen übrig, das unregelmäßig und stoßweise kam. Auch ihr Atem ging schneller. Sie ließ ihn einen seiner Arme unter ihren Beinen hervorziehen, damit er es sich selbst machen konnte, was ihr gar nicht unrecht war. Als sein Atem erst stockte und dann mit einem Prusten wieder einsetzte, wusste sie, dass es bei ihm vorbei war. Er blieb noch liegen und half ihr, ebenfalls zum Höhepunkt zu kommen, was länger dauerte, als sie gehofft hatte. Das Schnaufen klang jetzt sportlich und nicht mehr lustvoll, aber es kam immer noch stoßweise, als würde jemand immer wieder lange unter Wasser getaucht werden. Der flache, unspektakuläre Orgasmus war die Mühe kaum wert. Danach hatte sie wieder Kreuzschmerzen, und auch John Wayne sah mehr erschöpft als befriedigt aus. Aber immerhin lächelte er dankbar, als sie ging.

Sie weiß nicht mehr, wann sie das letzte Mal so lange Auto gefahren ist. Das schweigsame Dahinfahren lässt die Vergangenheit in ihr aufsteigen, sie kann gar nichts dagegen tun. Ständig muss sie an die Portugalfahrt denken. Mit Gerd und Romana ist sie vier ganze Tage gefahren, von Wien bis Sagres, über zweitausend Kilometer. Gerd und sie haben sich zwar abgewechselt, aber hauptsächlich ist sie hinter dem Steuer gesessen, und Gerd hat sich um Romana gekümmert.

Damals war Elvira Mitte dreißig. Das ist fünfundzwanzig Jahre her. Sie war gerade erst aus La Gomera gekommen, wo sie neun Jahre verbracht hatte, die sich wie drei angefühlt hatten. Während Helene mit Rainer auf den Hafen der Ehe zusteuerte, ihre letzte Lesereise absolvierte und von einem Hotel ins andere geführt wurde, bevor sie sich der Fortpflanzung und Aufzucht zuwandte, ist Elvira mit dem Haizirkus durch Südosteuropa, über Budapest, Zagreb, Thessaloniki, Patras, von dort mit der Fähre nach Brindisi und durch ganz Italien getrampt. Haizirkus, das klang so gut. Aber es war ein Aquarium auf Rädern, und sie gehörte zum Inventar des Aquariums. Die

Haie waren traurige Fische, die von klein auf in winzigen Aquarien gehalten wurden, damit sie nicht auch nur eine Ahnung von artgerechter Haltung bekämen. Die gefrorene Kuben aus gepresstem Fisch zu fressen bekamen und immer nur schwammen, sogar im Dunkeln des Transporters, wenn der Zirkus weiterzog. Zirkus klingt nach Freiheit und gleichzeitig nach Familie. Aber auch Elvira war nur so frei, wie man in einem kleinen, rollenden Aquarium sein kann. Und eine Familie ist immer nur so nett wie ihre Mitglieder. Irgendwann hatte sie das Reisen satt. Sie fühlte sich wie ein Flüchtling in einem Flüchtlingszug, der nirgendwo ankommen durfte. Ihr ging auch das Begafftwerden auf die Nerven. Vor Neapel hat sie sich auf der rutschigen Stiege die Hand gebrochen und wurde gefeuert. In Wien kam sie ein paar Wochen bei Gerd und Romana unter, die immer noch ein Paar waren und immer noch in der WG wohnten, gemeinsam mit zwei Frauen. Elvira suchte sich sofort einen neuen Job und fand ihn an einer Pinnwand in einem Reisebüro: *Suche verlässliche Kraft für einfache Tätigkeiten auf La Gomera. Spanischkenntnisse erwünscht.* Elvira, die kein Wort Spanisch konnte, hatte schon seit zwei Jahren nur mehr einen formalen Wohnsitz in der Theobaldgasse. Gerd und Romana verrechneten nichts für den Wäschekorb, der im Abstellraum stand und in dem sie die immer seltener kommende Post, die an Elvira adressiert war, sammelten. Elvira hatte noch ihren Pass erneuert, sich aber sonst so gut wie tot gestellt. Sie zahlte keine Steuern, bezog keine Beihilfen, nichts gehörte ihr und niemandem war sie offiziell verpflichtet. Sie hatte sich daran gewöhnt, kein Zuhause zu haben, und sie war fest entschlossen, an diesem Zustand nichts zu ändern. Außerdem war Herbst in Wien und Elvira wollte keinen langen Winter vor sich haben. Nach nur zwei Wochen in Wien machte sie sich auf den Weg nach Teneriffa, erst über den Landweg und dann über Wasser. Etwas mehr als eine Woche später trat sie ihren Job als Haussitterin auf La Gomera an.

Im ersten Jahr hat sie keine der deutschen Zeitungen gelesen, die es in ein, zwei Cafés gab. Sie hatte keine Telefonverbindung, keine Ahnung, was zu Hause passierte, nur Expats oder Touristen, die sie anquatschten. Sie versäumte das Papst-Attentat, die Entdeckung von Aids, Tschernobyl und Perestroika. Sie musste nicht gegen Kurt Waldheim auf die Straße gehen und verschlief den Zusammenbruch des Kommunismus. Elvira empfand dieses Leben in den ersten Monaten wie fliegen. Sie versäumte die Geburt von Helenes Kindern, deren Geburtstage, Taufen, Zahnwechsel, Einschulungen. Sie versäumte die Auflösung der WG, die unter dem Erwachsenwerden ihrer Mitglieder endgültig zerfiel. Während Helene ihre Kinder großzog und schrittweise das Schreiben verlernte, kümmerte sich Elvira zuerst nur um das Ferienhaus einer reichen spanischen Familie, die sie dafür bezahlte, dass sie in einem Haus, das auf einem Hügel im Norden thronte, nichts tat, außer halbwilde, bissige Katzen und einen kleinen, anhänglichen Hund zu füttern. Elvira konnte die Viecher nicht ausstehen, aber mit Ausblick auf die wilde Nordküste und der gut gefüllten, glücklicherweise mehrsprachigen Bibliothek im Rücken ließ es sich ganz vortrefflich überwintern. Bis es Frühling wurde und die Familie zurückkehrte, hatte sich herumgesprochen, dass es eine verlässliche, unbescholtene Österreicherin auf der Insel gab, und bald pilgerte Elvira mit einem kleinen Auto, das Teil des Mobiliars war und mitbenutzt werden durfte, von einer Villa zur nächsten, fütterte Tiere, lüftete Ferienhäuser, goss Blumen, aß Vorräte, deren Mindesthaltbarkeitsdatum abgelaufen war, meldete Wasserrohrschäden und Einbrüche und verdiente jede Menge Schwarzgeld, das sie dort gar nicht ausgeben konnte. Dazwischen vertrieb sie sich die Zeit mit ein paar Aussteigern, die Schmuck anfertigten und von gestohlenem Obst lebten. Sie wurde von einem Saisonarbeiter schwanger und hatte eine Fehlgeburt, die sie feierte. Sie liebte alle, die sich lieben ließen. Keiner hielt es so lange auf der Insel aus wie sie. Nicht einmal die Kommunarden von El Cabrito. Einmal sah sie Otto Muehl in San Sebastian zum Arzt gehen. Fast zehn Jahre lang hat sie so gelebt, aber dann, als die Berliner Mauer bereits wackelte, fing die erste Zahnwurzel zu rebellieren an, dann die zweite, dann eiterte ein Stockzahn. Mit dem Zahnweh kam das Heimweh, und sie flog zurück nach Wien, quartierte sich wieder bei Gerd und Romana ein, nur für ein paar Wochen, versprach sie. Aber sie blieb länger und ging mit gefälschtem Krankenschein zu einem Zahnarzt, der sich ihrer Ruinen annahm, einer nach der anderen.

Elvira schlief mit Gerd, weil Romana schon zu krank war und sie darum bat. Gerd erkor Elvira zur optimalen Assistenz der Sterbebegleitung, und Elvira fügte sich, weil sie nichts anderes zu tun hatte und sich verpflichtet fühlte. Außerdem wusste sie seit dem Tod ihrer Mutter mehr über das Sterben als Gerd. Es war Romanas Idee gewesen, es in Portugal zu Ende zu bringen. Zwei Wochen lang waren sie an diesem verdammten Strand gesessen und hatten darauf gewartet, dass Romana starb. Aber Romana starb nicht. Damals hat sich Elvira das erste Mal strafbar gemacht. Unterlassene Hilfeleistung. Mitwirkung zum Selbstmord. Beihilfe zum Mord. Je nachdem, wie man es sah. Heute würde man Elvira und Gerd wohl strafrechtlich verfolgen, aber heute wäre Romanas Darmkrebs vielleicht auch heilbar. Elvira ertrug das Sterben überhaupt nicht, sie verfluchte sich dafür, auf diesen Deal eingegangen zu sein. Sie wünschte sich nach La Gomera zurück, in ihre Villen, zu ihren verlausten, krätzigen Hunden und Katzen und zu ihren in den Tag lebenden Liebhabern. Diese sterbende Romana führte ihr portionsweise vor Augen, wie sinnlos alles war, wie zeitlich begrenzt und deswegen auch im Hier und Jetzt schier ungenießbar. Dieser Sandstrand, der brüllende Atlantik, die warme Sonne, der knusprig braungebrannte, holländische Surfer mit den weißen Zähnen. Alles, was gut war, war auf Dauer dem Tode geweiht, jede Blume, jeder Schmetterling, jede schöne Stunde des Lebens hatte ein Ablaufdatum. Sie hatten ihr Zelt hinter einem Felsen aufgeschlagen, es gab jede Menge Hippies, die vorbeikamen und planlos, aber hilfsbereit auf der Gitarre klimperten, und Romana wimmerte, erbrach, hustete, schlief, schiss sich in die Hose und zwischendurch spritzte sie sich Morphium, das langsam zur Neige ging. Als das nicht mehr wirkte und sich ein Darmverschluss ankündigte, besprachen sie die Option einer Überdosis. Aber Romana bevorzugte den sicheren Tod. Sie schleppte sich mit Gerds Hilfe in der Nacht auf eine der Klippen und sprang in den Tod, während Elvira wach im Zelt lag und betete, dass sie wirklich sprang – oder, wenn nicht, dass Gerd das erledigte. Als Gerd allein zurückkam, kroch er in ihr Zelt, sagte kein Wort, presste sich an sie und zitterte am ganzen Körper. Elvira wäre am liebsten schreiend davongelaufen.

Sie alarmierten die Polizei am nächsten Morgen, die kam, fand und barg die Leiche, befragte die Hippies, man bestätigte ihnen mehrfach, dass Romana ein lebensmüder, kranker Junkie war, und damals reichte das. Romana wurde im Krematorium verbrannt, in eine Urne abgefüllt und war fertig zum Heimtransport. Gerd und Elvira fuhren schweigsam und ohne Pause nach Wien, und schon auf der Strecke löste sich die Notwendigkeit ihrer Freundschaft in Luft auf. Was zu dritt wunderbar funktioniert hatte, war zu zweit absurd. In Wien stiegen sie aus dem Wagen wie zwei vollkommen Fremde. Dieser Deal mit Romana und Gerd war die letzte Verbindlichkeit, die Elvira mit einem anderen Menschen eingegangen war. Bis Helene starb.

Elvira war in diesen Wochen in Portugal erwachsen geworden. In Wien sammelte sie sich, setzte sich vor den Wäschekorb mit der über Jahre angesammelten Post. Und ziemlich weit oben auf dem schwindelerregend hohen Berg von steuerlichen und behördlichen Belanglosigkeiten und Drohgebärden fand sie ein notarielles Schreiben, das sie über eine Erbschaft informierte. Es war ein Onkel zweiten Grades gewesen, der sich im Dienste einer Versicherung abgerackert und sein Geld fleißig gespart hatte. Elvira hatte sich sein Foto im Reisepass später lange und konzentriert angesehen und versucht, eine Beziehung herzustellen zu dem hamsterbäckigen, ernst in die Kamera blickenden Mann, dem sie tiefste Dankbarkeit schuldete. Der Onkel hatte sich eine hundertvierzig Quadratmeter große Wohnung in der Wiener Innenstadt geleistet, und bis in seine späten Fünfziger war er davon überzeugt gewesen, dass eines Tages eine Frau in diese Wohnung einziehen würde, die ihm mindestens drei Kinder und seinem Leben endlich einen Sinn schenken würde. Stattdessen streckte ihn eines Abends eine Lungenembolie in seiner schönen großen Wohnung nieder, und so kam es, dass er seine Wohnung und sein kleines, in Wertpapieren angelegtes Vermögen an eine Frau vererben sollte, die er nie in seinem Leben gesehen hatte und die ihm sicher zutiefst unsympathisch gewesen wäre. Die Steuern und Gebühren übernahm Gerd, der kurz darauf verschwand und den sie nie wiedersehen sollte. Ab da hatte Elvira eine Wohnung, die sie vermietete, und ein Einkommen, das sie versteuern musste. Jetzt war sie eine richtige Erwachsene, mit siebenunddreißig.

Es ist Herbst geworden, seit sie aus Hintermoos aufgebrochen ist, und sie hat ihr Journal in ihrer Tasche, das wird sie noch einmal durchgehen. Mitgeschrieben hat sie, aber die Bilder und Videos hat Adrian archiviert. Sie fährt an Steyr vorbei, durch Windischgarsten, über den Packsattel, langsam plagt sich der altersmüde Motor bergauf, durch Skigebiete, die im Spätsommer verwaist wirken.

Was passiert, wenn die Bachmann-Büste in Klagenfurt uminstalliert ist? Dann ist sie zumindest in Österreich fertig. Nicht zum ersten Mal seit Beginn der Installationen hat sie das Gefühl, dass die ganze Situation ins Leere läuft, egal, wie weit sie geht – es ist nie weit genug. Man hat immer nur den Rand berührt, nie das Zentrum. Nie das Ganze. Sie hat die Zeitungsartikel aufgehoben, sie hat eine Liste der Reaktionen erstellt, aber es ist nur Papier, unordentlich in eine Mappe gestopft. Es gibt da eine aufmerksame Kulturredakteurin beim *Standard*, der ein Zusammenhang aufgefallen ist zwischen dem Erpendorfer Kriegerdenkmal und der Kaltschlager

Kirche. Ihr ist aufgefallen, dass auf dem Schild in Salzburg auch ein Seepferdchen zu sehen war. Ihre Rückschlüsse über den roten Faden allerdings sind dermaßen verkopft, dass man weinen könnte. Anstatt Helenes Biografie in den Mittelpunkt zu stellen, hat sie es als anonymes, kulturpolitisches Statement aufgefasst.

Man muss einfach viel mehr rote Linien überschreiten, viel mehr Eigentum zerstören, viel mehr Gesetze brechen, um gehört zu werden. Sie versteht immer mehr, warum Terroristen so brutal werden müssen. Es hört ihnen ja sonst niemand zu. Sie lassen sich die Aufmerksamkeit der Gesellschaft in Menschenleben bezahlen, sie errichten Installationen aus Schmerz und Leid und nehmen in Kauf, dass man sie hasst und verfolgt und von all den Forderungen, die sie im Zusammenhang mit ihren Aktionen stellen, gar nichts mehr mitbekommt. Terror ist auch nur eine Protest-Kunstform, denkt Elvira verwundert, wenn auch eine sehr widerliche, abstrakte.

Was hat sie erwartet? Nichts Konkretes. Sie wollte etwas zu Ende bringen, das Helene begonnen hatte, sie wollte Helenes Leben ordentlich auf die Beine stellen, bevor Helene vergessen wird. Wie alles im Leben hat sie auch dieses Unterfangen angepackt, ohne vorher einen ordentlichen Plan zu erstellen. Keine Sekunde hat sie in Hintermoos daran gedacht, dass mediales Interesse dafür wichtig wäre. Schön: ja. Aber wichtig: nein. Was sie da um teures Geld veranstaltet hat, ist ein bisschen wie eine Schnitzeljagd ohne Teilnehmer, das kann sie sich jetzt eingestehen, wo sie Adrian nicht ständig die totale Kontrolle vorspielen muss. Sie hätte das tun können, worum sie Rainer gebeten hat, nämlich Helenes Nachlass zu sortieren. Sie würde gerne Helenes Buch lesen.

In den letzten drei Wochen sind ihre Ansprüche gewachsen. Sind das ihre Ansprüche oder die Helenes? Würde Helene mit dieser Buchpreisnominierung das Auslangen finden? Würde sie satt sein von den wirklich feinen Rezensionen, die die großen deutschen Literaturkritiker der Veröffentlichung des »Drohnenkönigs« schon im Feuilleton vorgestreckt haben? Würde es sie freuen, in wie vielen Auslagen das Buch jetzt prominent präsentiert ist, das jetzt endlich erschien und dessen erste Auflage gleich vergriffen war?

Würde sie vielleicht sogar sagen: Virli, lass doch das Gekritzel mit den Schildern, das bringt doch nichts. (Virli. So sagte schon lang niemand mehr zu ihr.) Siehst du? Seit vorgestern ist das Buch auf dem Markt und sie kaufen es wie verrückt. Mit oder ohne deinen schrägen Vandalismus.

Ja, weil du tot bist, würde sie Helene antworten, du naive Kuh. Weil du die erste tote Buchpreisanwärterin bist, du bist ein preisgekröntes Gespenst, eine gruselige Novität auf dem Buchmarkt, du bist hundertmal so steil wie Typen, die sich in Klagenfurt während der Bachmannpreis-Lesung in die Stirn geschnitten oder sonstwie zum Affen gemacht haben.

Na und, hört sie Helene sagen, ist das nicht egal? Seit wann ist es eine Schande, eine Sensation zu sein?

Aber was ist mit den Hindernissen, die dir im Laufe deines Lebens in den Weg gelegt wurden, was ist mit dem kleinen dicken Literaturkritiker, was ist mit der Sakristeiwanze? Was ist mit dem verhinderten Bachmannpreis, was mit der immer noch unterschiedlichen Rezeption von Männer- und Frauenliteratur? Mit der Ungerechtigkeit bei den Preisvergaben und Stipendien?, würde Elvira entgegnen.

Ach die, hört sie Helene sagen. Wer weiß, ob das alles wirklich so ist, wie wir es uns ausdenken. Vielleicht sind Männer wirklich die besseren Schriftsteller. Mittlerweile sind ja genug Frauen in den Jurys vertreten. Vielleicht sind die Frauen in den Jurys zu dämlich, um Frauenliteratur zu verstehen und zu schätzen. Und fühlen sich nicht alle, die schreiben, verhindert und unterschätzt? Egal, ob Mann oder Frau? Egal wie erfolgreich, es geht immer noch ein bisschen mehr. Wenn du nicht nur mich als Autorin, sondern alle verhinderten Frauen rächen willst, da musst du schon zu gröberen Mitteln greifen.

Geh scheißen, Neni, denkt sich Elvira.

Rächen. An Rache hat Elvira gar nicht gedacht. An Rehabilitation, an Sichtbarmachung, nie an Rache. Sie verzeiht Helene diese posthume Gelassenheit nicht. Sie kauft ihr das nicht ab. Was soll dieses fiktive Gespräch überhaupt? Sie wünscht sich Adrian und sein Geplapper zurück, das sie von diesen Gedanken abgehalten hat. Eine Müdigkeit beschleicht sie, sie schluckt das Gähnen hinunter, wenn sie jetzt damit beginnt, hört es nicht mehr auf. Jetzt wäre der Zeitpunkt, an dem sie ihn ans Steuer ließe.

Natürlich hätte man es breiter aufziehen können, von Anfang an. Unterstützer oder Promis einladen mitzumachen. Kollegen und Kolleginnen. Ein schräges Kulturformat. Man hätte einen Blog aufsetzen und befüllen können. Eine Presseaussendung machen. Sie hat zwei ihrer Monatseinnahmen für Adrians Gehalt ausgegeben, für die Gasthäuser, die Materialien, die Campingplätze. Sie ist zum Monatsende pleite. In ihrer Wiener Wohnung läuft die Miete weiter, ihre Sozialversicherung ist seit Ende August fällig, alles das, was sie so wunderbar abgestoßen hatte, damals in La Gomera. Sie sehnt sich nach dieser Unverbindlichkeit zurück, aber diese Zeiten sind vorbei. So ein Leben funktioniert nicht mehr, wenn man alt wird und zum Zahnarzt muss, wenn man Osteoporose hat und ein Glaukom. Es funktioniert, wenn man rechtzeitig stirbt oder noch ein bisschen mehr erbt, als Elvira es getan hat. Sie würde gerne weinen, aber sie muss fahren.

Die Müdigkeit wird dringlicher. Als die Straße durch einen Wald führt, hält sie an einem abzweigenden Forstweg, um Pause zu machen. Gerade, als sie sich eine Zigarette anzünden will, vibriert ihr Handy.

Rainer, sagt sie verwundert, mehr zu sich selbst als zu ihm.

Das Haus ist gestern abgebrannt, schreit er ins Telefon. Er klingt hysterisch.

Was für ein Haus?

Das Haus in Hintermoos. Komplett.

Elvira denkt an die Veranda. An Helenes Birkenstock. An die Kisten mit der Aufschrift PRIVAT, NACHLASS, WEISS NICHT. An den Schreibtisch mit den unveröffentlichten Romanen darin. An den Laptop.

Aber warum?, fragt sie.

Wo bist du?, schreit Rainer. Und bevor Elvira antworten kann: Warum bist du nicht dort gewesen?

Jetzt schluchzt er. Sag mir bitte, dass ihr Nachlass nicht verbrannt ist.

Elvira wird ganz steif vor Schuldgefühlen.

Bleib ruhig, sagt sie, alles ist sicher in meiner Wohnung verwahrt, keine Sorge.

Gott sei Dank, seufzt Rainer. Ich muss jetzt aufhören, die Versicherung. Aber danke, Elvira, danke, danke, danke!

Elvira spürt ihre Arme kaum, als sie sich wieder in den Bus setzt und losfährt. Als sie über den höchsten Punkt des Passes fährt, fühlt sie die Schwerkraft bis nach Klagenfurt ziehen. Ihr Herz klopft schneller als sonst. Warum habe ich gelogen?, fragt sie sich. Warum hat das Haus gebrannt? War das meine Schuld? Habe ich es unsachgemäß hinterlassen? Hätte ich alle Geräte ausstecken müssen?

In Klagenfurt irrt sie umher, sie ist zerstreut, beim

erstbesten Campingplatz bleibt sie stehen. Er ist winzig und liegt direkt an einem türkisfarbenen Seezufluss. Elvira parkt unter einem riesigen Haselstrauch ein, der sein Laub verliert. Sie wird die Formalitäten erledigen und sich dann dick eingepackt vor den Bus setzen und die Bachmann-Aktion planen. Sonst kann sie ohnehin nichts tun. Es wird schwierig werden, sich darauf zu konzentrieren. Sie weiß nicht, wie sie es Rainer sagen soll. Dass sie Helenes Nachlass vertrödelt hat. Plötzlich fällt ihr der Obersenatsrat ein. Der Bürgermeister. Die Kaiserbader. Liebig. Wie sie es dreht und wendet: Es ist und bleibt ihre Schuld.

Sie muss etwas trinken gehen. Als sie die Seitentür des Busses öffnet, schlägt ihr der modrige Geruch entgegen, den sie die ganze Fahrt über nicht in dieser Intensität wahrgenommen hat. Jetzt erst erinnert sie sich an heute Früh, sie sieht die feucht eingeräumten, wirr gestapelten Klappsessel und Tische, die Handtücher, den Sonnenschirm, alles nass und mit Unmengen von Gras beklebt. Was für eine Sauerei. Wo ist das Verlängerungskabel? Braucht man das wirklich alles? Wer trägt Schuld an diesem abstoßenden Haufen, der sich da zwischen ihr und ihrem Bett türmt? Warum hat sie Adrian verjagt?

Da sieht sie im Augenwinkel, wie sie beobachtet wird, von einem älteren Ehepaar, das unter seinem ordentlich aufgebauten und zusammengeräumten Vorzelt zusammengekuschelt den Lebensabend genießt. Sie sieht, wie die Frau ihr freundlich zunickt, wie der Mann sich erhebt und etwas zu der Frau sagt, jetzt tritt er aus seinem Vorzelt hervor, er trägt ein warmes Fleece, aber eine kurze Hose und watschelt in seinen Badeschlapfen mit kleinen, auswärtsgedrehten Schritten auf sie zu. Sie weiß, dieser Mann wird ihr jetzt seine Hilfe anbieten, sie weiß, er wird ihr vielleicht ein paar Dinge aus dem Bus heben helfen, aber die unangenehme Arbeit, das Abputzen, das Kochen, das Einkaufen, das Abwaschen wird er ihr nicht abnehmen können. Eigentlich will sie gar keine Hilfe, von keinem Mann, außer vielleicht von Adrian. Sie schließt die Schiebetür mit zu viel Schwung, sie knallt sie so laut zu, dass der Mann zusammenzuckt, innehält und kehrtmacht. Dann nimmt sie ihre Tasche vom Beifahrersitz, sperrt den Bus ab und geht durch den Park die Straße entlang, sie marschiert flott, bis sie eine vielbefahrene Straße erreicht, der folgt sie bis in die Innenstadt. Sie geht in das erstbeste Lokal, ein winziges, dunkles Loch, in dem unmissverständlich Rauchen erlaubt und Trinken erwünscht ist. Hinter der Bar steht eine Frau um die fünfzig mit blondierten Haaren, die gerade Bier für einen ihrer beiden Gäste zapft. Offenbar hat Elvira eine rege Diskussion unterbrochen. Einen Sermon, der sich weiter erbrechen will. Am einen Ende der Bar sitzt ein junger und am anderen Ende der Bar ein älterer Mann. Elvira platziert sich in die Mitte.

Oha, sagt der Junge.

Sie reagiert nicht darauf, bestellt sich ein Paar

Würstchen und ein großes Bier. Sie muss an das Feuer denken. Ich bin eine Brandstifterin, denkt sie, eine Versagerin, und das hier ist mein Habitat: die Talsohle. Ein provinzielles Trinkerlokal an einem Montagnachmittag, und das hier sind meine Genossen. Zwei gescheiterte, landespatriotische Alkoholiker und eine beschränkte, kaputtgearbeitete Wirtin.

Elvira schaut in ihr Bier und spricht nicht. Nach ein paar Minuten wird sie von dem älteren Mann in unverständlichem Dialekt angesprochen, darauf antwortet sie nur mit einem Brummen und Kopfschütteln. Von da an ist sie endgültig unsichtbar, und das Gespräch geht wieder weiter, als hätte vorhin jemand auf Pause gedrückt. Sie raucht fünf Zigaretten, trinkt drei Bier und hört zu. Sie taucht in eine Welt, in der immer alle anderen schuld sind, die Politiker, die Wähler, die Nichtwähler, die Frauen, die Nichtraucher, die Radfahrer, die Banker, die, die es sich richten können, und die Zeitungen. Die Moslems, denen man das Schweinefleisch ins Essen mischen sollte, die Tschuschen, die immer mehr werden, die Türken mit ihren scheiß Kebab-Ständen überall, die Jugos, die auch schon mal mehr gearbeitet haben, die Slowenen sowieso, die Wiener immer, die Neger natürlich, die Roten, die Schwarzen, die Grünen, die Chinesen, die Asylanten, die Juden, die Amerikaner, die Jungen, die nichts mehr arbeiten wollen. Alle, nur nicht die vier Leute an der Bar, sie gnädig eingeschlossen. Sie taucht tief ein in das nässende Geschwür aus Unglück, Suff und Blödheit, und nach fast zwei Stunden hat sie genug, zieht ihren Kopf wieder heraus, bezahlt und macht sich auf den Weg zu jenem Park, in dem die Büste der Bachmann angeblich steht. Die Luft ist frisch und süß.

Sie muss nach vorn sehen, sich orientieren. Als sie nach der Bachmann-Büste fragt, bekommt sie nur unwissendes Kopfschütteln und Achselzucken zur Antwort. Schließlich findet sie den Park, in dem sie aufgestellt wurde. Ingeborgs Kopf ist winzig und steht auf einem langen, schmalen und rostig aussehenden Sockel. So hässlich und faltig, vor allem so pockennarbig kann sie doch nicht gewesen sein, denkt Elvira angewidert. Und warum hat sie so säuerlich geschürzte Lippen?

Wann genau war das mit Helene und dem Bachmann-Wettbewerb? Neunzigerjahre, denkt sie, da war Elvira gerade zweiunddreißig und in Wien sesshaft geworden. Und Helene war gerade wieder mit einem Theaterstück aus der Versenkung hervorgekommen. Eine Kritikerin hat sie gefragt, ob sie nicht nach Klagenfurt kommen wollte. Helene war verzweifelt genug, um zuzusagen. Elvira hat die Veranstaltung im Fernsehen verfolgt. Dieser Text, den sie so gespenstisch ruhig vorgetragen hat. Ein Text wie ein siebengängiges Menü in einem französischen Haubenrestaurant, hatte einer der Juroren gesagt. Die Jury war sich so einig, dass man schon hätte Verdacht schöpfen können. Die Jury ist sich ja nie einig, nicht einmal, wenn sie sich gemeinsam für einen Gewinnertext entschieden hat. Da muss dann immer noch in letzter Sekunde der Konsens gebrochen werden und ein kleines »Ja, aber« die Ehrenrunde drehen, sonst ist der Sinn des ganzen Wettlesens hinfällig. Elvira vermutet, dass vielleicht da schon bekannt gewesen war, dass der kleine dicke Literaturkritiker, damals noch jung, aufstrebend und noch nicht dick, beim Notar Einspruch erhoben hatte. Und dass die Einigkeit der Jury Teil der Dramaturgie war, so wie das kurze Innehalten vor der Bekanntgabe des Gewinners Teil der Dramaturgie ist. Denn nur so war der Effekt des Notars, der danach auf die Bühne sprang und Helenes Text im Widerspruch mit den Statuten des Wettbewerbs entlarvte, natürlich umso wuchtiger. Gerade noch Anwärterin auf den Preis und schon disqualifiziert. Weil ein Teil des vorgetragenen Textes – genau genommen ein einziger, nämlich der erste Satz – schon veröffentlicht war, und zwar in einer Vorschau für eine andere Erzählung, die in einer Literaturzeitschrift erschienen war. Helene wurde ausgeschlossen und irgendein deutscher Langweiler, über den die Jury sich sehr heftig streiten musste, bekam den Preis.

Und Helene? Verschwand wieder ein paar Jahre in der Versenkung. Anstatt sich aufzulehnen, oder den Kurs zu wechseln. Sie hätte eine gute Märtyrerin abgegeben, mit diesem Literaturbetriebsunfall hätte sie auf den Tisch hauen können. Aber sie wollte ja nicht einmal Interviews geben danach, obwohl viele Journalisten Interesse zeigten. Sie ist einfach durch die Hintertür des ORF-Landesstudios verschwunden und ist nach Kaiserbad zurückgefahren, wo sie sich wieder ein paar Jahre mit Kochen, Garten und lokalen Frauenmuseumsinitiativen ablenkte.

Ebenso ein großer Skandal ist, wie die Bachmann ihren Namen und ihren Kopf für diesen Literaturzirkus hergeben muss, ohne dem jemals zugestimmt zu haben. Schon wieder so eine tote Schriftstellerin, die ausgebeutet wird. So wie Elvira die Bachmann gelesen hat, denkt sie, es würde ihr nicht gefallen, ihren Kopf in ein Logo eingearbeitet und auf Tassen und Taschen gedruckt zu wissen, mit denen umgehängt dann Besserwisser und Wichtigtuer in Klagenfurt herumstolzieren und drauflos bloggen. Die Bachmann muss ihren Kopf hinhalten, für einen Literaturwettbewerb, der zur literarischen Talentshow verkommen ist, in der sich verunsicherte Kandidaten durch Videoporträts, mit rätselhaften Faxen in Szene setzen müssen. In der eine selbstgefällige Jury möglichst mit gut vorbereiteten, maliziösen Bonmots herumschmeißen soll, damit das Publikum bei all der Literatur auch was zu lachen hat. Arme, tote Bachmann. Wie soll Elvira das bitte in eine Aktion umsetzen?

Sie dreht noch eine Runde durch die Innenstadt, die so überschaubar ist, dass man keinen Stadtplan braucht. Sie geht an einer Säule vorbei, wo ein Kreuz auf einem Halbmond sitzt. Sie geht an einem Ungeheuer aus Stein vorbei und an einem kleinen Männchen, das in einer Wasserlacke steht. So viele Statuen, so viele Denkmäler, Schilder, jede Menge uralte Symbole, Heldensagen und, darauf wettet sie, jede Menge alte Nazis auf Straßennamen und Marmorinschriften. Und der Bachmann, die ihnen jedes Jahr Ruhm und Geld einbringt, haben sie nur ein kleines popeliges Köpfchen am Rand eines Parks errichtet.

Sie bleibt vor einem Lokal stehen und liest die Speisekarte, überlegt, ob sie Hunger hat. Bachmannsalat, liest sie: Blattsalat mit panierten Hühnerbruststreifen.

Sie hat genug für heute. Auf dem Weg zum Campingplatz hebt sie ihre letzten fünfhundert Euro vom Konto ab. Mit denen muss sie jetzt bis November auskommen, egal, wo sie ist. Es ist kühl geworden, sie wird sich aus diesem Sauhaufen im Bus ihre Jacke hervorkramen müssen. Als sie die Seitentür öffnet, schlägt ihr der feuchte Gestank entgegen, aber sie ist betrunken genug, um darüber hinwegzusehen. Im Kühlschrank gammelt die Salami, der Motor hat die letzten Kilometer ein komisches Geräusch gemacht, und sie weiß nicht, wie es jetzt weitergeht. Morgen wird sie sich um alles kümmern. Vorsichtig steigt sie über den Berg aus feuchten Möbeln, schiebt Taschen, Polster zur Seite, rollt sich auf der verbleibenden Liegefläche zusammen und weint sich in den Schlaf, der so tief ist, dass sie den Anruf der Redakteurin vom ZDF nicht hört.

19.
Adrian

Wien, Anfang Oktober

Was man in drei Tagen alles erledigen kann, wenn man immer so früh aufsteht. Seit er zurück ist, hat er seine Wäsche gewaschen, seine Mutter besucht, seine Überweisungen erledigt, seine Fotos geordnet, seine Wohnung geputzt, das Eisfach seines Kühlschranks abgetaut, seine Jacken aus dem Schrank geholt. Morgen soll der Altweibersommer endgültig vorbei sein, ab morgen knickt das stabile Hoch *Hannelore* endgültig ein. Starkregen und Windböen bis hundertzwanzig Stundenkilometer. In den Nachrichten wird immer noch dem Sommer nach- und dem ersten Schnupfen entgegengejammert. Warm anziehen, hat der Moderator gemahnt. Die Neue Donau ist, *Hannelore* sei Dank, noch warm. Er wollte die Schwimmsaison beenden, mit Katalyn. Er hat es hinausgezögert, bis Katalyn seine wohlformulierte WhatsApp beantwortet hat. *Magst mit mir den Sommer beenden, solange uns das Hoch gnädig ist?* Was er nicht geschrieben hat: Und wie gleiten wir denn über in ein Herbstprogramm: sportlich, kulturell oder einfach nur sexuell? Katalyn hat nach vier Tagen sehr kurz angebunden geantwortet: *sry keine zeit!* SRY. Natürlich ist es seine eigene Schuld, wenn er sich die letzten Wochen in etwas hineingesteigert hat. Dann halt nicht, dachte er trotzig.

Milan hat angerufen und gefragt, ob sie etwas trinken gehen. Adrian hat sich gleich auf sein Rad geschwungen. Als er ankommt, steht Milan vor dem Lokal, er grinst in sein Handy hinein. Eine gute Nachricht wahrscheinlich. Seine Haare sind noch länger geworden, er ist braun gebrannt, trägt ein blendend weißes Hemd, bei dem sich Adrian fragt, wie er in seiner grindigen WG oder in seinem versifften Atelier dieses Weiß zusammenbringt. Entweder wäscht und bügelt ihm die Mutter noch die Kleider oder er trägt seine Hemden in die Putzerei. Zur Begrüßung umarmen sie einander wie allerbeste Freunde. Milan klopft Adrian emsig auf den Rücken. Na, Alter, sagt er immer wieder. Wie war's mit der Hexe? Was machen die Frauen? Hat *sie* dich so verprügelt?, fragt er und zeigt auf den Bluterguss, der mittlerweile olivgrün geworden ist. Adrian lacht verlegen. Nein, sagt er, bin gegen einen Ast gelaufen.

Soll er ihm erzählen, dass er eine aufs Auge gekriegt hat? Er hat gegoogelt, als er wieder in Wien war, aus Gewohnheit. Von einer Schlägerei stand nirgends etwas, allerdings von einem tragischen Todesfall. Ein Festivalbesucher sei am Sonntag in seinem Wohnwagen tot aufgefunden worden, Fremdverschulden könne nicht ausgeschlossen werden. Soll er Milan von dem Westernfestival erzählen?

Lieber gibt er ihm die vierhundert Euro zurück, die er sich von ihm geborgt hat. Es ist ein feierliches

Überreichen, seine letzte Schuldenrate ist hiermit beglichen. Das Minus auf dem Konto ist zwar wieder ein bisschen gewachsen, aber da kommt ja noch Geld von Elvira. Hofft er. Sie sitzen an der Bar, bestellen Bier, und Milan erzählt vom Segeln mit einem Freund, von einem Seeigelstachel, der aus seiner Ferse herauseitert. Als Adrian das erste Bier schon fast ausgetrunken hat, kommt er auch zum Reden. Er gibt sich einen Stoß und weiht Milan in das Dilemma mit Katalyn ein.

Nach kurzem Zögern zeigt er ihm sogar unaufgefordert den Chatverlauf und bereut es augenblicklich. Während sich Milan durchscrollt, schämt sich Adrian für seine anbiedernden Formulierungen, für seine schleimigen Versuche, Katalyn ins Bett zu kriegen. Nach nur einer Minute gibt Milan ihm das Handy zurück und sieht ihn ausdruckslos an. Im Hintergrund dudelt Wanda.

Was willst du jetzt hören?, fragt Milan.

Ob diese Frau was von mir will, sagt Adrian.

Also, ich finde ihre Nachrichten nicht besonders, er macht eine Pause, ermutigend, fasst Milan zusammen und schickt eine entschuldigende Geste nach.

Erklär's mir, sagt Adrian. Er hat zwar schon genug von Milans Expertise, aber wenn er schon mal angefangen hat, kann er es auch zu Ende bringen.

Da steht nur, dass sie ins Kino will und auf ein Konzert, sagt Milan. Und dass sie eine neue Frisur hat. Von ficken, solltest du mal zufällig nach drei Wochen da sein, steht da nichts.

Das hätte sich Adrian denken können, bei Milan braucht er sich nicht ausweinen kommen. Milan hat ihm erstens viel zu viel zu erzählen und zweitens passiert ihm so eine Schwanzfopperei nicht.

Und was soll das mit der Schwimmerei?, fragt Milan kopfschüttelnd.

Adrian ignoriert die Frage.

Wie sieht denn eine ermutigende WhatsApp aus?, fragt er.

Das willst du nicht sehen, sagt Milan.

Komm schon, zeig her. Milan lässt sich noch ein paar Mal bitten, dann holt er sein iPhone raus, sucht kurz und hält es Adrian vor die Nase. Sehr hübsch, diese Perspektive, im Liegen, pudelnackt. Und diese feuchtglänzenden Lippen. Darunter Unmengen von Emojis. Viel Gemüse dabei. Er will gar nicht wissen, wie es weitergeht, wenn er noch weiter nach unten scrollt. Oder wie es in anderen Chatverläufen von Milan aussieht. Sicher hat er ihm nicht diejenigen gezeigt, wo es richtig zur Sache geht. Sicher kann er auf ein ganzes Repertoire von Frauen zurückgreifen, die ihre Muschis bearbeiten und das für ihn dokumentieren. Diese Fülle an sexueller Anbiederung, in der Milan quasi baden kann, deprimiert ihn. Er ist auch wütend auf Milan, der das alles gar nicht zu schätzen weiß, der so grässlich selbstverliebt ist, dass er sich am liebsten selbst vögeln würde.

Du wolltest es unbedingt sehen, sagt Milan entschuldigend.

Schon gut, sagt Adrian und klopft ihm auf die Schulter, ein bisschen zu fest vielleicht, die einzige Geste, die ihm jetzt einfällt.

Nichts ist gut. Wie machst du das, Milan, würde er gerne fragen, aber er kennt die Antwort. Es ist nicht Milan, der macht, sondern die Frauen, die mit sich machen lassen und zwar ausschließlich von Männern wie Milan. Und es kann nicht nur Milans Körpergröße, seine Künstlermasche und seine Brusthaarinszenierung sein. Denn er ist nicht so attraktiv, wie er denkt. Milan hat ein hässliches, windschiefes Gebiss, findet Adrian. Und er hat beileibe nicht das, was man einen guten Charakter nennt.

Das ist etwas, das Adrian gerne mit Elvira besprochen hätte. Sonst fällt ihm nämlich niemand ein, mit dem er so etwas besprechen könnte. Er hätte mehr aus der Begegnung mit ihr herausholen können. Elvira alles fragen. Sie hätte ihm vielleicht etwas beibringen können. Er ist viel zu schüchtern gewesen, denkt Adrian ärgerlich.

Milan hat inzwischen schnell das Thema gewechselt. Das neue Thema lautet: Milan. Er hat einen Galeriewechsel vor sich. Er ist jetzt bei einer größeren Wiener Galerie, sehr renommiert. Mehr Ausstellungen, bessere Ausstellungen, internationale Ausstellungen. Kontakte. Und dass er sich langsam thematisch umorientieren muss, dass er sich eine andere *Haltung* schuldig ist. Adrian nickt, er überlegt, ob er Milan vom Köll-Museum erzählen soll, davon, wie sich das angefühlt hat und wie anders man sich fühlt, wenn man mit so jemandem wie Elvira durch ein Museum geht. Oder soll er ihm überhaupt von Elvira erzählen, von ihren Installationen? Ist ja auch irgendwie Kunst, vielleicht kann Milan ihm seine Meinung dazu sagen. Oder von dieser nervigen Intimität im Busalltag, die immer mehr zur Normalität verschwamm? Aber er hat das Gefühl, Milan interessiert sich gar nicht für Elvira. Außerdem hat er Angst davor, dass ihn Milan damit aufzieht, in der Art, er hätte etwas mit einer alten Frau gehabt. Das fehlt ihm gerade noch. Adrian sieht ein paar Mädchen an der Bar stehen, sie haben enge T-Shirts an, bestellen Gin Tonic und lachen überdreht.

Milan redet und redet, irgendwas mit der Galerie, lauter Namen, die ihm wohl etwas sagen sollten. Soll er Milan darauf ansprechen, was er von Elvira über den Kunstbetrieb gelernt hat? Dass man so eine Art Milchkuh ist und dann nicht so schnell nachproduzieren kann, wie gemolken wird, wenn man nur einen Euter hat? Wie viele Euter hast du in Reserve, will er Milan fragen, und sind die groß genug für den großen Erfolg, den du haben willst? Aber vielleicht ist das nur bei der Literatur so? Oder vielleicht betrifft das nur ältere Künstler, oder vielleicht betrifft das überhaupt nur Frauen? Oder redet Elvira nur Blödsinn?

Elvira hat ihm eine kleine Stimme ins Ohr gesetzt. Als er voriges Jahr die Doku über Massentierhaltung gesehen hat, war es ähnlich. Er saß dann mit seinen Kollegen beim Schnitzelwirt und las die Karte, auf der stand: Alle Speisen vom Schwein. Und Adrian dachte an die unbetäubte Ferkelkastration und an die Kastenstände und wie die Schweine geschrien hatten. Dieser schreckliche Dreck, der auf allem klebte, was sich bewegte. Und die kleine Veganerstimme flüsterte ihm ein: Adrian, du bist das Problem, wenn du dir dieses riesige Schweinsschnitzel um zehn Euro bestellst, hältst du diese ganze Maschinerie am Laufen. Ist der Spinatstrudel, hoffentlich nicht *vom Schwein*, ein großes Opfer? Überhaupt, wenn alle anderen Schnitzel bestellen und er der Einzige ist, der sein Opfer bringt? Man kann nicht die ganze Welt retten, sagt er zu der kleinen Stimme. Bei der nächsten Doku schaltet er automatisch weiter, und die kleine Stimme wird entfernter und leiser und irgendwann verstummt sie. Man könnte Tausende solcher Stimmen in den Kopf einlassen, eine Hunger-in-Afrika-Stimme, eine Klimawandel-Stimme, eine Palmöl-Stimme, eine Kinderarbeit-Stimme. Es wäre ein einziges Geschrei, da würde man ja wahnsinnig werden und dürfte nichts mehr konsumieren.

Worüber kann man mit Milan reden, außer über Milan? Er könnte versuchen, mit Milan über den »Drohnenkönig« zu reden, der ja immerhin auf den Bestsellerlisten ganz oben steht und in den Feuilletons diskutiert wird. Milan liest gerne Bücher, die man gelesen haben muss, oder zumindest spricht er über diese Bücher, als ob er sie gelesen hätte. Adrian hat sich tatsächlich dieses Buch »Drohnenkönig« gekauft, für einundzwanzig Euro. Er kauft sich eigentlich nie Bücher, und er versucht, sie schnell wieder loszuwerden. So wie den Nietzsche, den er nun, nachdem er ihn durch ganz Österreich geschleppt hat, in der Straßenbahn *vergessen* hat.

Das Schulze-Buch ärgert ihn. Wie der Mann in dem Buch dargestellt wird. Ausnahmslos Schlappschwänze, durch und durch unrealistisch. Andererseits erzeugt das Buch Mitleid mit dem Protagonisten, der quasi kastriert wird von einem Matriarchat, das Männer mit Hormongaben und Hodenoperationen in Schach hält und unterdrückt. Er muss nach jedem Kapitel einen Tag pausieren. Jetzt lehnen sich die Schlappschwänze gerade auf, und er will natürlich wissen, wie die Sache ausgeht. Außerdem hat er sich so intensiv mit der Schulze beschäftigt, da will er wissen, was sie geschrieben hat.

Die Presse ist jetzt wirklich wach geworden. Er hat die letzten Tage damit verbracht zu googeln und sehr viele Reaktionen gefunden, alles ausgedruckt und überflogen, eingeordnet. Elvira bringt das nie im Leben zusammen, viel zu chaotisch und unordentlich, und Adrian erträgt es nicht, wenn gearbeitet, aber nicht dokumentiert wird. Da kann man es ja gleich bleiben lassen.

Er fragt Milan, ob er dieses Buch gelesen hat. Nein, sagt der, aber er hat dieses und jenes Buch begonnen und es ist wirklich interessant, wie ... Adrian hört ihm gar nicht zu. Gut, dann eben nicht. Er ist nicht der Typ, der Milan unterbricht und auf einem bestimmten Thema beharrt. Er sieht plötzlich für ein paar Momente durch diesen witzigen, brillanten Milan hindurch und entdeckt das egoistische, narzisstische Monstrum, das da in ihm hockt und das nichts will als: nehmen, nehmen, nehmen. Frauen, Erfolg, Sex, Geld, Drogen, Spaß, Redezeit, Ruhm, Aufmerksamkeit und alles wieder von vorn. Milan bedient sich skrupellos im Supermarkt des Lebens und wird an der Kassa auch noch durchgewunken, mit vollem Mund und überquellendem Einkaufswagen, immer wieder. Ohne bezahlen zu müssen. Wie geht das eigentlich?

Milan ist schon wieder dort angelangt, wo es ihn thematisch am liebsten hinzieht. Ob er ihm ein paar Arbeiten zeigen soll? Klar, sagt Adrian und bestellt noch ein Bier. Ja, er hätte Elvira Fragen stellen können. Warum die Frauen so blöd sind und immer auf die Milans reinfallen. Oder warum die Frauen all das mit sich machen lassen, wenn sie sich nachher darüber beschweren. Warum gehen sie nicht in die Politik und machen die Gesetze besser? Warum studieren sie nicht MINT-Fächer und schnappen sich die besten Jobs? Warum hängen sie ihren Männern nicht die Kinder um und machen ihre Karriere? Warum fressen sie sich nicht fett, lassen die Haare grau werden und latschen mit flachen Schuhen herum, wenn Schönsein so ein großes Opfer ist? Warum folgt auf dieses ständige Jammern nicht endlich eine einzige, richtige, zu einem Ziel führende Tat? Elvira ist ja das Gegenteil. Sie macht einfach. Sie setzt sich in den Bus und handelt ohne Skrupel. Und dazwischen macht sie Dinge, die er einer Sechzigjährigen niemals zugetraut hätte. Gesetze brechen. Regeln missachten. Männer aufreißen.

Er sollte das tun: Elvira fragen. Er muss sie ohnehin noch kontaktieren, wegen des Materials. So viel Anstand hat er, dass er die Arbeit ordentlich übergibt. Sie wird schon nicht sauer sein. Immerhin hat sie ihn aufgefordert, aus dem Bus auszusteigen. Und wenn er sie am Telefon hat, kann er gleich noch anbringen, dass er noch Geld von ihr bekommt. All das geht ihm durch den Kopf, während er ein Bild nach dem anderen ansieht und sich nur wundert. Was zum Teufel soll das? Wer kauft so etwas? Wie kann man davon leben? Milan hat ein Paar riesige Lippen aus PU-Schaum gebastelt, von denen man nicht genau weiß, ob sie im Gesicht oder zwischen zwei Frauenbeinen verortet sein sollen, aber es ist ohnehin egal, weil Milan alle möglichen Dinge, Möbel oder Materialien, zwischen diese Lippen steckt oder aus ihnen hervorquellen oder -kriechen lässt. Orale Intervention, heißt die Serie, sagt er, und wischt langsam durch eine nicht enden wollende Reihe von Bildern. Adrian hört sich selbst dabei zu, wie er alle paar Sekunden einen unehrlich gemeinten, anerkennenden Kommentar von sich gibt wie: aha, wow, cool oder steil. Er findet nichts davon steil, cool oder wow und aha schon gar nicht, da gibt es nichts zu verstehen.

Was soll die Katze, platzt es da plötzlich aus Adrian heraus, als eine schwarze Katze durch die Lippen steigt.

Das war eine ganz schöne Arbeit, sagt Milan lachend, ich musste die Katze mit Brekkies, nein, mit Schinken durch die Lippen locken.

Ja ja, okay, aber was soll die Katze?, fragt Adrian noch einmal.

Im Ernst?, entgegnet Milan entgeistert. Adrian nickt. Er kann Milans Verwunderung verstehen, seit Jahren sieht er sich das, was sein Freund produziert, an, ohne jemals eine Gegenfrage zu stellen.

Na ja, sagt Milan, ich dekonstruiere die sprachliche Ebene, indem ich einen Richtungswechsel vorgebe. Die Intervention funktioniert als Frage-Antwort-Spiel. Du verstehst?

Nein, sagt Adrian. Verstehe ich nicht. Klingt wie wirres Zeug. Wer interveniert bei wem und wozu?

Milan holt tief Luft, weißt du, man muss die ganze Serie im Kontext der Ausstellung gestalten. Er seufzt. Das führt echt zu weit, es gibt so viele Interpretationsebenen – und für die eigentliche Ausstellung haben wir noch gar keine Auswahl getroffen.

Adrian unterbricht ihn. Ja, aber was ist deine Interpretationsebene? Du bist der Künstler, du musst mir dieses Bild doch erklären können.

Ich muss gar nichts, sagt Milan. Adrian hört den ärgerlichen Unterton.

Hast du keine Angst, dass das alles ziemlich geschmacklos ist? So gar nicht *subversiv*?

Wenn Milan vorher kurz verunsichert wirkte, ist es damit schon wieder vorbei.

Es gibt keine Alternative zur Kunst. Kunst ist Verdauung. Es geht nicht um Geschmack. Kunst ist Stoffwechsel, sagt Milan jetzt.

Wie bitte?, fragt Adrian.

Jonathan Meese. Zitat Ende, sagt er.

Dann wischt er sich weiter durch seine wunderbare Serie. Adrian hat genug. Er trinkt schnell sein Bier aus und schiebt vor, einen langen Tag zu haben morgen. Das versteht Milan natürlich, er muss ja auch weiter in die Galerie, *networken*.

Sie verabschieden sich weniger herzlich, als sie sich begrüßt haben. Adrian steigt auf sein Rad und fährt langsam durch die Nacht, rollt die Abfahrt zum Donaukanal hinab und fährt den Strom entlang, gegen die Fließrichtung. Er ärgert sich, dass er heute wegen Katalyn nicht schwimmen gegangen ist. Warum nicht jetzt?

Er fährt in Richtung Neue Donau, über ein paar rote Ampeln, durch den zweiten Bezirk, dann über die Reichsbrücke, über den breiten Donaustrom, der dunkel aussieht und in dem sich Lichter spiegeln, und schon ist er da. In der Nähe der Brücke treiben sich ein paar Jugendliche herum, sie trinken Dosenbier und hören Yung Hurn: *Ich mach Schluss und sie weint, weint,* erkennt er, es bleibt in seinen Ohren hängen, als er noch ein paar Kilometer stromabwärts weiterfährt, dann wird es dunkel, und schon ist er allein. Das Wasser sieht schwarz aus, als er bis auf die Unterhose ausgezogen auf dem Ponton steht und den Fuß hineinhält. Achtzehn Grad, schätzt er. Der halbvolle Mond spiegelt sich im Wasser. Eine Beklemmung, die es zu überwinden gilt. Er gibt sich einen Ruck, springt gegen ein Gefühl der Angst kopfüber, aber er hält den Sprung flach und ist überrascht, wie warm sich das Wasser nach wenigen Sekunden anfühlt, wie sicher und weich es ihn umgibt. Er schwimmt mit kräftigen Schlägen in die Mitte des Gerinnes, jede Sekunde kann ihn eine Wasserpflanze berühren, schon im Hellen ist es unangenehm, im Dunkeln hat er es noch nicht erlebt. Seine Beine machen einfach weiter und drehen erst am anderen Ufer um, dann schwimmt er wieder zurück. Das Wasser schmeckt nach nichts, er öffnet den Mund und lässt es eintreten, spuckt es wieder aus, wie die alten Männer im Schwimmbad, die prusten und spritzen wie Walrösser. Zweihundert Meter ist die Neue Donau breit, für eineinhalb Kilometer muss er mindestens sieben Mal hin und her schwimmen. Das schafft er schon. Jetzt, fast wieder am anderen Ufer, plötzlich das Kitzeln am Bauch, das ihn spontan in Panik versetzt, er stellt sich ein großes faseriges Wasserwesen vor, das nicht widerstehen kann, ihn mit seinen Pflanzenfingern flüchtig zu berühren. Seine Angst ist der Motor, der seine Arm- und Beinschläge jetzt ganz schnell werden lässt, da ist er schon am Ufer, zieht sich am Ponton hoch, noch einmal berührt ihn das Wesen, diesmal am Fuß, ein letztes Mal, schon als er sich hochzieht. Ein Schauer kriecht ihm über den Rücken, er sitzt keuchend auf dem schwimmenden Steg, lässt sich ein bisschen trocknen. Kurz genießt er seinen Mut, relativiert ihn aber gleich wieder, auf vierhundert Meter braucht er sich nichts einbilden. Jetzt ist ihm eiskalt, er zieht die Unterhose aus und das trockene Gewand über die noch feuchte Haut, es ist unheimlich, diese Dunkelheit, in die sich der Radweg beiderseits verliert, plötzlich kann er es nicht erwarten, wieder in die Stadt zu kommen. Er zieht sein Handy aus der Hosentasche, trocknet sich die Hände ab, eine Nachricht von Elvira, eine SMS, sie verwendet kein WhatsApp. *Heute, 23:30, ZDF* und: *PS: Ohne dich ist es der halbe Spaß*. Er sieht auf die Uhr, er hat noch fünfundzwanzig Minuten, schnell packt er seine Sachen und steigt aufs Rad, fährt zügig zurück und kommt genau rechtzeitig nach Hause, wo er den Fernseher aufdreht, er hat Herzklopfen und weiß nicht, ist es vom Radfahren oder vor Aufregung.

Er muss sich ein paar langweilige Beiträge ansehen, bevor endlich berichtet wird von einem österreichischen Crossover-Projekt, das zwischen feministischem Aktionismus und Street-Art angesiedelt ist und auf eine kürzlich verstorbene Autorin Bezug nimmt, die momentan im Rennen um den Deutschen Buchpreis ist: Helene Schulze.

Adrian sieht der Moderatorin dabei zu, wie sie alles, was er so schlecht erklären könnte, elegant in ein paar Sätzen zusammenfasst. Nun sieht man den alten Roman und die junge Helene und dann den neuen Roman und die alte Helene, und dann die junge Helene vor einer großen Menschenmenge signierend, dann Helene mit Köll, Helene mit den

Kindern, Helene vor dem Theater (schon wieder der blöde Kulturstadtrat) und schließlich Helene in Klagenfurt beim Bachmann-Wettbewerb, damals. Und dann Bilder vom Grab und, sauber hineingeschnitten, das Haus in Hintermoos, Szenen des Interviews mit Elvira.

Und nun sieht man Elvira. Sie wird kurz vorgestellt, es wird erwähnt, dass sie, eine Konzeptkünstlerin im Ruhestand, mit Helene befreundet war und dass sie schon in den Siebzigern anonyme Installationen errichtet habe. Sie sitzt in einem Café gegenüber vom Klagenfurter Theater und erläutert den Zusammenhang von individueller und kollektiver Biografie, von männlichen und weiblichen Statuen, von guten und schlechten Plätzen. Obwohl sie ständig hin und her springt, klingt alles sehr eloquent und gut vorbereitet. Gar nicht so chaotisch, wie es im Alltag mit ihr gelaufen ist. Sie sitzt mit überschlagenen Beinen da, das graue Shirt ist ihr leicht über die Schulter gerutscht, sie wurde geschminkt und die Haare sind relativ ordentlich zurückgebunden. Sie sieht sehr gut aus, und Adrian stellt verwundert fest, dass er so etwas wie stolz auf sie ist.

Jetzt steht sie auf, die Kamera folgt ihr über die Straße. Neben der Bachmann-Büste kommt sie zum Stehen, und Adrian denkt sich: Die Büste muss im Originalzustand sehr mickrig sein.

Elvira hat das Beste aus der Bachmann herausgeholt. Sie hat eine riesige weiße Schüssel aus Styropor um die Büste herum errichtet, man sieht große

Salatblätter und Tomatenscheiben und braune Streifen – Hühnerbruststreifen? Adrian nimmt an, dass es sich um Schaumstoff handelt, den sie bemalt hat, Karton, was auch immer sie noch in den Gedärmen des Busses gefunden hat. Der kleine Bronzekopf der Bachmann ragt zerdrückt und narbenübersät aus dem Salat und scheint mit zusammengebissenen Zähnen ins Leere zu blicken. Die Bachmann sieht sehr unzufrieden aus mit dem Salat, der aus ihr gemacht wurde. Elvira steht vor der Salatschüssel und sagt, dass es schon eine Tragödie ist, wenn in Ingeborg Bachmanns Geburtsstadt keine Straße nach ihr benannt ist, nicht einmal seit die Stadt mit dem Wettbewerb gut an ihr verdiene und sich damit über die kulturelle Bedeutungslosigkeit der Region erhebe, und das schon seit über vierzig Jahren. Dass aber wie überall in diesem Land der öffentliche Raum lieber mit Kriegstreibern und Nazis geschmückt werde, und dass man Straßen lieber nach Blumen benenne als nach wichtigen Frauen. Dass nach Frauen bestenfalls Schulen benannt werden. Dass aber so eine Schule blitzartig wieder umbenannt sei, schneller, als man eine tonnenschwere Statue stürzen könne.

Sagengestalten wie Lindwürmern errichtet man meterhohe Statuen in zentralster Lage, sagt sie, aber die Bachmann kriegt nur einen lausigen Gipskopf, der dann durch einen lausigen Bronzekopf ersetzt wird, den man dann noch dazu in einem abgelegenen Park versteckt.

Sie verschränkt die Arme.

Aber wahrscheinlich ist der Bevölkerung eher der Anblick von Lindwürmern und Wassermännern zumutbar als der Anblick einer einzigen Frau, die für diese Gesellschaft etwas geleistet hat.

Frauen von diesem Kaliber scheint also ein Bachmannsalat eher gerecht zu werden als ein richtiges Denkmal. Eine Männerkultur kriegt die Ehrung einer Frau einfach nicht auf die Reihe.

Wie sehen Sie das im Fall von Helene Schulze?, fragt die Moderatorin aus dem Off.

Genauso. Bei Helene Schulze hat Österreich es zu Lebzeiten nicht hingekriegt, ihr auch nur einen der zig hochdotierten Preise zu verleihen. Vielleicht schaffen es ja die Deutschen posthum.

Adrian sieht an den gerunzelten Augenbrauen und den minimal zuckenden Mundwinkeln, dass sie wütend wird, aber ihre Mimik unter Kontrolle hält.

Dann wird sie gefragt, ob es eine Ausstellung gäbe, und da zuckt sie die Schultern und sagt, es seien noch mehrere Installationen geplant, man solle aber nicht böse sein, es gäbe keine weiteren Details. Zum Schluss sieht man, wie die Installation bereits von ein paar Männern in Arbeiteranzügen abgebaut wird. Offenbar hat man angesichts des hohen ZDF-Besuchs ein paar Bauhof-Mitarbeiter engagiert und Elvira keine Schwierigkeiten gemacht. Ein paar Neugierige stehen herum. Man darf gespannt sein, sagt die Moderatorin noch im Abspann. Dann ist der Beitrag aus.

Adrian hat einen erhöhten Puls. Er riecht an sich. Seine Haut fischelt. Verdammt, er hat Sehnsucht nach dem Meer. Wie lange ist er nicht am Meer gewesen? Wann hat er seinen letzten Urlaub gemacht? Vielleicht sollte er den Sommer verlängern, allein wegfahren, nach Italien, nach Spanien, nach Griechenland. Vielleicht sollte er Elvira oder den Hippocampus noch einmal googeln und sehen, was es Neues gibt. Er nimmt sein Handy und schreibt ihr. *Du warst super,* schreibt er. Er zögert, dann tippt er: *Ich will in den Süden, im Meer schwimmen. Brauchst du mich sicher nicht mehr?*

Er wartet auf die Antwort, aber es kommt nichts. Er steht auf, hängt das nasse Shirt auf, duscht sich den Fischgeruch vom Körper und wäscht sich die Haare, putzt sich die Zähne, reinigt mit Zahnseide nach, sieht danach noch einmal aufs Handy.

Doch, steht da. Adrian grinst.

Dann kommt noch eine SMS. *Colleferro,* steht da. *Nimm den Zug, ich hol dich ab.*

20.
Elvira

Colleferro / Latina, Anfang Oktober

Es ist nicht so, dass sie Italien nicht mag. Sie findet, dass Italiener sehr gut kochen können. Sie mag die Städte, die Landschaft, die Sprache. Aber man darf nicht das nationale Gesamtpaket aus den Augen verlieren. Elvira verzeiht den Italienern nicht, dass sie gesellschaftspolitisch rückständig sind, ein eindimensionales Frauenbild und eine Vorliebe für Faschisten wie Berlusconi oder Salvini haben. Gar nicht zu reden von Mafia, Korruption und Nationalismus. Sie kann nicht die schönen Villen und Pinien anschauen und gleichzeitig nicht diese hässliche Rückseite des Landes wahrnehmen.

Dieses Colleferro zum Beispiel. Stagnation, Arbeitslosigkeit, alte, bröselnde Zement- und Chemiefabriken. Und andererseits diese Fülle auf dem Markt, auf dem sie gerade eingekauft hat. Berge von Obst, Gemüse, Fisch, Kräutern, Blumen und Menschen, die wie besessen aufeinander einschwatzen. So viel kleines alltägliches Glück inmitten von so viel infrastruktureller Trostlosigkeit hat Elvira bis jetzt nur in Südosteuropa erlebt. Wobei ihr ein ehrlicher Grind lieber ist als diese geleckten Stadtviertel, die sich in Wien ausbreiten. Oder die Stahl-Glas-Betonkuben, die plötzlich allgegenwärtig sind. Oder das morbide Kaiserbad unter seiner Glasur. Der Bahnhof Colleferro sieht aus, als wäre er in den Sechzigerjahren steckengeblieben. Man kann den Kommunismus förmlich noch riechen. Der Vorplatz ist verwahrlost und der Parkplatz ist mit planlos aus dem Asphalt herausragenden Geländern und Pollern verstellt. Vorhin hat sie sich auf der Suche nach dem Bahnhof in ein Roma-Viertel verirrt, mit Holzverschlägen und Wellblechhütten, Kindern ohne Schuhe.

Die letzte Woche ist einsam gewesen, sie hat sich auf Landstraßen vertrödelt, weil sie die Autobahngebühren sparen wollte. Noch in Klagenfurt hat sie die Münzwaschmaschine und den Trockner des Campingplatzes genutzt, das Bett neu bezogen, die Wäsche verstaut. Sie hat unter den wachsamen Blicken des campenden Ehepaars die Möbel an der Sonne trocknen lassen, den Bus aufgeräumt, ausgefegt und sauber gewischt, sie hat das Werkzeug und die Materialien, die sie für die Installationen gebraucht hat, unter der Bettbank verstaut und den Kühlschrank geputzt. Danach war vieles besser. Natürlich geht alles auch allein. Sie hat verstanden, wie das System mit den zwei Batterien funktioniert und wie man sie umschalten muss. Sie hat gelernt, dass man den Wasserkanister immer voll auffüllen muss, bevor man losfährt, und dass sie ein kleines Schläfchen machen muss, wenn sie vom Fahren müde ist. Sie hat fünfzehn Euro in einen schwarzen Wassersack investiert, der warmes Duschwasser produziert und den man an einem Baum oder am Fahrradträger des Busses befestigen kann.

Die erste Nacht war noch die beste. Sie ist durch das Kanaltal gefahren, hat einen verwaisten Parkplatz gefunden, sich im Tagliamento gewaschen, Nudeln gekocht, im warmen Licht des Sonnenuntergangs gegessen, sich in den Strickmantel mit Pelzkragen eingehüllt, den sie unter der Bettbank gefunden hat. Dann hat sie wieder um Helene geweint, um ihren Nachlass, der jetzt auf das Wenige zusammengeschrumpft ist, was Elvira in diesem Bus aufbewahrt hat. Aber es ist ein gutes Weinen gewesen. Danach hat sie die Autotüren von innen versperrt und sich zum Rauschen des Flusses in ihr Bett gelegt. In der Früh streunten ein paar magere Katzen um den Bus, die sie mit Schafkäse fütterte. Es war fast ein bisschen wie auf La Gomera.

Und so ging es weiter, über Venedig, Ravenna, Rimini, Perugia und Rom, hierher. Sie hat neugierige Kinder verscheucht, die durchs Busfenster hineinsahen, einem aufdringlichen, betrunkenen Bauern, der sie beim Duschen filmen wollte, eine Ohrfeige angedroht, sie hat Geld gespart, ein paar Tage von gestohlenen Kiwis, Feigen, Trauben und Orangen gelebt, einen Sack voll Walnüsse aufgeknackt, in vielen Bars Kaffee getrunken. Sie hat sich überlegt, wie lange man so leben kann, so halb draußen. In Mittelitalien ist es zwar nur um wenige Grad wärmer als in Österreich, eine kleine, aber essentielle Differenz, die über draußen oder drinnen entscheidet.

Sie könnte dem Sommer nachreisen, träumte sie vor sich hin, dem Winter immer weiter nach Süden davonfahren, irgendwann würde sie dann in Südafrika landen und müsste dann dort wieder dem Winter davonfahren. Sie hat hinter einem Friedhof übernachtet, in einem verlassenen Zitronengarten, vor einer Töpferei und gleich neben einer kleinen Kläranlage. Sie hat Helenes Tagebücher fertig gelesen und ein paar Sätze in ihr Journal geschrieben, aber das Schreiben wieder aufgegeben. Sie hat die Entscheidung getroffen, auch Helenes Tagebücher nicht für den Nachlass freizugeben, sondern sie selbst zu behalten. Niemand in diesem Land hat es verdient, Helenes weichste Stellen zu begutachten, zu betasten und vielleicht literaturwissenschaftlich darin herumzubohren. Sollen sie doch ihre publizierten Texte endlich ordentlich lesen. Wenn Helene verehrt worden wäre, wäre das etwas anderes. Aber so muss davon ausgegangen werden, dass ihr auch posthum kein ehrliches Interesse zuteil wird. Noch nicht.

Einen Tag streikte die Gangschaltung, und sie musste viele Stunden vor der Werkstatt ausharren, der Mechaniker war steinalt und langsam. Sie handelte den Preis für die Reparatur nach unten, aber es war trotzdem zu teuer. Sie hat Bekanntschaft mit einer italienischen Bäckerin gemacht, die sie am Straßenrand aufgelesen hat und die ihr einen Keksvorrat für zwei Wochen eingepackt hat. Einem Rennradfahrer mit gerissener Kette, den sie zu einer Werkstatt mitgenommen hat und dessen essigsaurer

Schweißgeruch tagelang im Beifahrersitz hängenblieb. Mit einem alten, unrasierten Bauern, der sich eines Abends beim Friedhof zu ihr gesetzt hat und lange, traurig und italienisch vor sich hin erzählt hat, in einem Dialekt, von dem sie kaum ein Wort verstand. Dann war er fertig, klopfte aufmunternd mit seinem Stock auf den staubigen Boden, nickte und hörte ihr mit geschlossenen Augen zu. Wie sie ihm von dem Zirkus erzählte, mit dem sie durch Bosnien, Serbien, Mazedonien und Griechenland gereist ist. Wie sie mit den Haien im Becken geschwommen ist. Nur ein paar Brocken Italienisch wollte sie einwerfen. *La squala,* die Haifrau. Das war ihr Künstlername. Der alte Mann lachte Tränen. Sie hätte dieses sparsame Leben schon früher beginnen sollen, dachte sie. Sie hätte nie von La Gomera weggehen sollen. Vielleicht sollte sie dorthin zurück. Aber auch dort ist jetzt das unleistbare Europa angekommen, mit seinen Regeln und Touristen.

Italien ist ein Kompromiss. Natürlich wäre sie lieber in Wien. Sie vermisst ihr Bett, ihre Café-Runde, ihre Zeitungen, den traurigen, grauen Peter. Aber Elvira ist klar geworden, dass mit der Ausstrahlung des Berichts mehrere Anzeigen gegen sie laufen könnten, und in Rimini hat sie sich in ein Café mit WLAN gesetzt und ein bisschen recherchiert. Mittlerweile gibt es ein paar Blogs, die über die Aktionen berichten, vor allem Literaturblogs, die über Helenes Nominierung und ihren Roman schreiben, weisen vorsichtig auf Elviras Aktionskunst hin, indem sie den ZDF-Beitrag verlinken. Literaturkritik ist ja mittlerweile ein Massensport geworden, es gibt Tausende von Bloggern und Bloggerinnen, die sich mit ihrer aktuellen Lektüre und entsprechenden Accessoires vor Bücherregalen filmen und ihr Halbwissen auspacken, um die letzten Bestseller zu bemäkeln oder zu bejubeln, am liebsten, wenn eine Art Wettbewerb im Gange ist, so wie der Deutsche Buchpreis.

Elvira hat sich durch ein paar Blogs geklickt und erkennt ein Muster: Jeder liest dieselben Bücher, und jeder darf mitkritisieren! Frauen setzen gerne auch ihre hübschen Kaffeetassen, Wohlfühltextilien oder Katzen in Szene, Männer eher sich selbst. Literatur wird verkostet wie Kekssorten, und irgendwie schrieben alle dasselbe: zu süß, zu fettig, nicht knusprig genug, zu wenig Schokostückchen drin, das Geld nicht wert. Kritik üben ist heute Teil des Konsumierens geworden – ohne möglichst öffentliche Kritik ist es der halbe Spaß. Und diese Wettbewerbe. Deutschland sucht den Superstar! Deutschland sucht das beste Buch! Die Deutschen haben damit angefangen und die Österreicher und Schweizer haben es nachgemacht. Helenes Buch ist gemeinsam mit vier anderen Autoren auf der Shortlist. Helene ist die einzige Frau und die einzige Tote. Leider kann man Helene im Gegensatz zu den anderen nicht interviewen, um alles aus ihr herauszuquetschen, was die trockene Literaturkritik ein bisschen bunter und saftiger macht. Also muss man alles aus ihr herausgoogeln, wenn man Helene googelt, stößt man auf die immerselben Dinge. Den tragischen Tod. Der zu frühe Erfolg. Die Geschichte mit dem Kulturstadtrat. Und jetzt eben auf den ZDF-Beitrag, und so hat sich die Geschichte im Netz verbreitet. Auf Elvira selbst stößt man nicht direkt, aber zu Beginn des Interviews fällt Elviras Name. Vielleicht hat sie schon Vorladungen und Anzeigen in ihrem Briefkasten. Wegen unerlaubten Waffenbesitzes, Sachbeschädigung, Brandstiftung, Vandalismus, Freiheitsberaubung, Blasphemie, was auch immer. Wenn die Polizei ins Haus kommt, ist es besser, man ist nicht daheim. Ihr Handy sollte sie auch irgendwann ausschalten. Aber erst, wenn Adrian da ist.

Als der Zug einfährt, ist sie überrascht, wie modern und bunt die Waggons sind. Sie freut sich natürlich auf Adrian. Auf Hilfe, auf einen Gesprächspartner, auf jemanden, mit dem sie sich die Fahrerei teilen kann. Diese mühsame Alltagsarbeit. Das, was sie in Neapel plant, ist ja auch nicht ganz legal. Es könnte schwierig werden, denkt Elvira, es ist immerhin ein Museum. Helene hat in Süditalien viel Zeit verbracht, als Jugendliche und dann wieder, nachdem sie die Familie verlassen hatte, in Neapel und Sorrento. Sie hat sich in Luigi, einen Lyriker, verliebt, der eine kleine Frau in Rom und eine kleine Wohnung in Neapel gehabt hat. Erst war es platonisch, dann erotisch, dann sporadisch und dann nur mehr dramatisch. Luigi war eine Curt-Projektion, der Helene nachgelaufen ist wie eine Katze einem Laserpointer.

Sie ist mit dem Zug nach Neapel gefahren, hat sich in Sorrento ein kleines Zimmer eingemietet, um sich von dort aus Luigi aufzudrängen. Es war ein unwürdiges Schmachten. Die ein, zwei Tagebucheinträge, die Elvira gelesen hat, sind zum Fremdschämen. Sofern Elvira weiß, war Luigi der letzte Mann, den Helene geliebt hat. Luigi ist wohl tot. Sicher musste er sterben, bevor Helene wieder zu schreiben beginnen konnte. So ein Buch wie der »Drohnenkönig«, schreibt sich nicht neben einem Lyriker, der einen nicht zurückliebt. Nur danach.

Neapel, der Schlusspunkt, die Sackgasse. Vor dem Hafenbecken hat sie der Tross ausgespuckt, damals, als sie wegen der gebrochenen Hand aus dem Haizirkus geflogen ist. Diese gebrochene Hand hat eine Weiche gestellt. Es ist nicht besonders originell, Neapel wieder anzusteuern, aber die Stadt ist ein Kreuzungspunkt ihrer Vergangenheit und ihrer Zukunft und ein Kreuzungspunkt ihrer und Helenes Biografie. Hier ist das Gabinetto. Von hier wird sie nicht nach Wien zurückgehen und auch nicht nach Hintermoos.

Da ist ja schon Adrian, mit seiner kurzen Flatterhose und seinem schlabbrigen T-Shirt. Er trägt die Haare offen, sie schaukeln mit jedem Schritt. Sie steigt aus dem Wagen, um ihm entgegenzugehen. Soll sie ihm sagen, dass es ihr leid tut, wie sie ihn im Bayrischen Wald aus dem Bus geekelt hat? Dass sie seinen Tonfall nicht ertragen hat? Dass sie sich einen Adrian für tausendzweihundert Euro die Woche einfach nicht leisten kann, dass aber mit ihm alles einfacher ist?

Sie hat ihm verschwiegen, dass sie bis auf die dreihundertachtundsechzig Euro in ihrer Geldbörse pleite ist. Nun – er hat nicht gefragt. Jetzt hat sie selbstverständlich ein schlechtes Gewissen. Aber da hat er schon seine Tasche auf den Boden gestellt und umarmt sie, fest und herzlich, und sie spürt seinen mageren Oberkörper und seine flachsigen Arme, sie fühlt, wie sich die Hohlräume zwischen ihnen beiden schließen, weil sie seinem Druck nachgibt. Er fühlt sich viel größer an, als er aussieht, ein leichter, malziger Schweißgeruch steigt ihr in die Nase. Wann hat sie das letzte Mal einen Menschen so herzlich umarmt? Die Umarmung endet so plötzlich, wie sie begonnen hat, sie lassen gleichzeitig voneinander ab, das Lächeln bleibt. Schade, dass es schon vorbei ist, denkt sie. Das ist das Problem mit Umarmungen: eine ist nie genug.

Als sie losfahren, ist es Nachmittag, der Himmel ist wolkenlos und von einem harmlosen Blau.

Sie sitzt am Steuer. Wohin fahren wir?, fragt Adrian.

Ans Meer.

Was machen wir dort?

Schwimmen, sagt Elvira und blickt zur Seite. Er sieht zufrieden aus.

Suchst du uns einen Ort an der Küste, möglichst nahe von hier?

Er nickt eifrig und navigiert sie auf die Küste zu.

Durch Kastanienwälder und mehrere Weiler über ein steinernes Bergdorf, und dazwischen vergisst er zu navigieren, weil er staunen muss. Auf der anderen Seite fällt die Landschaft flach zum Meer ab. Olivenbäume, Zitronen- und Orangenplantagen, Adrian klebt am Fenster, als hätte er noch nie eine mediterrane Kulturlandschaft gesehen.

Nach zwei Stunden erreichen sie einen langgestreckten, hässlichen Ort, der nur in der Badesaison zu leben scheint. Elvira hält an einer Kreuzung und lässt ihrer Enttäuschung ungebremsten Lauf. Was für ein grauenvolles Kaff hast du uns da ausgesucht, sagt sie laut.

Es hat auf Google Maps gut ausgesehen und hat gute Bewertungen, sagt er kleinlaut.

Die Geschäfte sind fast alle geschlossen, nur eine kleine Bar ist geöffnet, ein winziges Lebensmittelgeschäft, Bälle in Kunststoffnetzen sind über den Sommer verblasst. Jemand hat kleine weiße Plastikmöbel auf den Gehsteig gestellt, auf ihnen ein paar verdrossene Alte, ausgebreitet wie Dörrobst in der Nachmittagssonne. In der Sonne sitzend sterben, denkt Elvira, den Kopf in den Nacken gelegt, den Mund geöffnet und langsam austrocknend.

Sie blickt zu Adrian. Auch er wirkt verzagt.

Elvira steuert den Bus durch den Ort.

Sehen wir uns das Meer an, schlägt sie vor.

Sie biegt von der Hauptstraße ab, fährt langsam auf das Meer zu, keine Appartementsiedlungen in Sicht, quert einen flachen See und bleibt an einer

T-Kreuzung stehen. Ein kilometerlanger, hellgelber Sandstrand, der bis jetzt von den Dünen verdeckt gewesen war, liegt vor ihr.

Die schmale Straße, die den Strand säumt, erstreckt sich nach Norden und nach Süden – endlos. Rechts?, fragt Elvira. Oder links?

Rechts, sagt Adrian. Elvira biegt gegen Norden ab. Minutenlang fahren sie dahin, anfangs sind noch wenige Menschen am Strand, Ballspieler, Mütter mit Kindern, dann Hundebesitzer, dann werden die Dünen immer höher und man sieht gar niemanden mehr. Elvira bleibt auf einem leeren Parkplatz stehen und stellt den Motor ab. Ganz kurz bleiben sie reglos sitzen, die Fahrerkabine zum Strand gerichtet, nur das Rauschen der Wellen und ein konstanter Wind sind zu hören. Der Parkplatz ist auf gleicher Höhe mit den Dünen und den Büschen, dahinter das Meer, im frühen Abendlicht gleißend. Adrian zeigt auf das Schild mit dem durchgestrichenen Wohnwagen, sie schüttelt nur den Kopf. Sie steigen aus, finden schnell in ihre Routine hinein, bald steht die übliche Ausstattung, und Elvira möchte zuerst ins Wasser. Sie zieht sich aus, bis auf die Unterhose und ein Leibchen, nimmt ihr Handtuch mit und geht. Der Weg durch die Dünen ist anstrengend, sie sinkt tief ein, der oben warme und unten kühle Sand umfasst ihre Füße bis zu den Knöcheln. Elvira dreht sich um. Adrian steht auf der Düne, bewegungslos, nur der Wind zerrt an seinen Haaren. Sie zieht sich nackt aus, legt Leibchen, Unterhose und Handtuch auf den Sand, beschwert alles mit einem Stein und geht aufs Meer zu. Der Wind bläst ihr die Sandkörnchen scharf über die Haut, ihr ist gleichzeitig warm und kalt, es ist ein erregendes Gefühl. Ob er ihr noch zusieht?

Sie dreht sich nicht um. Elvira steigt in die Schaumkronen der Gischt und versucht, sich langsam zu bewegen, behutsam. Das Wasser ist glasklar, grünblau und schon ein wenig abendlich dunkel. Sie stellt sich vor, mit Helene ins Wasser zu gehen, Seite an Seite, kichernd, die Wasserlinie langsam aufwärts kriechen zu lassen, bis zu den Oberschenkeln, dann über die Schamlippen und bis zum Nabel, den man einzieht, als würde es gegen die Kälte nutzen. Erst wenn das Wasser fast bis zur Brust geht, springen sie, geben überraschte Laute von sich, weil das Wasser doch kalt ist, aber dann lassen sie sich schweigend auf dem Rücken liegend von den Wellen schaukeln. Helene und sie würden einander ansehen und auslachen, trotz jahrzehntelanger Freundschaft wären sie befangen, wegen dieser überdosierten, unverhohlenen Sinnlichkeit, die Nacktheit und Meer und vor Wind und Kälte steife Brustwarzen mit sich bringen. Sie würden irgendetwas Blödes sagen, um diese Peinlichkeit zu überspielen, etwa: Wir zwei geriatrische Nixen. Elvira fühlt mit einem Mal, wie ihr die Kälte unter die Haut kriecht und sie auskühlt, sie dreht sich um und schwimmt zum Ufer, läuft nackt durch den Sand und wickelt sich in ihr Handtuch.

Adrian steht nicht mehr auf der Düne, er hockt vor

dem Kühlschrank und sieht gedankenverloren hinein. Elvira geht zur Rückseite des Wagens, wo ihre Dusche hängt, um sich das Salz und den Sand abzuwaschen. Das Wasser aus dem Sack ist lau, der Wind bläst es fort.

Käse, Brot, Oliven, hört sie Adrian vorschlagen, während sie sich mit dem Wasserstrahl plagt.

Käse, Brot, Oliven und Wein, sagt Elvira und gibt das Duschen auf. Sie hört Adrian das Essen herräumen und den Tisch decken, trocknet sich ab, klettert in den Bus und zieht sich warm an. Ihre Haare sind nass und sandig, sie beutelt sie im Freien ab. Adrian sitzt am gedeckten Tisch, das Gesicht in der Abendsonne, einen weißen Ordner auf dem Schoß, schenkt Rotwein ein. Elvira fürchtet sich vor der Schwermut, die Rotwein manchmal mit sich bringt, aber sie sagt nichts. Sie fürchtet sich auch davor, dass er das Geld anspricht. Sie beobachtet ihn genau, setzt sich und trinkt, während er den Käse auf einem Papier in kleine Stücke würfelt, das Brot schneidet, das Olivenglas öffnet, die Lake auf den sandigen Boden abgießt. Seit wann hat er zusammengewachsene Augenbrauen? Ob er jetzt richtig erwachsen wird?

Ich hab dir etwas mitgebracht, sagt Adrian, als er fertig ist.

Er reicht ihr den Ordner. Elvira öffnet ihn, isst eine Olive, blättert. Adrian hat die Seiten feinsäuberlich nach Datum geordnet und in Klarsichtfolien gesteckt. Sie steht auf und holt ihre Lesebrille. Adrian hat alle Pressemeldungen gesammelt ausgedruckt, die mit Helene und dem »Drohnenkönig« zu tun haben. Elvira ist gerührt, wie viele es sind. Sie schüttelt ungläubig den Kopf, isst Käsewürfel und trinkt. Es ist fast dunkel geworden. Sie holt die Gaslampe und liest die Überschriften laut vor:

»Auge um Auge – Zahn um Zahn. Ist Schulzes Roman ein feministischer Gewaltaufruf?« – »Männerhass und Kastrationsfantasien. Ironie als Wunderwaffe« – »Die Arroganz der Umkehrung. Warum der Roman ›Drohnenkönig‹ misogyn ist« – »Eine neue Ära. Hat Helene Schulzes Roman ›Drohnenkönig‹ den Deutschen Buchpreis verdient?«

Nichts vom kleinen Dicken?, fragt sie. Adrian schüttelt den Kopf. Bis jetzt nicht.

Siehst du, sagt Elvira, das kann Literatur. Solche Leute obsolet machen. Sie blickt auf. Durch all das Lesen hat sie den Sonnenuntergang verpasst. Nur ein letzter rötlicher Schimmer liegt am Horizont.

Und jetzt der Hippocampus, sagt Adrian. Schau dir das an. Sie blättert sich durch Ausdrucke, originale Zeitungsausschnitte, Fotos. Ein Bild vom Windelberg. Facebook-Bilder von der Installation in Erpendorf, Zeitungsartikel über die »großen Töchter« in Kaiserbad, da ist sogar ein Foto vom Jesus in seinem Häkeljäckchen. »Unerhörte Beschmierung im Köll-Museum«, ruft Elvira aus, wo hast du denn das her?! Adrian grinst.

Ein großes Foto von Elvira im Salzburger Theater, die Hände erhoben, daneben ein Foto von Helene, kein Foto von der eigentlichen Preisträgerin. Ein Filmstill von Elvira neben der Bachmann-Salatschüssel. Dann Blogbeiträge, die Adrian zu den Hippocampus-Aktionen gefunden hat. Elvira überfliegt die Überschriften, liest konzentriert:

»Agitation als letzter Ausweg. Warum die Grenzüberschreitung notwendig ist« – »Der Preis der Unsichtbarkeit. Helene Schulze und ihr schwieriger Status in der österreichischen Literaturszene« – »Das rabiate Seepferdchen. Wenn Vandalismus als Kunst daherkommt« – »Die Notwendigkeit des Erdbebens. Wo unser Diskurs über den Machtanspruch auf den öffentlichen Raum versagt« – »Wem gehört der beste Platz? Ein Balanceakt zwischen Kunst und Vandalismus«.

Ich bin beeindruckt. Sie haben wirklich einiges verstanden, sagt Elvira verwundert.

Adrian nickt. Seine Augen leuchten, er hat die Arme aufgestützt, die Hände erwartungsvoll vor der Brust verschränkt. Er ist so begeistert, denkt Elvira. Warum er? Warum nicht ich? Warum bringt diese Bestätigung Helenes Tod noch näher an die Oberfläche? Warum kann ich nicht triumphieren? Wenn sie allein wäre, würde sie sich in ihren Bus zurückziehen, die Flasche austrinken und sich in den Schlaf weinen. Mittlerweile ist es dunkel geworden.

Danke, sagt Elvira. Sie streckt die Hand aus, berührt ihn kurz und dreht das Gaslicht aus. Jetzt kann sie gar nichts mehr sehen und er auch nicht. Im Ginster schaben Zikaden ihre Flügel aneinander.

Morgen Vormittag ist die Buchpreisverleihung, sagt sie.

Was machen wir, wenn sie gewinnt?, fragt er.

Feiern, sagt sie.

Und wenn sie nicht gewinnt?

Sie steht abrupt auf und macht das Gaslicht wieder an. Ins Museum müssen wir auf jeden Fall noch. Alles andere entscheiden wir nach der Preisverleihung.

Im Dunkeln räumen sie das Essen weg, trinken ihre Gläser leer, stellen das Geschirr in die Spülschüssel und putzen sich im Schein der Taschenlampe nebeneinander stehend die Zähne wie ein altes Ehepaar. Elvira spuckt die Zahnpasta auf die Erde. Im Bett wird sie wieder traurig, und sie weint so leise wie möglich in ihre Decke hinein, aber nicht leise genug. Sie hört, wie er über die Bank klettert, zu ihr kommt und sich neben sie legt. Sie spürt, wie er über ihre Schulter streicht und sich von hinten an sie drückt.

Alles ist gut, murmelt er, alles ist gut.

Und Elvira wird ganz weich.

21.
Adrian

Latina / Neapel, Oktober

Adrian hat die Decke über den Kopf gezogen, um nichts zu hören. Wie sie aufsteht, die Schiebetür öffnet, in die Dünen pinkeln geht, sich die Zähne putzt, den Kaffee aus der Lade holt, die Espressomaschine mit Wasser und Kaffeepulver füllt, auf den Spirituskocher setzt. Er möchte schlafen. Er hat von Haien geträumt, die hinter einem kleinen Segelboot herziehen, das er steuert. Er musste die Haie füttern, und das Futter war in einem großen Jutesack, aus dem Blut auf das weiße Boot sickerte. Adrian wollte nicht in den Sack sehen. Er wusste, das Haifutter war jemand, den er liebte, aber er wusste nicht, wer. Adrian hört, wie der Wind in die Spiritusflamme bläst. Der Wind muss gedreht haben, auf Nordwest, denkt Adrian, und jetzt fährt er direkt in den Bus hinein und erzeugt ein leises Pfeifen. Auch die Vorhänge bewegen sich unruhig. Er setzt sich auf.

Hinten schläft man viel besser, sagt er.

Das Geschirr von gestern ist voller Ameisen, antwortet sie.

Sie steht vor ihm, in einem himbeerfarbenen Kleid. Hinter ihr ein milchiger Himmel mit tief liegenden Wolkenbänken. Das Meer ist stahlgrau. Nicht sehr einladend, denkt er, und sieht wieder zu

Elvira. Sie trägt eine Strickweste über dem Kleid, dicke Socken, Schlapfen. Es scheint über Nacht kühl geworden sein. Der Herbst ist uns also nachgereist, denkt er. Jetzt erst sieht er, dass sie sein »Drohnenkönig«-Buch in der Hand hält.

Du hast es gekauft?, fragt sie. Er nickt.

Und gelesen?

Teilweise, sagt er.

Während er sich anzieht, sitzt sie bei Tisch, trinkt Kaffee und liest im Buch. Sie hat ihren Stuhl so gedreht, dass er nach Osten zeigt, zur Sonne. Er nimmt sich Kaffee und setzt sich neben sie.

Was sagst du zu dem Buch, fragt sie ihn, ohne aufzusehen.

Weiß nicht, sagt er. Ich finde es sehr radikal.

Warum?

Es ist demütigend für mich als Mann.

So demütigend wie unsere Aktionen?, fragt sie.

Die empfinde ich nicht als demütigend.

Warum nicht? Es ist dasselbe. Es wird eine Unterseite beschrieben.

Nein, ist es nicht. Weil ich zu Helene keinen Bezug habe.

Und zu dem armen, unterdrückten Burli da drin hast du einen Bezug? Weil er ein Mann ist?

Sie hebt das Buch kurz an. Er nickt vorsichtig.

Dann hat Helene ja etwas richtig gemacht, sagt sie und liest weiter.

Sie legt das Buch abrupt zur Seite, steht auf, holt sich eine Zigarette, zündet sie an, setzt sich wieder.

Diese hektischen Bewegungen. Er hat in der kurzen Zeit in Wien vergessen, wie sehr sie ihm auf die Nerven gehen kann. Der Rauch am Morgen verschafft ihm Übelkeit. Er steht auf, zieht seinen Stuhl ein paar Meter von ihr weg. Wenn sie an der Zigarette zieht, zittern ihre Lippen kaum wahrnehmbar. Er fragt sich, was schon wieder mit ihr los ist. Gestern zuckersüß, heute gallbitter.

Also, ich finde das Buch auch gewaltverherrlichend, sagt er.

Es parodiert eine gewaltverherrlichende Kultur, die im Patriarchat Realität ist, antwortet sie und nimmt einen Schluck Kaffee, bevor sie weiterspricht. Ihre Augen bleiben auf das Buch gerichtet. Ich finde das legitim. Außerdem solltest du es zuerst fertiglesen, finde ich, sagt sie.

Du aber auch, sagt er.

Adrian holt seinen Laptop aus der Tasche und lenkt sich mit der Facebook-Seite des Deutschen Buchpreises ab. Er persönlich findet das ja sehr spannend, wenn es Longlists, Shortlists und dann erst einen Preis gibt. Er kann daran nichts Schlechtes erkennen. Es ist ganz einfach der Marktmechanismus eines Marktes, der Bücher verkaufen muss, so wie alle Märkte irgendetwas verkaufen müssen. Vom Lesen und Diskutieren allein kann die Wirtschaft ja schlecht leben. Der Administrator hat die Leute mit »Wer wird's«?-Fragen und Gewinnspielen bei der Stange gehalten, jetzt werden noch mal die spritzigsten Zitate der Kandidaten gepostet. Die meisten denken, dass der junge Ostdeutsche, der über die Zeit vor und nach der Wiedervereinigung Deutschlands schreibt, den Preis bekommen wird. Sein aktuelles Zitat: »Was gäbe er für eine neue Liebe in der alten Zeit.« Verwuschelte Haare, unausgeschlafener, entrückter Blick, obligatorische Zigarette. Ein intellektuelles Sexsymbol. Bei ihm türmen sich die meisten hymnischen Rezensionen. Er wird auch von Lesern mit Liebe überschüttet: *Hab das Buch gelesen! Begeistert! Ich hoffe so sehr, er wird's!* Oder, etwas abgeklärter: *Der einzige Kandidat mit halbwegs Niveau.*

Er scrollt hinunter, da ist ja auch die Schulze und ein »Drohnenkönig«-Zitat: »Eine Gebärmutter zu haben, ist noch lange kein Grund für Größenwahn.« Adrian hat das Gefühl, dass der Tod sie zumindest bei der Facebook-Buchpreis-Gemeinde nicht unbedingt sympathischer gemacht hat. Helene wird kaum favorisiert. Unter ihrem Zitat steht: *Langweilig.* Oder: *Ich weiß nicht.* Oder: *Quotenfrau!* Oder: *Wenn sie nicht tot wär ...*

Früher war es sicher leichter, Schriftsteller zu sein, denkt Adrian. Man musste nicht auch noch diesen ganzen Zirkus mitbedienen. Sicher ist das auch ein Grund für Elviras Kritik an dem ganzen Betrieb. Früher war alles besser, weil Literatur etwas Heiliges war – aber dann passt ihr ja wieder nicht, wie Helene behandelt wurde. Eine Frau unter fünf Kandidaten. Und die Frau ist tot. Das ist natürlich nicht die schönste Optik, und klarerweise regen sich da ein paar Emanzen auf. Aber kann man das nicht einfach so stehen lassen, als objektive Entscheidung einer Jury? Ist nicht die Hälfte der Jury weiblich? Er schüttelt den Kopf. Helene Schulze ist dauernd verlinkt, fällt ihm auf. Er geht auf ihre Seite. Es ist eine Autorenseite mit über fünftausend Likes, er staunt. Ziemlich viele Likes für jemanden, der scheinbar nicht so beliebt ist und obendrein tot. Der ehrwürdige Eminenz Verlag hat ganze Arbeit geleistet. Ein quasi aktuelles Bild von Helene, mit ihren graumelierten, kinnlangen Haaren. Ihre Haut sieht sehr glatt aus, glatter als die von Elvira, obwohl sie ein paar Jahre älter war, wahrscheinlich hat sie ein paar Kilo mehr auf den Rippen als Elvira. Den ganzen Körper sieht man nie. Immer nur den gedrehten Kopf und ihre hellgrauen Augen sehen verletzt in die Kamera. Verletzt, aber auch ein bisschen anklagend. Sehr anklagend sogar. Sicher war sie die Weichere, Verletzlichere von den beiden. Sicher hat sie die ganzen Ohrfeigen abgekriegt und Elvira keine. Er kann sich Elvira und Helene gut vorstellen, wie sie mit zwanzig die Hoden von Reiterstatuen pink angesprüht haben und lachend weggelaufen sind. Wie sie Arm in Arm nach einer Party heimgegangen sind und sich Helene bei Elvira ausheulte. Vielleicht haben sie auch etwas miteinander gehabt, wer weiß? Er stellt sich vor, wie eine junge Elvira der jungen Helene die Bluse aufknöpft (kein BH, niemals ein BH!) und die Brustwarzen in den Mund nimmt. Schnell scrollt er weiter nach unten. Da sind überraschend viele privat aussehende Fotos, scheinbar von früheren Bekannten, von Lesungen und Grillfesten, blau- und gelbstichig. Wo hat der Verlag die her? Vom Ehemann? Er scannt die Bilder nach Elvira ab, aber da ist keine, die so aussieht, wie er sich Elvira als junge Frau vorstellt. Sicher war sie scharf. Ganz unten sind die Pseudonymfotos von Helene, auf denen sie das Gesicht abgewandt hat. Von der Pseudonymstrategie, für die man sich vielleicht nachträglich ein bisschen geniert, ist überhaupt nicht mehr die Rede. Das Verwässern des Geschlechts war ein Verkaufsschmäh, der durch einen besseren, weil viel größeren Verkaufsschmäh obsolet geworden ist. Nichts weniger als der Tod. Er scrollt wieder hinauf, klickt sich durch die vielen euphorischen Buchbesprechungen, durch die wenigen Verrisse, durch die Zitate des Lobes und Zitate aus dem Buch:

»Wer die Revolution nicht anstrebt, hat kein Recht auf Unzufriedenheit.« Er steigt wieder aus und legt den Laptop zur Seite. Ihm ist kalt.

Man kann das ab elf Uhr live streamen, sagt er zu Elvira, die immer noch in das Buch versunken ist.

Elvira nickt, aber sie hat ihm gar nicht zugehört, fürchtet er. Sie haben noch zwei Stunden. Zuerst wäscht er das Geschirr dürftig ab, mit dem bisschen Wasser, das noch im Kanister ist, während sie stur im Buch liest. Dann wischt er den Tisch ab und wäscht das Wettex gut aus. Mit dieser Hausarbeit wird er aufhören, wenn sie ihn nicht bald bezahlt. Er ist nicht ihr Sklave. Als er fertig ist, trocknet er sich die Hände und sieht nach, wie es um die Netzverbindung steht. Immer wieder bricht das Netz zusammen. Dabei fällt sein Blick auf Elviras Füße, das rechte Fußgelenk zappelt in einem schnellen Takt. Er ist ja auch nervös. Über der Küste ziehen sich Wolken zusammen, es ist kühl, aber er muss ins Meer. Das ist der Grund, warum er hier ist: das Meer. Er beschließt, sich zuerst barfuß im Sand warmzulaufen, mit nacktem Oberkörper, bis ihm heiß ist, und dann schwimmen zu gehen, er hat diesmal sogar eine Badehose mitgenommen. Im Bus zieht er sich um, faltet sein Gewand ordentlich und legt es auf den Beifahrersitz. Gestern, als es noch viel sommerlicher war, hat er sich nicht getraut, schwimmen zu gehen, mit ihr. Etwas hat sich verändert zwischen ihnen, es ist schon wieder ein Stück weit weniger dienstlich, genauso wie es nach der Salzburggeschichte mit der Waffe weniger dienstlich geworden ist.

Wenn du mich nicht brauchst, gehe ich laufen und schwimmen, sagt er zu Elvira.

Ich brauche dich nicht, sagt sie und blickt nicht vom Buch auf.

Er steigt die Düne hinab, legt sein Handtuch unter einen Busch, dann läuft er gegen Norden, seine Füße suchen nach der Zone im Sand, die am wenigsten nachgibt, dort bleibt er, läuft und läuft, ohne dass sich die Landschaft um ihn verändert, rechts immer die gelben Dünen mit den dunkelgrünen Büschen darauf, links von ihm das Meer. Ich brauche dich nicht, hallt es in seinem Kopf nach. Jetzt muss gerade Flut gewesen sein. Vor ihm streckt sich der Strand geradeaus, dann macht das Land eine Biegung nach Westen, und inmitten der dunkelgrünen Landzunge kann er eine Stadt ausmachen. Der Sand scheint immer weicher zu werden, je weiter er nach Norden kommt, immer tiefer verschluckt er seine Schritte, bis aus seinem Versuch zu laufen ein erbärmliches Stapfen geworden ist, sogar mit kleinen Schmatzgeräuschen, wenn er den Fuß aus dem Sand zieht. Er wird unwillig, grantig, auch wegen Elvira. Natürlich braucht sie ihn, sie hätte all diese Installationen nicht ohne ihn bewerkstelligen können, sie kann ja nicht einmal das blöde Klo ausleeren, sie braucht ihn auch zum Navigieren, als technischen Support, sie braucht ihn, damit er ihre Aktionen dokumentiert und ausdruckt und ordnet und einheftet. Wozu die ganze Mühe, wenn es dann niemandem präsentiert wird, außer ihm? Auch wenn sie weint, ist er da. Es wird etwas mit Helene zu tun haben. Er war einem Impuls gefolgt, als er sich in ihr Bett gelegt hat. Jetzt tut sie so, als bräuchte sie ihn nicht. Dabei hat sie sich eindeutig von ihm trösten lassen, sie hat sich fest an ihn gedrückt. Sie haben richtig gelöffelt, ob ihr das nun passt oder nicht. Da war kein Zweifel, kein Funken Bedenken, etwas vielleicht nicht richtig zu machen, so wie es bei Katalyn manchmal ist. Wenn man miteinander keinen Sex hat, ist es schon leichter, das Richtige zu machen. Er fragt sich, warum Elvira so kaputt ist, dass sie immer, wenn er einen Schritt auf sie zu macht, ihre Stacheln ausfährt. Warum sie am nettesten ist, wenn sie traurig ist. Adrian bleibt stehen und schnauft, sein Herz jagt das Blut durch seinen Körper, jetzt geht es ihm gut, jetzt ist er bereit für das Meer. Er dreht um und läuft wieder zurück, sprintet, bis er fast keine Luft mehr bekommt, schließlich sieht er den Bus schon aus der Ferne, und er rennt jetzt die letzten hundert Meter direkt ins Wasser, mit großen, ausladenden Schritten. Das Meer ist kalt, viel kälter als die Neue Donau. Er taucht unter, mitten ins Graublau, schwimmt, bis es unter ihm dunkler und dunkler wird, dreht dann schnell wieder um. Jetzt fällt ihm der Traum wieder ein, die Sache mit den Haiködern, da hilft das gute Körpergefühl nichts, die Luft in seinen Lungen wird knapp, er muss schnell wieder an Land, bevor ihn die Panik überkommt.

Punkt elf sitzen sie gemeinsam auf dem Bett und starren auf Adrians Laptop, sie sind in den Bus gegangen, weil es zu regnen begonnen hat, sie haben Türen und Fenster verschlossen und warten, dazu das Prasseln des Regens auf dem Autodach. Der Empfang ist gut, trotzdem ruckelt der Stream. Es ist nervenaufreibend, der Moderator muss faseln, die Jurysprecherin muss faseln, dann werden noch einmal die Kandidaten durchgekaut. Das Videoporträt von Helene ist nett gemacht, aber trotzdem rührselig, der Tod ist und bleibt der wichtigste Protagonist im Video. Dann liest eine Schauspielerin mit sehr rotem Mund aus Helenes Buch, Elvira seufzt genervt.

Das hält ja keiner aus, sagt sie, wer braucht denn noch das Gequatsche und das Gelese.

Jetzt wird es spannend, sagt Adrian, als die Jurysprecherin auf die Bühne gebeten wird, um die Katze aus dem Sack zu lassen. Im Publikum sitzen die Anwärter nebeneinander, die Kamera tastet sie einzeln ab. Statt Helene ist ihr Lektor gekommen, um den Preis entgegenzunehmen, oder auch nicht.

Was ist mit Helenes Ex-Mann, fragt Adrian, wo ist der?

Vergiss den, sagt sie.

Die Jurysprecherin hat ihre kleine Ansprache beendet und öffnet das Kuvert. Ausgerechnet jetzt beginnt der Stream wieder zu ruckeln, die Jurysprecherin steht mit geöffnetem Mund da. Fuck, sagt Adrian.

Verdammt, Adrian, schreit Elvira.

Ich kann nichts machen, schreit er zurück.

Da kommt der Mund der Jurysprecherin wieder in Bewegung, das Video macht einen Sprung, und hinter ihr erscheint riesengroß ein weißes Cover und das Gesicht eines haarlosen Autors, mit dem niemand gerechnet hat. Elvira sitzt reglos vor dem Bildschirm. Adrian traut sich jetzt nichts zu sagen. An ihrer Bewegungslosigkeit kann er erkennen, dass sie damit gerechnet hat, dass der Buchpreis an »Drohnenkönig« geht.

Er überlegt, sie zu umarmen.

Soll ich abschalten?, fragt er. Sie schüttelt den Kopf. Mittlerweile sieht man ein ruckartig applaudierendes Publikum, dazwischen immer wieder das ungläubige Gesicht des Gewinners, der überfordert wirkt, und die Jurysprecherin liest jetzt noch die Begründung, der Stream ruckelt und er versteht nur: *Mut, Selbstironie, unverbesserliche Widerborstigkeit.*

Ganz genau, sagt Elvira. Mut, Selbstironie, Widerborstigkeit. Na dann. Auf nach Neapel.

Gemeinsam steigen sie aus dem Bus, der Regen macht gerade Pause, sie wischen das Regenwasser dürftig von den Möbeln und verstauen sie im Bus, mit einer Routine, die ihnen hilft, die Enttäuschung zu überspielen. Adrian programmiert sein Navi, zum Hafen von Neapel, Autobahnen vermeiden. Warum nicht Autobahn, fragt er, und sie sagt, zu teuer. Er findet, dass es eine schlechte Idee ist, auf Landstraßen in die Stadt zu fahren, aber sie meint nur: Scheiß dich nicht an. Und: Wenn du Angst hast, fahr ich.

Natürlich hat er keine Angst, und das fehlt ihm noch, ihre ungute Art zu fahren und das zwischen lauter hektischen Italienern. Der Tank ist viertelvoll, sie fahren nach Süden, es regnet wieder leicht. Er würde gerne mit ihr reden. Er möchte sie fragen, ob das, was sie erreichen wollte, nun auch ohne Buchpreis funktioniert. Aber sie hat sich schon in ihre Lederjacke eingekuschelt und die Augen geschlossen.

Es kommt ihm ewig vor, ein langweiliges Kaff nach dem anderen, aber immerhin, es geht nach Süden, und er denkt daran, dass er im November auf einen Dreh nach Namibia fahren wird, Geparden, er freut sich darauf, er war noch nie im südlichen Afrika.

Je näher sie Neapel kommen, desto hektischer und lauter wird es um sie herum und dreckiger. Kurz bevor er in die Stadt einfährt, ist plötzlich wieder Sommer, es wird schnell heiß im Auto.

In einem Parkhaus am Hafen finden sie sofort einen Stellplatz.

Du kannst deine Zahnbürste einpacken, wir schlafen heute im Hotel, sagt sie. Er sieht sie erst verwundert an, aber dann steckt er eine frische Unterhose, ein Shirt und seine Zahnbürste in die Tasche, während Elvira beginnt, sich vor einem kleinen Handspiegel seelenruhig zu schminken. Sie steigt in den rückwärtigen Bereich, zieht eine violette Weste über, ein rotes Tuch, zuletzt die Strickjacke mit dem Pelzchen. Dann packt sie ein paar Dinge in eine große Handtasche. Als sie fertig ist, sieht sie wie eine Figur aus einem Fellini-Film aus. Elvira marschiert einfach drauflos, als würde sie sich gut auskennen. Sie verlieren sich in einem engen Wohnviertel, in den Gassen liegt der Dreck, Rollläden und Mauern sind mit tausend Schichten Plakaten überklebt, Graffitis und dazwischen riesige Mistkübel, die Unmengen von Säcken zu erbrechen scheinen. An einem kleinen, belebten Platz, in dessen Mitte ein Brunnen vor sich hin trocknet, lässt sie plötzlich unangekündigt ihre Tasche auf einen Plastikstuhl fallen, im Vorgarten einer heruntergekommenen Bar, die mit Blumentrögen von einem Kreisverkehr abgegrenzt ist und in der schmutzig aussehende Arbeiter Kaffee und Bier trinken. Elvira bestellt auf Italienisch, es kommen kleine frittierte Hütchen, Pizza, Tramezzini, klarer Schnaps und Bier. Er beeilt sich, sein Glas zu erheben, um Elvira zuzuprosten, die schon ganz und gar trinkbereit ist.

Auf Helene!, sagt Elvira.

Auf die Shortlist!, sagt Adrian.

Der Grappa verbrennt seine Kehle.

Nach dem Toast kehrt Stille ein und großer Appetit. Er wusste gar nicht, wie hungrig er ist. Auch Elvira isst, als hätte sie tagelang gefastet. Sie beobachten die vorbeieilenden Mütter mit ihren Kindern, ein Rudel junger Mädchen, das zwitschernd über den Platz zieht. Die Feierstimmung ist sehr gemäßigt.

Was würde Helene jetzt tun?, fragt er.

Sie würde jetzt zu Hause sitzen und sich ärgern, wie jedes Jahr. Sie würde analysieren, warum der langweilige Glatzkopf den Preis bekommen hat. Und sie würde dir erklären, dass sie gar nicht für den Preis infrage gekommen ist, sondern dass sie nur auf der Shortlist gelandet ist, weil die Jury sich mit ihrer politischen Beweglichkeit schmücken wollte. Sie würde uns darlegen, dass von den vier Jurorinnen sich mindestens drei nicht mit dem Frauendings schmutzig machen wollten, und dass von den drei Männern der Jury mindestens zwei sich gar nicht überwinden konnten, den »Drohnenkönig« ganz zu lesen. So ungefähr. Sie trinkt.

Adrian schüttelt verärgert den Kopf. Das glaube ich nicht, sagt er. Es geht immerhin um Literatur.

Elvira trinkt schnell und deutet dem Kellner, eine nächste Runde zu bringen.

Du hast es noch immer nicht verstanden, sagt sie.

Was habe ich nicht verstanden?, fragt Adrian unschuldig. Er weiß natürlich, worauf sie hinauswill.

Dass es ein Fluch ist, als Frau geboren zu sein, sagt sie gleich. Elvira hat eine Kerbe im Plastiktisch entdeckt, die fährt sie mit dem Nagel nach. Adrian seufzt.

Komm, betrinken wir uns, bevor wir noch aufeinander losgehen, sagt sie schnell. Lass uns knobeln: Wer verliert, zahlt!, schafft sie an. Er ist froh, dass sie ihm eine Diskussion erspart.

Sie spielen Schere, Stein, Papier. Niemand wundert sich darüber. Um sie herum wird es immer voller. Es haben sich Trinker eingefunden, Geschäftsleute, ein Paar, eine Mutter mit ihrem Kleinkind, das Tauben verscheucht, während die Mutter in ihr Handy tippt. Er trinkt weiter Grappa, sie hat auf Averna umgesattelt. Nach drei Runden hat der Alkohol seine Wirkung entfaltet. Sie spielen jetzt Schere, Stein, Papier, Brunnen, Feuer. Die Sonne brennt ihnen auf die Köpfe, sie haben sich ausgezogen. Sie lacht bei jeder Runde lauter und herzlicher. Adrian ist ein guter Verlierer, er zahlt an der Bar, weil es siebzehn Uhr ist und sie noch unbedingt heute in dieses Museum möchte. Und als er Grazie sagen will, kommt ihm ein Rülpser aus. Der Kellner grinst, Elvira lacht, Helene war zumindest auf der Shortlist, alles ist wieder gut.

Als sie die Gasse bergauf gehen, merkt er erst, wie betrunken er ist. Sie noch mehr, denkt er, als er sie vor sich gehen sieht und sie mit einer Art Schunkeln in die breite Straße einbiegt, die zum Museum führt, das sich über die Straße erhebt, riesig und rostrot, mit vielen Stufen. Er schließt zu ihr auf, sie hängt sich bei ihm ein. Elvira zahlt den Eintritt, sie gehen an Mosaiken entlang, die sind aus Pompeji, und wenn er schon einmal hier ist, würde er sie sich gerne ansehen. Weiter, wir haben keine Zeit, sagt sie. Nur kurz, sagt er und bleibt vor einem Mosaik mit winzigen Vögeln stehen. Elvira neben ihm bekommt Schluckauf, er kann sie hören und muss lachen, sie muss auch wieder lachen. Sie nimmt ihn an der Hand und zieht ihn weiter, komm endlich, lass die blöden Mosaike, ich zeig dir was viel Besseres. Hier muss es sein. Und sie zieht ihn ums Eck, durch einen Nebeneingang, den er fast nicht gesehen hätte.

Adrian bleibt sofort stehen. Verwundert steht er vor der Marmorstatue eines kopflosen Römers, unter dessen fein gearbeiteter Toga eine große Erektion den Faltenwurf stört. Sein Blick wandert über Wandfresken mit Kopulationsszenen, massive Penisse wachsen aus der Wand. Er hat die alten Römer seriöser eingeschätzt. Er liest, dass es in Pompeji unzählige Bordelle gab, dass sie mit erigierten Penissen gekennzeichnet waren, die an der Hausmauer angebracht waren und immer noch sind. Er sieht einen grimmigen Satyr eine Ziege ficken, die ihm dankbar und devot in die Augen sieht. Er sieht Zwerge mit riesigen, wie Euter geäderten Schwänzen, Öllämpchen mit Penissen, Männchen, denen mehrere Schwänze aus dem Kopf wachsen. Wandgemälde, auf denen Brüste »überprüft« werden. Mit Ausnahme von ein paar Kopulationsszenen, die laut Beschreibung meist Prostituierte darstellen, sieht er eigentlich nur mehr oder weniger monströse Erektionen. Ein paar Touristen sind mit ihnen im Raum und deuten kichernd auf ein Öllämpchen, auf dem ein Penis zu sehen ist, der fast doppelt so groß ist wie die Figur. Ihm ist es ein bisschen unangenehm. Mein Gott, beschwichtigt er sich, es sind doch nur Schwänze. Warum ist er peinlich berührt? Elvira, denkt er. Die kleine Elvira in seinem Kopf macht ihn prüde.

Was machen wir hier?, fragt sich Adrian in seinem Schnapsdusel. Vielleicht ist aber auch nur der Alkohol daran schuld. Wenn er nüchtern wäre und allein, wäre er bestenfalls amüsiert. Elvira steht neben ihm. Er kann ihre Stimmung nicht deuten. Spöttisch, rät er.

Der Ort sollte Chiesa erezione heißen, sagt sie leise, oder Palazzo Cazzo.

Er nickt. Fällt dir was auf?

Na ja, ziemlich viele Schwänze, sagt er.

Ja, sagt sie, und keine einzige Möse. Keine einzige. Ist das nicht schräg?

Das glaub ich dir nicht, flüstert er zurück.

Na los, Klugscheißer, flüstert sie, such die Möse.

Er geht noch einmal hindurch, der Ausstellungsraum ist nicht groß. Er inspiziert die Schaukästen, die Fresken, die Statuen. Sie hat recht. Keine Einzige.

Man sollte hier eine riesige Vulva hineinschleppen, flüstert sie ihm zu, als er wieder bei ihr steht. Dass an so einem Ort, in dem es um Fruchtbarkeit oder Prostitution geht, tatsächlich keine einzige Muschi abgebildet ist, ist schon unerträglich.

Das ist doch nicht so schlimm, flüstert Adrian zurück, das ist Tausende von Jahren alt.

Eben, sagt sie jetzt lauter. Es ist schlimm, seit rund zweitausend Jahren unwidersprochen schlimm.

Adrian seufzt.

Es ist diese Lücke, flüstert sie. Die gibt es auch heute noch. Die Lücke ist überall. Hier, in den Parlamenten, in der Sprache, in den Köpfen. Sogar in den Biologiebüchern vergessen sie teilweise immer noch die Klitoris und bilden nur die inneren Organe ab.

Am Eingang steht ein Wachmann in Uniform, er sieht aus wie ein Soldat. Über seinen Oberlippen zieht sich ein sehr dünn getrimmter Schnauzer, eine durchbrochene schwarze Linie. Als wäre der Bart geschminkt. Der Wachmann behält Elvira und Adrian im Auge. Adrian sieht sich durch seine Augen. Ein verrücktes Paar, das nach Ärger riecht. Und nach Fusel.

Das Gabinetto füllt sich mit Touristen. Deutsche und ein asiatisches Paar, eine Gruppe von Männern, eindeutig Spanier.

Stell dir vor, was man hier alles machen könnte, raunt Elvira in sein Ohr. Man könnte mit diesem Raum so wunderbare Installationen anstellen. Der

Raum ist das perfekte Ausgangsmaterial für alles Mögliche. Man müsste nur ...

Vergiss es, Elvira! Er wird gleich nervös und zupft sie am Ärmel.

Bitte. Lass uns gehen. Der Schwanzwächter sieht schon ganz böse her.

Aber sie ist nicht zu Späßen aufgelegt, sondern setzt sich in Bewegung, als würde sie etwas suchen. Als hätte sie etwas verloren. Adrian versucht, hinter ihr herzugehen, nahe bei ihr zu bleiben. Sie steht jetzt ganz nahe bei einem Schaukasten, in dem eine Art geflügelter Hund mit Penisbeinen, Penisschwanz, Peniskopf und natürlich auch noch ein Penis von einer Kette hängt, und presst die Nase fast an die Scheibe. Er steht ganz knapp hinter ihr, vielleicht kann er sie so aus dem Gabinetto hinausschieben, wie gestern Nacht, vielleicht kann er sie unauffällig aus dem Gabinetto hinaus*löffeln*. Aber Elvira hält seinem Druck stand, sie bleibt vor einem als »Flugpenis« bezeichneten, mit Glöckchen behangenen Ding. Er kann sie jetzt spüren, ihren Rücken, seine Nase in ihren Haaren. Sie weicht ihm nicht aus. Ihre Haare riechen gut, nach Oregano, denkt er verwundert.

Komm schon, sagt er, lass uns weiterfeiern.

Fruchtbarkeitssymbol, knurrt sie und klopft respektlos an die Scheibe der Vitrine. Als ob ein Schwanz je Kinder kriegen könnte!

Elvira, murmelt er in Elviras Haar. Elvira. Der Schwanzwächter schaut wieder.

Lass mich! Sie macht jetzt einen jähen Schritt von ihm weg.

Sie dreht sich um, ihre Augen wütend, ihr Gesicht ist jetzt sehr rot.

Wie würdest du dich fühlen, wenn ich dich in eine Kammer voller Muschis schleppen würde und Männer wären nur abgebildet, wenn man ihre Schwänze kaufen könnte? Hm? Wie würdest du dich fühlen, wenn in den Schulbüchern Penisse abgebildet wären ohne Eichel? Oder einfach nur die Hoden?

Er schüttelt den Kopf. Das hat doch nichts mit der Welt heute zu tun, versucht er, sie zu beschwichtigen. Oder mit dir!

Natürlich nicht, sagt sie. Es klingt ironisch. Dieser Raum hier, sie dreht sich im Kreis und deutet mit den Armen theatralisch nach oben, ist der Vatikan der Schwänze.

Sie ist ziemlich laut. Sie sieht betrunken aus, denkt er. Aggressiv. Potenziell gewalttätig.

Elvira, psst.

Der Aufpasser hat sie im Blickfeld. Er hat jetzt ganz schmale Augen und buschig zusammengezogene Augenbrauen, die gut zu dem dünnen Bärtchen passen. Er sieht alarmiert zu ihnen herüber, als hätte er Witterung aufgenommen.

Elvira bleibt davon völlig unbeeindruckt. Lass mich in Ruhe mit deinem blöden Schwanzwächter, sagt sie. Ich lass mir doch nicht von so einer Witzfigur das Wort verbieten. Wenn du ich wärst, du würdest dich fühlen wie das kleine Burli in Helenes Roman.

Plötzlich kommt sie ihm sehr nahe und zieht seinen Kopf so zu sich, dass sie ihm ins Ohr flüstern kann.

Ich verspreche, ich werde nichts kaputtmachen, raunt sie. Hol dein Handy raus und filme mich, sagt sie.

Elvira, bitte.

Ich werde nur ein bisschen die patriarchale Seligkeit stören. Den Raum entweihen.

Er hat kein gutes Gefühl, aber er nimmt das Handy aus der Tasche, öffnet die Kamerafunktion und richtet die Linse auf sie. Sie setzt eine Kapuze auf, nestelt an ihrem Gewand herum, schließt die Augen und beginnt sich langsam um die eigene Achse zu drehen und eine Art leisen Gesang anzustimmen, ein Summen. Ähnlich wie im Salzburger Theater hat sie eine majestätische Ausstrahlung. Hohepriesterin, denkt Adrian. Hexenmeisterin. In den Gesang mischen sich Worte.

Jetzt erst sieht er, was sie trägt. Er sieht die Schamhaare im Pelz, die inneren, violetten Schamlippen, dahinter die altrosa Vaginalöffnung. Er sieht die Klitoris aus dem roten Halstuch herauswachsen. Elvira hat sich als wandelnde Möse kostümiert. Wie konnte er das vorhin nur übersehen?

Was sie singt, klingt melodisch, er erkennt einzelne Worte. *Vulva.* Die Deutschen schauen kurz erstarrt, dann verlassen sie schnell das Gabinetto. Elvira wird lauter, dreht sich schneller, hebt dabei die Arme. *Muschi. Yoni. Topa*, versteht er. *Pussy.* Das asiatische Pärchen schaut verschreckt auf. *Gnocca.* Das war das Codewort für den Wachmann. Er richtet sich auf und kommt auf sie zu.

Elvira, hör jetzt auf, flüstert Adrian flehend und lässt das Handy sinken.

Draufbleiben, sagt Elvira streng. Dann schließt sie die Augen und summt weiter.

Während sich der Wachtmeister an den Touristen vorbeidrängt, holt Elvira tief Luft und setzt zum Grande Finale an wie eine Opernsängerin langsam die Arme hebend. Der Ton ist nicht ganz richtig, aber das macht nichts, denn er kommt aus tiefster Brust, nein, noch tiefer, aus dem Bauch. Nein. Noch tiefer. *Viva la Vaaaaginaaaaaaaaaaaaa!*

Er filmt sie, aber am liebsten würde er sich die Ohren zuhalten. Nie im Leben hätte er ihr so ein lautes Organ zugetraut. Und so einen Mut zur Lächerlichkeit. Das Wort breitet sich aus wie eine Explosionswelle, die Touristen im Raum schauen verärgert, verängstigt her, eine hält sich die Ohren zu. Jetzt gibt es gleich Ärger, denkt er, als der Wächter hinter Elvira erscheint und mit schnarrender Stimme sagt: Signora. Per Favore. Er deutet Adrian, das Handy auszuschalten, und Adrian steckt es in die Tasche. Er spürt, dass der Schwanzwächter und er jetzt ein Team sind, das zusammenhalten muss, das Elvira in seine Mitte nehmen und mit vereinten Kräften aus diesem Gabinetto geleiten muss.

Es reicht, Elvira, sagt er mit fester Stimme, jetzt ist es wirklich genug.

Signora, sagt der Wächter noch einmal. Please. Can I ask you to …

Adrian ist plötzlich ganz nüchtern. Er fasst Elvira an der linken Schulter und versucht, sie zum Ausgang zu dirigieren. Der Wachmann nickt ihm zu, überlässt jetzt Adrian die Situation. Sie ist bockig, wehrt sich aber nicht wirklich. Er hätte nicht zulassen dürfen, dass sie so viel trinkt. Dass sie hier im Muschikostüm herumschreit. Die Touristen im Gabinetto schauen ihnen verängstigt zu. Als sei Elvira eine Urgewalt, eine tickende Bombe und er ihr Entschärfer, der sie schnell nach draußen zur Detonation bringen muss. Ist ja auch ein bisschen so, denkt Adrian. Nur noch einen Meter, denkt er, als er sie zum Ausgang aus dem Gabinetto schiebt, gegen einen Widerstand anschiebt, als hätte sie Leim auf den Sohlen. Aber da sieht er schon den riesigen roten Marmorpenis, der den Ausgang flankiert, er ist bestimmt einen Meter hoch. Unfassbar, denkt er noch, als er vorbeigehen will, da spürt er plötzlich, wie sie seinem Griff entgleitet, ja herauswindet, sich nach rechts fallen lässt. Instinktiv versteht er, dass sie sich auf ihn stürzen und vielleicht sogar zerstören will, deswegen gehorcht er seinem Reflex, greift unter Elviras Arm und reißt sie nach links, was sie mit einem leisen Schrei quittiert und mit einem wilden Blick. Entschuldige bitte, zischt er, erstaunt, wie viel stärker er ist als sie, hab ich dir wehgetan?

Sie funkelt ihn böse an, geht aber artig und steifbeinig neben ihm aus dem Museum. Einmal noch dreht Adrian sich um und fängt den bösen Blick des

Aufpassers ein, der fassungslos den Kopf schüttelt und ihm mitleidig den Vogel zeigt.

Die Straße ist lauter, staubiger und heißer, als er sie in Erinnerung hat. Es dämmert.

Es tut mir leid, Elvira, sagt er, als sie sich mit der linken Hand die rechte Schulter haltend, von ihm weggeht, sehr schnell. Er holt sie ein, stellt sich vor sie hin, sie will ihm ausweichen, aber er hält sie mit den Armen an den Schultern fest und spricht sie aus nächster Nähe an.

Was wolltest du da drinnen? Einen antiken Penis zertrümmern? Wirklich? Bist du irre geworden? Willst du in den Häfen? Er schreit jetzt.

Elvira blinzelt ein bisschen, als ob er ihr ins Auge gespuckt hätte. Dann kramt sie in ihrer Tasche und setzt sich die schwarze Brille wieder auf, nimmt das Halstuch ab und knöpft den Mantel zu. Mit einem Mal sieht sie wie eine elegante Italienerin aus.

Lass uns ins Hotel gehen, sagt sie, befreit sich aus seinem Griff und biegt zielstrebig in eine Seitengassen ein, rechts, links, an Mülltonnen vorbei, und schon stehen sie vor der Pension Eusebio. Hier?, fragt Adrian.

Hier, sagt Elvira.

Ein unscheinbarer Eingang führt zu einer winzigen Rezeption, in der es penetrant nach Chlor riecht. Elvira drückt auf die Klingel, kurz darauf erscheint Eusebio. Eusebio hat haarige Fingergelenke und ein fettiges Grinsen. Elvira scheint ihn zu kennen. Er nickt ihr zu.

Über enge Treppen, in denen der Chlorgeruch sich zu einem erstickenden Dampf verdichtet, gelangen sie durch einen engen Gang in ihr Zimmer. Es ist klein, hat ein Doppelbett und das Fenster zeigt auf die Straße, in der unverändert der Lärm wütet. Gleich ist es dunkel, aber keiner von ihnen macht das Licht an. Musik, Geschrei, Gestank, Scheppern, ein Lastwagen, der sich durch die Gassen quält. Adrian hat genug von diesem Tag. Genug von Neapel. Genug von Elvira. Genug von Italien. Genug vom Sommer. Aber er wagt nicht zu fragen, wie es morgen weitergeht. Wie er von hier heimkommt. Er setzt sich ratlos auf das Bett, macht das Nachtkästchenlicht an und sucht vergebens nach dem WLAN.

Elvira kramt in ihrer Tasche, geht ins Bad, er hört sie zusperren: duschen, Zähne putzen. Danach kommt sie in einem weißen Seidennachthemd und legt sich neben ihn ins Bett, dreht ihm den Rücken zu.

Bist du böse?, fragt er. Sie antwortet nicht.

Wegen der Schulter? Wegen dem Phallus? Wegen dem Schwanzwächter? Sie bleibt still. Wegen des Buchpreises?

Adrian seufzt, steigt aus dem Bett, sperrt sich in das winzige Badezimmer ein, in dem jetzt schon der Dampf steht. Was macht er hier eigentlich? Er schließt die Augen und seufzt. Nach dem Duschen wischt er mit dem Handtuch über den Spiegel. Kantig sieht er darin aus, denkt er, fertig, deprimiert, gescheitert.

Als er zu Elvira ins Bett steigt und sich zudeckt, liegt sie immer noch unverändert auf der Seite, das Gesicht abgewandt. Ihr Atem geht ruhig. Wahrscheinlich schläft sie. Es ist vielleicht neun Uhr. Den Tag hat er sich anders vorgestellt. Er liegt auf dem Rücken, immer noch in sein Handtuch gewickelt, und starrt an die Decke. Was für eine Feier. Ob die tote Helene etwas davon hat? Fünfundzwanzigtausend wäre der Buchpreis wert gewesen. Er träumt vor sich hin, was er alles mit dem Geld anstellen würde. Ein neues Weitwinkelobjektiv für die Kamera vielleicht. Eine neue Duschkabine für seine Wohnung. Ein Laptop.

Da ist plötzlich Elviras Kopf über ihm. Hat er schon geschlafen, fragt er sich.

Sie sitzt seitlich im Bett, die Decke vor der Brust. Sie sieht sehr wach aus.

Bist du böse auf mich?, fragt sie ihn.

Warum sollte ich, sagt er verwundert.

Sie wirkt gar nicht betrunken. Ihr Kopf kommt näher. Ich hab dich angelogen, sagt sie. Es gibt ein weibliches Symbol im Gabinetto.

Ach ja, sagt er. Welches?

Eine Mano in Fica. Eine Feigenhand. Sie grinst und klemmt den Daumen zwischen Zeige- und Mittelfinger. Da muss er lachen. Siehst du, sagt er, ist alles nicht so schlimm.

Ihre Haare fallen ihr ins Gesicht, sie streift sie zurück und sieht ihn genau an. Dann kommt sie näher, lässt die Decke sinken, greift ihm ins Gesicht, streicht seine Haare zur Seite. Sein Herz schlägt sehr schnell, als sie sich ganz nahe zu ihm beugt und er darauf wartet, dass sie ihn küsst. Ihre Lippen sind kühl, fest, er küsst sie vorsichtig zurück. Es ist Millimeterarbeit, denkt er.

Da lässt sie sich plötzlich wieder zurücksinken, in die Seitenlage, auf ihren Ellbogen gestützt sieht sie ihn an. Es ist schon dunkel. Das Straßenlicht fällt auf das schimmernde Nachthemd, er folgt dem Faltenwurf des Stoffes auf und ab über Elviras Körper. Draußen tobt der neapolitanische Verkehr, ein paar Menschen schreien sich etwas zu. Er liegt auch in Seitenlage, stützt den Kopf in den Arm, mit der Linken schlägt er ihre Decke ganz zurück. Es ist unmissverständlich, denkt Adrian, ich kann nichts falsch machen. Er berührt ihre Haut auf den Oberarmen, am Hals, am Dekolleté. Er schiebt den Träger des Nachthemds über ihre Schulter. Ihre Unterlippe zittert. Der Stoff gleitet gehorsam nach unten und legt Elviras rechte Brust frei. Die Brust ist klein, erinnert ihn an eine große, reife Feige, die dunkle Brustwarze zieht sich unter seinem Blick zusammen. Er streicht über ihre Arme, über das Dekolleté und die Brust. Elviras Haut ist dünner als Katalyns, viel weicher, als er gedacht hätte. Er hat sie schon so oft berührt, denkt er. Oder bildet er sich das nur ein? Es ist mehr eine Neugier als eine Geilheit, die ihn antreibt, die ihn das Nachthemd nun von unten hochschieben lässt. Elvira sieht ihn an, sie atmet schneller. Langsam schiebt er den Stoff hoch, über die Schenkel, sie hebt die Hüfte minimal an, damit er alles freilegen kann, die ganze Elvira, die sich jetzt das Nachthemd auszieht. Sie hat ein paar Falten auf dem Bauch, die er mit dem Finger nachfährt. Lachfalten am Bauch, denkt er amüsiert, drei, vier parallele Münder, deren Winkel nach oben zeigen. Der Anblick ist ungewohnt und dann doch wieder vertraut, da sind die beiden knapp nebeneinander stehenden Muttermale auf ihrem Bauch, die er schon ein paar Mal gesehen hat, wenn sie sich im Bus aus- und angezogen hat. Er verbindet sie mit einer Linie, und seine Hand zieht die Linie weiter, bewegt sich über den Schamhügel, der dicht bewachsen ist, mit hellen und dunklen Haaren. Jetzt stützt sie sich auf, gibt ihm einen leichten Stoß, sodass er nach hinten fällt, dann zieht sie die Decke von seinem Körper und summt wohlig, während sie den Handtuchknoten löst und ihn auspackt. Er überlegt, ob er sich schämen soll, aber sie kniet schon zwischen seinen Beinen und bläst ihm einen, mit sicheren Lippen und gekonntem Fingerdruck, ohne die Eier zu vergessen, wie es ihm mit anderen Frauen schon viel zu oft passiert ist. Sie macht das viel zu gut, er muss sich sehr beherrschen, nicht sofort zu kommen, aber da setzt sie sich schon auf ihn, nass und warm und eng, und er muss sich um gar nichts kümmern. Sie reitet ihn, zügig und routiniert, dabei spielt sie mit dem Beckenboden, dass ihm schwindelig wird. Den Kopf hin und her werfend, wird sie immer schneller, und bevor sie mit einem an Fauchen erinnernden Geräusch kommt, beugt sie sich über ihn, greift mit beiden Händen in seine Haare und zieht an ihnen. Als sie fertig ist und schnaufend auf ihm liegt, hat er fast Angst, dass es ihm schon wieder passiert. Dass er wieder mit einem Ständer liegen gelassen wird, wie ein Sexspielzeug, denkt Adrian mit wachsender Panik, eines, auf das man auf- und wieder absteigen kann, wie es einem passt. Sie steigt von ihm herunter, begibt sich aber gleich wieder ans Bettende und macht zwischen seinen Beinen weiter, wo sie vorhin aufgehört hat. Fester und schneller als vorhin, tiefer auch, und als er denkt, er kann jetzt kommen, hält sie inne. So geht es ein paar Mal, Adrian platzt gleich, er hört sich stöhnen und raunen, jedes Mal, wenn sie ihn einbremst. Er hört sich über seine Geräusche lachen, entfernt, denn er hat sich längst aufgelöst und keine Kontrolle mehr. Er hat keine Ahnung, wie lange das schon geht, und kurz bevor er meint, zu kommen, fühlt er, wie etwas in ihn hineingeschoben wird, etwas, dessen Dimensionen er nicht kennt, das ihm ein wenig Angst macht. Nichts, was er kennt. Ist er damit einverstanden? Egal, was es ist, er reckt sich der Lust entgegen, die sich wie ein Sog in seinem Körper ausbreitet. Was macht sie? Er will gerne die Augen öffnen, sich aufrichten und nachsehen, aber er traut sich nicht, weil er das Gefühl nicht verlieren will. Als hätte man ihm noch einen Körperteil dazu geschenkt, der kommen kann, denkt er noch, bevor er in Elviras Mund explodiert. Da ist ein Geräusch, ein leises Lachen, aber auch ein Schluchzen, das ihn sehr verwundert, kommt es doch aus seiner eigenen Kehle. Beschämt dreht er sich auf den Bauch.

22.
Adrian
Wien, Anfang November

Das Paket kam zwei Wochen später mit der Post, kurz bevor er nach Namibia aufbrechen wollte. Alles, was er im Parkhaus in Neapel zurückgelassen hatte, fand er darin: seinen Laptop, seine Kleidung, seinen Waschbeutel. Er war gerade beim Bäcker gewesen, als der Paketdienst ankam. Das Journal lag ganz unten. Elviras Handschrift war fein und gut lesbar. Sie hatte alles durchnummeriert. Die Liste auf der letzten Seite hat er sich lange angesehen.

Seitdem stellt er es sich vor: Die Galerie wäre gut gefüllt. Milan, der gerade einen großen Preis gewonnen hat und seitdem streng genommen unansprechbar ist, würde ihm die Ehre erweisen. Katalyn wäre da, seine Eltern wären da. Sie alle würden durch die Galerie gehen und die Fotos und die Videos von den Installationen ansehen. Alle würden staunen. Niemand würde die letzte Installation als solche verstehen, auch wenn sie die wichtigste wäre. Sie würden sagen, es wäre eine Art Abschluss, eine Reminiszenz. Eine Rückkehr zum Zwischenmenschlichen. Zum Wesentlichen. Es ist aber auch egal. Alle würden sich an der Zahl Zwölf festbeißen. Die Zahl Zwölf würde auf die Apostel hinweisen, sagten einige. Zwölf würde als vollkommene Zahl zitiert werden. Textbeispiele hingen da, aus Schulzes Romanen, Fotos von ihr, es würde auf biografische Querverbindungen verwiesen. Zum Schluss wäre da das Bild von ihm, das sie gemacht hat, mit ihrer veralteten Kamera, wie er auf dem Bauch liegt und schläft. Es wäre ein schlechtes, unscharfes Bild, wie alle, die sie macht. Sie hatte sich nicht die Mühe gemacht, eine Decke über seinen Hintern zu breiten, aber sein Hintern würde gut ausschauen. Jeder würde denken, dass es eine Art Abschluss ist, ein Friedensangebot, eine gereichte Hand an das andere Geschlecht. Niemand hätte sein Gesicht erkannt. Milan vielleicht. Oder Mutter. Selbst wenn – sie würden es ohnehin nie thematisieren. Aber das ist alles nur eine Vermutung. Von Elvira gäbe es jedenfalls außer dem Foto, als sie auf der Bühne des Salzburgers Theaters das Schild hochhält, keine Spur in der Ausstellung. Sie wäre so gut wie inexistent. Auch vom Bus: kein Foto, keine Spur. Nichts Greifbares bleibt zurück, nichts als die zweihundertdreiundsechzig Euro, die sie ihm in der Pension Eusebio auf dem Nachtkästchen hinterlassen hat.

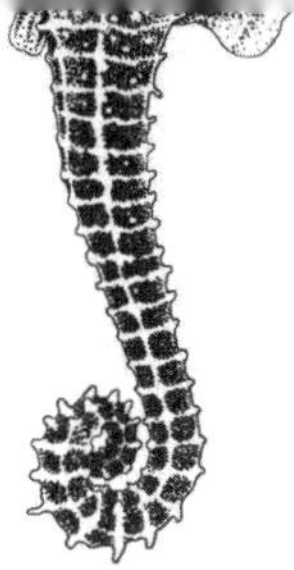

Appendix

Hippocampus

Präludium:
Sonnleitenwiese. Ungerichtete Aggression.

1. Friedhof Kaiserbad. Nachruf aus dem Grab. Material: Grabstein, Spitzendeckchen, Publikum.
Foto der Installation.

2. Hochstand Hintermoos. Bambis Sühne. Bären- und Katzenbuße. Material: Hochstand, Fäkalien, Obersenatsrat.
Foto der Installation.

3. Ortswasserleitung Hintermoos. Windelberg. Erwachsenenwindeln (gefüllt), Wasserbehälter, Bürgermeister, Bürgermeistersgattin.
Foto der Installation.

4. Kaiserbad, Kurpark. Kaiserbads große Leerstellen (Töchter). Material: Große Töchter, Operettenkomponisten, Sagenfigur (Brunnen), Schilder, Perücken, Bikini, Literaturspende.
Fotos der Installationen.

5. Erpendorf. Geliebter Jesus. Kruzifix, Jesus, Häkeljäckchen.
Video der Aktion.

6. Erpendorf. Verschwiegene Penetration. Material: Kriegerdenkmal, Pappmaché Vulva, unehrenhafter Kriegsheld.
Video der Aktion.

7. Kaltschlag. Solidaritätsreliquie: Heilige Helene. Material: Zwangsgeburt, Zwangsadoption, Puppe, Tortenpapier, Servietten, Embryonen, Draht.
Video der Aktion.

8. Linz. Entmystifizierung eines Kunstheiligen. Köll-Museum. Lackstift auf Wand.
Foto (Zeitung).

9. Salzburg. Richtigstellung einer Preisverleihung. Längst fällige Umpreisung. Material: Preisträgerin, Lyriktext. Juror, Kritiker Arthur B. Liebig.
Video der Preisverleihung.

10. Klagenfurt. Ingeborg-Bachmann-Salat. Material: Bachmann-Büste, Schaumstoff, Styropor. Lack.
Foto der Installation.

11. Vulvisierung des Palazzo Cazzo. Vokale und rituelle Reinigung und Ergänzung. Material: Textile Vulva, Artikulation, Riesenphallus aus Marmor, Pompeji (Zerstörung des Phallus: vereitelt).
Video der Aktion.

12. Defloration des Undenkbaren: Was nicht sein darf. Material: Alte Frau, Jüngling. Zeigefinger des heiligen Florian.
(Foto der Installation).

Der Roman wurde im Rahmen des »International Retreat for Writers at Hawthornden Castle« fertiggestellt.

Die Idee für das sprachliche und inhaltliche Konzept des »Drohnenkönigs« ist dem Roman »Die Töchter Egalias« von Gerd Brantenberg entlehnt.

Für hilfreiche Hinweise bei der Recherche dankt die Autorin: Petra Unger, Gerda Sengstbratl, Christoph Kepplinger, Renate Bertlmann, Eva Dité, Leo Hemetsberger, Monika Gescheidinger, Josef Neuper, Margit Schreiner, Beate Jorda, Marlene Streeruwitz, Erna Dittlbach, Gerda Obermüller, Thomas »Gucki« Kozuh-Schneeberger.

Gertraud Klemm
bei Kremayr & Scheriau

Ein kämpferischer Roman, ein Plädoyer für ein Leben abseits der Norm

Eine Frau will ein Kind, aber ihr Körper versagt es ihr. Also nimmt sie den Kampf gegen sich selbst auf und macht ihre Umgebung zum Feind. Als sie sich zur Adoption eines afrikanischen Kindes entscheidet, ist ihr Versagen für alle sichtbar. Freunde werden zu Fremden, der Alltag wird zum Hürdenlauf, der auch dann nicht endet, als das Kind kommt. Die Mühlen der Bürokratie tun ihr Übriges.

160 Seiten | ISBN 978-3-218-01023-8 | € (A, D) 19,90

2. Auflage

www.kremayr-scheriau.at

ISBN 978-3-218-01177-8

MIX
Papier aus verantwortungsvollen Quellen
FSC® C012536
www.fsc.org

Schutzumschlaggestaltung: Christine Fischer

Unter Verwendung zweier Grafiken von shutterstock.com/etcberry (Hintergrund) und Nikiparonak (Seepferd)

Lektorat: Heike Hauf

Satz und typografische Gestaltung: Ekke Wolf, www.typic.at

Druck und Bindung: Christian Theiss GmbH, St. Stefan i. Lavanttal

Gedruckt mit freundlicher Unterstützung durch die Kulturabteilung der Stadt Wien.